JN304521

芙蓉千里

須賀しのぶ

角川文庫
17635

目次

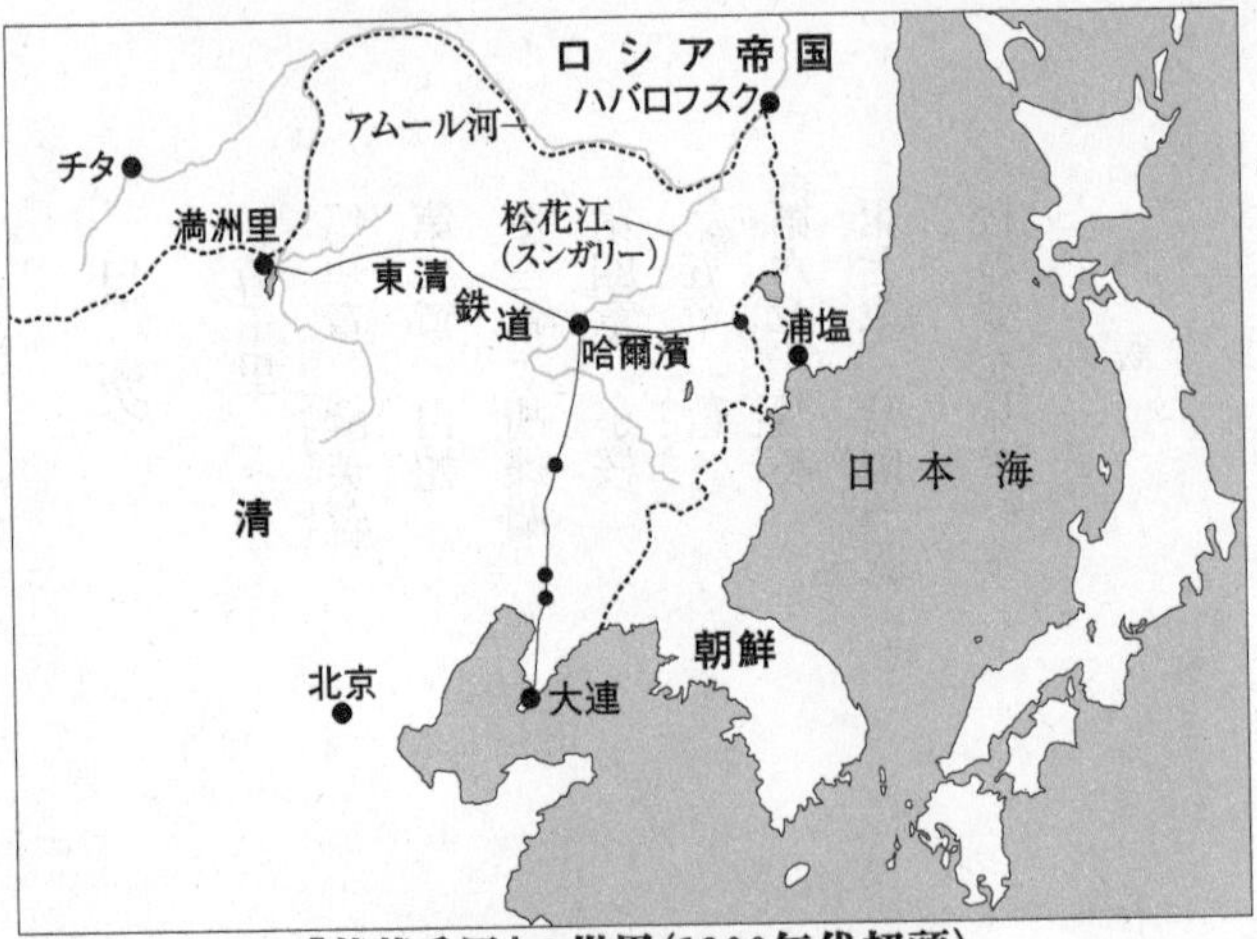

『芙蓉千里』の世界（1900年代初頭）

1900年代初頭の哈爾濱

芙蓉千里

第一章　酔芙蓉《チョイフーロン》

1

　でっかいネギ坊主がお空にはえとる。

　すこし出目ぎみの目をまんまるにみひらいたフミを、達吉は笑った。

「おめぇの目もでっかいがなぁ、フミ。内地の人間は、みぃんなネギ坊主て言うわ」

　ネギ坊主の化け物かとフミが見間違えたのは、石でできた奇っ怪な建物だった。

　西に傾いた太陽は、内地では見たことがないほど、大きく赤々と輝いていた。その不吉な光を浴びながら、桃色の空を漂う雲は、縁を金色にひからせて、どことなく眠たげに見える。ゆるり、ふわりと動く雲に焦《じ》れたように、ネギ坊主は頭をつき刺して、地上で肝をつぶしているフミを威嚇する。

「おフミちゃん、これはネギ坊主でねぇ、ロシアのお城だべ。浦塩《ウラジオ》にもあったんねが」

　フミの隣に立つタエは、賢《さか》しらに言った。しもぶくれの顔にほそい線をひいただけのような目は、ちらとネギ坊主を見上げただけで、波のように震えてますます細い皺《しわ》となる。

「あれ、そうだったっけ」

フミはまじまじとお城を見た。筒袖《つつそで》の短い着物に盲縞《めくらじま》の股引《ももひき》をはき、腰帯をキリリと締め、脚絆《きゃはん》に手甲。まるっきり男児の恰好《かっこう》だが、フミはれっきとした十二歳の娘だった。新潟からの長い船旅を終えて浦塩——ウラジオストック港に着いたのはもう三日も前のことで、すでに記憶があやふやだ。薄汚れた床に茣蓙《ござ》を敷いただけの三等船室では、いたるところで嘔吐《おうと》の音が聞こえ、常に異臭がたちこめており、フミはもう少しで海に飛びこむところだった。上陸して苦しい船酔いから解放されたはずなのに、胃がきりきりするわ頭は霞《かすみ》がかったままだわで、まわりを見ている余裕もなかった。

そのままウスリー鉄道に乗って北上百キロ、しぶる腹に苦しみ駅に到着、手をひかれるまま列車を乗り換える。達吉がくれた薬がようやくきいてきたのか腹の具合はおさまったが頭はあいかわらず重く、そのまま引きずられるように眠ってしまった。たたき起こされたのはまだ夜も明けきらぬ頃。目的地の哈爾濱《ハルビン》にようやく着いたかと思えばまだグロデコヴォなる珍妙な名前の場所で、ここで東清鉄道に乗り換えるのだという。

早朝のプラットホームに放り出され、首筋に氷をぴったりくっつけられたような震えが走った。暦ではもう六月も終わるというのに、まるで雪が溶け始めた頃のような気候だった。そしてフミが大陸にわたって三度目の太陽が東の空に顔を出した頃、列車は松花江《かこう》と東清鉄道がまじわるこの地、哈爾濱に到着したのだった。

グロデコヴォで寒かったのは、日のない早朝だったせいかと思ったが、夕暮れが近づくこの時刻でも、やはり袖口《そでぐち》から冷たい空気が忍び込んでフミの全身を粟立《あわだ》たせた。本当に北の地にやってきたのだと実感する。驚くほど巨大な駅舎を出ると、ほんのりと甘い、澄んだ香りが、やさしい娘の腕のようにフミを受け止めた。視線を向ければ、薄紫のちいさな花が群れるように咲いている。

「ムラサキハシドイだな。白いのは、内地の北海道にゃよくあるんだが。哈爾濱じゃリラって呼ぶな」

見知らぬ可憐《かれん》な花をじっと見つめていると、達吉が教えてくれた。

「りら」

フミはその名を繰り返した。

りら。異国の響き。振り仰げば、横に長い、西洋風の巨大な駅舎。冷たい空気をやんわり撓《たわ》ませる花の香は、フミを悩ませていた頭痛と倦怠感《けんたいかん》を搦《から》めとり、空の彼方《かなた》へ吹き飛ばしてくれた。

途端に元気になったフミに、達吉は現金な娘だと笑ったが、それなら少しばかり街を案内してやろうと歩き始めた。そして、このネギ坊主の化け物だ。フミは首をひねった。いったい、どういう生き方をして、どういう心をもてば、このような建物をつくろうと考えつくのだろうか。わずか十二年しか生きていないフミは、この街をつくったロシア人という未知なる存在におおきな興味を抱いた。

「おタエ、お城でもねぇぞ。こいつは西洋のお寺さんだ」

達吉の言葉は、フミをいたく納得させた。なるほど、内地でもしばしば耳にしたヤソ様とは、じつはネギ坊主のことらしい。ロシアはとても寒くて厳しい土地だと聞いている。ネギ神さまはきっと、苦しいロシアの民にとって大切な大切な食べ物なのだ。いっしんに祈れば、食べ物をたくさん与えてくださるありがたい神様なのだ。

目を輝かせて自分の発見を語るフミに、達吉は「おまえはおもしれえなァ」と腹をかかえて笑った。

「駅の南側にゃあ、中央寺院《サボール》ちゅうでかいのがあるんだが、まあそれは機会があれば見に行きゃいい。ロシア人はどこに行ってもまず寺院をつくるんだと。ところでわしら日本人が、新しい土地に出て最初につくるもんは何か知ってるか」

「お稲荷《いなり》さまらろっかの」

フミが頭をひねれば、百姓の娘タエは、「畑だべ。食うもんながっだら、なんもはじまらね」と胸をそらす。

「どっちも違うな。女郎屋だ」

タエの表情が凍りついた。

「おめぇたちがこれから行くところだ。『酔芙蓉《チョイフーロン》』は老舗《しにせ》で、女将《おかみ》も遣《や》り手もよくできたお人さ。おめぇたちは運がいい。布団で寝られて、三食食えて、きれいなべべ着られて。極楽みたいな暮らしだぞ」

「そりゃあ楽しみだねっか!」

フミははしゃぎ、次々現れる西洋建築の群れにいちいち目をまるくした。桃色から紫に変わる空の下、黄色や水色やらに塗りたくられた建物がぎっしりと並んでいる。

馬車が行き交う道は広く、あちこちに水たまりがあった。一段高くなった歩道は石畳で舗装されており、草鞋《わらじ》ごしに固い感触が骨にひびく。何かにひっかかったかつんのめり、踏みとどまったものの鼻緒がきれた。

タエがくれた端切れで結ぼうとしゃがんでいると、冷たくするどい風が吹いた。目を眇《すが》めた瞬間、視界にさっと鮮やかな赤が現れる。小気味よい音をたてて石畳を踏みしめるのは、折れそうに細い踵《かかと》と目のさめるような赤をもつ靴。濡《ぬ》れた土に落ちる冬の椿をフミは連想した。小舟を大きく傾けたような、ふしぎな形の靴からは、まっしろな脚が伸びている。足首はキュウと絞り上げられ、つよい骨を感じさせる直線が続き、ほんのり色づく豊かなふくらはぎが現れる。しかしそれは一瞬のことで、足はすぐにくすんだ桃色の服に隠されてしまった。

かつん、ふわり、かつん、ふわり。

拍子をとり、ロシア娘が歩いていく。視界を横切ったふくらはぎも、ほのかな微笑をきざむ顔も、とっておきの和紙を陽のひかりにすかした色をしていた。小粋《こいき》にかぶった帽子からこぼれるのは、とけかかった飴玉《あめだま》の色。隣を歩く男が何か言うと、赤い唇がにゅうと伸びて、弧を描く。赤い靴がここにもある。長い睫毛《まつげ》にふちどられた目は、晴れ渡った日に輝く湖沼のようだ。

「ダー」

ふしぎな言葉が、娘の唇から零《こぼ》れた。ああ、ここは日本ではない。わけもわからず、だぁー、と真似をした瞬間、フミは体で理解した。今までのフミの世界にはない色とかたち、人間たち。空の色も石畳の硬さも音もにおいも。フミとは何もかもがちがう人間がつくりあげたもの。だからここに立つフミもまた、生まれたてのように新しい。

「ダァー！」

笑みとともに迸《ほとばし》る声は、産声に似ていた。あたらしい空気を胸いっぱいに吸いこむ。

達吉の後をついて小走りに進むと、とつぜん視界が開けた。ゆらめく水面は果てしなく続き、フミは海だと叫んだ。浦塩についたとき、もうとうぶん海は見たくないと思ったのに、三日も経てばなつかしい。

「海じゃねえ、松花江だ。スンガリーって呼び方のが、通りがいいかねぇ。満人の言葉で、天の川だとかいう意味だそうだ」

目をこらせば、水上の靄《もや》のむこうに対岸が見える。たくさんの小舟が並び、川中には島まであるから、海と見間違えた。

「この河は冬は凍るぞ。向こう岸まで渡れる」

「途中で割れておっこちねえけ」

「おっこちねえよ。馬車だって渡れるんだからよ」

「へえ。そりゃ一回渡ってみてえのぉ、タエ姉」

フミは笑顔で振り返り、ぎょっとした。タエはすっかり青ざめ、目が血走っている。唇はかすかにわなないていた。先ほどから少し顔色が悪いと思っていたが、これは尋常ではない。

「タエ姉、大丈夫か。ちょっと座って……」

「かまうな、フミ。そりゃあ具合が悪いわけじゃねぇ」達吉は据わった目でタエを睨《にら》みつけた。「おタエ、ここまで来たら肚《はら》くくるしかねえだろ。俺ァおめぇのおっかぁたちを救うために、おめぇを買った。じゅうぶんな金を払ってやった。おめぇだって承知の上だ。人さらいにさらわれたみてぇな辛気くさい顔すんな」

「肚ばくぐってっから」顔は死人のようだったが、思いがけず強い語調でタエは言い返した。「んだけどあンどぎは、外《と》つ国とは思わねくて」

「哈爾濱は大日本帝国の領土も同然よ。四年前に、露助どもをやっつけたんだからなぁ。なんも心配することはねぇよ」

いくぶん表情をやわらげ、達吉はタエの背中をたたく。タエは頷《うなず》いたが、死人のような顔色は変わらなかった。

ひとつ年上のタエは、旅の間ずっと姉のようにフミの面倒を見てくれた。はじめての船酔いに自分も苦しみながらフミの背中をずっと撫《な》でてくれたし、列車の旅の間も気遣ってくれた。眠れないフミを落ち着かせようと、子守歌を歌ってくれたこともある。毎日のように弟たちに歌を歌ってやっていたというタエの声はみごとで、フミはうっとりと聞き惚《ほ》れているうちに眠ってしまった。タエがいなければ、フミは無事に哈爾濱に着くことはできなかったかもしれない。

フミはいまいちど鼻緒を確認すると、おもむろに腰を落とし、片膝《かたひざ》をついた。

「たこうなる川なれども、不弁舌な口上をもって申し上げます」

声音をつくるフミを、タエと達吉はぽかんと見おろす。

「これより皆様にご覧にきょうじます、獅子《しし》踊り。獅子踊りは勇みの技。さっそくとり始まり、獅子のかしらはぞっくり揃えて」

聞きおぼえた口上に合わせて立ち上がり、手をひろげて左右に動き、見得を切る。固くなっていた体がどんどんほぐれていくのを感じる。朝からほとんど食べていないのであまり力は入らないが、これぐらい体があたたまれば、短い技ならばできるだろう。

「さて引き続きましては、尾張《おわり》名古屋。尾張名古屋の金の鯱《しゃち》」

フミはタエを見て笑い、大地にしっかり手をついた。このあたりはすでに石畳は途切れ、あおあおとした草が揺れている。ああ、土と草のにおいは、内地も哈爾濱も変わらないんだな、とフミは思った。

そのままひょいと足をあげ、みごとな倒立を見せる。短い着物の裾《すそ》がめくれあがり、盲縞《めくらじま》の股引《ももひき》が露《あら》わになるが、フミはまるでかまわない。石の間から、木がすっくと伸びたような力強さがその姿にはあった。タエが見とれていると、フミはそうっと腕を折り曲げながら胸を大地につける。すんなりとした胴体と腹が、ゆるやかに反りながら、空を目指す。

　フミは二度ほど、名古屋城の金に輝く鯱を見たが、達吉に売られるまで山形の山村から出たことのないタエは、見たことはないはずだった。それでも彼女は、たしかに尾を空に向けた黄金の鯱を見たにちがいなかった。目の輝きが、さきほどまでとはまるでちがう。

「鯱だ。でっかい鯱だァ！」

　はしゃぐ声に、いくつかの拍手と、異国の言葉が重なる。意味はわからないが賛辞だということはフミにもわかった。誇らしい思いで、勢いよく立ち上がる。おまけとばかりにとんぼをきれば、やんやの喝采《かっさい》。着地の際に少しふらついてしまったし、ほんの二、三の技だけで息が切れるのは情けないが、旅の間はろくに体を動かしていなかったのだから仕方がない。フミは荒い息を隠して、にいっと笑ってみせた。拍手が大きくなる。

　内地にいたころは、見事な口上を述べ、同時に太鼓や笛もこなす父が消えてから、道ばたでフミがひとりでいくら獅子舞をやってみせたところで、誰も目もくれなかった。それがこの哈爾濱ではきちんと見てくれる。不思議な目の色がフミの技をうつして、あのまっしろな手が割れんばかりに拍手を送ってくれるのだ。

「こいつァたまげた。まさか哈爾濱で角兵衛《かくべえ》獅子が見られるとはなぁ。だいぶすっとばしてたが」

　達吉が目を丸くして手を叩《たた》けば、タエは頬を紅潮させてフミに抱きついた。

「おフミちゃん、すげえなァ。なしてほだえにじょんだなや」

輝く目には、さきほどまでの暗い影は見あたらない。フミはほっとした。

「ととさまに毎日しこたま練習させられたんだて」

「そうなんかァ。ほかにもできるか？」

「できるけど、相手がいねぇとなァ」

風車や水車などの大技は、支えていてくれる者がいなければできない。このあたりが角兵衛獅子の最大の見せ場だが、ひとりではどうしようもなかった。

「しかしたいしたもんだ。おめぇ、女郎屋なんかに行くより芝居小屋にでも行ったほうがいいんじゃねえか？」

達吉は意地悪く笑う。フミはそっぽを向いた。

「しらん。わっては、女郎になるんだすっけ」

スンガリーを左に見て曲がりしばらく進むと、光景が一変した。大通りの左右に威容を誇っていた西洋風の建物は消え、入り組んだ小路《こみち》とごちゃごちゃした小さな建物がぎっしりと並んでいた。

吹き抜けていた風もここではあちこちでせき止められ、人の体温を吸っては渦を巻き、そのため歩いているだけでしっとりと汗ばんだ。嗅《か》いだことのない、強烈なにおいが鼻をつく。あたりを埋め尽くすのは、フミと同じ黄褐色の肌と黒い髪に黒い目をもつ人々ばかりで、ロシア人はどこにも見あたらない。耳に流れてくる言葉もちがう。ロシア人たちが口にする強い巻き舌の、地面にたたきつけるような音ではなく、ヵン高い、ところどころ歌うように伸びる声。ロシア人たちよりずっと身長は低いのに、彼らの放つ言葉はフミのはるか頭上をとびかっているようだった。

「ああ、こわがった」

タエがつぶやいた。水からあがったばかりの人間のように、何度も大きな呼吸をくりかえすと、紫色だった唇は、すこしずつ色を取り戻していった。

「露助はおっかね。生きた心地すねっけず」

あたりを見回す余裕もでてきたらしい。店先にぶらさがる豚やら鶏を、さきほどまでは直視することもできなかったのに、今は香ばしいにおいに小鼻をひくつかせている。

「ここでも、言葉が通じねぇのはおんなじでねぇの」

「んだけど支那人はおれだと顔がおんなじだもの。体つきもおんなじ。露助は熊みだいだべ」

たしかに男も女もなりは大きいが、そのちがいがフミには面白かった。キンキンがなりたてる支那人も愉快。タエの言うとおり、見た目は自分たちと変わらないが、やはり決定的になにかがちがう。体が炙《あぶ》られ、果てには溶けていきそうな熱気は、内地では感じたことはない。道をひとつ入っただけで、光景も人も空気もがらりと変わる。愉快だ。

「傅家甸《フージャデン》ちゅうて、見たとおり、支那人の街よ」

達吉は、ぬかるみにはまった足をいまいましげに見下ろして言った。たたきつけるような叫び声が聞こえてきたかと思うと、泥を跳ね上げながら、小型の馬車が近づいてくる。フミたちは慌てて避けた。車輪《わだち》は半分ほど汚泥に埋まりながら、重たげに回っていた。あれでよく動けるものだ、とフミは感心した。派手に飛び散った泥が、少しだけ顔にかかる。フミはましなほうで、近くにいた支那人はまともにかぶってしまったらしく、遠ざかる馬車に罵声《ばせい》を浴びせていた。

「哈爾濱はロシア人が支那人をこきつかってつくった街でな、苦力《クーリー》たちはここに住んだ。さっき通った埠頭区《プリスタン》は、今じゃあ金持ちの支那人も住めるようになったが、戦争前にゃあロシア人しか住めなかったのよ」

達吉は、手ぬぐいでまず自分の頭を、次いでフミとタエの顔を拭《ふ》いた。

「ふうん。日本人は？」

「だいたいはプリスタンだ。日本軍が勝つ前は、ロシア人の顔色うかがってびくびくしながら商売してたもんさ」

「おれたちのお店は？」

「この傅家甸だ」

達吉の答えに、タエはほっとした顔をした。

「女将《おかみ》の芳子さんはたいした女傑でな、『酔芙蓉』も立派な店だ。おめぇたちは運がいいよ」

達吉は人の波を巧みにかきわけ、小路から小路へと入っていく。フミとタエは手をつなぎ、小走りでついていった。

ある角を曲がると、また空気が変わった。

人の数が急に減った。家の外装も、今までとは違う。今まで並んでいたのは、一階に店舗、二階に小さな二重窓がついただけの家だった。しかしこのあたりに並ぶ家は、二階に立派な露台がついている。人が何人も並べるような、幅も奥行きもあるものだ。それが、建物の前面だけではなく、一周ぐるりと取り巻いている。

フミは、すぐにぴんときた。案の定、達吉は通りの中ほどで止まった。

「これが『酔芙蓉』。おまえたちの新しい住まいだ。立派だろう？」

わがことのように誇らしげに彼は言った。

屋根からは、大きな煙突が二つ突き出している。玄関の屋根を支える柱は黒々としており、細かい彫刻があった。大仰な観音開きの扉の上には、金字で『酔芙蓉』と書かれた額が掲げてある。

柱の彫刻を追って顔をあげたフミは、そのまま息を止めた。

露台に、ひとつの影がある。目をこらすと、色とりどりの花を散らした黒い長襦袢《じゅばん》に金の半襟をつけた女が、フミたちを見下ろしていた。桟にもたれ、手にはにぶい金の煙管《キセル》。豊かな髪は、こめかみやほそい頬、淡く発光しているような首筋にまで垂れている。女は紫煙をくゆらせ、物憂げに、嘲笑《あざわら》うように目を細める。ぼうっとその様を見ていたフミは、達吉に大声で呼ばれ、あわてて額の下をくぐった。

中に入った瞬間、くらりとした。大きな寺院に詣《もう》でたときにしか嗅がないような強烈な香にまじって、安っぽい脂粉や、女独特の体臭がかすめていく。ひとめ見て、掃除が行き届いた店だということはわかったが、たちこめる空気はあらゆるにおいを吸って重くなり、ちいさなフミの体に容赦なく覆い被《かぶ》さってきた。

開店間近なのか、中は慌ただしかった。土間の正面に大階段があり、赤い支那服を着た女が降りてくるところだった。

フミたちの姿を認め、女は笑った。さきほどの女とはちがい、顔も体つきも丸っこい。

「あら。いらっしゃい」

彼女の口から飛び出したのが流暢《りゅうちょう》な日本語だったので、フミは目を瞠《みは》った。どんな恰好《かっこう》をしていても、ここにいるのは皆、日本人らしい。女が目の前を通り過ぎたとき、粉っぽい香りが鼻をかすめた。男衆《おとこし》のひとりがこちらに気づいて、達吉に頭を下げる。どうぞと促され草鞋《わらじ》を脱ぐと、布を渡された。足を拭くと、驚くほど真っ黒になった。

「他の女郎屋は土足のまんまってとこも多いけどな、ここは日本風だ。これがなかなかうけてんだよな。なにしろこのあたりは、歩いているだけで膝《ひざ》まで汚れちまうから」

達吉は勝手知ったるといった様子で歩いていく。外から見たかぎりでは、それほど広いようには思えなかったが、奥へと続く廊下は長い。通された部屋は、廊下の突き当たりから右に折れた場所にあった。

「やあ、女将。久しぶり」

達吉は帽子をとり、慣れた様子で支那風の長椅子に腰を下ろす。どうしていいかわからずおろおろしていたフミとタエは、達吉に目で促されて、絨毯《じゅうたん》の上に正座をした。妙にふかふかしていて、くすぐったい。見回すと、これまた不思議な部屋だった。天井からは、硝子《ガラス》の球がいくつも連なった奇妙なものがぶらさがっている。西洋風の洋燈《ランプ》なのだろう。開け放たれた奥の窓は二重で、右側の壁には何が入っているのか柿釉《かきゆう》と黒釉の大きな壺《つぼ》が仲良く並び、もう一方の壁には細かい彫刻が施された大きな戸棚がおさまっていた。いくつも並んだ真鍮《しんちゅう》の金具はよく磨かれ、黄金のように輝いている。

部屋の主である女将は、麻とおぼしき涼しげな支那服の上に茶色のショールをひっかけ、一心にそろばんをはじいていた。

「ずいぶんゆっくりだったねえ、達吉」

顔もあげず、嫌味を言う。

「プリスタンのほうをちょっとな。これを逃したらそうそう行くこともなかろうから」

「ふん、観光案内つきとはおやさしいじゃないか」

女将はようやく顔をあげ、フミとタエを一瞥《いちべつ》した。へこんだ鼻の頭におもいきり皺《しわ》が寄る。

「ちょいと達吉。二人こっきり、しかもどっちも乳臭い子供とはどういうわけだい」

「めぼしいのは内地の遊郭にとられちまった後だったんだよ」

女将は鼻を鳴らした。

「どうだかね。おおかた、浦塩あたりで、すぐに使えそうな娘は高値で売りつけてきたんだろう」

フミは感心して女将を見た。このひとは千里眼なのだろうか。たしかに浦塩に着くまで、タエのほかに三人の娘が一緒だった。いずれもフミやタエよりずっと年上で、列車に乗る頃には霞《かすみ》のように消えていた。タエに言わせれば、みな泣く泣く別れを告げて去っていったとのことだったが、いまだ酔いがまわっていたフミは、はっきりとは覚えていない。

「女将にゃかなわねぇな。そのとおり」達吉は悪びれもせず、はげ上がった頭をたたく。「大連から大陸に入る連中が増えちまったもんで、浦塩にはイキのいいのがなかなか入ってこなくてな。しかも色が白くて従順な東北の娘とくりゃあ、こっちの言い値で片っ端から売れちまうのよ」

「ああそうかい。それでうちには残り滓《かす》かい。そりゃあね、プリスタンの女郎屋とはちがって、うちはしみったれた店だからねェ、滓でもありがたがらなきゃね」

「そうひがむな。俺ァ、今までびくびく暮らしてたくせに、戦争に勝つなり、似合わねぇ洋装《え》ででかい顔をしてキタイスカヤを闊歩《かっぽ》する連中が嫌いでね。だから俺ァ、プリスタンの連中とは取引なんざしねぇ。哈爾濱じゃ、あんたんとこだけなんだよ、女将さん」

媚《こび》まじりの口調に眉《まゆ》一本動かさず、女将はタエをじろじろと眺めまわした。

「これじゃしばらくは店にだせやしない。しばらくは下働きだねぇ」

「世間ずれしてないほうが、孝行娘になるもんさ。長い目でみりゃあ、いい買い物だと思うがねぇ」

「どうだかねぇ。顔はお月様みたいにまんまるなくせして、体は枯れ木みたいじゃないか。あんた名前は？」

値踏みする目に怯《ひる》みながら、タエは蚊のなくような声で名乗った。

「ふうん。まぁ、よく見りゃなかなかの器量よしじゃないか。それにこれはまたいい肌をしているねェ」女将の手が伸び、タエの頰や首を無遠慮に撫《な》でた。「うん、やっぱり肌は東北の娘が一番だわ。どれ、ちょっと立ってごらん。ああ、尻《しり》もいいねェ。磨けばそこそこにはなりそうだ。で、こっちはいったいなんなんだい達吉」

タエの隣でちんまりと座っている小猿に、女将はいかにも気がすすまなそうに目を向けた。

「あんたの目もだいぶ曇ってきたとは思っていたけど、こいつはひどいよ。私なら、一銭だって払おうとは思わないけどね」

「たしかに一銭も払ってねぇわ」

「なんだって？」

「どうしても連れて行けとしがみついてきたのよ。蹴飛《けと》ばしても殴っても、しがみついて離れねえ。ほとほと困り果てて、あげく他の娘も泣きながら一緒になって頼むから、面倒になって連れてきちまった」

女将はますますわからぬといった顔をした。

「港の近くで、ぼろきれみたいになってうろうろしてたんだよ。俺を見るなり、おめぇ人買いだろ、海渡るんか、ならおらも売ってくれってな、とびついてきた」

「なんとまぁ」女将は目を丸くしてフミを見る。「自分で売りこんできたのかい。親御さんはどうしたね」

ようやく女将が自分を見てくれたのが嬉《うれ》しくて、フミは元気いっぱいに返事をした。

「へぇ、ととさまは、おらこと置いていなくなって。だっけ一人で踊ったけンど、どこのしょも、ぜんはくれんかったて。そって人買い捜した」

女将は険しい顔で、こめかみを指で押した。

「言っておくけど、ここではお国言葉は厳禁だよ。達吉、なんて言ったんだい、この山猿は」

「親父と二人、芸を売りながら全国を流していたらしいんだが、新潟に入る前に捨てられたらしいわ」達吉は気の毒そうにフミを見た。「この親父てぇのも、ほんとの親じゃねえらしい。ご維新からこっち、辻《つじ》芸人もどんどん厳しくなってる上、この親父がどっかの芸妓《げいぎ》だかなんだかにひっかかったみたいなんだわ。で、ある日起きたら、女と親父がいなくなってて、どうやら捨てられたらしいと。一人で芸をしても誰も金はくれねえし、こうなったら女郎になるしかねえってんで、女衒《ぜげん》を捜したんだと」

「ふん。よくある話だね。こんな所まで流れてくる娘ン中じゃ、幸せなほうさ。しかしよく、一目で達吉が女衒だとよくわかったもんだね。ま、娘たちを連れてりゃわかるか」

「いえ、昔わって――私に、飴《あめ》をくれたので覚えていました」

細くつり上がった女将《おかみ》の目が少しばかり大きくなった。内容にも驚いたが、お国言葉は禁止と言われた途端に言葉づかいを換えてみせたのが意外だった。全国をまわっていたのだから、故郷以外の言葉も知っているにはちがいない。とはいえこの年齢の、見るからにろくな教育も受けていなそうな小娘が、とっさに相手に合わせて言葉を換えるなど、なかなかできることではない。フミを見る女将の目が、鋭く光る。

「飴だって？ へぇ、そうなのかい達吉」

「それが、俺もとんと覚えてねぇのよ。話を聞くと今から六年も前、こいつは六歳の頃だっちゅうんだけどよ。白河《しらかわ》あたりの村でたまたま会ったんだと」

達吉は、親元から離れて悄然《しょうぜん》としている娘たちの気をほぐしてやろうと、辻芸人の芸を見せた。そして親方にはいくばくかの銭と、フミには飴玉をやったらしい。驚くことにフミは、そのときに達吉が連れていた三人の娘の顔もはっきり覚えているという。

「辻芸人の子供に飴玉くれる人なんて、そうおらんもの。一度見たら忘れません」

フミは膝の上でそろえた手を握りしめ、大きな目をさらに見開くようにして達吉を見た。さながら捨てられた子犬だね、と女将は内心毒づいた。これも辻芸人をやっているうちに身についた媚なのか。度がすぎると嫌味だが、フミの目はあくまで無心に見えるからたちが悪い。

「なあ、泣かせるじゃねぇか。これもまた何かの縁かと思ってな。なんでもするっちゅうし、置いてやってくんねぇか」

すっかりほだされたらしい達吉に促されるように、タエもまた深々と頭をさげる。

「おらからもお願ぇします、女将さん。フミを置いてやってくだせぇ」

「そら、タエもこう言ってることだし。旅の間にすっかり姉妹みたくなっちまってなァ。タエも日本を離れて心細いだろうし、二人そろって置いてやりなよ。下働きもたりねぇって言ってたろう」

「そこまであんたに頼んだおぼえはないけどねぇ」

女将は改めてフミを眺めた。肌も浅黒く、目はぎょろりとして、鼻も妙にとんがっている。体も気味が悪いぐらい痩《や》せて、そのくせ今にも飛びかかってきそうな不思議な力を感じる。それは恐怖ではなく、好奇心に繋《つな》がるものだ。この娘は、次になにをするだろう。なにを言うだろう。そう思わせるものが、この小さな猿みたいな娘には備わっている。

「ここに置くにしても、あんたはずっと赤前垂れだよ。それでもいいのかい」

女将は、あくまで冷ややかな声で言った。

「あか？」

「下働きのことだ。フミは残念ながら売り物にならねぇそうだから」

達吉の説明に、フミは落胆した。

「わっては、売り物にゃならんかの」

「よくよく見りゃ愛嬌《あいきょう》のある顔がしとるがなぁ。まあ、ある意味、赤前垂れのが幸せか」

鬼の達吉ともあろうものが、この小きたない小娘に情が移っているらしい。女将は驚き呆《あき》れた。やはり誰でも歳には勝てぬのか。それともこれも、この娘の奇妙な力か。

「不満ならすぐに帰りな。こんな骸骨《がいこつ》みたいななりじゃ、この子だって冬を越せないかもしれないし、こっちはせいせいすらぁね」

フミは慌てて畳に手をついた。

「なんでもします！　とんぼもきるし、皿もまわします。置いてくんなせ」

「あのねえ、皿は洗えばいいんだよ。女郎屋でとんぼきって何になるね」

「いやいや女将。おフミはすげぇぞ。スンガリーの河畔でいきなり角兵衛獅子《かくべえじし》おっぱじめてよ、ロシア人もやんやの喝采《かっさい》で」

「ここは曲芸小屋じゃないんだよ。同じ舞でも獅子舞じゃなく座敷舞でもできるってんなら、内芸妓に育てる道もあるけどねェ」

「座敷舞……ちょっとならできます」

フミは顔を伏せたまま言った。

「ほんとかい」

「お蔦《つた》さんに習っただ……です」

「父親と逃げた元芸妓かい？　はん、その程度じゃどうしようもないね。ま、どのみちこの器量じゃあ」

途端に勢いよくフミは顔をあげた。その頬は真っ赤だった。

「わっては今は痩せっぽちだけど、あと数年もすれば、すごい別嬪《べっぴん》になってお職になるんだっけ！」

興奮のあまり、言葉が戻っていることも気づいていないようだった。あまりの勢いに、女将は一瞬動きを止めた。薄汚い小娘から、「お職」などという花街の古い言葉が出たことにも驚いた。お職はその見世いちばんの売れっ妓《こ》だ。

「へぇ、言うじゃないか。あんた、そんな蛙みたいな顔でいったいどこからそんな自信が湧いてくるんだい」

「いやぁ、それがよ女将……」

弱り切った達吉の言葉を遮るように、フミは誇らしげに宣言した。

「わってのかかさまは吉原《よしわら》の花魁《おいらん》だ！　大店《おおだな》で、お職はってたんだて」

「――って、親父に吹き込まれてたらしいんだわ。それで、女郎になると決めたらしい」

達吉の苦笑に、女将はますますあきれた顔でフミを見た。

「なんとまぁ。あんた、それを信じてたのかい。おめでたいねぇ」

「嘘じゃねえです。ととさまが吉原に行ったとき、顔見知りの番頭に泣いて頼まれて赤子のわって預かったて」

父は繰り返し、最後に見たフミの母の姿を語って聞かせた。見世の裏口から、元気よく泣く赤子をいそいそと受け取ると、ふと上から強い視線を感じた。振り仰げば、手摺《てす》りにもたれるようにしてこちらを見下ろす女がいる。女は泣いていた。袂《たもと》で顔を覆うことも忘れ、ただされめざめと泣いていた。産褥《さんじょく》に苦しみ、おそらくもう長くはないという番頭の言葉通り顔は青白く、髪は乱れ、粗末ななりをしていたが、天性の麗質は隠しようがなかった。

「ばかだねえ。あきらかに作り話じゃないか」フミの話を、女将はさも呆れたように遮った。「吉原の、他ならぬお職が娘を産んだってんなら、禿《かむろ》なりなんなりにするだろうさ。男なら、そりゃあ使えないから辻芸人にでも売り飛ばすだろうけどさ」

「本当です！　あんなきれいな女は後にも先にも見たことねえってとさまが」

「病み窶《やつ》れた女がかい？　よく言うよ。吉原てのが本当だとしても、おおかた最下層の女郎か下働きの女だろうよ」

フミはぎらつく目で女将を睨《にら》みつけた。ここまで言われても、涙ひとつ浮かべないところは好ましい。女将は口の端をあげた。

「なんだい、その目は。誰に訊《き》いたって、私の言うことはもっともだと言うだろうけどね。しかし残念だよ、身が軽いってんなら、京劇の劇団に売り払ってもよかったんだけどね。男ならねえ」

「わっては女郎になりたいんらてば！」

「ふん、元気だけは人一倍だね。けどあんた、女郎になりたかったんならわざわざ大陸くんだりまで来る必要はなかったじゃないか。新潟港から来たってんなら、古町《ふるまち》が近くにあるだろ。まああのへんじゃああんたの器量じゃ難しいかもしれないが、他にも色町なんていくらでもある。なんだってわざわざ大陸に渡ろうなんて思った？」

「どうせ知らない場所に行くのなら、想像もつかないところのほうがいいかと思って。大陸は、日本よりずっとずっと広いんでしょう？」

間髪いれずに、フミは答えた。女将はあぜんとした。

「面白いだろ？　なかなかいねぇよ、こんな娘っこは」

笑う達吉に、女将はいまいましげに肩をすくめてみせた。

「どうだか。大陸浪人なんてのはこんないいかげんな手合いばっかりだけどね」

狭い日本にゃ住み飽きた、が合い言葉。一旗あげることばかり考えて妻子も捨てて大陸に渡ってきては、そのまま堕落していく男たち。

フミはどうだろう？　自分は吉原のお職の娘と信じて、こんなところまでやってきたこの小娘は。

女将《おかみ》を見つめる大きな目は、爛々《らんらん》としている。こんな目をして、女郎になりたいと言う娘は、はじめて見た。女郎屋に売られてくる娘はたいてい絶望と不安に縮こまっている。中には、ときどき何も知らずに夢を見てくる者もいた。フミは、そのいずれでもない。夢を見ているといえば、見ているのだろう。しかし甘い夢だけで、女衒にしがみついて海を渡ってこられるものだろうか。

まじろぎもせず見つめる瞳《ひとみ》。いっこうに逸《そ》らす気配はない。先に目を伏せたのは、女将だった。

「……まァ、いいさ。しばらくは、面倒を見てやるよ」

ため息まじりの言葉に、フミの顔が輝いた。

「ありがとうございます！」

勢いよくフミは床に手をついた。そんな仕草も妙に軽やかで、そのくせ迸《ほとばし》るような力を感じる。

女将は改めてフミを見下ろした。優雅とはほど遠いが、ふしぎと目が離せぬこの独特の所作はなんだろう。我ながら、やきが回ったとしか思えない。日本ならまちがいなく売れない娘だろう。しかし、ここは哈爾濱だ。何があるかわからない。期待はしない。断じてしていないが、ひょっとしたら。


『酔芙蓉』に入ったフミとタエが、自室にさがることができたのは、女将と面会してから五時間後のことだった。

まず、女郎たちの監督役である「遣り手」の伊予、そしてフミたちの直接の上司にあたるカツに引き合わされ、正座したまま長々と心得を説教された。

カツによれば、以前は若い娘がふたり下働きに入っていたらしいが、ひとりはさきごろプリスタンの店に引き抜かれ、もうひとりは春先に死んだという。天草《あまくさ》の出身だったその少女は、氷点下三十度という哈爾濱の厳しい冬に耐えられなかったのか、風邪をこじらせてしまったのだという。カツひとりではどうにもならず、支那娘を雇ったが、数日でいくばくかの金とともに消えたらしい。この傅家甸のどこかに隠れているはずだからいつか必ず見つけてみせると、カツは息巻いていた。

老女のがみがみした声のもと、フミとタエはさっそく掃除にとりかかり、次に炊事場にどんどん運ばれてくる皿を洗い、その後で炊事場に近い三畳の部屋に放りこまれた。天井に近い場所に明かりとりがあるだけの、黴《かび》くさい部屋だった。天草娘が寒さに凍えて死んだのはまさにこの部屋だったらしいが、二人は恐れるどころか、手をとりあって喜んだ。

「おれ、自分の部屋なんて初めてだァ」

「畳の上で寝るのなんて何年ぶりかね」

二人はそろって天井を見上げた。この部屋に電気は通っていないらしく、洋燈《ランプ》の火に煤《すす》けて真っ黒になっていたが、雨が沁《し》みた形跡はない。

「哈爾濱の冬は、おれの村よりずっとしばれるんだどなァ。なら雪も多いか。まァこだい屋根しっかりしてっど関係ねぇべ」

タエはしみじみと言った。タエの家は、雨が降れば家の中にも降り、雪が降れば家の中にも積もった。父親亡き後、屋根をなおしてくれる者もなく、母と五人の子供たちは雨もりのしない場所を探しては茣蓙《ござ》を敷き、ひしめきあって眠った。

「んだァ。家があるって、いいべなァ」

タエの口調を真似して、フミもまた感極まった様子であたりを見回した。隅にふるぼけた煎餅《せんべい》布団が畳んで積まれ、ぼろぼろの行李《こうり》があるだけの部屋だ。毎日流れ歩き、お堂の中や軒先を探して眠り、朝には石もて追われることが当たり前だったフミにとっては、野の獣や人に怯《おび》えることなく眠る場所があらかじめ確保してあるなど、夢のようなことだった。

フミは畳に寝転がった。そのままごろごろ転がると、すぐに壁にぶつかる。今度は反対側に動き、また壁にぶつかる。嬉《うれ》しくて何度も何度も繰り返した。タエは笑って、布団の上に避難する。

「ふかふかだァ。布団なんて、久しぶりだごど」

不安定な場所でよろめくのをおもしろがるタエに、フミは寝転がったまま、幸せそのものといった笑顔を向けた。

「むかし、太一や与吉と一緒に、布団敷いて寝たこと思い出すわ」

フミの唯一の、布団の記憶だ。その木賃宿には、珍しく寝具が置いてあった。誰が置いていったのかわからない、薄汚れて、綿がほとんど抜けおちた、今目の前にある煎餅布団よりもさらにひどいものだった。それでもフミたちは歓声をあげて、三人でむりやりその布団におさまった。やわらかくてあたたかくて、くすぐったかった。

幸せというものの手触りは、きっとあんなものなのだろう。一晩かぎりで、指の間からすり抜けていってしまったけれど。

「太一や与吉は兄弟か？」

「そう、おらより先にととさまがもろてきた子だわ。太一はやさしかったな。与吉にはいじめられた」

タエはじっとフミを見た。なにを知りたいのかすぐにわかったので、フミは大の字になり、黒い天井を見上げて言った。

「どっちももういねぇわ。与吉はなんでもできる子だったけど、腹ァへらしてフラフラになって、山越えるとき足踏み外して死んだわ。太一はうまくとんぼがきれねくて、ととさまにいっぺえ殴られて外にほん出されてさァ……朝になったら氷みたいに冷《ひゃ》っこくなってた」

目を伏せたタエに気づき、フミは慌てて明るい声で続けた。湿っぽいのはいやだ。

「だっけ、ととさまがおらのことぶちゃってくれて、よかったわ。これでもう、腹空いて崖《がけ》から落ちたり、折檻《せっかん》されて死ぬこともねぇ。これでわってはかかさまと同じ女郎になって、きれいな服着て、はらいっぺえマンマ食べられるこて」

「……ほうかァ」

タエの微笑は、部屋に垂れこめる暗い闇に溶けていきそうだった。気をひきたてるつもりだったが、どうも逆効果だったらしい。そういえばタエは、フミとはちがい、女郎になることをずいぶんと嫌がっているのだった。失敗したなァ、とフミは丸い額をたたく。

「ええと、それに、ちゃあんとマンマ食えるのはほんきにありがてぇ。米なんて久しぶりすぎて、味忘れとったわ」

「ああ、それはありがてえなァ」

ようやくタエもしみじみ同意したので、フミはほっとした。哈爾濱で初めての食事は、炊事場の隅で食べた米のご飯としなびた青菜のおひたしだった。フミからすれば信じられないようなごちそうだった。誰かにとられるのではないかと、箸《はし》を使うのももどかしく、椀《わん》に顔をつっこんで犬食いをしていると、容赦なくカツに殴られた。タエのほうは「これをおかぁたちに食わせてやりてぇ」と泣いていた。顔じゅうに米粒をつけて涙を流すタエの顔をフミは不思議な思いで眺め、米粒を取っては口にほうりこんだ。涙に濡《ぬ》れた米はしょっぱくてやんわり甘く、息が止まるほど美味《おい》しかった。

「わっては幸せだァ」

目を瞑《つぶ》ると、あの味が舌の上に甦《よみがえ》ってくるようで、フミはうっとりと微笑んだ。皆で身を寄せ合って眠った、木賃宿の布団の夜。宿の竈《かま》で炊いて握った、銀シャリの味。雨の心配をしなくていい屋根。フミの知る幸せの全てが、ここにはある。毎日夢に見ていたものを、フミはもう手にしている。

古びた扉のむこうでは足音と声が忙《せわ》しなく行き交い、天井はひっきりなしに重たげな音をたてて揺れている。突然響くけたたましい笑い声や嬌声《きょうせい》、呻《うめ》き声すらも、フミの完全な世界を壊すことはない。

今日からは、なにも探すことはない。さまようことはない。誰かに捨てられると、怯えることもない。自分で選んで、ここに来たのだから。

フミはふかぶかと息を吸う。黴くささと、異国の奇妙なにおいが入り混じる淀《よど》んだ空気。しかしフミにとってはこの上ない、自由の芳香だ。

ひとりで山を越え、港を目ざし、達吉やタエと共に海を越えて、そしてまたいくつも夜を越えて、とうとうここにやって来た。

哈爾濱。

フミの知らない国。フミを知らない街。はじめて自分で考えて、自分で選んで、やって来た新天地。廊下に飛び出して、はじからはじまでとんぼをきって、叫びまわりたい気分だった。

わっては幸せだ。わっては自由だ。

そしていつか必ず、大陸一の女郎になってみせる。

2

遊郭の「夜」は、世間でいう朝に始まる。

客が引けて女郎たちが疲れた体をひきずって眠りにつく頃、フミは洗濯場で大量の汚れ布と格闘をはじめる。

店の女郎は全員で十名、それぞれが平均して一晩に七、八人は客をとる。客が帰るたびに敷布は取り替えねばならないし、女郎の腰布や手ぬぐいの類もどっと出る。最近、水が格段に冷たくなってきたので早朝の洗濯は辛《つら》いことこの上ない。

フミが哈爾濱にやって来てはや三ヶ月が過ぎ、暦は九月に入っていた。夏はあまりに性急にこの街から去って行く。若い娘の輝くばかりの美しさと哈爾濱の夏はとてもよく似ていた。

九月でこの水の冷たさでは、いったい冬にはどうなってしまうのだろうか。洗っても洗っても減る気配のない洗濯物の山に、フミはうんざりした。一方タエはと見れば、機嫌よく歌っている。

「獅子《しし》に牡丹《ぼたん》か、牡丹に唐獅子、月に叢雲《むらくも》、花に嵐か」

角兵衛獅子の一節だ。独特の節回しをもつ口上は、タエの声にかかると、立派な歌になる。聞いているだけで、フミは跳びはねたくてうずうずしてくるぐらいだ。

「うまいなあ、おタエちゃん。ととさまよりうんとうまい」

フミが素直に褒めると、タエは頬を赤らめた。

「そうかなあ」

「うん。いい声だよ。もう完璧《かんぺき》だね」

「おフミちゃんが合わせて舞ってくれるから、自然に覚えられるんだァ。自分の歌で踊ってもらうのって、気持ちいいなァ」

タエは嬉しそうに笑いながら、手慣れた様子で勢いよく布を洗濯板にこすりつけている。その手は真っ赤だったが、ためらいがない。

フミはすっかり感覚のなくなった自分の手を擦り合わせた。

「手が痺《しび》れちゃったよ。おタエちゃんは大丈夫なの？」

「おれんどごは雪深いべなァ。こんぐらいは。おフミちゃんは、冬の間あんま北のほうさ寄りつかねっていってだっけもんなァ」

「うん、冬はだいたい西のほう回ってた」

「おフミちゃん、あっというまに訛《なま》り抜けだもなァ。おれは駄目だ、根っこまでこのお国言葉しみこんでは」

「私はおタエちゃんが羨《うらや》ましいけどな。私は根無し草だから、なんにでもすぐ染まるけど、そこから離れたらすぐに消えちまうもの」

哈爾濱に来たとき、フミは新潟弁を話していた。辻《つじ》芸人をしていたころ、仲間内ではどんな言葉で話してもかまわないが、客がいる前では必ずそうするようにときつく言われていたためだ。

新潟発祥の角兵衛獅子は江戸の時代から人気のある演目であり、見よう見まねの偽物が辻芸人の中で横行していた。フミたちの角兵衛獅子も、例にもれずまがいものだった。見る者が見れば、すぐにフミたちが新潟の人間ではないとわかってしまうだろう。新潟弁は、嘘の獅子舞を本物として押し通すために、必要不可欠なものだった。

今思えば、西の生まれである父が教えてくれた新潟弁だから、ずいぶん胡散臭《うさんくさ》いものだっただろう。それでも、西のほうでは、ずいぶんと効力があった。フミの技がみごとなこともあって、角兵衛獅子はどこでもそこそこ人を集めたものだった。まがいものの言葉、まがいものの芸。フミの中に、これは本物だと誇れるものはひとつもない。これだけは確かなのだと言えるものは、何もなかった。

「それでいいんねが。しゃべただけで、しこたまおばやんにぶん殴られんじゃァ……ああ、これもまだごしゃがれる（怒られる）なァ」

ここに来たからにはお国言葉は捨てろと耳にたこができるほど言われているが、タエはなかなかなおらない。あっというまに、新潟弁はおろか他の方言もきれいさっぱり抜けてしまったフミが、不思議でならないらしい。

昔から、その土地に行って子供たちと遊ぶようになると、フミはそこの方言を真似してきた。誰に言われたわけでもなく、自然とそうした。同じ言葉を喋《しゃべ》れば相手は自然と警戒をゆるめる。達吉に拾われた頃は、ちょうど東北のあたりをまわっていたこともあり、タエたちと旅をしている間は、ごく自然に、新潟弁に山形あたりの色をまぜた言葉を喋っていた。しかしこの哈爾濱でそれは歓迎されないとわかると、あっというまにフミは口調を切り替えた。

「ほんとおフミちゃんは頭いいなァ。支那語もじょんだ……じょうずに喋るし」

「うまくはないよ。お客さんやねえさんたちの聞きかじりだもの」

「おれなんかいくら聞いてもわがんねぇ。おフミちゃん、残りの貸してみろ」

自分に割り当てられたぶんを全て洗い終えたタエは、大きく腰を伸ばすと、フミの盥《たらい》の前に座った。

「ありがとう。ごめんなぁ、手が遅くて」

「気にすんな。おフミちゃんは干してくれっか」

りんごのような頰にえくぼを浮かべて、タエは再び洗濯に没頭する。タエの作業は的確で早い。洗濯だけではなく、掃除や縫い物もなんでも、百姓の長女らしく忍耐強くしっかりとこなした。昔からこうした細々とした作業は手を抜く癖があるフミは、タエがかたく絞った洗濯物の山を抱え、庭にずらりと並ぶ物干し竿《ざお》に順番にかけていく。洗いたての布も冷たいが、ずっと水に手をつっこんでいるよりはよほどましだ。

皺《しわ》を手早くひろげていると、清潔な香りがひろがった。洗濯前の敷布や腰布の、饐《す》えたようなにおいはもうどこにもない。女郎たちの腰のにおいは独特だ。この店には客やフミたちが使うご不浄のほかに、女郎専用のものがあるが、わざわざご不浄を分けてある理由はすぐにわかった。単なる排泄《はいせつ》物以外の、なんともいえぬいやなにおいがする。女郎の体に注がれては流れ落ちるもの。そのほかに、さまざまな煎《せん》じ薬やら、あやしげなものが捨ててある。女郎の糞《ふん》は毒が強すぎて肥料にすることもできないと、内地にいた頃、汲《く》み取り屋が零《こぼ》していたのを聞いたことがある。

フミやタエが手を真っ赤にして洗いあげたこの布も、夜には客や女郎が垂れ流すもので無惨に汚れ、また明日《あした》には洗い場に積み上げられる。賽《さい》の河原で石を積み上げる子供の気持ちは、こんなものだろうか。

「今日天気いいがら乾ぐんねべが」

いつのまにか、背後にタエが立っていた。青空に翻る洗濯物を、まぶしそうに見上げている。

「うん、昼過ぎには乾きそうだ。おタエちゃん、また言葉が戻ってる」

「いけね」

タエは慌てて口をおさえた。お国言葉はかわいらしいとフミは思うのに、なぜいけないのだろう。

そもそもこの『酔芙蓉』には、傅家甸という場所から日本人の客はあまり来ない。その手の店は、日本人女郎がはじめて店を開いたという「日本人街《ヤポンスカヤ》」か、地段街《ウチャストコワヤ》のあたりに集中している。いずれもプリスタンにあり、列強各国の銀行などがひしめく通りと隣り合っていた。日露戦争の後、街には日本人の姿もずいぶん増えたが、一番目立つのはなんといってもロシア人である。

しかし、この傅家甸は違う。プリスタンの東に位置するこの街は、住人の九割が支那人だ。『酔芙蓉』にも、わざわざ足を運んでくる酔狂な日本人やロシア人がいないではなかったが、ほとんどの客は支那人だった。ならば、お国言葉を使ったところでわかりはしない。それでもあえて禁じるのは、故郷への想いを断ち切れということなのかもしれない。

　タエは、家に帰りたいといっさい口にしないが、寝言ではときどき母を呼ぶ。家。母。いずれもフミには縁のないものだ。フミが人生ではじめて得た家はここだし、母は――女郎たちの多くは女将《おかみ》を「おかあさん」と呼んでいるから、女将がそうだということになるのだろうか。

　おかあさん。その言葉から想像するのは、甘くてやわらかい、綿菓子みたいなものだ。断じて、あのとげとげしい女将ではない。タエもそう思うから、女将のことは「おかみさん」としか呼ばないし、綿菓子のまぼろしをいまだに夢で慕うのだろう。

「ね、おタエちゃん。ちょっとやってみよっか」

　フミが囁《ささや》くと、タエはきょとんとした。

「なにを？」

「角兵衛獅子《かくべえじし》。それだけ歌えるようになったんだもの、技のほうだってきっと出来る」

　フミは、タエが沈んだときはいつも角兵衛獅子を舞って慰めた。二人は毎朝、必ず庭に出なければならなかったから、場所には困らなかった。

　しかし、風車などの大技は一人ではできない。この三ヶ月でずいぶんふっくらとしたタエは、身が軽いとはいえず、とんぼをきることはできそうになかったが、体は柔らかく、腰のねばりはなかなかだ。タエも最初は尻込《しりご》みしていたが、角兵衛獅子を舞ってみたいという誘惑には勝てなかったらしく、今は倒立までは難なくこなせるようになっていた。

「で、でもおれ、まだ全然……」

「ものは試しだ。やってみよう」

フミに笑顔で促され、タエは迷ったあげく頷《うなず》いた。たすきを締め直し、着物の裾《すそ》をさっとからげる。

一方のフミは、傅家甸の住人が普段着ている短い上衣《うわぎ》と下裳《したも》という恰好《かっこう》だったので、とくに準備をする必要はなかった。和装よりもこちらのほうが動きやすいので、フミは『酔芙蓉』に来てすぐに、こちらの服装に切り替えた。

角兵衛獅子は、本来ならば、紅白の縞《しま》の着物に、同じく縞の山袴《やまばかま》、黒地に卍《まんじ》の胸当てをつけ、頭には獅子頭《しがしら》をつけて演じる。哈爾濱の女郎屋にそんなものがあるはずもない。しかし恰好など、どうでもいい。謡と、この体ひとつあれば。

フミたちがこの時間、ひそかに庭で練習をしていることは、暗黙の了解になっていた。女将やカツに知られれば雷が落ちるが、女郎や男衆《おとこし》の中には、口上を聞きつけてこっそり見に来る者もいる。運がよければ、小遣いをもらえることもあった。

父に捨てられ、誰にも顧みられなくなったとき、もう二度と角兵衛獅子を演《や》ることはないだろうと思った。もともと、好きだったわけではない。辻《つじ》芸は、あくまで生活の糧。やらなければならないからそうしていただけだ。しかし、海を越えても、それなりには役に立つらしい。ならば使うまでだ。角兵衛獅子は、子供の舞。どうせいずれはできなくなる。この体に肉がつき、女らしい丸みを帯びてきたら、もう高くは跳べない。

獅子舞の布に見立てた大きな布地をフミがひらりと舞わせると、タエは朗々と謡いはじめた。口上にあわせてひょいと跳ねれば、それだけでフミの体は驚くほど高く舞い上がる。小さな足は時には摺《す》り、跳ねながら、獅子の歩みを真似る。たたきこまれた技は、フミの意識を越え、タエの声に合わせて次々と姿を現した。ここで鯱《しゃち》、ここで蟹《かに》。大技はとばして最後はくるりと宙返り。

「さァ、おタエちゃん」

フミは息を弾ませ、タエにむかって手を差し出した。ここから先は、もうひとりいないと出来ない大技の連続だ。タエは固唾《かたず》を呑《の》んで頷き、一歩足を踏み出した。

「あんたたち、何やってんだい！」

高揚の時間は、不粋な雷によって破られた。目をやれば、カツが仁王立ちでこちらを睨《にら》んでいた。

「掃除がまだ終わってないよ！　あたしの目を盗んで優雅に舞の練習たぁいい度胸じゃないかい、ええ？」

「ごめんなさい、おカツさん。すぐにやります」

二人が慌てて庭から立ち去ろうとしたそのとき、上から拍手が聞こえた。顔をあげると、細かい彫刻を施した露台に、一人の女が佇《たたず》んでいた。襦袢《じゅばん》に、打ち掛けを羽織っている。この『酔芙蓉』では珍しい、いかにも日本の女郎らしい恰好をした女は、白い顔に微笑みを浮かべて手を叩《たた》いていた。

美しい女だった。フミがはじめて『酔芙蓉』に来たとき、見下ろしていた女郎とはまた違う美しさだった。あのときの彼女が、圧倒的に華やかな牡丹《ぼたん》ならば、今フミたちを見下ろしているのは、清楚《せいそ》で気品溢《あふ》れる胡蝶蘭《こちょうらん》。その透き通るような肌と華奢《きゃしゃ》な立ち姿には、浮き世離れした雰囲気があった。

「……お蘭ねえさん」

フミが名を呼ぶと、彼女はかすかに頷いたように見えたが、何も言わずに身を翻した。音もなく部屋に入っていく姿を、フミとタエはうっとりと見送った。

洗濯の後は、午前中いっぱいかけて郭《くるわ》の隅々まで掃除する。この時間帯は、夜明けまで働きづめだった女郎たちにとっては貴重な休息のひとときだから、大きな音をたてて邪魔をするようなことがあってはならない。しかし、夕刻までには廊下も柱も磨きあげ、全ての部屋に昨夜の荒淫《こういん》の形跡を残さず清潔に整える必要があった。

二人がかりで、長い廊下、広大な炊事場、風呂場《ふろば》、ご不浄全ての掃除を終えた頃には、もう時刻は正午を過ぎている。この時間になると女郎たちも起き出してくるので、朝食の膳《ぜん》を出し、布団を干し、とりこんだ洗濯物をたたんでは所有者のもとに運ぶ。自由に外に出られない女郎たちから買い物を頼まれたり、縫い物を任されることもたびたびで、それをこなしながら女将や遣《や》り手の世話もし、さらに夕刻に備えて夕餉《ゆうげ》の準備をし、女郎たちの支度も手伝う。

店が始まれば、本部屋と廻《まわ》り部屋をとびまわって酒や肴《さかな》を運び、敷布を取り替える。男と女の生臭さの間を駆けずりまわっている間に夜は明けて、洗濯場に積み上げられた汚れものの山にうんざりする。

毎日この繰り返しだった。自分でもいつ食事をしているのか、いつ眠っているのか、わからない。女郎たちもしんどいだろうが、きれいに化粧をしてきれいな着物を着て、朝になればぐっすり眠ることを許されているのだから、ぼろを着てずっと働き通しのフミからすれば、うらやましくてならなかった。

この日も、掃除を終えてようやく炊事場の隅で遅い昼食をとっていると、階段から慌ただしい足音が聞こえてきた。この軽く弾むような音は、女郎の中でいちばん若いおマサだろう。

「おタエいる？」

赤い襦袢をだらしなく纏《まと》い、ひっつめ頭で現れたのは、案の定おマサだった。白粉《おしろい》をはたき、目元を整え紅をさすとなんともいえぬ色香が漂うが、あらいたての素肌をさらした今は、十七歳という年齢よりもさらに稚《おさな》く見える。

「これ、繕ってほしいんだけど」

見せびらかすようにひろげたのは、ロシア娘が着ていそうな、襞《ひだ》をたっぷりとった服だった。いかにも安っぽい布で縫製はお粗末なもので、裾の線がすでにおかしい。なにより目立つのは、腰のあたりの妙な裂け目だ。それでもタエは、「あれま、すてきなお洋服。きれいだわァ」とうらやましそうに言った。

「せやろ？　ホーさんがくれはったんよ。次会うときに着てやぁて。プリスタンのロシア人の店のものやて」

興奮してお国言葉に戻っていることにも気づかず、マサは誇らしげに服を掲げた。ホーさんは、マサの馴染《なじ》みの支那人だ。本名は陳なんとかというらしいが、ここでは皆ホーさんと呼んでいる。マサは西洋のものに強く憧《あこが》れていて、着ていくところなどないのに服や靴をほしがった。この服も、マサがしつこくねだったのだろう。

「けどなァ、ホーさん、女の服選ぶなんて初めてなんやて。それでェ、腰のあたりがちいっとね……」

どうやら、小さい服にむりやり豊かな臀部《でんぶ》を押し込んだところ、あっさり裂けてしまったらしい。フミは笑いそうになったが、後でどんな目に遭わされるかわかったものではないので、下を向いてこらえた。マサは明るく素直な娘だが、気が短く、怒ると手がつけられない。とくにフミ相手のときは容赦をしなかった。マサは自分にとって有益な人間とそうでない人間をきっちり見極めており、裁縫が得意なタエにはやさしくするが、フミはやさしくしたところでなんの得にもならないと判断されているらしい。

「襦袢縫うんとわけちゃうし、うちちょっと自信のうて。すぐできそう？」

じっと服を検分しているタエに、マサは媚《こ》びるような目を向けた。

「大丈夫だと思います」

「よかったァ。ほならこン後、買い物も頼んでええかなァ」

タエの口元がほんのかすかに強張《こわば》ったのを見て、フミは身を乗り出した。

「おマサねえさん、買い物なら私が」

マサは横目でフミを見た。炊事場に来てはじめてフミを視界にいれた瞬間だった。

「あら、おおきに。けどあんたんことは、お蘭ねえさんが呼んではったわ」

「お蘭ねえさんが？」

「あの人もそろそろええお歳やからねえ。腰揉《も》んでほしいんやて。別嬪《べっぴん》でも、やっぱり寄る年波にゃあ勝てへんのやね」

「あたしより若いけどねえ、お蘭は」

廊下から新たに聞こえてきた声に、マサは口の動きだけで「げぇ」と言った。

「調子にのってあれこれ頼むんじゃないよ。おタエはあんた専用の下女じゃないんだ」

伝法な口調がよく似合う、艶《つや》のある低い声。障子に手をかけて、唇の片端だけをあげて笑うのは、売れっ妓《こ》の「牡丹《ムーダン》」こと千代だった。

風呂から部屋に戻るところらしく、まとめた髪はくろぐろと濡《ぬ》れ、顔や胸元はほんのりと色づいている。同性のフミでも一瞬見とれるほど色っぽい。フミがはじめて『酔芙蓉』にやって来たとき、上から見下ろしていた女郎は、この千代だった。

そろそろ三十路《みそじ》に手が届く年齢だが、人目をひく美貌《びぼう》という点では千代にかなう女郎はいない。目鼻立ちは絵に描いたように鮮やかで、高い位置にある腰は絞り上げたように細い。手足が長く、なにもかもがほかの女郎と違っていた。まさに、百花の王の名にふさわしい艶《あで》やかさだ。

「あぁら、ひどい服。これあんたがつくったの？　趣味が悪けりゃ縫製もひどいねェ」

マサが手にした服を一瞥《いちべつ》し、千代はせせら笑った。マサの顔が真っ赤になる。

「ホーさんが、プリスタンのロシア人の店で買ってきてくれたんです」

「ロシア人の店で？」

とびきりの冗談を聞いたといいたげに、千代は笑った。

「こんなものを売りに出したら、一日で店は潰《つぶ》れちまうじゃないか。どう見ても、洋装のなんたるかがわかってないやつが見よう見まねで縫っただけだよ」

よくぞ言ってくれた。フミは心の中で千代に喝采《かっさい》を送った。

「ホー助がまともな店でこんなもん買えるわけないだろう？　それにしたって、もうすこしましな縫い手はいなかったのかねぇ。ま、あんたならこの程度でも充分騙《だま》せると思ったんだろうけどさ、万が一こんな服で外にでられちゃあ『酔芙蓉』の恥だから、よしとくれよ」

顔を赤と青のまだらに染めたマサは、服を乱暴に丸めると、千代に肩をぶつけるようにして炊事場から出て行った。

「おお、痛。いやな子だねぇ」

「お千代ねえさん、ちょっと言い過ぎじゃないですか」

　控えめなタエの言葉に、千代は鼻を鳴らす。

「ほうっときゃいいのよ。第一あんなズン胴がこんな服着たって似合うわけないさ。それにあの尻《しり》じゃ、どう見ても入らないだろ。おタエ、繕うだけじゃなくてひろげてやるつもりだったのかい？」

「ええ……なんとかなるかなと思って」

「そこまでしてやる必要はないさ。あんたは本当にいい娘だねぇ。それより、酒をおくれな。女将《おかみ》にはちゃんと金払ってきたからね、ほれこのとおり」

　千代は領収書をひらりと振った。一日三食つきとはいえ、白米に一汁一菜のみで、重労働の女郎にとってとても足りる量ではない。これ以外のおかずや飲み物がほしければ、女将に金を払い、売ってもらう。化粧品や衣服、寝具の類も全ては女郎みずから買わねばならない。

「昼間っからいいんですか」

「うるさいねえ。夜は好きに飲めないんだからいいだろ。おまえは早くお蘭のところにお行きな」

　睨《にら》まれたフミは、すごすごと炊事場を出た。階段をのぼり、二階に向かう。二階は、本部屋もちの女郎たちの空間だ。あがってすぐの小さな部屋は、最近一階から移動してきたばかりのマサの本部屋だった。扉のむこうから、押し殺した泣き声が聞こえてくる。

マサには今、愚痴を言えるような友達がいない。大部屋にいた頃は、客をとったとられたでとっくみあいの喧嘩《けんか》をしつつも仲のよい女郎がいたものを、本部屋もちになってからは、ひとりでいることが多い。マサは「あんな連中、こっちのほうから切ってやったのよ」と強がっていたが、以前より頻繁にタエに声をかけてくるようになったところを見ると、やはり寂しいのだろう。少しかわいそうになったが、フミは声をかけることなくマサの部屋の前を通り過ぎた。

部屋の並びは、そのまま女郎の序列を表す。突き当たりの最も広い部屋は、稼ぎ頭——日本の遊郭風に言えば「お職」が住むと決まっている。千代は百花の王の源氏名にふさわしく、二年前までそこに住んでいたらしいが、今は隣の部屋に移っていた。

フミはちらりと、かつては華やかな牡丹《ぼたん》が描かれていたであろう奥の扉を見やった。今そこに咲き乱れているのは、蘭の花。部屋の主は、二十五歳の蘭花《ランファ》だ。店に出る時はみな、わかりやすい花の源氏名を使うが、普段は日本名で呼び合っている。しかし蘭花だけは本名が知れず、フミたちは「お蘭ねえさん」と呼んでいた。

「お蘭ねえさん、フミです」

膝《ひざ》をついて声をかけると、すぐに「どうぞ」と応《いら》えがあった。静かに襖《ふすま》を開けると、いい香りが鼻をくすぐる。どの女郎の部屋も、どれだけ掃除をしても独特の生臭さが残っているような気がするのに、蘭花の部屋だけはいつも清い香りがした。

「忙しいところ、呼びつけてごめんなさいね。背中がとてもだるくて」

窓際で書物を開いていた蘭花は、顔をあげて微笑んだ。フミは、彼女が他の女郎たちのようにだらしなく胡座《あぐら》をかいていたり、横になって菓子を食べているところを一度も見たことがない。いつもしゃんと背筋を伸ばし、空いた時間には本を読んだり、縫い物をしたりしている。ここには全く読み書きができない女郎もいるので、彼女たちに代わって文をしたためたり、逆に届いた文を読んでやることもあった。

噂では、武家の娘だとか。蘭花の、今にも折れそうな風情ながら一本通ったものを感じさせるところや、立ち居振る舞いの優雅さ、そして教養の高さを見るにつけ、まんざら嘘とも思えなかった。

「とんでもない。むしろ助かりますよ」

蘭花の用事とあれば、つらい掃除やこまごまとした仕事から抜け出したところでカッも文句は言えない。フミが敷き布団を敷くと、蘭花は礼を言って身を横たえた。

「おフミちゃんはそんなに小さいのに、手の力は強いのね。とても上手だわ」

足からゆっくりもみほぐしていくと、蘭花は気持ちよさそうに言った。フミは体こそ同世代の娘よりも小さかったが、手足は大きく、力があった。昔から軽業で鍛えていたからかもしれない。爪がぶ厚く、先にいくにつれ少しずつひろがっていくように見える指は、細かい作業には向いていなかったが、強張った筋を押してほぐしていくには最適だった。蘭花以外の女郎や、時には女将や遣《や》り手にも、フミは頻繁に呼ばれた。

「父にも、これだけはよくほめられました。いざとなりゃあ、按摩《あんま》でもやれって」

「向いているわ。郭《くるわ》じゃ、腕のいい按摩師はなにより重宝されるのよ」

蘭花は、男たちが「濡れたよう」と手放しで褒める肌の下に、いつも深い疲労を隠していた。姿勢のよい姿からはわからないが、こうして触れれば痛いほどに伝わってくる。とくに腰から尻にかけては、いわゆる女郎だこがしっかりと居座っていて痛々しい。蘭花の客は日に十人はくだらないと言われているから、ことにひどい。

「蘭花さん、今日も乗りますか」

「お願い。おもいっきり踏んでちょうだい」

フミは頷《うなず》き、蘭花の腰の上に乗る。ああ、と蘭花はうめいた。指ばかりではなく、小柄なフミの体は疲れた女郎の腰を踏むのにちょうどいい目方らしかった。やはり昔、父の腰もこうしてよく踏んでいたが、半分ほどの細さしかない蘭花を容赦なく踏んでも大丈夫なのかいまだに不安になる。しかし蘭花はいつも、「きもちがいい」としか言わない。毎晩毎晩、いいように男に揺すられる腰は、どれほど凝り固まっているのだろう。

タエは初潮がきたら店に出すと女将は言っているが、フミはあまりの体の小ささに、初潮すらこないのではないかと言われていた。それは、この店では女郎にはなれないということだから困るけれど、これ以上重くなると蘭花の腰を踏むことはできなくなるから、もうしばらくはこのままでもいいかと思わなくもない。女将や他の女郎の体を揉《も》むのはただの面倒な仕事にすぎなかったが、蘭花だけは特別だった。

蘭花は誰に対してもやさしい。一番の売れっ妓だというのにそれを鼻にかけることもなく、おなかをすかせている若い女郎やフミたちにそっと食べ物を買ってくれるし、客からの差し入れも気前よくわけてくれる。

女郎の中で、ロシア語や支那語の習得にもっとも熱心で、今では支那語の書物もすらすらと読めるという。その教養と気品のためか、蘭花には上客が多い。プリスタンには日本人向けの安全な店がいくらでもあるにもかかわらず、蘭花会いたさにわざわざこの傅家甸に通ってくる日本人の実業家もいる。

さすが、蘭花さん。さすが、私のおかあさん。飴《あめ》をなめるように、フミは口の中で大切に「おかあさん」の五文字を転がした。おかあさん。想いをこめて、そうっと腰を踏む。

いつからか、フミは蘭花に母の面影を重ねていた。もっとも母の顔など知らないし、フミの母親というには蘭花は若すぎる。それでも、吉原のお職だったという母は、蘭花のような美しくたおやかな女だったにちがいないとフミは信じていた。

タエが夢の中で泣きながら慕う、あまい綿菓子の母よりも、ずっとやさしくてきれいな、自慢の母だ。

「そういえばねお蘭ねえさん、さっきおマサさんがタエちゃんのところに来たんですけれど」

黙っていると、そのうちほんとうにおかあさんと呼びかけてしまいそうだったので、フミは炊事場での出来事を話すことにした。言葉を挟まずに聞いていた蘭花の反応は、フミが予想していたものとはすこし違っていた。

「おマサちゃんもホーさんも、いじらしいわね」

腰を押されて少し苦しそうな息の下で、蘭花は言った。

「いじらしい？」

「だって、ホーさんも本当は、ちゃんとしたものを買ってあげたかったんだと思うのよ。おマサちゃんも、ちゃんとわかった上で、これはホーさんが買ってきてくれた本物だって言ったんじゃないかしら」

それは好意的に解釈しすぎではないだろうか。蘭花ならばともかく、マサに本物か偽物かを見分けるような目があるとも思えないし、そんな健気《けなげ》な性分ではないと思う。しかしフミは黙っていた。蘭花のやさしさを否定したくはない。

「お千代ねえさんもきついわね。おマサちゃん、かわいそうに。私が縫ってもいいんだけれど」

「ねえさんにやって頂くぐらいなら私がやります。そういえばお蘭ねえさんて、洋装はしないのですか？　服はお持ちですよね」

部屋には、着物専用の桐箪笥《だんす》のほかにも大きな箪笥や行李《こうり》があり、洋服や旗袍《チーパオ》もしまってある。女郎たちの部屋の掃除や、衣装の虫干しもフミたちの仕事なので、今までに何度か蘭花の箪笥も開けている。さきほどのマサの服とは比べものにならない、一目で極上とわかる絹のドレスもあった。しかし蘭花が身につけているところは見たことがない。少なくとも、フミが『酔芙蓉』に来てから、蘭花はずっと和装と日本髪で通している。

「頂きものなのよ。お千代ねえさんみたいな西洋体型ならいいんでしょうけど……あの人は似合っているわね」

「でも、お蘭ねえさんもとっても似合うと思います。私、見てみたいなぁ」

フミはうっとりと蘭花の洋装姿を想像した。きっとリラの花のような、柔らかい色が似合うだろう。つばの大きな帽子を優雅な角度でかぶり、長い手袋をはめて、小さな可愛らしい足に吸いつくような革の靴で歩く蘭花は、どんなにか美しいだろう。着物と下駄に慣れた彼女に、踵《かかと》の高い靴は辛《つら》いかもしれないが、支えてくれる相手には事欠かないはずだ。

キタイスカヤにある銀行のえらい人だというロシア人の、あれくさん。この傅家甸で商売を始めて、今は売買街《トルゴワヤ》に大きな店を構えた劉《リウ》さん。大豆の輸出業で財を成したという、地段街に商会をもつ岡本さん。この三人は、『酔芙蓉』の上客の中でも、とくに身なりがよく、金払いがよかった。全員が、蘭花はまれに見る才色兼備の女郎だと褒めそやす。この中では——西欧風の美しいキタイスカヤ街を歩くには、やはり上背があって肩幅もあるロシア人がいい。ならば、あれくさんだ。白っぽい金の髪に、哈爾濱の夏空のような瞳《ひとみ》。黒に近い灰色のフロックコートを着た彼は、白い手袋をはめた手を優雅にさしだす。

やがて想像はあらぬ方向に走り出し、あれくの隣にいる蘭花は、いつのまにかフミになっていた。はじめてキタイスカヤを歩いたときに見たあのロシア娘のように、フミは真っ赤な靴を履き、踊るように歩いていく。

以前、千代に真っ赤な靴のことを熱っぽく話したら、「それはまちがいなくロシアの娼婦《しょうふ》だよ。お仲間さ」と鼻で嗤《わら》われた。想像の中で、フミはいつもあのロシア娘と同じ恰好《かっこう》をしている。軽快で優雅で、なにより圧倒的に自由だった、あの娘。

赤い靴で、フミは拍子をとる。可憐《かれん》で優雅な舞に、あれくはもちろん、周囲の人間は皆うっとりとしたまなざしを寄越す。そして熱っぽく囁《ささや》きあうのだ。

見てごらん、あれが美人ぞろいの『酔芙蓉』で一番の売れっ妓《こ》さ。吉原のお職の娘だよ。花魁《おいらん》の張りと粋《いき》と、支那の烈しさと、ヨーロッパの豪奢《ごうしゃ》な華を備えた、哈爾濱で一番の、いや大陸一の女だよ。名前は、そう――

「おフミちゃん？　どうしたの？」

蘭花に怪訝《けげん》そうに名を呼ばれ、フミは我に返った。妄想に夢中になって、足のほうが留守になっていた。

「ごめんなさい。洋装の蘭花さんを想像していたんです。ねぇ、今度ほんとうに着てくださいよ。あれくさんと一緒に、プリスタンで写真を撮ってもらって」

気恥ずかしさもあって、フミは早口で言った。

「洋装は、似合わないのよ。それにコルセットは、女郎だこが痛くて」

フミは今まさに自分が踏んでいる場所をまじまじと見下ろした。いくら丁寧にほぐし、押したところで、元には戻らない場所。その姿を見ただけでは誰も女郎とは思わぬ蘭花の、まぎれもない苦界の住人のあかし。

「最近の若い子はみんな西洋のものに憧《あこが》れるのね。『酔芙蓉』の若い妓たちも、何人かは西洋風のプリスタンの店に移ってしまったし」

「お蘭ねえさんはどうして残ったんですか？　ねえさんなら、きっといい条件でお話があったでしょう」

「おかあさんには恩があるもの。何も知らずにやって来た私を、一から仕込んでくれたわ。今さら離れるなんてできない」

ごうつくばばあと女郎たちから陰口をたたかれている女将《おかみ》を、蘭花だけは慕っていた。女将は女将で、まっさらな蘭花をここまで育てあげたのは私だとことあるごとに自慢している。実際に、大陸の男たちが夢見る「たおやかな日本女」そのものである蘭花は稼ぎに稼いでいたし、どんな大金を積まれたところで、女将がそう簡単に手放すとは思えなかった。

「それなら、身請けは？　岡本さんなんて熱心じゃないですか。お蘭ねえさんを妻に迎えるためにまだ独り身なんだって言ってましたよ」

「みんな一度は身請け話はするものよ。真に受けては莫迦《ばか》をみるわ」

「そうかなぁ。傅家甸の治安は年々悪くなってるから、お蘭ねえさんを長く置いておけないって、すごく心配していましたけど」

「そんなことは、戦争の後にこのこやってきた人が言っていることよ。彼らから見たら傅家甸は魔窟《まくつ》かもしれないけれど、ずっとここにいる人間からしたら、昔よりずっと治安がよくなったぐらいよ」

穏やかな口調が、逆におそろしかった。蘭花が大陸に売られてきたのは、ロシアとの戦争が始まる一年前だったという。「戦争後にのこのこやってきた」フミは、なにも言えない。

長白山《ちょうはくざん》山頂の天池を水源とし、最後には黒竜江（アムール河）へ合流する、全長約二千キロに及ぶ松花江、またの名をスンガリー。東北地方の物流の要《かなめ》であるこの大河と、ロシアがアジア支配の大動脈として築いた東清鉄道のまじわる都市が、この哈爾濱である。

もともとは寒村にすぎなかったこの地を、帝都サンクト・ペテルブルクと同じように――いやさらに華麗な街につくりあげ、パリやロンドンに負けぬ大都市とする。そしてこの地を起点として支那、日本、東南アジア諸国にも支配をひろげ、すでに節操なき植民地支配によって世界を動かす大国となった英国らと対等に渡り合う地位を手に入れる。それは、欧州に憧れ続けながら、文化的後進国として彼らに見下されてきたロシアの、切なる願いだった。大国の悲願の結実にして野望の水源が、この哈爾濱なのだ。

しかし、詐欺同然の手口で鉄道敷設権を手に入れて支那の大地に東清鉄道をつくり、路線を守るという名目で「鉄道附属地」という名の租界を勝手に築いてはどんどん面積を拡げていくロシアの遣り口に、反感を覚える支那人は少なくなかった。馬賊、あるいは単なる盗賊として、彼らは頻繁に鉄道と附属地を襲ったと聞いている。

その一方で、哈爾濱建設のために遠い故郷から駆り出されてきた苦力たちが、鉄道附属地の外側に位置するこの傅家甸に住みついた。やや遅れて、彼らを標的とした商売人たちも次々移り住んできた。『酔芙蓉』の女将、芳子もその一人である。

死と隣りあわせの危険の中、過酷な労働につく苦力たちにとって、女はただひとつの娯楽、いや生きていることを実感できる唯一の機会といってよかった。苦力の不満を逸《そ》らす恰好の娯楽として、また同胞の欲求を解消する道具として、ロシア側も日本からやってきた女郎たちを歓迎した。

しかしやがて、ロシアと同じように大陸支配を狙う日本が本格的に進出してくると、哈爾濱の情勢は悪化した。日本とロシアの間に戦争が始まる気配を察して、多くの日本人が一度はここから逃げ出したという。二年前に哈爾濱が国際都市として開かれるまで、多くの日本人は浦塩で息を潜めていたらしい。

その間もずっと、『酔芙蓉』はここにあった。ロシア人も支那人も、客として受け入れ続けた。『酔芙蓉』の外側がどれほど変わろうと、この日本と支那、時にロシアの色がいりまじる奇妙な建物の中はいつも同じ、淫《みだ》らな安らぎに満たされていたのだった。

「今もプリスタンの日本人街には女郎屋がたくさんあるけど、あれは全部、ここ二、三年でできたものよ。戦争前にもたくさんあって、一時は日本軍の軍人さんが増えて繁盛したけれど、戦争の後は全部潰《つぶ》れたわ。でも『酔芙蓉』だけは繁盛したの。おかあさんが、傅家甸の人たちに敬われていたからよ。だから私は、女郎であるかぎり、ここにいようと決めているの」

蘭花が手をあげたのを合図に、フミは畳の上に降りた。蘭花はゆっくりと体を起こし、ちいさく伸びをする。緩んだ珊瑚《さんご》の簪《かんざし》を挿しなおす仕草も優雅だった。蘭花は、客を出迎えるときはいつも豪奢な簪を挿していたが、昼のうちはいつも同じ、なんということのない珊瑚の簪をつけていた。

「ありがとう、だいぶ楽になったわ。これで今日も頑張れそうよ。フミちゃんにはいつも、元気をもらえるわね」

微笑む顔は、さきほどよりも血の気が通い、よりいっそう美しい。フミの頬も熱くなる。おかあさんはとてもきれい。哈爾濱一の美女だ。わたしの、自慢のおかあさん。

フミは今朝見た、蘭花の清らかな姿を思い浮かべた。微笑みをもらえるだけで、幸せになれる人。苦界に舞い降りた、天女のような人。

いつか自分もあんなふうに、微笑みひとつで人の心をかき乱し、いくらでも金をかけてもいいと思わせるような存在になるのだ。フミは、蘭花からもらった菫《すみれ》の砂糖漬けを懐にしまい、踊るように階段を駆け下りた。

第二章　白蛇

1

扉を開けると、冷たい風が顔に吹きかかる。十月半ばだというのに、もう真冬のようだ。一瞬息をとめて気合いをいれ、店を飛び出すと、フミの体はすぐに馴染《なじ》み深い喧噪《けんそう》に包まれた。

「おフミ、お遣いかい？　頰がまたこけてるよ、ちゃんと食ってんのかい」

真っ先に声をかけてきたのは、近くの店の女だった。にこりともせず、いつも同じ言葉を口にする彼女が、昔はずいぶん怖かった。支那の言葉は、まるで喧嘩《けんか》をしているように聞こえるので、なおさらだ。

「こんにちは、おばさん。うん、プリスタンにお遣い。ご飯はちゃんと食べてるよ、でも太らないの」

「まったく。ヨシコはいい女だけど、ケチなのが玉に瑕《きず》だね。帰りに、うちの店に寄るかい？」

「うん、帰りに寄る！　ねえさんから饅頭《マントウ》を頼まれてるし」

「なら、おまけしてやるよ。あんたのぶんね」

「ありがとう！　できれば二つ。おタエちゃんにも」

「わかってるとも。小琳《シャオリン》に食い尽くされる前に早く戻ってくるんだよ」

手をふると、女はようやく笑顔になった。皺《しわ》だらけの顔は、笑うととてもやさしい。以前は何を言っているのか全くわからず、ただ女の剣幕におされてたじろいだ。店先の台に置かれた蒸し器から湯気をたてた饅頭を取り出し、無言で押しつけられたときは、目をまんまるにして彼女を見上げた。そのとき、フミはようやく彼女が自分を気遣ってくれているということを知ったのだった。

道を小走りで行けば、次々と挨拶《あいさつ》の声がかけられる。この四ヶ月で、フミも簡単な会話ならできるようになった。すると途端に傅家旬は快適で愉快となった。『酔芙蓉』の近くに住まう者たちは、たいていフミに親切だ。さきほどの女のように、がりがりのフミを憐《あわ》れんで、買い物のついでにおまけをしてくれる者もいる。

最初は、フミもうろたえた。物心ついたときから辻《つじ》芸人として生きてきた彼女は、人の親切に慣れていなかった。しかしすぐに、彼らの厚意の理由はわかった。傅家旬の住人たちは、フミ本人に親しみを覚えているわけではない。彼女が、『酔芙蓉』の赤前垂れだから、気遣ってくれるのだ。

「ここにいる男の多くは、『酔芙蓉』に一度は世話になっているんだからね。みんな私に恩があるのさ。商売をする援助をしてやったのも、一人や二人じゃないんだよ。支那の人間は、受けた恩は忘れないからね」

がいいと言った。きっと、こういうことなのだろう。女郎たちは、芳子をごうつくばばあだと嫌っているが、フミは好感をもっていた。たしかに厳しいし、食事は最低限しか与えてくれないが、辻芸人時代に比べればよほどましだし、なにより芳子はフミを『酔芙蓉』に受け入れてくれた恩人だ。それに自分が今こうして、隣人たちにやさしくしてもらえるのは、彼女のおかげなのだから。

傅家甸の入り組んだ小路を駆け抜けると、大きな通りに出た。スンガリー沿いに走るこの道は、傅家甸とプリスタンを結んでいる。歩くとかなり距離はあるが、赤前垂れに洋車《ヤンチョ》など使う余裕はない。洋車は日本風に言えば人力車で、街のいたるところに客待ちの苦力がたむろしていた。

顔見知りの男が牽《ひ》く洋車と競走するように、フミは走る。河に近いため、空気は痛いぐらいだった。次第に街並みが変わり、西洋建築が整然と並ぶ通りに出ると、ああプリスタンに来たのだと思う。ここでは空気は淀《よど》むことなく、灰色の空と大地の間を整然と循環している。洋車の車輪が泥に沈むこともない。

フミは跳ねるようにして石畳の上を歩いた。東京や横浜で見たような平らな石畳とは違い、プリスタンの石畳は丸い石をしきつめたものなので、哈爾濱に来たばかりの頃はよく転んだものだが、今はこのごつごつとした感触にも慣れた。この歩きにくい丸石は、冬に道路が凍って鏡面のようになってしまうのを防ぐためだという。道の両側に立ち並ぶ看板には、さまざまな文字が躍っている。ロシア語、英語、支那語、それから日本語。もっともフミにはほとんど読めない。ただ形の違いで、見分けることが出来る程度だ。辻ご維新の後、内地では学校制度が施行されていたが、フミには縁のない話だった。辻芸に文字は必要ない。しばらく小学校に通うことができたというタエは、カナならば読めたので、フミは空き時間を見つけてはタエから文字を習った。

「これ全部、お蘭ねえさんは読めるのかなぁ……」

フミは、今は風景のひとつにしか見えない看板の文字を見やった。蘭花の部屋の行李《こうり》には、さまざまな文字の本が詰まっている。フミが蘭花をとくに敬う理由のひとつだ。

プリスタンの、優美な飾りのついた色とりどりの建物はアールヌーボー調と呼ぶのだということも、蘭花に教えてもらった。欧州で流行《はや》っている最新の建築様式なのだという。流麗な曲線を備えた建物の間を歩く人々も、最新の服に身を包み、得意げに歩いていく。すってんころりんと尻餅《しりもち》をつき、すました顔がどうなるか、見てみたい。プリスタンはひろびろとして、清潔で、安全で、豊かだった。道にはいつも何かが落ちていて、常に異臭がする傅家甸とは別世界だ。

思えば、哈爾濱はつくづく不思議な街だ。ひとつの街に、ロシアと支那、さらに日本や他の国々が存在している。町並みはパリの真似。どれも、まじりあうことはない。傅家甸にいる支那人はそこから出ることはないし、プリスタンに住まうロシア人や日本人はまず傅家甸にはやってこない。

「あぁ、臭いと思ったら、やっぱり」

最初の目的地である書店での買い物を終えて出てくると、途端にかん高い日本語に迎えられた。ちらりと目をやり、フミはため息をつく。ついていない。プリスタンではいちばん大きな料亭『あづま』の下働きの娘たちだ。

「こんにちは。お買い物？」

フミが笑顔で挨拶をすると、途端に娘たちの顔がゆがんだ。

「やだ、近寄らないで。臭いったら」

「そんな恰好《かっこう》で、馴《な》れ馴れしく話しかけないで！　傅家甸の支那人と知り合いだなんて思われたら、私たちが迷惑だもの」

「そう？　楽だよ、これ。動きやすいし、暖かいし」

フミは笑い、見せつけるようにくるりと回ってみせた。その軽快な動きに、娘たちはますます鼻の頭に皺を寄せる。

「洋装のほうがずっといいわ。『酔芙蓉』では、女郎たちもみんな支那服なんですって？」

「支那服や洋装の人もいるけど、ほとんどは着物だよ」

「変なの。あんたたち、日本人に相手にされないから、傅家甸なんて不潔な場所でいまだに支那人相手に商売してるでしょ？　だったら支那服でいいじゃない」

「あらぁ、着物を脱がすのが好きって外国人の客もいるっていうから、それじゃない？　うちの店は支那人はお断りだから、よくは知らないけど」

二人は顔を寄せ合い、くすくす嗤《わら》う。以前はフミの存在などまるで無視していたくせに、最近は会うたびにこうして嫌味をぶつけてくる。鬱陶《うっとう》しいが、腹がたつほどではない。長く辻芸人をやっていたから、罵詈《ばり》雑言と侮辱には慣れている。余裕がない人間ほど、なんとか自分より下だと思える人間を見つけて詰《なじ》らずにいられないということを、この十二年で学んだ。

『酔芙蓉』は、客を国で選ばないよ。あとさ、悔しいならそう言えば？」

「はあ？　悔しいって何が」

「そっちの花街で売り出した美女はがきの売り上げ、うちが出した蘭花ねえさんと牡丹ねえさんのはがきの半分にも満たなかったそうじゃない。残念ねえ」

右側の娘が、鬼のような形相で進み出て、右手をふりあげた。黙ってぶたれるいわれはない。フミは難なく避けた。今度はもう一人がつかみかかる。また避ける。

するとむきになって、二人がかりでやって来る。フミはひらりと身をかわし、馬車が来ないのを見計らい、往来の真ん中に出た。荷物を胸に抱えこんだまま、二回続けて宙を舞う。燕《つばめ》のような軽快な動きに、通行人から歓声があがった。フミはにこやかに彼らへ挨拶を送り、目をまるくしている娘たちの前に立った。

「……びっくりした。猿みたいね」

「あんた、猿回しの猿でもやればいいんじゃない。いくらあんたのねえさんたちが美人でもさ、あんたみたいな不細工な猿、女郎になんてなれっこないんだもの」

娘たちは憎々しげに言った。今度はフミが右手をふりあげる番だった。

あんたは女郎にはなれない。それは、フミにとって一番の禁句である。素早いフミの動きに、娘たちは対応できなかった。二人まとめて頬を張られ、一人は勢いあまって尻《しり》餅《もち》をつく。

「何すんのよ!」

激昂《げきこう》した娘たちに、フミも真っ向からぶつかった。道ばたで髪をつかみ、顔をひっかき、蹴《け》飛《と》ばし合う。小娘たちの壮絶な喧嘩《けんか》を、人々は眉《まゆ》をひそめて見やり、知らぬふりをして通り過ぎる。

「やめなさい」

低い声が、三人を止めた。ふりむくと、黒い外套《がいとう》を着た男が立っていた。同じく黒い帽子の下は、黄褐色の肌の妙につるりとした顔があった。帽子の陰になった目は、線のように細いのに、はっきりと強い光を放っている。見えざる矢に貫かれたように、立ち竦《すく》んだ娘たちに、男は早口で続けた。

「ロシアの官憲がこっちに向かっているぞ」

彼女たちの顔にさっと恐怖がよぎり、折るようにしてお辞儀をすると、二人はそそくさとその場を後にした。

ひとり残されたフミは、ぽかんと口を開けて男を見上げた。背はさほど高くはなく、躰《からだ》つきは細いほうだった。つりあがった目からは、ぎらりと光ったものは消えている。

頬から顎《あご》にかけての線は引き締まり、日に灼《や》けたなめらかな皮膚は、最初の印象よりも男が若いことを教えてくれた。二十そこそこといったところだろうか。下唇から顎にかけて、みみず腫《ば》れのように走る小さな傷があり、全体的に地味な顔立ちの中、白いその傷は別の生き物のように、フミの目になまなましく存在を焼きつけた。

「何だ？」

遠慮なく見つめてくるフミに、男は軽く眉をひそめた。

「ごめんなさい。助けてくれて、ありがとう」

線のような目が、かすかに見開かれた。

「日本人か」

彼が喋《しゃべ》ると、下唇がかすかに震え、傷も引きつれたように動いた。得体のしれぬ生き物は、ひどく不気味だった。

辻《つじ》芸人をしていた頃、さまざまな人間に会った。見世物小屋の一座とかちあうこともあったし、どんな異形にも慣れている。それなのに、たかだか顎の小さな傷が、なぜこんなにもおそろしく見えるのだろう。足下からはいのぼる震えをこらえようと下っ腹に力をこめ、フミは口を開いた。

「そうです。傅家甸の『酔芙蓉』って店で働いています。さっきのひとたちは、この近くの女郎屋の下働きで、仲が悪いの」

「酔芙蓉……ああ、日本人の女将《おかみ》がやっているあの店か。まだあったのか」

「知ってるんですか」

「行ったことはないが噂は聞く。ロシアとの戦争のときに、日本人で唯一ボロ儲《もう》けした女傑の店だとか。そうか、おまえ日本人か」男はしげしげとフミを見た。「どんな服を着ていようと、日本人か支那人かは見破る自信はあったんだけどな」

白い虫が、大きく体をよじらせた。男が笑っているのだと理解するのに、少し時間がかかった。

「傅家甸でも、おまえはどう見てもここの子だって言われます」

「どんな恰好をしようが自由だが、傅家甸の外ではふるまいに気をつけろ。傅家甸の子供が官憲に捕まったらどうなるかは知っているだろうし、日本領事館もあてにならん」

ロシアの官憲も恐ろしいが、日本領事館に知られたら、それはそれで恐ろしい。彼らの仕事は、哈爾濱に住む日本人の身柄を守ることだったが、その範囲はほとんどプリスタンと、駅の南側にあたる南崗《ノヴ・ゴーロド》に限られる。この街の主権はロシアと清《しん》が争っており、傅家甸は清政府の管轄下にあった。そんな場所にわざわざ店を構えているフミたちが何か問題を起こせば、領事館はすぐにでも店をプリスタンに移そうとするだろう。だからくれぐれも、プリスタンで問題を起こしてはいけない。フミは、女将にしつこく念を押されていた。

自分はなんてことをしてしまったのだろう、と悔やんでいるうちに、男が踵《きびす》を返したので、フミは慌てて手を伸ばした。

「あ、あの！」

自分でも驚いた。なぜ呼び止めたかわからない。手の先には、しっかり外套が握られている。露骨に迷惑そうに、男がふりむいた。

「すみません、助けていただいて何ですが……実は、道がわからなくて」

「傳家衕なら、あそこの通りをまっすぐ行けば着くだろう」

「いえ、まだ買い物が終わってないんです。煙草屋に行きたいんです」

「煙草屋なんて腐るほどある」

「ここじゃなきゃ駄目だって言われているところなんです。たぶん、近いとは思うんですけど」

フミが、道の名前を告げると、男の眉が寄った。

「その通りだと、方向がまるでちがう」

「ご存じだったら、近くまで連れて行ってくれませんか。また、ああいう子たちに会ったら、いじめられるし」

大きな目を潤ませて、フミは男をじっと見つめた。

「君のほうがいじめているように見えたけどな。まあいい、ついてこい」

ため息まじりに笑い、男は外套を翻して先に歩き出した。フミも慌ててついていく。

本当は、道に迷ってなどいなかった。このあたりは何度も来ているし、一度通った場所は忘れない。今日の買い物も、店をまわる順番は決まっていて、煙草屋は最後に行く予定だった。まだ最初の店で買い物を済ませたばかりだというのに、とっさに煙草屋の名を出したのは、ここから一番遠いからだ。

自分でも、よくわからない。怖いと思うのに、どうしてもこのままここで別れてしまいたくなかった。この不思議な、足下からざわざわと何かがはいのぼり、頭を痺《しび》れさせる不安を、もう少し感じていたかった。

古びてはいるがものはよさそうな外套に、少し形が崩れた帽子。靴もよく磨かれている。金のにおいはしなかったが、ごろつきの荒れた気配とも無縁で、つかみどころのない男だった。

この哈爾濱には、大志を抱いて日本を出て大陸に渡り、蘭花についた客のように成功した者たちもいるが、落ちぶれていった者はその数倍にのぼる。彼らの多くは傅家甸の日雇い労働者として支那人たちにまじって働き、給金を酒と阿片《アヘン》、女に費やし、やがてぼろきれのようになって死んでいく。『酔芙蓉』の女将、芳子の連れ合いもそうだった。彼女は元芸妓《げいぎ》で、惚《ほ》れた男について浦塩に渡り、そこで男の酒代や阿片代を稼ぐために春をひさぐようになったという。だからこそ芳子は、大陸浪人を自称する男をことに嫌っていた。

少しざらざらとした手触りの布を、てのひら全体で強く感じながら、フミは男の後を黙って歩く。風は相変わらず冷たい。しかし、『あづま』の娘たちと乱闘をしたせいなのか、体は火照り、布を握る手は汗ばんでいた。

「ずいぶん身が軽いんだな」

前を向いたまま、男が言った。

「いつから見ていたんですか」

「宙返りあたりから」

「だったらもっと早く止めてくれてもよかったのに」

「どうせすぐ終わると思った。君の勝ちで」

フミは赤くなった。

「買い物の品がなければ、あんなやつらすぐやっつけられたけど」

「荷物は大丈夫なのか」

男は足を止めてふりむき、フミが大事そうに抱えている風呂敷《ふろしき》包みを見た。

「割れものはありませんから。でも本だから、重くて」

「本？」

その目が、女郎が本なんて、と嘲《あざけ》っているように見えて、フミはかっとした。

「ねえさんは読書家なんです。支那語だってロシア語だって読めるんですから！」

「少し声を落とせ。このあたりは朝鮮人が多い」

「え？」

「今はぴりぴりしているからな、日本語はいたずらに彼らを刺激する」

フミは目を瞬き、あたりを見回した。道の向こう側から、暗い顔でこちらを見ている二人の男と目が合い、体が竦《すく》んだ。

言われるまでもなく、ここが朝鮮人が多く住む界隈《かいわい》だということは知っている。フミが目指す煙草屋の店主、金麗水《キムヨス》も、朝鮮人だ。ここに足を踏み入れるのは今日で六度目だが、今までこんなふうに、突き刺さるような目で見られたことはなかった。

「どうして今、ぴりぴりしているんです？」

「再来週、伊藤公が哈爾濱入りするだろう。知らないのか」

フミはしばらく考えこみ、ようやく伊藤公のことを思い出した。伊藤博文。たしか、四度にわたって内閣総理大臣をつとめた人だ。ロシアとの戦争のときも総理大臣だったから、覚えている。あのころは、辻《つじ》業で行く先々で、大人たちが戦争の話をしては、伊藤やら東郷やら乃木といった名前がとびかっていた。

「伊藤公が店に来てくれるってんなら、大喜びで準備もしますけど、そうじゃないなら関係ないもの。でも、どうしてここの人たちが？」

「伊藤公は、韓国統監府の初代統監だ。奴らからすれば、朝鮮支配の首魁《しゅかい》みたいなもんだろう。そいつが来るってんで、血の気の多い抗日の連中がこのへんに流れて来てる。大韓帝国が日本の保護国となったときには、浦塩でもけっこう日本人が襲われたから、用心に越したことはない」

男はフミの腕から本を包んだ風呂敷をとりあげて抱えると、もう一方の手でフミの手をつかみ、歩きはじめた。

フミはうつむき、石畳に伸びる男の影を踏んだ。つかまれた手首に全神経が集中している。体の右半分だけが、異様に熱い。腕は完全に痺れている。とくに手首のあたりは今にも焼け焦げそうだ。

息は白いのに、体は燃えるようだった。汗がしとどに流れ落ちる。おかしい。何がおかしいって、こんなに熱くて気持ちが悪いのに、ずっと店に着かなければいいと思ってしまうことだ。

しかし気持ちとは裏腹に、すぐに店に着いてしまった。間口の狭い入り口には、ロシア語と英語、そしてハングルで「煙草」と書かれている。この店だけではなく、周囲にもハングル文字が目立つ。カウンターのむこうで新聞を読んでいた痩《や》せた男は、ちらりと客に目を向けただけで何も言わない。しかし、客の陰からフミが顔を出すと、新聞をおろした。髪が乱れ、顔のところどころにひっかき傷をつくっているのを見て、目を丸くする。

「フミ？　どうしたんだ」

「麗水さん、こんにちは。お千代ねえさんに頼まれてたもの、とりにきたんですけど。あと新しい注文が」

懐からとりだした紙を、フミは軽く背伸びをしながらカウンターの上に出した。店主はその紙を一瞥《いちべつ》して頷《うなず》き、店の奥に向かって「ナッ！」と怒鳴った。店主の金麗水は、七年前に朝鮮から出稼ぎにやってきて、しばらく傅家甸に住んでいたという。かつての

『酔芙蓉』の常連でもあり、女将《おかみ》や千代と親しい。日本語も少しならばわかる。三年前に所帯をもち、夫婦そろってプリスタンのはずれの工場につとめ、去年この小さな店を開いた。

「おやフミ、久しぶり」

店の奥の階段から、妻のナツが下りてきた。フミに近づき、黒く縁取った目を細める。

「どうしたの、その顔。まさか、そのへんでやられたんじゃないだろうね」

ふっくらとした体を包むモーヴ色のセーターは、暗く地味な店内では浮いてはいたが、あかぬけた雰囲気をもつナツにはよく似合っていた。目をはっきりと縁取り、その上を暗く塗る奇妙な化粧は、きつくあてたパーマとあいまって、ナツにはよく似合っていた。年齢は、四十前の金麗水と同じぐらいだったが、この薄暗い店内で若やいで見える。

「ううん、ちがう。キタイスカヤの近くで、他の店の子と会ったの。それで喧嘩《けんか》になって、この人が止めてくれて。道がわからなくなったから、連れてきてもらったの」

フミが早口で説明すると、ナツはほっとしたように男を見た。

「そうですか。どうもありがとうございます、旦那《だんな》さま」

「いや、どうせ暇だったからな。ちょうど煙草も欲しかったところだ」

「好きなものを選んでください。ロシア産ばかりじゃなくて、西欧産のものもたくさんありますよ」

あとは、阿片《アヘン》だ。傅家甸には、阿片窟《くつ》がごろごろある。芳子は、阿片は頭をぶち壊すからと言ってあまりいい顔はしなかったが、女郎たちの憂さ晴らしとしてどうしても必要なので、定期的に仕入れていた。傅家甸はもちろん、プリスタンにも阿片やモルヒネを密売する者はごろごろいたが、たいていは質が悪く、割高だ。煙草をメインに生活に必要なものを手広く揃えている金麗水の店は、数少ない、信用できる取引相手だった。

「ありがとう。では店主に選んでもらうから、あなたはその娘の手当をしてやってくれ。言葉はだいたいわかるから」

男は笑い、麗水に向き直って朝鮮語で何かを言った。フミには何を言っているのかさっぱりわからなかったが、麗水の顔がわずかに緩んだところを見ると、相当に流暢《りゅうちょう》なのだろう。

「お気遣いいただきまして。ほらフミ、親切な旦那さまがああ言ってくださってるから、ちょっとおいで。あんたひどいよ」

もう少し彼のそばにいたかったが、ナツに手を引かれて、フミは強引に二階へと連れて行かれた。

はじめてナツと麗水が暮らす部屋に足を踏み入れたフミは、呼吸を止めた。決して広くはないその空間には、フミが知らなかったものがぎっしりと詰まっている。

蔓《つる》を絡ませた猫の脚のような土台をもつ円卓の上には、にぶい金の燭台《しょくだい》が置かれている。窓から差し込む陽光を吸って輝くクリスタルの花瓶、どっしりとした質感の布を張った長椅子、中がふくらんだ優美な形の食器棚。ぐるりと部屋を見回して、フミはため息をついた。

「これもアールヌーボーってやつなの、おナッさん」

「どうなんだかね。とにかく、うねうねしているのはみんなそうだと思ってるけど」

「ぜんぶパリで買ってきたの？」

「まさか。持って帰るのも面倒くさいから、アパルトマンの部屋ごと仲間にあげちまったよ。列車に乗るときは、ちょっとばかりの服と、稼いだ金だけ。ま、それもとられちまったけどね」

「じゃ、これ哈爾濱で買ったの」

「まあね。私は、あの人と一緒になった時点で、そっちに合わせるつもりだったんだ。でもあの人が、私にはこういうほうがやっぱり落ち着くだろうし、似合うからってさ」

はにかんだように笑うと、ナッは少女のような顔になった。

「おナッさん、かわいい」

「子供にかわいいとか言われたくないよ。ほらそこに座って。消毒するから」

追い立てるナッの手から逃れて、フミは笑いながらソファに腰をおろした。

ナッがこの哈爾濱に来たのは三年前で、『酔芙蓉』の女将たちに比べれば新参者だ。しかし、昔からこの哈爾濱にいた日本の女たち——つまり女郎たちは皆、ナッに一目置いている。

欧州ゴロのおナッ。人々はそう呼んだ。

ナツは十六歳のときに、日本をひとり飛び出し、シベリア鉄道に乗って欧州に乗り込んだ。欧州までの旅費も、欧州についてからの生活費も、すべて体で稼いだ。パリ、ロンドン、ベルリンといった大都市を転々として二十年近く過ごして稼ぎに稼ぎ、そろそろ日本に戻ろうかと再び陸路東を目ざし、そのさなかに有り金すべてを盗まれ、失意の中降りた哈爾濱で、金麗水と出会ったという。

ナツは、フミの憧《あこが》れだった。蘭花がフミにとって幻の母ならば、ナツは自分がなりたい理想の姿だ。ナツは、他の女郎たちのように売られたわけではない。親に捨てられたのでもない。自由に生きたい。もっと広い世界を見たい。ただその願いを胸に、未知の世界に飛び込んだ。そして自分の体を生活の糧にして、どんな場所にでも行った。願い通り世界を見て、自由に生きてきた。

私が日本を出たのは、やっぱり間違いじゃなかったんだ。ナツの顔を見るたび、フミは思う。女郎になれやしないと莫迦《ばか》にされるたびにしぼんでいく自信が、再び漲《みなぎ》る。あのまま日本にいては、たとえ父が生きていたところで、先は見えていた。辻芸人として生きてきた子供が行き着くのは、やはり同じ辻芸人か女郎ぐらいだ。底辺で生きてきたものは、底辺のまま死ぬ。それがさだめだ。上から落ちてくるのは簡単だけれど、下から這《は》い上がるのは、とても難しい。

しかしそれは国の中でのこと。外には、何があるかわからない。上と下が簡単にひっくり返る。男たちは一旗あげようとこぞって大陸に移り住み、女たちの中にもおのれの体で荒稼ぎしようと乗り込んでいく者がいた。九州に行ったとき、長崎や島原《しまばら》からは昔からたくさんの遊女が自ら進んで支那に渡ったと聞いた。その話がずっと頭にあり、フミにこの道を選ばせたと言ってもいい。

私には何もない。家族もいない。軽業だってまがいもの。いつかは飽きられるもの。だけど、この体だけは死ぬまで手元にある。

「しかしまあ、派手にやったもんね。『あづま』の娘？」

消毒を終え、乱れたフミの髪を結い直しながら、ナツはにやにやして言った。

「よくわかりますね」

「あそこの子たちは気が強いからね。私もパリやロンドンでたちんぼしてたときは、こんな傷しょっちゅうこしらえていたよ。街娼《がいしょう》はとくに縄張り意識が強いからねえ、猫とおんなじ」

「縄張りかあ。おナツさんは大丈夫なんですか？」

「私はもう女郎は引退したよ」

「そうじゃなくて。このあたり、今ぴりぴりしてるっていうから」

「ああ、伊藤博文のこと？　問題ないよ」ナツは鼻で笑った。「中には未《いま》だに私が日本人だってことで何か言ってくるやつはいるけど、そういう手合いはどこにでもいるから。だいたい私は、日本にいるより、欧州にいた時間のほうが長いんだ。みんな、フランス人だとかイギリス人だとか好き勝手言ってるよ」

たしかにナツには、フランス人やイギリス人と言われればそうかもしれないと思わせる雰囲気がある。顔立ち云々《うんぬん》の問題ではない。キタイスカヤの大通りを最先端の洋装に身を包んで歩く日本人は、ぴたりと洋装のはまる西洋人の中にまじると、どうにも無理をして見えることがある。その中にあっても、ナツは自然だった。この部屋も、服装も化粧も、白粉《おしろい》のたまる皺《しわ》の不思議な美しさですら、ナツ以外の誰も真似できないものだった。

「恰好《かっこう》いいなぁ、おナッさんは。私もおナッさんみたいになりたい」

「莫迦ねえ、私なんか駄目よ。無鉄砲に家を飛び出して、後悔だらけ」

ナツは苦笑まじりに言った。黒い線に縁取られた目が細くなると、目尻《めじり》に皺が寄って、急に十歳ほど歳をとったように見えた。

「そりゃあね、自由に生きてきたことには満足しているよ。もう充分。でもね、ただひとつ、あの人の子供を産めないのが残念でならない」

「そっか。おナッさん、袋、とっちゃったんだっけ」

女郎の腹に宿るのは、誰にも歓迎されない鬼子だ。女郎にとっても商売にならない邪魔者だから、すぐに「鬼追い」をする。鬼灯《ほおずき》やあやしげな薬を使い、痛みに苦しみながら命を流す。ナツも三度、鬼追いをしたという。そのせいで子宮をひどく痛め、このままでは全身が腐り落ちると言われて、パリにいた頃とってしまったらしい。

「痛いよう、あれは。体もだけど、心のほうがしんどかった。それに傷が癒《い》えても、ぱたっと客が減っちまってさ。参ったよ」

「減るの？」

「天井がないからね。いれても、物足りないってさ」

「天井？」

フミは首を傾げ、しばらくして眉《まゆ》を寄せて頷《うなず》いた。なんのことかわかったが、どういう顔をしていいかわからない。

「なるほど、そういうものなんだ。だからおナツさん、帰ってきたの？」

「ちがうよ。私がパリ中の男を虜《とりこ》にしたのは、まさにそこからなんだから！」

それまで悲しげな目をしていたナツは、フミから手を離し、不敵に笑って豊かな胸をたたいた。

「私もここまでかと思ったけど、昔馴染《むかしなじ》みの客に協力してもらって、日々研究。天井がないなら、壁をそのぶん鍛えりゃいいんだよ。そこからはあたしの天下だったね。もともと日本女は肌の美しさと、ぼぼの狭さで人気がある。知ってる？　この大陸はフランス女と日本女が支配してるって」

広大な大陸の西半分はフランス娼婦《しょうふ》、東半分は日本女郎。勢力図がまっぷたつにわかれているという。どちらもどこにでもいて、人気がある。日本製で最も喜ばれる輸出品は女と揶揄《やゆ》されるぐらいだ。だからこそ『酔芙蓉』も、傅家甸にありながら、女郎は日本女以外をいれない。女郎たちには故郷を忘れろと言うくせに、畳や女郎たちの和装など、細かいところで日本情緒を売りにしている。

「でも、フランス女よりあたしたちのほうが上さ。日本じこみのきめ細やかな奉仕は、ズボラなあいつらにゃあできないよ。で、中も鍛えりゃ鬼に金棒ってわけさ。面白いように稼ぎまくって、どんどんいい部屋に移ってさぁ。お客にもかわいがってもらって、いろんなところに連れてってもらったよ。丸一ヶ月かけてイタリアで遊んだのは最高だったなぁ」

フミは目を輝かせた。

「中を鍛えればいいの？　それって、どうやるの？」

「焦ることはない。まずは客をとれる体にならないと。こんながりがりじゃあ、月のものも来やしない」

からかうように言われて、フミは頬を膨らませた。

「逸《はや》る気持ちはわからないでもないけど、お芳さんは子供には客はとらせないよ」

「私は今からでもいい。早くたくさん稼げるほうがいいのに」

「子供のうちから毎晩客をとってたら、二十歳前にはもう体ぶっ壊して終わりだよ。長く稼ぎたければ我慢しな」

それでもまだ不満そうな顔をしているフミに、ナツは呆《あき》れて笑った。

「いいかい、一流の女郎になっていい旦那《だんな》つけていい生活したいなら、骨と皮だけじゃ駄目だよ。客に気持ちよくなってもらうには、まず自分の体をきちんと育てて管理することだよ」

フミは自分の体を見下ろした。まだ胸のふくらみもほとんどないし、女性らしいくびれもない。手足は棒のようだし、よくそれであれほど激しい軽業ができるものだと感心される。しかし、これだけ軽いから誰より高く跳べるのだ。

「でもあんた、角兵衛獅子《かくべえじし》だっけ？　すごいのできるんだろう。千代も手紙に書いてきたよ。そっちで食うって気はないの」

「まさか。子供だましの技だよ。金なんてとれない」

「たいしたもんだって聞いたけどねえ。ちょいとやってみなよ」

「ここじゃできないよ。ただ単に、おタエちゃんが故郷《くに》を恋しがって泣くから、気晴しになるかと思ってやっているだけだし」

フミはそっけなく言った。

おまえは天才。おまえの角兵衛獅子は、金になる。きっといつか全国に名を轟《とどろ》かすだろう。父は機嫌のいいとき、フミをほめあげた。与吉と太一が続けて死んだとき、父は泣いたが、それでもおまえが残ってくれてよかった、俺はおまえが一番かわいいんだからとフミを抱きしめた。

『死ぬまでずうっと一緒にいような、おフミ。俺をおいていくなよ。俺たちは二人一緒にいれば、この芸で天下だってとれらァ。俺はろくでもないが、おまえは天才なんだから。俺の人生ろくでもなかったが、おまえに出会えたのは、神様だか仏様だかのご慈悲ってやつにちがいねえ』
真っ赤な目をして、涙で顔をぐしゃぐしゃにして、酒臭い息を吐きながら父は言った。大きな体を折り曲げて、自分の背丈の半分ほどしかないフミに縋《すが》るようにして、子供の顔で泣きじゃくった。
あの言葉を、あの涙を、あの熱を信じた。
——そして今、ひとりでここにいる。

手当を終えて急いで階下に戻ると、男は麗水と茶を飲んでいた。いつもむっつりしている麗水が、珍しく笑っている。男のほうも微笑みを浮かべ、フミを見た。

「終わったか」

「はい。本当にありがとうございました」

頭を下げると、男は椅子から立ち上がった。

「じゃあ行くか。次の買い物はどこだ」

フミはぱっと顔をあげた。

「一緒に来てくれるんですか」

「ここまで来たらついでだ。女郎は入り用なものが多いだろう。こんなちっこい子供ひとりに持たせちゃ、あとで夢見が悪い」

「ありがとうございます！」

飛び跳ねながら男についていくフミを、ナツと麗水は笑って見送った。フミはしっかり男の外套《がいとう》をつかんでいたが、男に指を外される。

「それじゃ歩きづらい。こっちだ」

男は手を差し出した。フミはおずおずと指を絡めた。固く、ひんやりとしたてのひらが心地よい。

「おフミと言うんだな。聞いたぞ。女郎になりたくて、自分から女衒にくっついて哈爾濱まで来たって？」

「麗水さんたら。そうです。お兄さんのお名前を訊《き》いてもいいですか？」

彼は一瞬黙ったのち、「山村」と答えた。

「山村さん。じゃあ日本の人？」

「生まれは上海だが、博多《はかた》に住んでいた。俺のおふくろも、おフミに似ているぞ」

きょとんとして見上げると、山村は笑った。

「女郎だったんだが、もっと稼ぎたいからとひとりで大陸に乗り込んだんだとさ。今みたいに正式な航路なんてなかったから、全部密航だ。海賊が横行してるし、海は荒れるし、あの地獄を経験したら女郎生活なんざ屁《へ》でもないとよく言っていた。おフミは海賊には遭わなかったか？」

「はい、たぶん。船酔いがひどくてずっと寝てたから、よくわからないうちに浦塩についてました」

「それはそれでたいしたもんだ。おふくろやおナッさん、『酔芙蓉』の女将《おかみ》みたいな娘子軍《じようしぐん》は、あの時代には結構ごろごろいたようだぞ。おフミは頼もしい後継者だな」

フミの心は沸き立った。こんなふうに肯定してもらえたのは初めてだった。誰もが、女郎になりたいと言うとフミを莫迦《ばか》にした。おまえは現実を知らないんだと嘲笑《あざわら》った。

「はい、私、立派な女郎になります！　あのね、私のお母さん、吉原の太夫《たゆう》だったんです。だから私も、ここで一番の女郎になるの！　文字も勉強中ですけど、私は必ず昔の花魁《おいらん》みたいに、教養を備えたお職になるんです。お母さんにほめられるような」

言った後で、フミは途端に不安になった。また笑われるのだろうか。女将や女郎たちは、フミの母の話を信じてくれなかった。フミが美しくないことを、嘲笑った。莫迦にされるなら、へたに口にしないほうがいい。わかっていても、フミはいつも、母への憧《あこが》れと女郎の夢を語らずにいられない。

理由は、自分でもわかっている。たぶん、誰かに言ってほしいのだ。ただ一言。おまえならなれるよ。もう二度と、誰かに簡単に捨てられたりしないような女になる。

「なれるさ。おフミは強いからな」

励ますように、繋《つな》いだ手に力がこめられた。じんわりとしたぬくもりが、体にひろがり、たまっていく。それがあまりにも心地よくて、フミは泣きそうになった。潤んだ目を隠したくて、フミはうつむいた。

人の手はあたたかい。とても心地よいものだ。気持ちの悪い手もあるけれど、その差はどこから来るのかわからない。今までで一番気持ちよいと思ったのは、父がほめてくれるときだった。頭を撫《な》でて、機嫌がよければ抱き上げてくれた。そのときよりもずっとずっと、あたたかい。

「でもな、おフミ。おまえはなかなか賢い娘のようだが、これは感心しないぞ」

フミはまばたきをして、「何が？」と山村を見上げた。

「知らない人間を簡単に信用してはいけない」

「簡単にはしませんよ。山村さんは危ないところを助けてくれたもの。それに名乗ってくれたし、もう知らない人じゃありません」

「名前なんていくらでも適当に名乗れるだろう。俺が人攫《さら》いだとしたらどうする」

「攫ってどうするんです？　もし身の代金目当てなら、女将さんが払うはずないし、もしこのままどこかに売り払うにしても、私、女郎屋にいるんですよ。その前は辻《つじ》芸人だし。だからどこに売られても、たいして困らないと思います」

山村は唖然《あぜん》としてフミを見つめ、それから天を仰ぎ、声をたてて笑った。

「これはこれは！　さすがに吉原の花魁の娘。いいね、きっとおフミは高く売れるぞ」

ずっとこうしていたかった。いつまでも手を繋いで、どこまでも行きたかった。早く帰らないと、カツにぶたれる。わかっていても、歩調をあわせてくれる山村に甘え、至急ではない買い物までして時間を引き延ばした。

それでも、終わりの時間はやってくる。傅家甸が近づくと、フミの足は重くなった。

「どうした？ ずいぶん歩いたから疲れたか」

「いえ。あの、ここまで来てくださって本当にありがとうございます」

「なかなか楽しかった。また、近いうちに会おう」

フミは目を輝かせて、山村を見上げた。

「会えるんですか？ 近いうちっていつ？」

「さあ、それはわからん。だがな、おフミと俺は必ずまた会う」

「どうして？」

「勘だ」山村は自分のこめかみを指さし、にやりと笑った。「結構あたるんだ、これが。縁がある人間とそうでない人間は、すぐにわかる。おフミは前者だ。だからきっと会う」

フミの胸はいっぱいになった。最初にこの人を怖いと思った理由が、わかった気がした。切れ上がった鋭い目には、他の大人たちの目には多かれ少なかれ含まれている色がまるでなかった。子供という存在に対する、機嫌をとるような適当なやさしさや憐《あわ》れみ、侮りといったものが、どこにもない。最初から彼は、フミをひとりの人間として見なしていた。

結局彼は、店まで荷物をもってくれた。さすがに悪いとフミは固辞したが、「噂の『酔芙蓉』を見てみたいんだ」と笑って、むしろ楽しそうについてきた。

「ただいま帰りました！」

戸口で元気よく声をはりあげると、カツが鬼の形相でとんできた。

「遅いよおフミ！　どこで道草くって……どうしたんだいその顔」

　フミは手短にことの経緯と、山村に助けてもらったことを説明した。

「そうでしたか、すみませんねえ旦那《だんな》。どうも本当にご親切に」

「いいえ。それでは私はこれで」

「ああ、お待ちくださいませ。せめて女将に」

　米つきバッタのようにお辞儀を繰り返していたカツは、腰を曲げたまま小走りで立ち去った。ほどなく、カツとともに、女将の芳子が恐縮しきった体でやって来る。

「まあ、これは旦那さま、ご親切にありがとうございます！　うちの子がご迷惑をおかけたようで。この子は働きものなのは結構なんですが、どうも気が強くて喧嘩《けんか》っ早くてねえ。まったく、おフミ！　昔、プリスタンで騒ぎを起こして官憲につれていかれたきり帰ってこなかった連中の話をしただろう！」

　雷とともに、げんこつが脳天にとんできた。フミは頭を抱え、「ごめんなさい」と即座に山村の陰に隠れた。

「まあまあ、無事だったんですからいいでしょう。なかなか見事な身のこなしでしたし、あれなら官憲にもそう簡単には捕まらない」

「たしかこの娘はすばしこいですけどね、なまじ逃げ足が速いと、油断していつかとんでもないことに巻き込まれかねないんですよ。今日だって旦那が来てくれなければどうなっていたか。うちはごらんの通りの店ですので、お礼といってもたいしたものが出来るわけじゃあないのですが……よろしければ、いかがでしょう。こっちにいらして、日本女はご無沙汰《ぶさた》では？」

さっそく商売っ気を出した女将に、山村は苦笑した。

「そういうつもりで来たわけではありませんので」

「でも、うちでできるお礼といったらこれぐらいですのねえ。気が向かれたらいつでもいらしてくださいませ。もちろん初回は、お代なんぞいただきません。旦那なら、うちの妓《こ》たちもそりゃあ喜びます。ねえあんたたち？」

芳子がふりむくと、階段の上から鈴なりになって見下ろしている女郎たちが歓声をあげた。

上玉揃いだな、と山村が世辞を言うと、女たちはますます喜び、しなをつくった。

「そうでございましょ？　うちの妓たちは選りすぐりでね、もちろん病気もちなんて一人もいやしません！　安心して遊んでいってくださいな」

芳子は満面の笑みで包みを押しつけた。中身はフミも知っている。特製の手ぬぐいと、女将曰《いわ》く「美女図鑑」。要は『酔芙蓉』女郎たちの顔写真だ。その上には、いくばくかの心付け。おおかたフミへの給金から引かれるのだろう。

「『酔芙蓉』の蘭花と牡丹といえば、哈爾濱の誇る名花として有名なんでございます。ですがわざわざ、よそから花見にいらっしゃる方もいらっしゃるぐらいでしてねえ。ですが他の花もなかなかのものでございますよ」

山村は包みを受け取ると、フミの頭に手を乗せた。

「では、この子が花になったころに参りましょう」

女将は目を丸くした。

「は？　いえ、この娘は……」

「女将、あなたは百戦錬磨の娘子軍《じょうしぐん》なんでしょう。なら、わかるはずです。こいつは、唯一無二の花になる」

ぽかんとしている女将を片目に、山村は帽子をとると、フミにかぶせた。頭の小さいフミには帽子は大きすぎ、鼻の下までずり落ちた。慌ててつばをもちあげたときには、山村はすでに背を向けて、通りに出ていた。

「ありがとう！　いつか必ず私にお礼させてくださいね！」

山村は振り返らず、ただ右手を軽くあげた。フミは帽子をかぶったまま、いつまでも手を振っていた。

「まったく、どうせ連れてくるなら、もっと金をもってそうな奴にしなってんだよ」

途端に笑みをひっこめてぼやいた女将を、フミは睨《にら》みつけた。

「恩人に失礼じゃないですか。だいたい、プリスタンを歩いているような金持ちは、喧嘩している支那服の子供なんか絶対に助けませんよ」

「いばることかい！　まったく『あづま』なんかほっとけって言っただろうが！」

女将から再びげんこつをくらいそうになり、フミは帽子の上から頭を押さえて逃げた。

黴くさい三畳間に駆け込み、そっと帽子をとる。大切に眺め、形を崩さぬように抱きしめると、背後で襖《ふすま》が開いた。

「おフミちゃん、大騒ぎだったね」

ようやく一仕事終えたらしいタエは、帽子を胸に抱いてにやにやしているフミを見て、目を丸くした。

「送ってくれた人、見た？　あの人、山村さんって言うの。どう思う？」

「あんまり顔は見えなかったけど、助けてくれたんでしょう？　いい人だね」

「うん、私がいい女郎になるって言ってくれたの！　私、早く女郎になって、いっぱいお礼したいの。他のねえさんたちにとられるのは厭《いや》だな」

タエの顔が途端に曇る。

「……おフミちゃんは変わっているね」

「そう？　どうせなるならお蘭ねえさんみたいになりたいな。おタエちゃんは、お千代ねえさんのほうがいい？」

「どっちも厭だ」タエは急に眉《まゆ》をつりあげ、吐き捨てた。「おれ、女郎なんてなりたくねェ。厭だ」

「そんなこと言ったって……」

「わかってる。けど、おっかねェ。あんな……熊みたいな客まで……」

タエはぶるぶると震えだした。『酔芙蓉』の客の中で多勢を占めるのはやはり支那人だが、噂を聞きつけてわざわざやってくるロシア人も少なくない。哈爾濱に来た初日から、街ゆくロシア人に肝を潰《つぶ》していたタエは、『酔芙蓉』に来る客にも怯《おび》えていた。中身は同じだよ、とフミがいくら言っても駄目らしい。おかげで、プリスタンへの買い物は全てフミの担当だった。タエは、傅家甸内ならばなんとか買い物をこなすことができるが、西洋人の多いプリスタンでは身が竦《すく》んでしまうのだ。

「このままずっと、月のものが来なければいいのに。おれ、ずっと赤前垂れがいい」

タエはとうとう顔を覆って泣き出した。

「元気出して、おタエちゃん。おナッさんがお菓子くれたんだよ。一緒に食べようよ」

フミは鞄《かばん》から、紙に包んだロシア菓子を出した。色とりどりの焼き菓子を見て、タエはますます怯えたように首をふった。

「おナッさんも怖い……」

「怖くないよ、いい人だよ。それにお菓子は怖くないでしょ？　ほら、食べよう」

内心の苛立《いらだ》ちを押し隠し、フミは笑ってひとつ差し出した。ここまで来て何を言っているんだ、と言ってやりたかった。運命を変える力がないのなら、従うしかない。そんなことぐらい、もうタエもわかっているはずなのに。

おずおずと菓子を受け取り、口に運んだタエは、ひとくち齧《かじ》ってようやく口元を和らげた。おいしいでしょ、と訊《き》けば、小さく頷《うなず》く。

女郎になってしまえば、それぐらいいくらでも食べれるよ。フミは言葉を呑《の》み込み、もうひとつ菓子を手渡した。

2

その日の『酔芙蓉』は、いつもとは違う空気に包まれていた。

笑い声は明るく弾《はじ》け、艶《つや》めいた喘《あえ》ぎのかわりに興に乗った歌声が聞こえてくる。いつもは全ての部屋を駆けずりまわっているフミも、今日はいちばん大きな座敷と炊事場の間をひたすら往復していた。

いつもは扉ごしにわざとらしい嬌声《きょうせい》や淫《みだ》らな音が聞こえてくる本部屋は、全て静まりかえっている。そのかわり、大座敷の障子を開くと、全ての部屋の灯りを集めたような明るさが、一気に押し寄せてきた。スンガリーでとれた川魚の塩焼きを並べた、自分の体の幅より大きな盆を掲げたフミは、そのまぶしさと莫迦《ばか》笑いの声、甘い脂粉と苦い葉巻、そして強い酒がまじりあった強烈なにおいに、めまいを覚えた。

座敷には『酔芙蓉』の女郎が勢揃いしていた。おのおのの前に朱塗りの膳《ぜん》が置かれ、豪勢な食事が並んでいる。盆とともに現れたフミに、近くにいた女郎が歓声をあげた。

「魚だ！　これは何、鯵《あじ》かい？」

色のあさぐろい、狐憑《きつねつ》きの春梅《チュンメイ》と呼ばれる娘だった。本名をウメといい、器量は控えめにいっても十人並み、性格も明るいとは言い難く客に媚《こ》びるのは下手だったが、なぜか受けのいい女郎だった。狐憑きと言われるだけあって、妙なものが見えるらしく、それを気味悪がる者もいたが、逆に面白がる者や、ありがたがる者も多かった。ある客は、ウメの部屋に入るなり、真顔で「すぐに帰れ」と言われたという。どういうことだと怒ると、母親が危篤だからとウメは答えた。数日前に会った母はぴんぴんしていたからそんな莫迦なと思ったが、あまりにウメが帰れとうるさいのでしぶしぶ家に向かうと、まさに息を引き取る寸前だったという。そうした逸話には事欠かないウメのもとには、傅家甸に住む女が相談に来ることもある。

「どう見てもちがうだろ、莫迦だねえ。あんた、魚を見ればなんでも鰺って。スンガリーでとれるのは川魚だよ」

隣のマサが、莫迦にしたように笑う。

「だってあたしの家は海の近くだったんだ、川魚なんて見たことがないよ。哈爾濱に来たってさ、もう二年経つのに魚なんて数えるほどしか食ったことないし」

「まったくだね。毎日米と味噌汁《みそしる》としなびた青菜だけじゃあね。ああ、おフミ、そっちの魚にかえとくれよ」

フミが膳に置いた皿をつっかえし、マサは勝手に、盆の上からちがう皿を取った。しかしすぐに、迷うように盆の上を見渡し、また別の皿を取る。どうやら、いちばん大きな魚を取ろうとしているようだった。

「いいかげんにおし、桔梗《ジェガン》。どれもたいして大きさはかわりゃしないよ、みっともない」

たしなめたのは、上座の近くで酒を手酌で呷《あお》っている千代だった。

「そりゃあお千代ねえさんは魚でも肉でも自分で買えるからいいでしょうけど、あたしらはこんな機会めったにないですから」

「もう、およしなさいな。岡本さまの前で」

上座の蘭花が、困ったように傍らの男を見上げた。あでやかな八重咲きの芙蓉《ふよう》の群れと、フミが知らぬ鳥を描いた屏風《びょうぶ》の前には、上客の岡本が主のような顔で居座っていた。

蘭花の注いだ酒を一気に呷り、女郎達の諍《いさか》いを豪快に笑い飛ばす。

「かまわんよ。食欲は生きるのにいちばん大事な欲望だ。がつがつ食う女を見るのは気持ちがいい」

「それじゃ岡本さま、来るたびに総揚げしてくださいよ。そうしたらあたしら、好きなだけがっつきますから」

調子のよいマサの言葉に、蘭花はますます眉をひそめたが、岡本は愉快そうに体を揺らした。

「そうしたいのはやまやまだが、そんなことをしたらあっというまに破産しちまうよ」

「あら。プリスタンの茶屋通いをやめれば、問題ないと思いますけど」

千代が唇の端をつりあげ、意地悪い視線を送る。

「よく知っているな、牡丹《ムーダン》。おまえさんの耳は相変わらず怖い」

「あちらは商売敵ですもの。こっちも情報は集めないとね。なんでも、新しく出来た置屋は、わざわざ祇園《ぎおん》から芸妓《げいぎ》を引っ張ってきたとか」

「たしかに芸達者ではあると思うが、姥桜《うばざくら》だよ。あれなら、気っ風のよい島原芸者たちのほうがずっといい。ただまあ、あの京言葉の効果は絶大でねえ。商談に使う座敷には、ちょうどいいんだよ」

「京言葉ならうちもいけるえ。ここで商談してくれはったらええのに」

「あんたのは明らかに似非《えせ》でしょうが」

マサが調子よく手をあげ、間髪いれずにウメが切り捨てる。口を尖《とが》らせたマサの表情がおかしいと、岡本は腹を抱えて笑った。

「連れてきたいのはやまやまだがねえ。芸妓遊びは、日本人だけじゃなく、西洋人にもなかなか受けがいい。ここにせめて内芸妓がいれば」

「ああら。芸はなくとも、あっちの方面ならプリスタンの連中よりよっぽどうまく接待してさしあげますのに」

千代の皮肉に、女郎たちはどっと笑った。

「もちろん、『酔芙蓉』以上にいい妓《こ》ぞろいの店はないさ。私もいろいろな店に通ったもんだが、ここは内地の大店《おおだな》にも引けをとらんね」

「まァ、光栄。でもそれは、お蘭の気を引きたい一心じゃないんですかねェ」

「もちろんそれが一番大きいな。なにせなかなかなびいてくれなくてね、どうにも攻めあぐねているんだよ」

あっさり認めた岡本に、再び笑い声が弾ける。

今宵《こよい》は岡本の総揚げだ。店の女すべてを集め、朝まで騒ぐ。いつもは一晩に何人もの客をとらねばならない女郎たちにとって、総揚げほどありがたいものはない。体を休められるし、客の金でいつもよりもずっといい食事にありつけるからだ。今日は朝から店じゅうに華やいだ空気が漂い、「総揚げなんて、昔の吉原じゃあるまいしねえ」と毒づいている女将《おかみ》ですらも、口元の笑みを隠しきることはできなかった。

女郎たちに給仕をしながら、フミはちらりと、上座を横目で見た。人形のように美しい蘭花と、恰幅《かっぷく》はいいがどうも見た目が貧相な岡本ではやはり釣り合わない。岡本は、前々から蘭花に身請けを申し出ている。彼はだいぶ前に妻を亡くしたとかで、蘭花を妾《めかけ》ではなく正式な妻として迎えるつもりだと言っていた。女郎にしては、最高の待遇といっていい。しかし蘭花はいっこうに首を縦に振らない。自分にとって厭な客でも、身請け話が来たら受けねばならないが、他のことでは人形のようだと言われる蘭花も、これだけは断固として断り続け、女将もほとほと困っていた。

岡本は岡本で、誇りを傷つけられたと怒ることもなく、熱心に蘭花のもとに通い続け、彼女の心が変わるのを待っているあたり、人がいい。水呑百姓の家に生まれ、九つの時に奉公人として商屋に入り、苦労に苦労を重ねてきた彼らしい忍耐強さだ。なにより、心の底から蘭花に惚《ほ》れているのだろう。蘭花を見るときのゆるみきった顔を見ればよくわかる。タエあたりは、鼻の下を伸ばしてみっともないと嫌っていたが、フミは岡本のとろけそうな顔は嫌いではなかった。

「岡本さま、そろそろ皆にあのお話をなさったらいかがでしょう」

蘭花は岡本に酌をし、美しい声で囁《ささや》いた。

「早くしないと、おマサちゃんあたりが酔いつぶれて聞き逃してしまいそうだわ」

「はは、それもそうだな。そう、実は大切な話があったんだよ、諸君」

岡本は妙にもったいぶった様子で、女郎たちを見回した。

「再来週、内地から伊藤公がこの哈爾濱においでになるのだ。ついては女将、その日にあなたの大切な娘たちをお貸し頂けないだろうか」

女将は寝耳に水だったらしく、岡本と蘭花を交互に見た。

「どういうことでございますか。また総揚げをしてくださるということでしょうか」

「いやいや、そうではない。借りたいのは、午前中なのだ。君たちの世界では貴重な夜だから、申し訳ないのだが」

女郎たちは箸《はし》を止め、ぽかんとしている。話が見えないのはフミも同じだったが、配《はい》膳《ぜん》が済んだのでさがろうとしたところ、蘭花に「おフミちゃんたちも聞いてね」と止められた。

「列車は、朝の九時に到着する予定なんだ。ロシアの大臣と軍隊が出迎える予定だが、わざわざ内地からいらして頂くのだから、我々日本人もお迎えしようということになってね。我々が平和に、豊かに暮らしていると知れば、閣下もご安心なさるだろう。ただ、哈爾濱の日本人は増えてきたとはいえ、ロシア人に比べるとまだまだ少ない。とくに女性は極端に少ないんだ」

「そんなん嘘やわ。女郎が一番多いに決まっとるやん」

すでに酔いがまわりはじめたマサが、声をはりあげた。

「まあ、実際はそうなんだがね。とにかく、出迎えには華やかに着飾った美しいご婦人たちが欠かせないのだよ。もちろん和装でお願いしたい。そこで、娼館の中でも美人揃いと名高い『酔芙蓉』にぜひ、ご協力頂きたい」

女郎たちは顔を見合わせた。沈黙が落ち、次に爆発的な歓声があがった。

「外に出られるってこと？」

「駅まで？　いやァ、そんなん行くにきまっとるやん！」

「私、ここ来て外に出かけるなんて初めてだよ！」

「あたしだって！　駅なんて、売られたときに列車降りた時以来だよ」

店に閉じこめられている女郎たちは、降ってわいた好機にはしゃぎまわった。その様を苦々しげに見やり、女将は岡本に向き直る。

「岡本さま。他をあたったほうがよろしいでしょう。うちの娘たちは、まともな着物をもっている者のほうが少ないんですよ。ご期待に添えるとは思えません」

「もちろん衣装はこちらで用意する。拘束した時間ぶんの給金も支払う。どうだろうか」

「かあさん、ええやないの！　金はもらえるわ着物はもらえるわ、誰にとっても万々歳ちゃうん。うちら、駅で旗ふってえらいおっさん出迎えりゃええんやろ？」

芳子が反論する暇も与えず、マサは赤い顔で威勢よく立ち上がり、「伊藤公ばんざーい！」と両腕を振り上げた。女郎たちもすかさず倣う。万歳三唱で盛り上がる彼女たちを尻目《しりめ》に、赤前垂れの二人はこそこそと話を交わした。

「おフミちゃん、伊藤公って誰だっけ」

「何度も内閣総理大臣やったえらい人だよ。あと、韓国統監府の初代統監」

先日、山村から仕入れた知識をさっそく披露すると「よく知ってるね」と感心された。

騒ぐ女郎たちを前に話しこむ女将と岡本を、フミは横目でうかがった。やがて女将がしぶしぶ頷《うなず》くと、岡本は満面の笑みで再び座敷を見回した。

「女将のありがたいお許しが出たぞ！　さあ、みんな、今日は好きなだけ呑《の》んで食え。伊藤公来満の前祝いだ！」

再び、黄色い声があがる。フミとタエは、急いで酒の補充に走り回るはめになった。

「伊藤公って、もう結構なお歳でしょ。韓国統監府の統監も、この間やめましたよねェ」

騒ぎには加わらず煙管《キセル》をふかしていた千代は、胡散臭《うさんくさ》そうに岡本を見た。

「ああ。今は枢密院議長についておいでだ」

「そんなおえらい議長様が、こんな微妙な季節に優雅に満洲漫遊の旅ってわけでもないでしょう。老骨に鞭打《むちう》って、哈爾濱くんだりまで何のご用です。まさかまた、戦争をおっ始めるおつもりですか」

「とんでもない。逆だよ。伊藤公は、性急に大陸支配を進めたがる陸軍を抑えこみたいんだ。ロシアの蔵相ココーフツォフが哈爾濱に来ることになっているから、おそらく満州と朝鮮の問題を話し合われるはずだ」

「軍隊ではなく、外交で解決しようということでございましょう。それがいいですわね。誰にとっても」

蘭花がおっとりと言った。千代は鼻で嗤《わら》い、煙を吐き出す。

「ふん。外交ったってさ、日本とロシアが勝手に満洲を仲良くとりわけましょうってことだろ。支那にとっちゃ、ちっともよくないよ。朝鮮を保護国にしたときと同じだね」

「牡丹ねえさん、そんなことをここで言っても仕方がないわ。土地に住む人間にしてみたら、軍が大量に押し寄せるよりはいいでしょう」

「そうだとも。もとを糾《ただ》せば悪いのは、自分で自分の国と民を守れる力をまるでもたない清政府のほうだ。だから列強にいいようにされる。朝鮮だってそうだろう。ここが列強に荒らされれば、次は日本だ。連中と対等に渡りあえる我々が率先して、我が身のためにもこの土地を魔の手から守らねばならんのだよ。だが武力に頼るのではあまりに消耗が――」

「あかーん、そんな難しい顔したらあきまへんえー！　んもう、花街でそういう話は不粋でありんす、岡本さまあ」

熱を帯びてきた岡本の声を遮ったのは、完全にできあがっているマサだった。言葉遣いがいろいろ混じってめちゃくちゃになっている。

「とにかくめでたいことなんやろ？　それでええちゃいますのん。うちらにとっちゃ、ここから出してくれるありがたーいお人や。今上陛下よりもずっとありがたいかもしれん。ささ、ご一献」

マサは徳利を傾け、岡本の杯に注いだ。あっけにとられていた岡本は、マサの満面の笑みに促され、一気に干す。はあ、と熱い息を吐き出した時には、さきほど出かかっていた実業家としての顔はすでに剝《は》がれ落ちていた。

「桔梗の言う通り。今日は辛気くさいのはなしだ！　そうだお蘭、ここでひとつおまえの都々逸《どどいつ》でも」

蘭花は袖《そで》で口を隠し、ちらりとフミを見た。

「それもいいですけど、岡本さま。今宵《こよい》にもっとふさわしいものをお見せしたいわ」

「角兵衛獅子《かくべえじし》です」

「ほう、ふさわしいもの？」

空いた皿を重ねていたフミは、もう少しでそれらを落としそうになった。女郎たちの目が、フミとタエに集中する。

「角兵衛獅子だって？」

「岡本さま、以前、お話ししてくださったでしょう。子供の頃、正月に村に巡業にくる角兵衛獅子が何よりの楽しみだったって。懐かしくございません?」

岡本は、蘭花たちがフミとタエを見ていることにようやく気がついたらしい。脂肪のついた瞼《まぶた》をこじあけるようにして、彼は二人の少女を見つめた。

「まさか、この娘たちが? そうか、おフミはもともと辻《つじ》芸人の娘だったとか……」

「ええ。それはもう見事ですよ。やってくれるわね、おフミちゃん、おタエちゃん」

フミとタエは面食らって顔を見合わせた。

「ここでですか?」

「天井は高いもの、大丈夫じゃないかしら。さあみんな、壁際に寄って」

蘭花が珍しく命じると、女郎たちは膳《ぜん》をもってじりじりと後じさる。面白がってフミをはやし立てる女郎たちの中、屏風《びょうぶ》の近くに控えていた女将《おかみ》だけが、苦虫を嚙《か》み潰《つぶ》したような表情をしていた。しかし、主賓である岡本がすっかり乗り気になって、率先して屏風をさげているため口を挟むこともできない。

「こりゃ楽しみだ! おフミ、おタエ、うまくできたら駄賃をはずむぞ!」

駄賃と言われて、フミの中から戸惑いが消えた。総揚げで女郎たちは豪勢な食事ができても、下働きのフミたちは恩恵にあずかれるわけではない。駄賃がもらえるなら万々歳だ。

「わかりました。では、少しばかりお時間を。ちょっと準備がありますので」

今日は総揚げということもあって、珍しく和装だったフミは、一度廊下に出ると裾《すそ》をからげ、襷《たすき》もきっちりと締め直した。むきだしになった股引《ももひき》が気恥ずかしいが、仕方がない。軽く体を伸ばし、一、二度大きく飛び跳ねる。隣で、同じように準備をしていたタエの顔は、緊張に青ざめていた。

座敷に戻ると、大きな拍手に出迎えられた。期待の視線が集中するのを感じた途端、フミの体は熱くなり、同時に頭がすっと冷えた。誰かが自分の芸を待っている。そう感じた瞬間、フミは完全に「芸人」に切り替わる。幼い頃からたたきこまれた、本能に等しいものだった。合図を送ると、タエは心得たように大きく手を打った。太鼓のかわりだ。お馴染《なじ》みの口上が、タエの口から流れ出す。腹にしっかり力をこめたタエの声は芯《しん》があり、よく通る。

「錆《さ》びた刀も抜くに抜かれず、どっと一度に抜かりょうか
ごかんも剣も抜くにゃ抜かれぬ、どっと一度に抜かりょうかァ」

最初はタエも、フミと同じように足を運び、とんとんと舞っていたが、フミが倒立に入ると背後に下がり、絶妙の間合いで手をたたいては、次々と技を促した。倒立も鯱《しゃち》もできるようになってはいたが、フミの動きの速さにはまだついていけないからだ。

角兵衛獅子は、アクロバティックな技の連続である。くわえてフミの身の軽さと柔らかさは天性のもので、父は彼女にはとくに厳しい稽古《けいこ》を課した。兄貴分の与吉にことさら苛《いじ》められるのも、自分のほうが出来がよいからだと悟ったのはいつのことだったろう。うまく出来れば父にやさしくしてもらえるから、嬉《うれ》しかった。そしてどんどんフミは上

達した。

ととさま、ほめて。ととさま、私を見て。もっと見て。私がいちばんだと言っておくれ。その一心で、厳しい稽古に耐えた。きつい折檻《せっかん》にも我慢ができた。

それなのに、父はフミを捨てた。角兵衛獅子もいらなくなった。ひとりで生きるためにやってはみても、父に愛されたいという強い願いがなくなった技にキレはなかった。誰も振り向いてくれなかったのは、子供ひとりだったという理由だけではなかったのかもしれないと、今ならば思う。


　誰よりも高く跳び、誰よりも速く身を翻す。本来の角兵衛獅子にはない、派手な連続技を繰り広げれば、すかさずタエが絶妙な合いの手をいれる。彼女の声には不思議な力がある。なにより勘がいい。父の口上は正確で、そこにフミが動きをぴたりと合わせていったが、タエとはまるで掛け合いのようにどんどん興が乗ってくる。

フミはいつしか夢中になり、ここが部屋の中であることを恨んだ。宴会も出来る広さとはいえ、やはり限りがある。角兵衛獅子は、空の下、大地の上でやってこそだ。

「さァてお次は、上下二段の腰だめェ」

　大きく手を叩《たた》き、タエがさっと近づいて膝《ひざ》をつく。フミがその背にひょいと乗ると、タエは慎重に立ち上がった。前に傾いたタエの背中でフミは巧みにバランスをとって立ち、二人がそろって手をひろげると、一瞬息をつめたような沈黙の後、大きな拍手がわき起こった。場所をとる技はとばし、お次は「風車」。タエの肩に足をひっかけ、背中に寝そべるようにして頭をさげる。タエもフミもそろって両手をひろげると、まるで風車のような形になった。さらにその体勢からそのままフミが畳に手をつき、今度は二人が組み合った状態で畳の上を回転する「水車」に移る。

大技の連続に、歓声と拍手が起こる。いちばん最後の大技はまだ危うかったので省き、二人で左右対称に見得を切って締めた。

荒い息をつく二人のもとに、割れんばかりの拍手が送られる。フミは頭を下げてから、どうだと言わんばかりに岡本を見た。

「まぁ、どうなさったんです」

蘭花が袂《たもと》をもちあげた。フミにとっても予想外の反応だった。岡本は泣いていた。

「いやすまん。ここまでとは思わなかった。子供の時分を思い出してしまったよ」

蘭花に目元の涙を拭《ぬぐ》ってもらった岡本は、盛大な拍手をした。

「じつに見事だった。おフミ、君は越後《えちご》の生まれか?」

「いいえ、生まれは吉原です。父も西の出身だし、この角兵衛獅子は本物ではないんです。すみません」

「いやいや、謝ることはない。これだけ凄《すご》いんだ、立派に本物、いやそれ以上だろう」

角兵衛獅子は、越後の農家が、飢えをしのぐために子供たちに技を仕込んだのが始まりだという。今ではすっかり廃れ、フミたちのように住む場所もなく学校にも行けない子供たちが、日々の糧のために偽物を舞うだけとなった。

「俺は信州の生まれなんだが、正月には毎年、村に角兵衛獅子が来てな。それが唯一の楽しみだった。真っ赤な獅子頭《ししがしら》に白い手甲をつけて、自在に宙を舞う角兵衛獅子は、この世でいちばん粋《いき》で恰好良《かっこよ》いものに思えたもんだよ」

遠くを見るような目で、岡本はしみじみと語り出した。

「太鼓の音が聞こえてくると、わくわくしたなあ。大人たちは行っちゃいけないと口を酸っぱくして言ったが、大人の目を盗んで、少ない小遣いを握りしめて走ったもんだ。いやあ、本当に久しぶりに童心に返った。村を出てから、大がかりな興行もたくさん見てきたが、どれも子供のときの感動には及ばなかった。君たちの角兵衛獅子で、とても大切なことを思い出したよ」

「何を思い出されたんですの、岡本さま」

なかなか涙がひかぬ目を根気よく袂で拭い、蘭花は言った。

「この貧しくて、未来のない世界からなんとしても出て行ってやろう。初めてそう意識したのは、角兵衛獅子がきっかけなんだ。自分もああなりたい、辛《つら》い畑仕事なんてやめて辻芸人についていって恰好良い獅子になって日本中の人間から喝采《かっさい》を浴びるんだなんて夢を見ていたもんさ。今じゃ獅子どころか、ぽんぽこ腹の古狸になっちまったが、まァそれも悪かない」

岡本は自分の腹を勢いよくたたいた。

「それにおタエ、おまえもいい声をしているじゃないか。こう、心の臓をキュウっとしめつけやがる。他に何か歌えるのかい」

タエは跳び上がり、次に床に埋まりそうなぐらい体を縮こめた。

「へえ……子守歌ぐらいなら……」

「子守歌か。そりゃあ、おまえの弟たちがうらやましいもんだ。だが今度は、恋唄《こいうた》も聴いてみたいもんだねえ。いやはや、二人とも見事だった。なあ女将」

岡本は芳子に笑顔を向けた。

「私は、いつフミとタエが膳を蹴飛《けと》ばすか気が気じゃなくて」

「素直じゃないな。こりゃあ外に見せるべきだよ。哈爾濱にいる日本人――少なくとも男は、狭い日本にうんざりして飛び出してきた連中ばかりだ。角兵衛獅子は、幼い頃の英雄だったはずさ。見せたら感涙に咽《むせ》び泣き、大流行間違いなし！」

そこで岡本は急に黙りこんだ。眉間《みけん》に皺《しわ》を寄せ、フミとタエの顔を交互に見つめる。今まで見たことのない表情だった。いつもしまりのない顔ばかり見ているが、仕事の時はきっとこんなふうに鋭い目をしているのだろう。

「どうなさいましたの、岡本さま」

蘭花がやんわりと促すと、岡本ははっとして彼女に顔を向けた。条件反射のように目《め》尻《じり》がさがるのが見ていて面白い。

「おまえには話したかもしれんが、今度、南崗の鉄道倶楽部《くらぶ》で、催し物があるんだよ。国際都市にふさわしく、各国の文化交流をはかろうという趣旨でね。我々日本人会も参加することになっている。舞台には例の姥桜芸妓《うばざくらげいぎ》に出て、ひとつ長唄《ながうた》舞でもやってもらうかってことになったんだ。ロシアはバレエ、支那は京劇をもってくるという。しかも京劇は北京の劇団を呼ぶそうでね。それなりの俳優が来る。こちらも、もうひとつ威勢のいいものを加えようという話をしていたんだ」

「それならぴったりじゃございませんか。角兵衛獅子なら華やかになりますわ」

「おお、蘭花もそう思うかね。うむ、これは名案だ！　どうだろう、女将。この二人をしばらく貸してはくれないかな。そうとも、いい衣装を揃えて、囃子《はやし》太鼓や笛も呼んで。うん、こりゃあいい。盛り上がるぞ！　必ず評判になる」

「冗談じゃありません。外に出すなんて、もってのほかです」

女将のにべもない拒絶に、岡本はひるまなかった。

「金になるぞ。店のいい宣伝にもなる。舞だけじゃない、おタエの歌ときたらどうだい。地唄《じうた》でもしこみゃあ、それこそ座敷にも出られるやも」

「それこそ論外です。おタエには、女郎として期待しているんですよ。下手に外に出て、歌なんぞに気をとられて、色気を出されては困ります。うちはあくまで、女郎屋なんですからね。芸妓もどきはいらないんですよ」

フミはちらりと隣を窺《うかが》った。タエは青ざめた顔をうつむけ、膝の上でかたく手を握っている。

「そう言うがね、女将。ロシアにはバレエがある、支那には京劇がある。どちらも素晴らしいが、日本の舞だって負けやしない。だが、この哈爾濱には、あの見事なバレエ団や京劇に匹敵するような舞手がまだいない。だが、派手な角兵衛獅子なら、誰が見たって圧倒される。日本ここにあり、と喧伝《けんでん》できる！」

「困りますよ、岡本さま。そういうのは、本職の芸妓に任せてくださいまし」

「三味線や唄はそこそこいいのがいるが、舞はいまいちなのだよ。おフミのほうがよっぽどうまい」

「座敷舞と辻《つじ》芸を一緒にしては、芸妓が泣きます」

「だが歌舞伎の越後獅子なんかは、これが元じゃあないのかい」

「あくまで元です。元芸妓として言わせていただくと、これはしょせん辻芸です。岡本さまの心を揺さぶったのは、子供時代の思い出ゆえでございましょう」

フミは唇を嚙《か》みしめた。しょせん辻芸。そうだ。女将の言う通りだ。

『あんたにゃ座敷舞は無理だよ。なに勘違いしてるんだい。ちょっとばかし辻芸で評判になったからって、いっぱしの踊り手のつもりかい？　ふざけんじゃないよ、あんたの舞なんかねえ、ただの下品なまがいものさ』

嘲笑《あざわら》う女の声が聞こえる。ふとした拍子に甦《よみがえ》り、心をずたずたに引き裂く声。耳障りな声を払うように、フミは頭を振った。

「郷愁をここまで引き出すのは、並大抵のものではないと思うぞ。そうだ、女将。フミは売られてきたわけではないんだったな？　借金もないし、女郎にする予定も今のところはないはずだったな」

女将は眉《まゆ》を寄せた。すでに、相手が何を言い出すかわかっているようだった。

「ならば、ちょっとおフミは私に預けてみないかね。タエの声も惜しいが、この際フミの獅子舞だけでもいいんだよ。もちろん、かわりの赤前垂れは手配しておこう。それならばどうかな?」

座敷はいつしか静まり返っていた。どうも、予想もしなかった方向に事態が転がりだしている。四方から突き刺さる視線が痛い。それよりも、傍らでうつむいているタエの、あまりに強く握りしめて白くなっている指が、胸に痛かった。

「それは駄目です」

気がつけば、フミは声をあげていた。

「私は、おタエちゃんの謡じゃなきゃ、踊れません」

一同の目が、いっせいに声の主に向いた。座敷の中で一番小さな体をもつフミは、凛《りん》とした声で続けた。

「もし角兵衛獅子をやるなら、必ずおタエちゃんも一緒じゃないと」

「おフミ!」

芳子の叱責《しっせき》にもかまわず、フミはまっすぐ岡本を見据えた。

「角兵衛獅子は、子供の技です。謡はたいてい大人がやりますけど、見世物としてなら、どっちも子供のほうが人目を引きます。そう思いませんか、岡本さん」

「うん、たしかにそうだ」

「お願いします、おかあさん」今度は、フミは女将に向き直って頭を下げた。「せっかく、岡本さんがこうおっしゃってくださっているんです。角兵衛獅子、やらせていただけませんか。私、『あづま』の子たちにも、うちの店はこんなこともできるんだって見せつけてやりたい。もちろん、私たちは『酔芙蓉』の赤前垂れ、仕事はちゃんとします。でもその合間に少しばかり稽古《けいこ》をする時間をください」

「私からも頼むよ、女将。手伝いはちゃんと手配するから」

岡本が両手を合わせて拝むと、すぐに蘭花と千代が続いた。

「催しは、ひと月先。たったひと月よ、おかあさん。いいんじゃないかしら」

「あたしも賛成だね。戦争のあとに地段街にやってきて、でかい顔をしている花街の連中にはこっちもむかついていたんだ。ここでおフミたちが、姥桜よりでかい拍手をもらえば、胸もすくってもんさ」

女将は眉を寄せ、むっつりと黙りこんでいた。張り詰めた空気が、座敷に流れる。女将がまったく納得していないのは、見てとれた。しかしフミは、女将が根っからの商売人であることも知っていた。『酔芙蓉』初の総揚げまでしてくれた岡本に拝まれて、どうして断れようか。まして、損になることは何もない。

「……まあ、岡本さんの頼みじゃあ、断れませんねえ」

案の定、女将はしぶしぶといった様子で承諾した。フミはほっとして、隣のタエの手を握った。

タエは顔を伏せたままだった。フミの手の甲に、熱い滴がぽたりと落ちた。

「どうして、おフミちゃん」

座敷から出るなり、タエは涙をにじませた目でフミを見た。

「だっておタエちゃん、女郎になりたくないんだろ？　なら、これは唯一の好機だよ」

フミはタエの腕をつかんで言った。

「後にも先にない。多くの人の前で、おタエちゃんのきれいな声を聴いてもらう。そんな催し物ならさ、お金持ちもたくさんくる。その中で、おタエちゃんを気にいる人がきっといる」

「水揚げしてもらうってこと？」

「女郎じゃなくて、芸妓として水揚げされるんだよ」

「芸妓も女郎も同じでねぇか」

「全く違うよ！　芸妓はあくまで、芸を売るんだ。体じゃない」

タエは小さな目を丸くした。彼女が生まれ育ったのは山深い貧しい村で、ときどき女衒がやってきて、娘を買って行った。連れて行かれる先は女郎屋か、芸妓を育てる置屋。遊郭を見たこともないタエたちに区別がつくはずもなかったし、実際そうして売られた娘の大半は、置屋に行っても芸妓としての教育をろくに受けることもなく、売春専門の枕芸者となることが多かった。タエの認識はあながち誤解とはいえない。

「本来の芸妓は、唄や三味線、舞を習ってさ。すごく厳しいけど、モノにすりゃ、体を売る必要はなくなる。寝る相手は、決まった旦那《だんな》さんだけだ。そんならいいだろう」

「旦那さんって……結婚するってこと？」

「ううん。水揚げしてくれた人。『旦那さん』は、たいていきちんとした家のお金持ちだから、ちゃんと家庭がある。でもお金があって、粋に遊ぶ人たちだから、気に入った芸妓がいたら、生活の面倒を見てくれる。その見返りに、芸妓は決まった旦那さんだけに尽くすんだ。お座敷とは、また別にね。いい旦那がついてくれれば、着物もたくさん買えるし、生活も楽になるんだよ。置屋から出て、自分の家に住むことだってできる」

タエは小さな目を何度も何度も瞬かせる。

「そりゃあ女郎からしてみりゃ夢みてぇな話だけど……おフミちゃん、なんでそんなに詳しいんだ？」

「芸妓だった人から聞いたから」

さりげなく言ったつもりだったが、意識しすぎて逆にそっけなく響いた。

「あぁ、あの……座敷舞を教えてくれたっていう……」

フミの養い親が、芸妓と共に消えてしまったことは、タエも知っている。彼女の目に浮かんだ同情がたまらなくて、フミはいっそう早口で言った。

「そう。お蔦さんは旦那さんが死んじまって、もともと金遣いが荒い人だったから借金がかさんでさ。しのごのいってられなくて、不見転《みずてん》になって稼ぎまくったけど結局首がまわらなくなって、花街から逃げてきたんだってさ」

「不見転？」

「枕専門ってこと。女郎と同じ。ま、それはお蔦さんが金遣い荒くって、芸事もまじめにやってなかったから落ちぶれただけだから。堅実に生きてりゃァ平気だよ」

タエはしばらく考えこんでいた。それまで絶望に翳《かげ》っていた目には、光が戻りかけている。もうひと押し。フミはタエの手を握りしめて続けた。

「それに、知ってる？　かあさんだって内地じゃ芸妓《げいぎ》だったんだ」

「うん。達吉さんも、けっこう売れっ妓《こ》だったって言ってたけど……そのときは芸妓と女郎は同じもんだと思ってたから」

「今でこそ女郎屋の女将《おかみ》におさまっているけど、芸妓を育てたい気持ちはあるはずだよ。だってこんなに立派な店なんだ。内地のでっかい遊郭は、たいてい内芸妓も置いてるもんさ。だから、おタエちゃんが『酔芙蓉』はじめての内芸妓になればいい。おタエちゃんはかわいいし、それだけきれいな声をもってんだ。きっと売れっ妓になる！」

あの女将にそんな気持ちがあるかは甚だ怪しかったが、ここはタエをその気にさせるのが先決だった。フミが、「ね？」と念を押すと、タエの喉《のど》が大きく動くのが見えた。

「……やってみたい。おフミちゃんも一緒だよね？」

「私は無理」

タエは大きく目を瞠《みは》った。

「どうして？　私の唄《うた》よりおフミちゃんの角兵衛獅子《かくべえじし》のほうがずっとすごい。おフミちゃんのほうが……」

「かあさんが言ってたじゃない。私のはしょせん辻芸。芸妓の舞とはちがうよ。お蔦さんにちょっと習ったことがあるから、わかるんだ。私は無理、あくまで前座さ。派手なんぼで客の目を惹《ひ》くのは任せて。でもそこからはおタエちゃんの仕事」

「そんな。一緒に芸妓になろうよ」

「私は声が悪いし、無理だよ。それに言っただろう、私はかかさまと同じ、立派な女郎になりたいんだ。芸妓じゃない」

タエは激しくかぶりをふった。

「なんで女郎なんかになりたいの？　フミちゃんが達吉さんのところに来たときは驚いたけど、あのときはまだ女郎がどんなものかよくわかってないんだろうって思ってまだ納得できた。でも今もそうなの？　こんなところ、ただの地獄だよ。みんないつもだるそうにして。しょっちゅういろんなところ痛がって。年季が明けたら自由？　嘘ばっかり。借金ばっかりかさんで死ぬまで男とらなきゃならない。そういう仕組みなんだよ！」

炊事場に向かおうとするフミの腕をとり、タエは詰め寄った。

「わかってるよ。私だって毎日見ているんだから」

「じゃあ何で。芸妓になれば、好きな舞が好きなだけ舞えるじゃない」

フミは足を止め、冷ややかな顔で振り向いた。

「私、舞が好きなんて言った覚えないけど」

「おフミちゃんが本気で舞ったところ、今日はじめて見た。見ればわかるよ。好きじゃなきゃ、あれだけできないよ！」

「じゃあ訊《き》くけど、おタエちゃん、畑仕事は大好きだった？」

「……べつに好きじゃあないけど」

「それと同じだよ。踊らなきゃ生きていけなかったから、必死に練習しただけ。辻《つじ》芸も、畑仕事も、体を売る女郎も何も変わらない。それに私はもう、生娘じゃないからね。今さら女郎になったって、どうってことはないよ」

息を呑《の》んだタエの顔が、みるみるうちに青ざめていく。フミはひどく残酷な気分になっていた。

「私らは芸を売る。金がもらえるなら、客が望むことはなんでもする。獅子舞《ししまい》が駄目なら、別の芸。それも駄目なら、残るもんはひとつ。私だけじゃない、与吉も太一もみんな普通にやってたさ。子供が好き、しかも小さければ小さいほどいいって客は、結構いるからね」

当時は、それが世間的に見て悪いことだなんて、欠片《かけら》も思わなかった。快感を得たことは一度もないし、むしろ痛みばかりが勝ったが、タエのような激しい嫌悪もなかった。

しょせんは芸事と同じ「売り物」だ。それに、大人相手はともかく、与吉や太一と抱き合うのはむしろ好きだった。子供たちの睦《むつ》みごとは、女を連れ込んだ父親や客たちの真似をしているだけだったが、自分たちもいっぱしの大人になったような気持ちになれたし、なにより熱に浮かされた時間は、ひもじさや寒さを忘れさせてくれた。

しかし、女郎になるのに、まだ子供の時分で生娘ではないと自分から打ち明けるのはまずいことは知っていた。若い女郎の初見世は、生娘の肩書が売りになる。だからぎりぎりまで黙っているつもりだった。タエが女郎という職に嫌悪しかもてないこともよく知っていたし、わざわざ刺激するのもうまくない。

それなのに、止まらない。タエの青ざめた顔をもっともっと歪《ゆが》めてみたかった。

「だから私は女郎になるのはちっとも怖くないんだ。そのへんの草むらじゃなくて、ちゃあんと布団の上で出来るんだからよっぽどマシだよ。でも、女郎ならまだいいとしても、何年も大切に芸を仕込んで育てて水揚げされていく芸妓がすでに傷ものだったたってことになったら、店がいい笑いもんだ。かあさんの顔を潰《つぶ》すことになる。だから私は、芸妓にはなれない。なりたくもない。わかった？」

敵に太刀を振り下ろす時の気持ちは、こんな感じなのだろうか。吐き捨てたフミの心は、急に軽くなった。ばっさりと斬られたタエの顔は、ほとんど土気色だった。

「お……おフミ、ちゃん……」

赤い目に涙が盛り上がり、頬にこぼれ落ちる。その瞬間、フミは後悔した。やはり、言うべきではなかった。こんなやりこめかたは卑怯《ひきょう》だ。

「……だからさ、おタエちゃんは自分が芸妓になることだけを考えて」

フミはタエから目を逸《そ》らして言った。

「この機会、逃したらいけないよ。私も協力するから。頑張ろう」

視界の端に、タエが泣きじゃくりながら頷《うなず》くのを認めた。

翌日から、二人はさっそく堂々と稽古《けいこ》に励むことになった。

庭ではカツにうるさいと怒られるので、朝の仕事がひととおり済むと、少女たちは連れだってスンガリーの河原に行った。最初は、朝のスンガリーに向かって発声練習。しっかり体を温めて、稽古に入る。フミが一人で舞うところは、何度もタエと話し合い、謡を微妙につくりかえ、ぴったりと合うようにした。その後は、大技の練習。本番までには、すべての大技をこなさなければならない。タエは何度も失敗して傷だらけになったが、必死にフミについてきた。

河原を歩く者たちは、最初のうちこそ怪訝《けげん》そうに横目で見ているだけだったが、大技が見事に決まると歓声と拍手をくれた。大柄なロシア人にハラショーの声をかけられて、タエも最初のうちは怯《おび》えていたが、毎日拍手を受けているうちに自信がついたらしく、その顔は日に日に明るくなっていった。動きからためらいが消え、大技も難なく決まるようになった。

「すごいよ、おタエちゃん！　これなら間違いなしだ！」

フミは興奮して、タエに抱きついた。

「おフミちゃんが難しいところを全部やってくれるし、いいところで助けてくれるからだよ。おフミちゃんとじゃなきゃ、とうていできない」

謙遜《けんそん》するタエもまた、喜びに頰を紅潮させていた。二人はしきりに互いを褒め合い、やがてそれがおかしくなって、腹をかかえて笑い転げた。

「楽しいなぁ。太一が死んでから、角兵衛獅子、ずっと一人で踊ってたんだ。やっぱり二人だといいや」

浮かれるフミを、タエはものといたげな目で見やった。

「おフミちゃん、やっぱり踊るの好きなんじゃないの」

「そりゃあ、こんな季節の掃除や洗濯に比べればずっと好きだよ！　いい機会くれて、岡本さんには感謝しなくっちゃね。そうだ！　おタエちゃん、いい声してるんだもの。地唄《じうた》もいけるんじゃない？」

「じうた？」

「座敷舞は地唄舞とも言うんだよ。ちょっとやってみてよ。えーとね、私が知っているのは……」

フミは蔦から聞き覚えた曲を、唄いだした。ところどころ歌詞は曖昧《あいまい》だが、旋律はほぼ完璧《かんぺき》に覚えている。タエは目を丸くした。

「よく覚えてるなぁ、おフミちゃん」

「自慢じゃないけど、覚えるのはけっこう得意なんだ」

「言葉も覚えるの、すごく早いもんね。お客さんも、一度来た人の顔と名前は絶対に忘れないし。羨《うらや》ましいな」

「あはは、そのかわり、怒られたことはその場ですぐ忘れちゃうけどね！　おタエちゃん、唄《うた》ってみてよ」

促すと、タエは少しためらいつつも、フミの後について唄いだした。思ったとおり、凜《りん》と澄んだ声は、唄にみずみずしい命を与えた。タエの奏でる音楽は、きらきらと輝きながら、スンガリーの水面に降り注ぐ。

タエが唄うと、フミの体も自然と動いた。曲を習ったときに、舞と謡を同時に覚えていたから、無意識のうちに手足が振りを辿《たど》ってしまう。習ったというのも語弊があるかもしれない。たいていは、蔦が唄い、舞っているところを勝手に見て覚えたものだから。

二人は毎日、スンガリーの畔《ほとり》で夢のような時間を過ごした。スンガリーから吹きつける風にむかって毎日唄い続けていたタエの声は、短期間のうちにぐんと伸びが出て、艶《つや》も増した。彼女の頭の中はもはや新しい世界でいっぱいのようで、女郎になりたくない、家に帰りたいと泣くこともなくなった。

全てはうまくまわっている。あとはなんとしても、舞台を成功させるのだ。フミはますます身を入れて稽古をした。大技を決めたときや、タエがみごとに唄を歌い上げたときなどは、拍手だけではなく金を投げてくれる者もぼちぼち出てきた。その金で、帰り道に饅頭《マントウ》や菓子を買うのが、二人のなによりの楽しみだった。

「なんだよ、全然たいしたことねえじゃん」

十日が過ぎたころ、見物客の一人が莫迦《ばか》にしたように言った。甲高い声に支那語だったので、フミはそちらに目を向けることもせず、さっさと金の回収をして片付けを始めた。

「無視すんなよ！　子供だましの技だね。京劇のほうがずっとずっとすごい。獅子舞だかなんだか知らねえけど、みすぼらしくて負けるから、舞台なんか出るのやめとけよ」

ぎゃんぎゃん喚《わめ》かれるのでいいかげん鬱陶《うっとう》しく、フミは声の主を睨《にら》みつけた。『酔芙蓉』の近くに住む小琳は、フミよりひとつ年下で、何かとフミと張り合ってくる少年だった。タエにはあまり意地悪なことは言わないが、フミは自分よりも小柄だからいじめてもいいと思っているのか、とにかく鬱陶しい。

「うるさいなあ小琳。なんでこんなところにいるのよ。あんたには関係ないでしょ」

「おまえらが恥かいたら傅家甸の恥にもなるだろ！」

「ならないよ、私たちはあくまで日本人会の代表で出るんだから」

途端に小琳は細い目を見開き、唾《つば》を飛ばして怒鳴った。

「そんなのおかしい。おまえたちは傅家甸の人間だろ。支那人だろ！　ヨシコばーさんはいつもそう言ってるぞ、自分たちは支那人だって！」

「どっちでもいいんだけど、今回は日本人って役だから」

「役ってなんだよ」

「役は役よ。女郎ってそういうもんなの。毎晩、ちがう役があるんだよ」

「ふん、どうせおまえなんか女郎になれねえよ！」

直後にフミの跳び蹴《げ》りが決まり、小琳の小柄な体は後方に吹っ飛んだ。

「私が女郎になっても、あんたの相手だけはごめんだからね！」

「こっちの台詞《せりふ》だ！　おまえとやるぐらいなら豚とやるほうがマ……」

小琳は最後まで言えなかった。フミが馬乗りになってもう一発お見舞いしたからだ。

「おフミちゃん！　小琳死んじゃうよ、やめて！」

青ざめたタエが止めるまでもなく、フミはあっさりと引いた。これぐらいの殴り合いは、フミと小琳の間では日常茶飯事だった。フミは小柄なので、近所の子供たちにも舐《な》められがちだが、腕も立つ。小琳程度では相手にならなかったが、それでも懲りずに何かとちょっかいをかけてくる厄介な相手だった。

「帰ろ、おタエちゃん。興が削《そ》がれた。ああ小琳、あとで饅頭買いに行くからおばさんに言っといてね」

転がっている小琳に声をかけると、フミはタエの手を引いてさっさとその場を後にした。

「京劇の荒技はなあ、子供のころから仕込まなきゃできないんだぞ！　だから本当にすごいんだ！」

背後から、小琳の怒声が聞こえた。

「それに旦《タン》（女役）は本当にきれいなんだ。夢の女だぞ！　おまえたちなんか恥さらしになるだけだよ！　おとなしくひっこんでりゃいいんだ！」

その後も何か喚いていたが、追ってくる気配がないのは、最初の一発がきいてまだ立てないからだろう。タエはおろおろしていたが、フミは「大丈夫だよ」と一度も振り向きもしなかった。

「本当？　でも今日こんなに寒いのに……」

「急所は外したもの、しばらくすりゃ立てるよ。ふん、弁髪ひっこぬいてくればよかったわ」

舌打ちしたフミを、タエは呆《あき》れ顔で見やった。

第三章　胡蝶蘭

1

空は明るくともいまだ夜の冷気を残す朝七時、本来ならば『酔芙蓉』は最も静かな時間であるはずだった。

それが今日は、あちこちで華やかな笑い声が弾《はじ》け、誰の顔にも晴れやかな笑みがある。

昨夜の仕事は早めに切り上げたとはいえ、皆、明らかに寝不足のはずだった。しかし久しぶりに外に出られるという喜びは、気怠《けだる》さをはるかに上回る。

「それにしたって、九時は早いよねェ。せめて昼到着にしてくれりゃいいのにさ、伊藤公も不粋だよ」

「なんでおえらい人が、私らみたいなはみだし者の都合に合わせなきゃなんないのさ」

「そうですよ、あたしらなんか、岡本さんのはからいがなかったら、出迎えなんてさせてもらえなかったのに。朝の五時でも行くね、あたしは！」

車を待つ女郎たちが、夜は客でごった返す板の間で、互いの帯や髪飾りを直しながらにぎやかに笑い合う。

「でも本当に私らが行っていいのかなぁ。街の人たちに厭な顔されるんじゃなかろうか」

おウメはしきりに髪に手をやる。慣れない島田髷《しまだまげ》が気になるらしい。

女郎たちは普段、和装でも日本髪を結うことはほとんどない。このめでたい日ですら、半々だ。普段は洋装か、体の線を強調するよう改造した旗袍《チーパオ》を好んで着ている千代も、今日はさすがに和装だったが、束髪にまとめた髪はしっかり巻いている。

「いいに決まってんだろ。ちょっと前までは、哈爾濱の日本人は博徒、淫売婦《いんばいふ》、浮浪人、小商人の百鬼夜行って言われてたんだ。いくら今は自称まともな連中が増えたって言ってもさ、百鬼夜行の前じゃかたなしさ。それにどうせプリスタンに住む連中は、こっちの顔を知りゃしないよ」

鏡の中で口に紅を塗りなおす千代は、茶のお召に松ヶ枝《まつがえ》の帯、たっぷりだした鶸色《ひわいろ》の刺繡襟《ししゅうえり》という出《い》で立ちだった。襟元から紅絹《もみ》の肌着がのぞき、朱の帯揚げや長襦袢《じゅばん》とともに、はっとするような華やぎを添えている。

「そうそう。それに、こういう恰好《かっこう》をすればうちらかていっぱしの令嬢とおんなじや」

準備を整えたおマサが、はしゃぐようにして、袖《そで》をひろげてくるりとまわる。こちらは、西洋好みのマサらしく洋花模様で帯は笹、さらに羽織も紅と紺の縦縞《たてじま》に花を散らしたものだ。少々目が痛いものの、こぶりですっきりとしたマサの顔には、ふしぎと調和する。庇髪《ひさしがみ》もよく似合い、ちょっとはめを外した女学生のように見えなくもない。

「いやぁおマサ、あんたはちょっと無理があるわ」

「うるさいなぁ、もう。お千代ねえさんかて、どう見ても素人に見えへんわ。お蘭ねえさんは良家の若奥様って感じだったのに」

蘭花は、昨夜泊まった岡本とともに、一足先に出かけていた。たしかに、きっちりと島田に結い、紋付きの黒羽織を羽織った蘭花は、どう見ても堅気の女だった。岡本に外套《がいとう》を着せてやり、三歩下がってついていく姿は様になっており、得意満面の岡本の顔もあいまって、これは身請け承諾も近いのではないかと女たちは噂した。

「だいたい、部屋からろくすっぽ出てこないお蘭ねえさんが、この件に関してはやけに乗り気だったもの。まちがいないね」

「いいなあ、身請け。伊藤の爺様《じいさま》が見初めてくれないもんかしら。たしか、奥様は元芸妓《げいぎ》だって話だよ」

「内地の芸妓と、異国に売り飛ばされた女郎じゃ比較にもならないよ。まったく図々《ずうずう》しいったら」

支度をしながらはしゃぐ女郎たちを、フミは部屋の隅からぼんやりと眺めていた。夜明け前から手伝いで大わらわだったが、ようやく一段落つき座りこんでいるところを、千代がめざとく見つけ、眉《まゆ》をつりあげる。

「おフミ、あんたまだ着替えてないじゃないか。もうここはいいから、早く部屋に行って支度しな」

フミは小さく返事をして、賑《にぎ》やかな大部屋から立ち去った。今日のために、岡本からフミにも縞の小袖《こそで》が贈られた。フミが今まで袖を通したもののなかではいちばん上等なものだ。しかし、どうにも気が進まず、今の今までいつもの支那服で通していた。

「おフミちゃん、やっと来た！　ほら急いで着なくっちゃ」

三畳間の扉を開けると、鏡をのぞきこんでいたタエが、慌てて立ち上がる。菫色《すみれいろ》の大きな矢絣《やがすり》に胡蝶《こちょう》の帯は、フミに与えられた暗い緑の格子縞の銘仙よりもずっと華やかで、少女らしかった。ウメが結んでくれたという髪は、脇から細かく編み込んだ房を後ろでまとめ、タフタのリボンを飾ったもので、ふっくらとした桜色の頬をもつタエの顔を、いっそう初々しく見せていた。

哈爾濱に来てからの数ヶ月で、月のようにまんまるな顔と痩《や》せた体の奇妙な娘は、花開いたときの艶《あで》やかさを予感させる可憐《かれん》な蕾《つぼみ》に変貌《へんぼう》した。タエ自身それがわかるから、ずっと鏡を見ていたに違いない。フミは唇を嚙《か》み、あふれそうになる涙をこらえた。

どちらの小袖も、岡本が今日のために誂《あつら》えてくれたものだ。まだ子供で赤前垂れでしかないフミたちにまできちんと気を遣ってくれるのは、ありがたいことだと思う。マサたちより目立たぬようにという配慮があるのもわかる。しかし、タエとの色や柄の違いが、自分に対する正しい評価なのだと思うと、気分は沈む一方だった。

千代はフミの銘仙を「粋《いき》じゃないか」とほめてくれたが、まだ幼いフミにしてみれば、ただの地味な、中年女が着るようなものにしか見えなかった。かといって、色が黒く顎《あご》が尖《とが》ったフミが、タエの明るい菫色の矢絣をあててみると、いっそう顔が黒ずんで見えてしまう。歳の近いマサやウメといった女郎たちの華やかなよそゆきを見れば、なおさ

なくても、だから布地のよしあしはよくわからない。ただ憧《あこが》れるのは、あくまで紅や鴇色《ときいろ》、そして華やかな花柄だった。やっぱり、女郎にならないと、ああいう小袖は着られないのだ。衣桁《いこう》にかけたままの暗い小袖を見て、フミはため息をついた。

「おフミちゃん、どうしたの。早くそれ脱いで」

小袖を手にとったタエに促され、フミはしぶしぶ服を脱いだ。待ちかまえていたように襦袢を着せかけられる。

「髪、時間がないから簡単にするね」

タエは手早くフミの髪をとかし、三つ編みに編んでいく。赤い大きなリボンをつけると、蝶《ちょう》が二匹、左右の肩にとまったように見えた。水白粉《おしろい》をふくませた刷毛《はけ》が顔に触れ、あまりの冷たさにとびあがる。

「いいよ、おタエちゃん。どうせお化粧したって、私は変わらないし」

「そんなことないよ。冷たいからって、言い訳しないの」

「なによ、お姉さんぶって」

「ひとつお姉さんだもの」

タエは笑って、着々と準備を進めていく。器用で面倒見のいいタエ。口べたで泣き虫で、だけどやさしくて、どこもかしこも清らかなタエ。だから彼女はどんどん美しくなっていく。

「おタエちゃん、すごく似合うね。大人っぽく見える」

「そうかな？　おフミちゃんも、きれいで恰好いいよ。支那服も洋服もなんでも似合ってうらやましいと思ってたけど、そういうのもいいよね」

フミは苦笑した。苦心して言葉を探しているのがうかがえる。その気遣いが、今は疎ましい。

ときどき、自分でももてあますほど残酷な思いにとらわれる。たとえば、今だ。早く、タエに月のものが来てしまえばいい。芸妓への道をとっとと断たれて、泣きながら男に股《また》を開けばいいのだ。かまいやしない、だってそんなにかわいいんだから。女郎の華やかな服だって、きっと私なんかよりずっとずっと似合うんだから。

「こら、おタエ、おフミ！」

女将《おかみ》の声が響かなければ、フミは実際に口に出していたかもしれない。

「いつまでお化粧してんだい。車が来たよ！　とっとと出てきな！」

タエが逃げるように部屋を出て、フミも羽織に袖を通して続いた。助かった。もう少しで、全てをぶち壊しにするところだった。嫉妬《しっと》という生き物は、御しがたい。主であるフミにも、彼女が何を引きずり出してくるか、全く予想がつかなかった。

店の外には、洋車《ヤンチョ》が何台も連なって停まっていた。フミはもちろん洋車に乗るのは初めてだったが、それは他の女郎も同じらしかった。騒ぎながら、我先にと乗り込んでいく。フミとタエは子供なので、一台の洋車に押し込められた。洋車牽《ひき》は、ひとりずっと主張したが、芳子が押し切った。

「女将さんは行かないんですか？」

「うちの店に来そうもない老いぼれなんざ、いくら金持ちでも興味ないよ。せいぜい、集まってる客たちに顔を売ってくるんだね」

女将は追い払うように手をふった。女将らしい言いぐさに、フミとタエは顔を見合わせて笑った。ゆっくりと、車が動き出す。するといきなり、傍らから声がかかった。

「変な恰好！」

かん高い支那語だった。目を向けると、小琳が顔を歪《ゆが》めてこちらを見ていた。

「またあんたなの、小琳。日本の服よ、きれいでしょ？」

「きれいなもんか。すっげー変」

「ふん、照れなくてもいいのに」

「照れてねぇ！ タエはかわいいけど、フミは変！ いつも男みたいな恰好のくせに」

「うるさい、ばーか」

おもいきり舌をだしてやると、むこうもまけじと歯をむき出した。隣でタエがくすくす笑う。

「小琳、照れてるんだよ。顔、赤かったじゃない」

「でもおタエちゃんはかわいいって言ってたよ。私が似合わないって」

「ちがうよ。ああいう年頃の男の子は、反対を言うんだから。私、さっき言ったでしょ？ おフミちゃん、きれいで恰好いいって」

フミは膝《ひざ》のあたりの布をぎゅっとつかみ、小さく笑った。

「いいよ、そんなこと言わなくて。わかってるから」

そう、本当はわかっている。母親が吉原の大店《おおだな》のお職だなんて、嘘。だからいつかものすごい別嬪《べっぴん》になるなんて、嘘。それでも信じていたかったのだ。

「嘘じゃない。おフミちゃん、わかってない。おフミちゃんはすごく恰好いいんだよ。時々、はっとするぐらいきれいに見えるときがあるの」

タエは真剣な顔を近づけた。

「お千代ねえさんね、子供の頃、まわりから不細工ってずっと言われてたんだって。顎が尖ってて、鼻が高くて、目がぎょろっとしてて。だけど大人になったら、西洋風の凄《すご》い美人だってもてはやされて、今ああでしょ。私、おフミちゃんもそうなると思う」

「……そうかな」

「そうだよ。この哈爾濱に似合う、凄い美人になるよ」

力をこめて、タエは言った。面映《おもは》ゆくて、フミは目をそらして笑った。

「ありがとう」

それから、ごめんね。さっきはひどいこと考えて。心の中で、フミはそっとつけたした。

四ヶ月ぶりに来た哈爾濱駅は、人でごった返していた。かつて、列車を降りてプラットホームを抜けたとき、やさしく抱きしめてくれたリラの香りは、今はない。かわりに、息苦しくなるような体臭と香水が、冷たいはずの空気の温度を上げている。駅舎からプラットホームに続く人の波には、ロシア人の姿もちらほら見られたが、八割方は日本人だった。哈爾濱にはこんなに日本人がたくさんいたのか、とフミは目を丸くした。

「これじゃ全然見えないなぁ」

フミが精一杯背伸びをしても、幾重にも重なる人垣のむこうは見えない。

「おおい！　みんな来たか！」

人の海の中で手を振り、こちらにやってきたのは、岡本だった。

「おフミとおタエはこっちにおいで。子供がいると喜ばれるから」

彼は二人の手を引き、再び人波を掻《か》き分けていく。女郎たちの不満の声にまじって、「ちょっとお千代ねえさん、どこいくの」とマサが叫ぶ声が聞こえたので、フミは笑ってしまった。おそらく、出迎えにかこつけて娑婆《しゃば》で間夫と会う約束でもしていたのだろう。ちゃっかりしている。

「おはよう、おフミちゃん、おタエちゃん。二人ともとってもかわいいわ」

人垣の前列で待ちかまえていた蘭花が、微笑んで二人を迎えた。彼女の美しさに、周囲の人間もちらちらと視線を送っている。出迎え組の前には、堂々たる体軀《たいく》のロシアの儀仗兵《ぎじょうへい》が並んでいたが、彼らは岡本が消えた隙に熱心に蘭花に話しかけていたらしい。ロシア語を解する蘭花は微笑んで彼らになにごとかを囁《ささや》いた。すると兵士は、大仰に天を仰ぎ、絶望を訴えた。どうやら、口説こうとしてあっさりふられたらしい。一国の要人を出迎えるというのに、緊張感に欠けているにもほどがある。指揮官とおぼしき人物は、貴賓車が停まるあたりで待機しており、ここからはだいぶ離れているため、兵士たちは無駄話に花を咲かせ、時には背後の日本人と喋《しゃべ》っている者までいた。

フミのまわりにいる日本人は、身なりのよい男ばかりだった。岡本との会話を聞くに、哈爾濱日本人会の面々らしい。

「岡本さん、この娘たちも？」

隣の男が、探るようにフミの顔を見る。フミは慌てて、頭をさげた。

「ああ。悪くないだろう？」

「うん。素人の娘にしか見えないね。子供が多いのはいい。今日はよろしく、お嬢さんがた」

男は笑って、二人に小さな旭日旗《きよくじつ》を手渡した。見回したところ、フミのまわりに日本人の子供は数名しかいなかった。最近、本願寺の中に日本人向けの小学校が出来たが生徒はたったの四名しかいないと聞いている。それが彼らなのだろうか。澄ましかえった少女は、それこそ堅気の家の子供にしか見えなかったが、実は違う女郎屋の娘かもしれなかった。ちらちらとこちらを気にしているところを見ると、むこうもフミたちの素姓を探りかねているのかもしれない。

フミは肩のあたりで踊っているリボンに触れた。こういう恰好《かっこう》をしていれば、自分は支那人にも見えず、女郎屋の子供にも見えないらしい。タエも同様だ。蘭花でさえ、すぐに女郎と見抜ける者はいない。傅家甸の女郎の顔を知る日本人などごく限られているから、傍《はた》から見れば、岡本は若く美しい伴侶《はんりょ》を得た幸運な男にしか見えないだろう。そんなものなのかもしれない。これが自分だと思っているものなんて、実はとても稀《き》薄《はく》で、誰もそんなものは見ていない。好きずきに、いろいろな型にあてはめているだけなのかもしれない。

ここにいる人たちも、みんなそうだ。岡本も、立派な髭《ひげ》をたくわえた紳士も、身なりはよいが、剝《は》いでしまえばどれだけちっぽけかわからない。フミと同じ、あるいはもっと小さな存在かもしれない。そう思うと、最初はただただ威圧されていた人の群れが、なにやら愉快に思えてきた。

軍楽隊の演奏が始まり、時計を見上げると九時だった。伊藤博文を乗せた列車が、地響きをたててゆっくりと一番ホームに入ってくる。遠目に、フロックコートを着たロシア側の高官が、何人か引きつれて貴賓車に入っていくのが見えた。あれがココーフツォフ蔵相なのだろう。

彼らと伊藤公が降りてくるまでは時間がかかるだろうとふんで、フミはそのまま人間観察に精を出すことにした。みな似たような恰好の中、ひとりの男が目を惹《ひ》いた。服装は黒い外套《がいとう》に鳥打ち帽子で、とくに変わったところはなかったが、彼もまたフミのようにやたらときょろきょろしていた。歳の頃は三十前後だが、大きくてよく光る目や、落ち着きのない仕草は、子供のようだった。フミの視線を感じたのか、男はこちらを向いた。目が合うと、恥ずかしそうに、しかしはっきりと白い歯を見せて笑った。子供好きなのか、やさしげな印象で、フミもまたにっこり笑った。

さらに遠くまで見回していたフミは、ある一点で、目の動きを止めた。

山村だった。

これだけ多くの人間がいても、これだけ離れていても、すぐにわかる。彼は、フミに全く気づいていなかった。もし距離が近くとも、銘仙を着て髪をおさげにしたフミが先日会った支那服の子供と同一人物だとは理解できないかもしれない。

ふいに彼の目が険しくなり、プラットホームの奥へと向けられる。視線を追ったフミは、いつのまにか伊藤公が貴賓車から降りて、ロシア兵の閲兵を始めていることに気がついた。しかしフミにはそんなことはどうでもよかった。痛いぐらい首をねじ曲げて、フミは一心に山村を見つめた。

「伊藤公って意外とちっちゃいんだね。すごく大きい人なんだと思ってた」

隣のタエが小声で囁くまで、フミは全く伊藤博文を見ていなかった。気がつけば、明治の元勲である老人は、閲兵を終えて出迎えの日本人と挨拶《あいさつ》を交わしている。タエの言うとおり、伊藤公は背が低かった。隣にロシアのココーフツォフ蔵相がいたために、よけいにそう見えたのかもしれない。

こちらに近づいてくる伊藤公は、髪も髭も真っ白だった。四回も首相をやったえらい人を間近で見たなんて結構な自慢になるかもなあ、と暢気《のんき》に考えていたフミは、次の瞬間、体を硬直させた。

けたたましい爆竹の音が、立て続けに響いた。荒っぽい歓迎だな、と思ったが、そうではなかった。

次の瞬間、フミの目に映ったのは、それまでにこやかに人々と挨拶をしていた伊藤公がぐらりと傾き、ココーフツォフに凭《もた》れかかる姿だった。

同時に悲鳴と怒号がわき起こり、近くの儀仗兵がいっせいに一人の男にとびかかった。見れば、さきほど目が合って白い歯を見せた、鳥打ち帽のあの男だ。その手からはたき落とされたのは、不吉に黒く輝く拳銃《けんじゅう》だった。彼は屈強なロシア兵士たちによって、たちまちプラットホームにねじ伏せられた。膝《ひざ》をつく瞬間、彼は大きく叫んだ。

「コリヤ、ウラー！」

同じ言葉を三度繰り返す。空気を震わせるその叫びを、フミの鼓膜は、はっきりと焼きつけた。

2

「姓名と住所を」

役人は、いかにも気乗りしない様子で言った。この部屋にいるのは彼とフミしかいないから、質問はフミに向けているのだろうが、役人はフミのほうをろくに見もせず、机の上にひろげた紙に何か書いている。

伊藤博文暗殺の瞬間を目撃してしまったフミは、犯人がロシア官憲に連行された後、最前列にいた岡本と蘭花、そしてタエとともに日本領事館に連れてこられた。領事館があるのはロシアの官庁や各領事館が集中する南崗区で、傅家甸やプリスタンとは駅を挟んで反対側にあたる。フミは駅の南側に足を踏み入れたのは初めてだったので、プリスタンとはまた違う、重厚な石造りの建物が並ぶ光景に驚いた。

最初に岡本と蘭花が呼ばれ、フミたちは廊下でさんざん待たされたあげく、やっと呼ばれたと思ったら、あからさまに子供と軽んじられる。むっとしたが、黙っていても仕方がないので、「小川フミです。傅家甸の『酔芙蓉』で働いてます」と答えた。

「傅家甸ねえ。よくあんなところで生活できるものだ。しかも『酔芙蓉』は女郎——いや料理屋じゃないか。おまえ、どう見ても十歳かそこらだろう」

「十二歳です」

「たいして変わらんじゃないか。それで酌婦見習いとはねぇ……いや、まさかもう見習いじゃないのか？」

「見習いです。残念ながら」

フミはそっぽを向いた。酌婦とは本来は文字通り料理屋で酌をする女の意味だが、要は女郎の意味だ。千代が以前話してくれたが、この哈爾濱には、「女郎」「淫売婦《いんばいふ》」「遊女」「娼婦《しょうふ》」——とにかく男たちの閨《ねや》の相手をする日本婦人はひとりもおらず、全て「酌婦」となっているらしい。女郎屋ももちろん存在せず、登録名は全て「料理屋」だ。

どうしてそんなややこしいことをするのかと尋ねると、千代は「お国の体面ってやつさ」とせせら笑った。

「日本は貧しい国なんだよ。だから女をばんばん異国に送りこんで、税かけて日本にもさんざん貢がせた。なのに、大陸は日本の女郎だらけだって西洋列強に叩《たた》かれはじめたら、慌てて名称だけ変えやがったのさ。ばっかだねぇ。あたしらの稼ぎがなきゃ、ロシアと戦争なんかとてもできなかったくせにさ！」

千代の言葉を思い出し、フミは口の中で小さく、ばっかだねぇ、とつぶやいた。

「まあ、いい。小川フミ、伊藤公が撃たれた当時の状況を、できるだけ思い出して話してごらん」

「伊藤公を撃った鳥打ち帽の男は、あたりをきょろきょろ見回して落ち着きませんでしたが、儀仗兵《ぎじょうへい》とも挨拶をしていましたから、私はてっきり知り合いなんだと思っていました。その後、伊藤公が近づいてきたときに、爆竹の音がしたんです。少なくとも十発ぐらいは聞こえました。そうしたら伊藤公と随従の方が倒れて、あっというまに鳥打ち帽の男がロシア兵に捕らえられ、ロシア語で祖国万歳を三回叫びました」

すらすら喋《しゃべ》ると、憲兵はぽかんとしてフミを見た。

「……なにか変なことを言いましたか？」

「いや。ずいぶん冷静だな。岡本氏も蘭花って女も、動揺したせいか前後の証言がずいぶん曖昧《あいまい》だったんだ」

はあ、とフミは肩をすぼめた。日本にいたころから、死体は見慣れている。さすがに銃殺の瞬間は初めて見たが、伊藤公が分厚い外套を着ていたせいかあまり血も見えなかったために、恐怖を感じる要素がなかった。

「その男は、伊藤閣下を撃った男にまちがいないのか？」

「黒い外套と鳥打ち帽、中肉中背で目が大きくて、大きな鼻に髭をたくわえた、三十前後の人ですよね。あとひとつ不思議なことがあるんですけど……」

首を傾げたフミに、役人は「何がだね？」と身を乗り出して尋ねた。さきほどよりは、態度が多少丁寧になっていた。

「取り押さえられたとき、拳銃が取り上げられていましたけど……。爆竹のような音は、十発はしたと思うんです。拳銃って、そんなに連射できるものなんですか？」

「あのあと、拳銃を所持していた朝鮮人が何人か捕まっているのだよ。単独犯ではないのだろうな。間近で伊藤公を撃ったのはその男なのだろうが。近くに、怪しいと感じた人物はいなかったかね？」

「怪しい人物……」

瞬間、頭に浮かんだのは山村の姿だった。

「……いません。他はみんな、普通に伊藤公を見ていたし」

「犯人に連れらしき者は？」

「いませんでした。慌ただしく逃げた人間も、いなかったと思います」

役人は頷《うなず》きつつ、次々と紙にフミの言葉を書いていく。さきほどとはちがう真剣な表情に、フミはついついからかいたくなった。

「私みたいな子供の証言でも、ちゃんと採用してもらえるんですか？」

「それだけしっかり覚えていればな。状況も、岡本氏が言っているのとたいしてかわらん。むしろ君のほうがよほど詳しい。もっとも、証人として裁判に呼ばれるかどうかはわからんが」

裁判。証人。フミの心は、縁遠い世界の言葉にときめいた。

「裁判に呼ばれたら、何すればいいんですか」

「裁判官に訊《き》かれたことを、今みたいに答えればいいんだよ」

「じゃあ忘れないようにします。あの犯人、どうなるんです？」

「今はロシア側が身柄を拘束しているからなんとも言えんが、引き渡されて裁判になったら、おそらく極刑だろう。裁判は旅順でやることになる」

南満洲の旅順は、日本の土地だ。日露戦争に勝利した日本は、ポーツマス条約により、東清鉄道の南半分の鉄道施設・付属地の権利を手に入れた。現在は、半官半民の国策会社「南満洲鉄道」――通称「満鉄」が経営にあたっており、日本軍も駐屯している。

「あの人はなんで伊藤閣下を撃ったんですか？」

「逆恨みだ」役人は険しい顔で即答した。「大韓帝国にとって、伊藤閣下は大の恩人なんだ。時代に取り残され、いつまでも中国に隷属し、さらにロシアに侵略されかけていた国を、初代統監として導き、近代化に尽力されたのだ。いずれは自分の力で国を守れるように、近代化の先達である我々が手を貸すのだとおっしゃって。そんな閣下のお心と苦労も知らず、侵略だのなんだのと騒ぎたてる恩知らずの愚か者がいるのは知っていたが、まさかこんな恐ろしいことをしでかすとは」

唾《つば》を飛ばす勢いで、役人は伊藤を称《たた》え、犯人を罵《ののし》った。まずいことを訊いたと思ったのは、彼の話がしばらく止まらないと気づいた時で、フミは自分の迂闊《うかつ》さに舌打ちしたくなった。国が絡んだ話になると、岡本たちもいつも話がしつこくなるのに。

三十分後、ようやく解放されて部屋から出ると、廊下の椅子にタエと蘭花が並んで座っていた。泣きじゃくるタエの背中を撫《な》でていた蘭花は、フミに気づいて微笑んだ。顔が、ひどく青かった。フミたちと同じように、目の前で暗殺を見た彼女は、その場で貧血を起こして倒れてしまった。岡本が必死に介抱していたのを覚えている。

「終わったのね、おフミちゃん。お疲れさま」

蘭花の声に、タエが弾《はじ》かれたように顔をあげた。そのまま、泣き濡《ぬ》れた顔で抱きついてくる。

「おフミちゃん、大丈夫だった？」

「うん。おタエちゃんこそ大丈夫？」

タエの白粉《おしろい》は全て流れて、鼻の頭は真っ赤だった。もともと細い目は腫《は》れあがってほとんど線のようになっていて、きれいに結った髪もほつれてからまり、惨憺《さんたん》たる有様だった。フミの隣で暗殺の瞬間を目撃したタエは、その場で腰を抜かし、自失の時間が過ぎてからは恐怖でほとんど錯乱し、まともに話すこともできない有様だった。ここに連れてこられたはいいが、結局そのまま医務室に運ばれるはめになった。顔はひどくむくんで、いまだに涙は止まらないが、喋れる程度に回復したのはよかった。

「お話、長かったわね。たくさん訊かれたの？」

蘭花のほそい手が、ねぎらうように頭を撫でてくれる。それだけで、ほっと力が抜けた。自分が実はずいぶん緊張していたことに、フミはようやく気がついた。

「私の話はすぐ終わりました。あとは役人さんがひとりで盛り上がっていましたよ。男の人って、どうして国が絡むと話が長いんでしょうね」

重い空気を吹き飛ばしたくて、フミはおおげさに口を尖《とが》らせた。蘭花は「ほんとうにね」と微笑んだが、やはり顔は紙のように白いままだった。

「お蘭ねえさんのお話は終わったんですか。岡本さんは？」

「私もすぐ終わったわ。恥ずかしいけれど、また貧血を起こしてしまって……。あとは岡本さまにお任せしたの。さ、帰りましょうね」

役人に頼んで呼んでもらった洋車《ヤンチョ》に乗り、三人は早々に領事館から引き上げた。おそらく自分がここに来るのは今日が最初で最後だろうな、とフミは思った。

『酔芙蓉』につくと、先に戻っていた他の女郎たちが、待ってましたとばかりに群がった。その中には案の定、千代の姿はない。騒ぎも知らず――いや知っていても我関せずとばかりに、間夫との逢《あ》い引きを楽しんでいるのだろう。

「あんたたち、いいかげんにしな！　夕方からは仕事があるんだよ、そんなに元気ならとっとと支度しな！」

女将《おかみ》の一喝で、女郎たちは蜘蛛《くも》の子を散らすように逃げ出した。仁王立ちのまま、まったく、とぶつぶつ文句を垂れていた女将は、店についた途端ぐったりと座りこんだ蘭花を心配そうに見やった。

「お蘭、あんた真っ青だよ。大丈夫かい」

「ごめんなさい、母さん。夜までには治すから」

蘭花は弱々しく微笑んだ。その隣でぐったりしているタエには女将は目もくれず、猫なで声で蘭花の背中をさすった。

「悪いねェ、ゆっくり休んでと言えないのが辛《つら》いところだけど、湯でも浴びれば少しはすっきりするんじゃないかい？　ほらおフミ、おタエ、風呂《ふろ》たてておやり」

「はい！　あ、おタエちゃんは休んでいて」

フミは弾丸のように風呂場へと向かう。あの子はいつでも元気だねえ、という女将のぼやきが背中に聞こえた。実際、フミの体には力が漲《みなぎ》っていた。疲れなど感じない。殺された伊藤公は気の毒だとは思うものの、なにしろ見知らぬ人物なので、冷たいようだが感慨はない。それよりも、思いがけず山村に会えたということに高揚していた。

暗殺の後、フミの周囲は大騒ぎになった。悲鳴をあげて逃げ惑う群衆の中、腰を抜かしたタエを守るように抱きしめたフミは、強い視線を感じて顔を向けた。そのとき、山村と目が合った。あれほど必死に見つめていたときにはちっとも気づいてくれなかったのに、はっきりとフミを見ていた。目が合うと、山村は少し驚いたように眉《まゆ》をあげ、それから唇の片端をほんの少しもちあげた。あの白い傷が、またうねった。大丈夫そうだな、と言われたような気がして、フミもかすかに微笑み返した。その後すぐ、山村は身を翻し、人の波にまぎれてどこかに消えてしまった。

わずかな時間だった。たったそれだけの出来事なのに、今も心臓がうるさい。

——でも、あんなところで何をしていたんだろう？

お世辞にも、伊藤公を歓迎しているようには見えなかった。とはいえ、あの男の仲間とも思えない。そもそも日本人の山村に、伊藤公を殺す理由がない。いや、本当に日本人か？ 名前などいくらでも偽れる。今日のフミやタエを見て誰も女郎屋の娘だと思わなかったように。そうだ、ナツの店に行ったときも、金麗水と親しげに話していた。

「おフミ、何ぼけっとしてんだい！ 風呂だろ！」

カツの怒声に飛び上がり、フミは再び仕事に集中した。外では大事件が起きたというのに、ここでは何も変わらない。女郎たちは夜に備えて昼寝をしたり、おしゃべりに興じたりと、すでに日常に戻っている。気の毒な伊藤公のためにお経を唱えているのは、狐憑《きつねつ》きのウメぐらいだった。

風呂を沸かして蘭花を呼びに行くと、蘭花はすでに着替えを済ませ、相変わらず青い顔で窓辺に寄りかかっていた。フミの呼びかけに弱々しく微笑むと、すぐに支度をして部屋を出たが、廊下で千代とばったり鉢合わせた。

「お千代ねえさん、どこ行ってたんですか！　今日、大変だったんですよ！」

フミの声に、千代はうるさそうに手を振った。

「かあさんと同じ小言を言うのはよしとくれ。大変だったのは聞いたけどさ、あたしがいたところでどうにもできないんだから関係ないだろう」

「どちらに行ってらしたんですか、ねえさん」

さっさと部屋に入ろうとしていた千代を、冷ややかな声が止めた。千代は鼻を鳴らし、蘭花を見やる。

「あんたまで言うのかい。スンガリーさ」

「スンガリー？」

「ああ。あの人と二人で、ずっと川岸にいたよ」

「それだけですの？」

「悪いかい」

「いいえ。お千代ねえさんにもまだそんな純なところがありましたのね」

フミは二人を交互に見やった。千代と蘭花は仲がいいとは言えない。千代は自分からお職の座を奪った妹分を嫌っていたし、蘭花のほうも千代の厭味《いやみ》をいつもの微笑みで受け流していた。戦争前の、『酔芙蓉』がまだあばら屋だったころを知るという二人の女郎の間には、その年月ぶんの愛憎が培われている。

「ふん。あんたみたいな氷の女にゃわからないだろうけどね。本当に好いた人なら、隣にいるだけで幸せなもんさ」

「それは何よりですこと」

蘭花は微笑み、優雅な足取りで去って行った。その後ろ姿を見送り、千代は苦々しげに吐き捨てた。

「なんだい、あれは」

「こっちは領事館にまでしょっぴかれて大変だったのに、その間にねえさんが暢気《のんき》に逢い引きなんてしてれば面白くないでしょうよ」

「だったらお蘭も間夫と逢い引きすりゃよかったじゃないか」

「岡本さんと一緒だったのにできるわけないでしょう。そもそもお蘭ねえさんの間夫って誰ですか」

「あたしが知るもんか」

千代は鼻を鳴らし、さっさと部屋に入っていった。こころなし足取りも軽いのが、いまいましい。

日が沈み、『酔芙蓉』開店の時間は間近に迫っていた。今日はいつもの倍近く動き回っていたフミは、すでにくたくただったが、階段を駆け上がり、奥の蘭花の部屋に向かった。湯を使ったあと、蘭花は「少し休むから、開店の一時間前に起こして頂戴《ちょうだい》」とフミに頼んで部屋に戻った。忙しさのあまり遅れてしまったので、フミは支度をつきっきりで手伝うつもりだった。蘭花の支度を手伝うのは、フミの数少ない楽しみだ。

「お蘭ねえさん、遅くなりました。フミです」

返事はない。もう一度呼びかけてみるが、同じだった。失礼しますとことわって、扉に手をかける。その瞬間、総毛立った。

開けては、駄目。頭の中で、叫ぶ声がする。何かがおかしい。静かなのはいつものこと。しかし、これはなんだろう。扉ごしに伝わる、この異様な気配は。

「お蘭ねえさん！」

フミは思いきって扉を開けた。その瞬間、凍りついた。

予想通りの光景が、ひろがっていた。強烈な臭いに呼吸を止め、フミは後じさりし、扉を閉めた。転げるように階段を駆け下り、女将の部屋へと走る。

「おかあさん、失礼します！」

挨拶《あいさつ》もそこそこに扉を開ける。机に向かっていた芳子は、葉巻をくわえた恰好《かっこう》でフミを睨《にら》みつけた。

「ちょいとおフミ、用があるならまずおカッにって言ってあるだろうが」

「申し訳ありません。あの、お蘭ねえさんが死んでいます」

「だからそういうことは……………なんだって？」

芳子は蒼白《そうはく》になって立ち上がった。

「白い着物を着て、床の上にうずくまってました。血がたくさん溜《た》まってて……こちらからは見えませんでしたが、たぶん胸か首を刺したんだと思います」

「なんてこったい」

芳子は舌打ちすると、小走りで部屋から出た。フミも後をついて階段を駆け上る。そしていざ蘭花の部屋に飛び込んだ二人は、動きを止めた。

白装束を血に染めた蘭花の前に、女がひとり立っている。深い青緑の絹地に金の刺繍《ししゅう》の旗袍《チーパオ》を纏《まと》い、結い上げた黒髪は真珠と翡翠《ひすい》の簪《かんざし》、鼈甲《べっこう》の櫛《くし》で飾られている。支那の妓女の中でも最高位に位置するという書寓《シューユイ》もかくやという、堂々たる姿だった。和で統一された蘭花の部屋にはそぐわぬ、絢爛《けんらん》たる支那の妓女は、ゆっくりと振り向いた。千代だった。

「フミ、扉を閉めな」

千代に言われて、フミは慌てて扉を閉めた。みな準備に忙しいのか、こちらをのぞいている女郎がいなかったのは助かった。

「まったく。とうとうやっちまったねえ」

煙をほそく吐き出した千代は、この凄惨《せいさん》な光景にまったく動じていなかった。自身のつくりだした血だまりの中に倒れ伏す白装束の蘭花と、夢の世界から抜け出してきたような千代の姿に、フミは自分はきっと夢を見ているのだろうと思った。こんなことが現実であるはずがない。

「ああ、そんな。なんてこったい」

めったなことでは動揺なぞしない女将《おかみ》も、さすがに肝を潰《つぶ》している。千代は整えた眉をひょいとあげた。

「らしくないねえ、かあさん。しっかりおし。こんなこと、今までにもいくらでもあったろう」

「そりゃそうだけど……まさかお孝《こう》が」

「店はこのまま開けるだろうね？」

ぎょっとして、フミは千代を見た。着飾った千代は平然と続けた。

「あんなことがあった後じゃ、どうせ岡本の旦那《だんな》は来ない。他の客には、今日のところは蘭花はあの事件で体調を崩したとでも言えばいい。なんなら他の妓《こ》のところに回しなよ。あたしはこの通り、朝まで呂《ルー》の旦那が買ってるからお役に立てず悪いけど」

千代は腕をひろげ、華やかな旗袍を示してみせた。ああそういえば今日は千代の上客が来る日だった、彼は千代ねえさんを豪華に着飾らせるのが好きだから――そう考えたところで、ようやくこれは現実なのだとフミも目が覚めた。

「香を炷《た》けば血の臭いはわからないさ。それで頃合いを見て、病死したと言えばいい。始末は少しずつ、男衆《おとこし》にやらせれば」

千代が淡々と語るのを聞いているうちに、女将もようやく落ち着きを取り戻したらしい。手巾《ハンカチ》で汗をぬぐうと、疲れたように息をついた。

「そうだね、店は開けないと。やれやれ、久しぶりだったもんで、うっかり魂消《たまげ》ちまったよ」

芳子は、まだ茫然《ぼうぜん》としているフミを見下ろした。表情は、すっかりいつもの女将に戻っている。

「さ、あんたはいいから支度に戻りな。いいかい、他言はするんじゃないよ。他の妓たちに気取られるんじゃない」

芳子はしっかり念を押すと、きびきびと出て行った。残されたフミは、まだ動くことができなかった。千代も何も言わず、じっと蘭花を見下ろしている。

凶器のような血の臭いだった。伊藤博文が死んだ瞬間はたいして衝撃は覚えなかったフミにとっても、血溜まりの中で突っ伏した白い蘭花の姿は、あまりに強烈だった。どうして、とフミがつぶやくと、千代は唇の端を震わせるようにして笑った。

「さてねェ。裾《すそ》が乱れないように縛って、首をひと突き。武家の女の切腹だね」

「お蘭ねえさんて、士族の出なんですか」

「そう。両親も切腹して死んでる。十年前にね」千代はあっさりと言った。「お孝——ああ、これがお蘭の名前だけどね、お孝の親父は会津《あいづ》の侍の出でさ、維新の戦いで負った怪我がもとで働けなくなって、飲んだくれてたらしい。姉の一人が遊郭に売っぱらわれて、他は商家に婿入りさせたり、病で死んだりで、一番下のお孝だけが両親と共に家に残ってたってさ。けど、息子は親を嫌って仕送りはおろか手紙も寄越さないようになって、頼みの綱の姉さまも肺を病んで逝っちまった。それで、ある日お孝が買い物から帰ってくると、あばら屋は血の海だったってさ」

千代は煙草を挟んだままの手で、腹を横に切る仕草をした。

「どうせ死ぬなら、上の娘を遊郭に送りこまなきゃならない時点でやれってんだよねェ。そんなんだから、息子にも捨てられんだよ。でも、ま、てめえでてめえを始末しようとするだけ、まだマシか。中にはさ、女衒《ぜげん》に売るときは涙を流して、いつか必ず迎えに行くからなんて殊勝なこと言っておいて、莫大《ばくだい》な仕送りに目ェ剝《む》いてすっかり怠けるようになってさ、娘の店に押しかけては勝手にどんどん前借りしていく親もいるからねェ」

別れ際の親の涙を信じた娘は、一心に働き続け、少なくなっているはずの借金がどんどんかさみ、年季が延びていく現実を知らない。何年も働いて、あとどれぐらいだろうかと期待に胸ふくらませて帳簿を見たときに、親の裏切りを知って、愕然《がくぜん》とするのだ。

逃げ出すように他の店に移っても、親はどこからか嗅《か》ぎつけて、またやって来る。どんなに遠い遊郭に移っても、普段はぐうたらな親たちは、金のためならどこまでも執念深く追い掛けてくる。股《また》の間に男を受け入れるぶんだけ金をひねり出してくれる黄金の木を、死ぬまで放しはしない。

「それでとうとう逃げ場がなくなって、大陸に渡るしかなくなった女とかね。そういう糞《くそ》みたいな親は、本当にうんざりするほどいるもんさ。それに比べりゃあ、お孝の親はまだ、人の心があったと言えるかもしれないねェ。あたしなら、涙を流して感謝するよ。やっと死んでくれてありがとうって」

千代は煙を大きく吸いこんだ。千代の中に燻《くすぶ》っていた何かが、煙に呑《の》みこまれてひとつ消えていく。見届けて、千代は妹女郎に目を向けた。

「しかしまあ、見事なもんさ。ためらい傷はいっさいなし。血も飛び散っていない。冗談かと思っていたが、あれは本当だったんだねえ」

「あれ?」

「お孝の親父は、落ちぶれたけど誇りだけは昔のまんまでさ。週に一度は、夕餉《ゆうげ》の前に家族そろって切腹の練習してたんだってよ!」

けたたましい笑い声に、耳を塞《ふさ》ぎたくなった。それでもフミは、ただじっとそこにいた。食い入るように、前のめりに倒れた蘭花の、青白いうなじを見下ろしていた。

「ふん、おまえもなかなか肝が据わってるね。普通は悲鳴をあげて逃げるもんだよ」

「ねえさんが死ぬ理由がわからないから、現実だと思えないんです。伊藤公が殺される理由は、なんとなくならわかるけど」

「まず理由が知りたい、か。ふふ、おフミらしいね。けどね、たぶんどっちの理由も、そう変わらないよ。伊藤閣下は長州の出だろう? まあ、今のお上に薩長《さっちょう》じゃない奴のほうが珍しいだろうけど」

フミは怪訝《けげん》そうに首を傾げた。

「それはわかりますけど……それが何か」

「何かって、お孝の家の没落の原因は、会津が薩長の官軍様に負けたからだろ」

「お蘭ねえさんには関係ないでしょう。ご維新の頃の戦いなんて生まれてもいないし」

「そりゃそうさ。だけど、生まれちまった家が、いまだに切腹するような家だよ。敵への恨みつらみは物心つく頃から吹き込まれているだろうさ」

「だからなんだって言うんです」

「敵の親玉だったじいさんが来ると聞いて、あの娘は思い出しちまったのかもしれないさ。自分が侍の娘だっていうことを」

フミの全身から血の気が引いた。

「……まさか」

そんな莫迦《ばか》な。いくらなんでもそんな。ああ、でもそう考えれば、全ては合点がいくではないか。

めったに部屋から出てこない蘭花が、なぜ今回は岡本の提案にすすんで力を貸したのか。彼の妻のような顔をして、蘭花は出迎えの最前列で微笑んでいた。伊藤公が撃たれた瞬間、糸が切れたように倒れこんだのは――恐怖のせいではないというのなら。

「伊藤公と……刺し違えるつもりで……？」

「ただの推測さ。だけどあたしは、刺しちがえたってのが一番納得がいくね。何も知らない岡本さんは、とんだ道化さ」

「嘘。だってお蘭ねえさんは、支那語やロシア語を勉強してたもの。もう日本のことなんか忘れて、ずっと大陸にいるつもりだったんじゃないですか。お職らしく、教養ある立派な花魁《おいらん》になるつもりで」

根元近くまで燃えていた煙草を、千代は近くにあった貝細工の小物入れにねじこんだ。ひときわ強く、毒が香る。

「本人がそう言っていたのかい？」

「言ってはいませんが……」

「つまりそれはあんたの勝手な夢ってわけだ。吉原の花魁だったたっていう母親をお孝に重ねていたのかい」

図星をさされ、フミはぐっと詰まった。

「よけいな夢は見ないことだね。こんなの、女郎にゃよくあることさ。さっきまで皆と騒いでいたと思ったら、急に部屋から出ていって飛び降りちまうとかね。あたしたちはみんな一度死んで、ここに落ちてきた。だから、もう一度死ぬことなんか、簡単なんだよ。ちょっとしたきっかけで、すいっと踏み越えちまう」

フミは改めて、蘭花の顔を見下ろした。いつも美しく微笑んでいた、母の影。彼女のように辛《つら》いことも何もかも呑み込んで優雅に微笑む女になるのだと、自分を励まし続けた。しかし今、母はフミを冷たく拒絶していた。眠っているように静かで美しいはずなのに、急に醜く見えて、胃がねじれる。

フミは弾《はじ》けたように立ち上がり、駆けだした。ちょうど階段を駆け上がってくる男衆をもおしのけて、フミは走った。伊藤博文の胸に吸い込まれた小さな弾丸のように、誰に邪魔されることもなく、ただまっすぐに走り抜いた。

風をまきこみ、重力を忘れたようにフミは走る。小さな体は『酔芙蓉』を飛び出し、傅家甸の雑踏の中すらも、草原をゆく獣のように駆け抜ける。

離れろ。その一心で、ひた走る。離れろ、離れろ。死の空気から。敗北と絶望から。

蘭花は、望めばいつだって、この『酔芙蓉』から出ていけた。岡本にかぎらず、身請けを望む男は大勢いたのだから。それなのにどうして、こんな最悪の道を選んだのか。未来に踏み出さず、過去から伸びてきた血まみれの両親の手をつかんでしまったのか。

わからない。なぜという思いが、フミを走らせる。自分の命を捨ててまで、人を殺してまで、守ろうとしなければならないものは何なのか。

ごちゃごちゃとしていた街並みと、慌てて避ける人の群れが、急に途切れた。開かれた視界いっぱいに、光が躍る。まぶしさに息を詰め、とっさに目を閉じたフミは、おそるおそる瞼《まぶた》を開いた。

眼前に広がるのは、滔々《とうとう》と水をたたえた大河だった。晩秋の風に揺れる水面は、朱金に染まっていた。

西の方角に夕日が見える。日本では決して見ることのできない、とてつもなく巨大な火の玉だった。海のごときスンガリーの水など、一瞬で蒸発させてしまいそうな凄《すさ》まじい物量をもつ太陽が、狂気じみた光をまき散らし、断末魔の声をあげる。全てを朱と金に染めて、スンガリーを血の海に変えて、ごうごうと音をたて、この世から消えようとしていた。それはフミの周囲を駆けめぐる風と波の音にすぎなかったが、圧倒的な光景の中で立ち尽くすちっぽけな少女には、太陽の命の叫びにしか思えなかった。

灼《や》かれる大地が、恐怖に鳴動する。その叫びはフミの足下から這《は》いのぼり、内臓を貫き、喉《のど》から咆哮《ほうこう》となって迸《ほとばし》る。風を切り裂くように、声が轟《とどろ》く。

喉が痛い。それなのに叫ぶことをやめられない。今ここで黙っていたら、自分はきっと呑みこまれてしまう。あいつに引きずられてしまうだろう。全てを道づれに死んでいく、巨大な太陽。燃え上がるスンガリー。大河は海へと注ぎ、日本へと続く。もう捨てたあの国へ。ならばいっそ燃やせばいい。この水を炎に変えて、海をも燃やし、あの島国を消してしまえ。全部なくなれ。そうすれば、もう誰も迷いはしない。

そのとき、誰かに名を呼ばれた気がした。それでもフミは振り返ることなく、スンガリーと落日に反抗し続けた。

「おフミ！」

勢いよく、腕を引かれた。背中が、何かにぶつかる。その瞬間、鼻をかすめたにおいと、弾力のある熱に、フミはぴたりと口を噤《つぐ》んだ。振り向くと、山村が立っていた。

「やっぱりそうか。歌の練習にはちょっと元気がよすぎるんじゃないか」

呆《あき》れたように笑う顔を見た瞬間、フミの喉は奇妙な音をたてた。呻《うめ》きとも喘《あえ》ぎともつかぬ、空気と声がねじれて吐き出された音とともに、熱が脳天へと駆け抜けて、両目から溢《あふ》れ出た。

「おい、なんだ。どうした」

突然、自分にしがみついて泣き出したフミに、山村はさすがに驚いたらしかった。うろたえた声が、髪にかかり、くすぐったい。よけいに涙が出て、フミはほろ苦い香りのしみこんだ外套《がいとう》にいっそう顔を押しつけた。山村はしばらくそのまま動かなかったが、やがて小さく身じろぎした。

「炎林《イェンリン》」

そのときはじめてフミは、山村に連れがいることを知った。少しだけ顔を離して見ると、距離を置いて一人の男が立っている。山村と同じような黒い外套を着こみ、帽子を目深にかぶっているため、顔はよく見えない。背丈は山村よりずっと高かった。そういえば、駅で山村を見かけたときにも、隣にずいぶん背が高い人物が立っていた。

「予定変更だ。今夜はおフミに付き合うことに決めた」

フミは驚いて、山村の顔を見上げた。にやりと笑い、彼はフミの頭をひと撫《な》でした。

「また悪い癖が出たな」

男は肩をすくめて言った。

「いいだろ。おまえも一緒に来るか」

「ガキでも女と一緒はごめんだね」

「だろうな。なら、朝に落ち合おう。支払いを頼む」

男は黙って帽子のつばをあげた。白い端整な顔立ちの中、薄い色の瞳《ひとみ》がフミを鋭く見下ろしていた。肉桂飴《にっきあめ》のような色だったが、飴のような甘さはない。むしろ、敵意すら感じる冷たさだった。思わず山村にしがみつくと、炎林と呼ばれた男はふんと鼻を鳴らし、踵《きびす》を返して去って行った。

「さあ、おフミ。これで明日《あした》まで、おまえは俺のものだぞ」

山村は腕を外してしゃがみこみ、フミと同じ目線で笑った。

「どうして？」

泣きすぎて嗄《しわが》れた声で、フミは訊《き》いた。

「女が身も世もなく泣いてるのを見て、放っておく男はいないだろう」

山村はフミの髪を撫でた。今度はゆっくりと、何度も撫でてくれた。今日は特別な日だったから髪を洗っておいてよかった。不思議だ。あれほど荒れ狂っていた獣が、山村の指の下ではみるみるうちに鎮まっていく。かわりに違う衝動が沸き起こり、フミは勢いよく山村の首ったまにかじりついた。外套ごしではない、山村という人間そのものの感触が頰にぶつかる。少しちくりとして、柔らかくて、あたたかい。ますます涙が止まらなくなった。

「本当に、また会えた。すごい」

「だから言っただろ。これで確信したぞ、俺とおまえはすごい縁で結ばれてる。三度目だ」


「三度目は、私のほうが先に気づいたもの。山村さん、なかなか気づいてくれなくて」

「そりゃ、悪いことしたな。でもなぁ、おフミはこんなにちっこいから」

山村は急にフミを抱え上げ、立ち上がった。いきなり高くなった視界に、フミは呼吸を止めた。

「ほら、こんなに軽い。おまえ、十二だと言ってたな。こりゃあ軽すぎだぞ」

「し、獅子舞《ししまい》にはこれぐらいがちょうどいいんです」

「だからってなぁ。スンガリーが凍るのを待たなくても、おまえなら水面に立てそうだ。ひとつためしてみるか？」

山村は口の端をつりあげ、フミの体をスンガリーに放り込もうと大きく揺らした。

「やめて！」

悲鳴をあげて、フミは必死にしがみつく。山村は声をたてて笑い、フミを安心させるように背中をたたき、地面にゆっくりと降ろした。

「よし。やっと表情が戻った」

山村の手が、軽くフミの頬をはたく。ひんやりとした感触が心地よい。フミをくまなく覆う熱を、吸い取ってくれるようだった。

「……怖かった」

ていない。フミは真っ赤になって頷《うなず》いた。

「すまんな。荒療治がすぎたか。ところで、飯は食ったか？」

そう言われた途端、おなかが鳴った。思い返してみれば、今朝からほとんど何も食べていない。フミは真っ赤になって頷《うなず》いた。

目の前の皿には、真っ赤な汁に浸した野菜や肉がごろごろ転がっている。あまりの異様さに、はじめてもつ銀の匙《さじ》を握りしめてかたまっていると、「美味《うま》いから食ってみろ」と笑って促された。食欲をそそる香りと、食べ物にあるまじき色彩の落差がすさまじい。フミはなおも逡巡《しゅんじゅん》していたが、目の前で山村が同じものを美味そうに口に運んだのを見て、思い切って匙を口につっこんだ。

経験のない味だった。酸っぱいような、甘いような。しかし見た目から想像したよりはさっぱりとしていて、旨みがじんわりと舌にひろがると、フミは目を瞠《みは》った。

「おいしい」

「だろう。とりあえず哈爾濱に来たらこれは食っておかないとな」

山村が連れてきてくれたのは、行きつけだというロシア料理店だった。プリスタンの大通りにも、きらびやかな構えの店がいくつかあったが、山村が選んだのは、裏通りにあるこぢんまりとした店だった。外から見た印象は、日本の料理屋——本来の意味での——に少し似ていて、フミもそれほど緊張することなく入ることができた。内装はさすがに日本のものとはまるで違ったが、アールヌーボーとやらとは無縁な素朴なつくりで、客も陽気に騒ぎながらくつろいでいる。

山村は彼らと顔なじみらしく、頻繁にロシア語や英語で話しかけられては笑いながらなにごとか言い返していた。そのうちの一人がフミに、「日本から呼んだ妹か？」と尋ねたので、ふざけて「いいえ婚約者です」と片言のロシア語で答えてやると、男は一度目をまんまるにしてから爆笑し、その笑いの波はあっというまに店じゅうに広がった。

フミが冷や汗をかいて山村をうかがうと、彼もまた苦笑していた。

「ごめんなさい、ふざけすぎました」

「いやいや。光栄だが、ロシア語までわかるとは」

「今のは、簡単な言葉だからたまたま。店にはロシアのお客さんも来ますから。山村さんは、支那語だけじゃなくて、ロシア語がずいぶん話せるんですね」

「死ぬ気で勉強したが、まだまだだ。日本語はそれなりにってところだが」

「日本語は当たり前でしょう」

「日本語も勉強したんだぞ。おふくろは日本人だが、俺は六歳まで上海の親父の家で育ったからな。親父が死んで、おふくろと一緒に博多に渡ったときには、日本語は全くわからなかった」

フミは信じられない思いで山村をまじまじと見つめた。博多なまりすらない、東京の出だと言われても素直に信じてしまいそうなのに。

「じゃあ、山村さんにとっての故郷って、日本？　それともこっち？」

「どっちでもないな。上海は親父の故郷で、博多はおふくろの故郷にすぎない。俺はどっちにも行ったが、そこで生活したってだけだ。どっちも、それなりに面白かったが。……どうした？」

難しい顔でうつむいたフミに、山村は眉《まゆ》を寄せた。

「故郷って、なんなんでしょう。わからない」

山村は匙を置き、先を促すようにフミを見る。

「私、故郷と思えるところはないんです。日本中いろんなところをまわったけれど、どこも私には関係がない。でもみんなはそうじゃない。すごく大事にしますよね。自分の命を懸けてもいいぐらい……そんなふうに思えるほど、すごいものなんですか」

「今日の暗殺のことか」

「それもありますけど、実は……」

フミは、『酔芙蓉』に戻ってからのことを淡々と話した。またあの臭いや、蘭花の冷たい顔を思い出して震えそうになったが、拳《こぶし》を握って耐え、なんとか話しきった。

「なるほど。目の前で標的を先に殺されたってわけか」

山村は神妙な表情で言った。

「おそらく、駅にはそういう手合いは他にもいたんだろう。それにしても、自らを裁くとは。気の毒に」

「どうしてなんでしょう。こんなの、なんの意味もないのに。故郷のことなんて、もう全然関係ないはずなのに」

　フミの目には、再び涙が滲《にじ》んでいた。悲しいというよりも、ただただ悔しかった。そんなくだらないものに、大切なおかあさんを奪われてしまったなんて。

「過去に引きずられるのは不毛なもんだ。誰だってわかっている。ちゃんと前を向いているときは、そう思っていられるんだ。でも、弱ったときには、ふとした拍子に浮かび上がってきちまうこともある。一度植えつけられたものを完全に自分から拭《ぬぐ》い去ることは、難しいんだよ」

「……そういうものなんですか。厭《いや》だな」

「おまえがそういう人間にならなきゃいい。ま、今は忘れろ。メシはできるだけ楽しく食うもんだぞ」

「でも、あんまりそんな気分じゃないです。美味《おい》しいですけど」

「そんな気分じゃなくても、そんな気分になるよう努力する。それが常にメシを美味く食うコツだぞ、おフミ。まずいメシでもそれなりに。美味いメシならさらに美味く」

　真面目くさった顔に、フミは小さく笑った。

「わかりました。それじゃ、山村さんのことを教えてください。私、山村さんのことを全然知らないもの」

「聞いても面白い話じゃない。おフミに比べればありきたりすぎて眠くなるぞ」

「それは私が決めます。じゃあ、こちらから訊《き》きますね。ロシア語を死ぬ気で勉強したって、どうしてですか？　お仕事？」

おいおい尋問か、と山村は笑った。

「もともと、貿易商の叔父貴《おじき》の通訳としてこっちに渡ってきたんだ。今は、いい通訳がついたから、俺は用済みだが」

「じゃあ、今は何をしているんですか？」

「気ままにふらふらしているよ。仕事は、種類を選ばなければ、結構どこにでもあるしな。金がなくなったら働いて、できたらふらふら。気楽なもんさ」

「さっき一緒にいた人は？　ロシア人みたいだったけど」

「ああ、半分だけな。あいつは弟分みたいなもんだ。炎林は黒河鎮で拾った」

「へいほーちぇん？」

「ここよりずっと西だ。スンガリーの本流、アムールに面した街で、対岸にはロシアの街がある。アムールの中で一番川幅が狭い場所だから、互いの街がよく見えるのさ。冬の河が凍ると、毎日のように闇商人が行き来する、国境の街だよ」

フミは目を丸くした。海に囲まれた国で過ごしていたから、河が凍れば簡単に他の国に渡れるという感覚が、不思議でならない。

「勝手に渡っていいんですか？」

「もちろん本来はちゃんと許可証がいる。闇商人は見つかったらその場で殺されて晒《さら》し首だ」

フミが震え上がると、山村は笑った。

「でもバレない奴がほとんどさ。俺も勝手に渡った。国境は面白いぞ」

山村は楽しげに語りだした。彼は話が巧みで、フミは何度も笑ったが、よくよく聞けば、山村が働いていたのは、苦力ばかりを集めたひどい労働条件の場所だった。日本人が働きに行くような場所ではない。堕《お》ちるところまで堕ちた大陸浪人ならばありえるが、堕落の気配がない山村が、ためらいなく苦力の中に飛び込み、なおかつ受け入れられたというのが驚きだった。フミが素直にそう言うと、山村は笑った。

「何を言ってるんだ。おフミだって、傅家甸の中で生活しているじゃないか」

「ちょっと違うような気がします」

「違わんさ。そういやあ、ロシア軍に捕まったこともある。どうやらスパイと間違われてなあ」

「えぇ？　よく無事でしたね」

「無一文だったし、スパイらしいものなんて何ひとつ持っていなかったから、結構あっさり誤解は解けたよ。だがそこの連中と仲良くなったのはいいんだが、いつのまにかアンドレイって奴の妹と結婚するって話になっていてたまげたね。どうも、しこたまヴォトカを呑《の》んでわけがわからなくなって、誓いの文書まで書いていたらしい。これはやばいと思って必死で逃げたよ。正直、捕まった時よりも逃げる時のほうが必死だった。だってな、そのアンドレイって奴ヒグマみたいで、妹もそっくりだって言うんだ」

たまらず、フミは腹を抱えて笑い転げた。次は、ねえそれで、と続きをねだる彼女に、山村は「いいから食いながら聴け。手が留守になってるぞ」と笑って促した。

フミには、他人と話しながら食べるという習慣がなかった。食事は、素早くかっこむものだった。こんなふうに話に耳を傾け、時には笑い、遠慮なく質問をして、その合間にとびきり美味しいものを食べるなんて、夢のような贅沢《ぜいたく》だった。

食事がこんなに、胃袋だけではなく心も満たしてくれるものだとは思わなかった。本物の満腹というものを、この日フミは生まれてはじめて味わった。

店を出た後、山村がフミを連れて行ったのは、近くにある雑貨屋だった。ひょろひょろと背の高い、年齢不詳なロシア人の店主と二、三言葉を交わし、金を出して酒を買った。そしてフミを顧みて「部屋を貸してくれるってさ」と笑った。にわかにフミは慌てた。

「あ……でも私、帰らないと……」

「そりゃあないぜ。俺はちゃんとおフミの時間を朝まで買ったんだからな」

フミが目を瞬くと、山村は悪戯《いたずら》っぽく笑った。

「本当だぞ。今ごろ炎林が、あの女将《おかみ》にちゃんと金は払ってるから。安心しろ」

「……ほ、本当に？」

「本当だ。今は結構金持ちだから安心しろ。だから今日のおフミの仕事は、朝まで俺といることなんだよ。ついてこい」

手を引かれて入った部屋は狭く、壁紙も古びており、窓枠にはうっすらと埃《ほこり》がたまっていた。寝台もところどころ剝《は》げていたが、黴《かび》くさい三畳間の煎餅《せんべい》布団で寝ているフミからすれば、夢のような場所だった。山村は外套《がいとう》と帽子を机の上に放り投げると、扉の前でもじもじしているフミに、奥の寝台を指し示した。

「少し眠るといい」

「眠くありません」

「自分ではわからないだろうが、ひどい顔をしているぞ。寝たほうがいい。大丈夫だ、何もしないから」

フミは真っ赤になった。

「そ、そんなこと心配していませんよ！　せっかく山村さんといるのに、寝てしまうのなんてもったいないです」

「またすぐ会えるさ」

「嘘。近々、どこか行くつもりでしょう」

「なんでそう思う？」

「山村さんも、伊藤公が目的で哈爾濱に来たんでしょう。だったらもう用済みだもの」

山村の目がすっと細くなった。

「ひょっとして、俺があの阿呆《あほう》の仲間だと思っているのか？」

フミは唾《つば》を飲み込み、頷《うなず》いた。もしこれで山村が逆上し、口封じに殺されたとしても、かまわない。彼になら、別にいい。覚悟というほどのものでもなく、自然とそう思える自分が、自分でも少し怖かった。が、不安をよそに、山村は声をあげて笑った。

「おいおい、かんべんしてくれよ。まあ伊藤公が目的のひとつだったのは否定しないが、むしろ逆だ」

「逆って?」

引き下がりそうにないフミにため息をつくと、山村は諦《あきら》めたように「座れ」と寝台を顎《あご》で指し示し、自身は今にも壊れそうな椅子に腰を下ろした。さきほど購入した酒瓶を開けると、さっそく口に含む。瓶の中は透明で、よくわからないがえらく強そうな酒だとフミは思った。

「言ったろう、あの駅には暗殺犯やおフミの姉女郎のような輩《やから》は他にもいた。俺の知り合いも何人かいたよ。祖国のために伊藤をぶっ殺そうと乗り込んできた莫迦《ばか》どもだ。そんなことをしても相手を喜ばせるだけだからやめろと説得したら、いちおうは納得したんだが、万が一ってこともある。莫迦なことをしないよう見張ってんだよ。そうしたら、全く知らん男がやらかしやがったけどな」

「相手を喜ばせるって? 誰?」

「そりゃあ日本の軍部さ」

フミはぎょっとして立ち上がった。

「日本軍が伊藤公を殺したがってたってことですか? どうして?」

「大陸政策で対立していたからだ。ま、こんな話、つまらんだろ」

「つまらなくない。終えてください。お蘭ねえさんや千代ねえさんも、お客さんとそういう話してたもの。一流の女郎になるなら、それぐらい話を合わせられなきゃいけないんです！　子供だからって莫迦にしないでください！」

鼻息も荒く詰め寄ると、山村はぽかんとフミを見返し、次いで噴きだした。

「いや、すまん。そうだったな、おフミは大陸一の女郎になる娘子軍《じょうしぐん》だった」

笑われて頰を膨らますフミを見て、山村は「悪い悪い」となんとか笑いをおさめた。

「最初に言っておくが、これはひとつの仮定でしかない。鵜《う》呑《の》みにするなよ」

「はい」

「よし。つまり、軍のほうは、朝鮮をとっとと併合して満洲進出の足がかりにしたいわけだ。一方、伊藤は完全な併合には反対していた。今回の旅の目的も、ロシアと協定を結んで満洲を分割してひとまず平和を維持し、これ以上陸軍が大陸に手を伸ばしてくるのを阻止することにあったんじゃないかと言われている。ま、大陸の権益独占を狙う連中からすれば目障りなことこの上ないよな」

「……そういえば、駅の警備、ずいぶん緩かったですよね。要人が来るっていうのに、荷物の検査もほとんどなかったし……」

「そう、不自然なほど緩かった。おまえの目の前で射殺されたんだよな。銃声は、何発聞こえた？」

「十発はあったと思います。単独犯じゃないだろうって領事館の人も言っていました」

「拳銃《けんじゅう》の音か？　違う銃の音じゃなかったか？」

「わかりません。銃の音なんて、内地じゃ聞いたことがないですから。耳元で破裂するような音で、最初はお祭りの爆竹かと思ったんです」

「じゃあ伊藤公はどんな感じだった？　ほとんど即死だったのか」

「そうだと思います。山村さんは、違う人が撃ったと思ってるんですか」

おそるおそる尋ねると、山村は瓶を円卓に置いた。

「あの男が撃ったのはまちがいないだろう。しかし、他にも撃った奴がいる。拳銃ってのはな、よっぽどの手練《てだ》れでなければ、いきなり急所に命中させるのは難しい。それを、あれだけ人がいる状況で即死させるのは、どうも不自然な気がするんだ。それなら短刀ごとぶつかるほうが確実だろう」

フミの脳裏に、懐剣を構えて伊藤博文に走り寄る蘭花の姿が浮かんだ。慌てて頭を振り、おそろしい幻を消す。

「あのあと、何人か捕まったって聞きました。拳銃を所持していたとかで」

「らしいな。だがあいつらはおそらく撃っていないんじゃないかと思う」

「……どういうことですか？」

「さっき一緒にいた炎林てのは、銃に関しちゃ天才でな。耳がとびきりいいんだよ。明らかにあの犯人とは別方向から音がしたし、そもそも奴がもっていたブローニング銃とは音が違う、あれはカービンだと言っていた。だが、捕まった連中がもっていたのは拳銃だ。おかしいだろう」

フミは蒼白《そうはく》になり、立ち上がった。

「そんな。早く知らせないと」

「どこに？」

「領事館」

反射的に言ってから、フミは頭を抱えた。日本軍が犯人かもしれないと日本領事館に言ってどうなるというのか。しかも自分は、「傅家甸の子供」だ。

「そうそう、言っても無駄だ」山村は愉快そうに笑った。「どうせ真相は藪《やぶ》の中だよ。ロシアの腹いせって可能性もなきにしもあらずだ」

「どっちにしろ、あの人は、隠れ蓑《みの》として利用されただけなんですか」

「たぶんな。ま、この事件で一番得をしたのは、まちがいなく日本軍だ。朝鮮完全併合を邪魔する国内の敵は消えた。治安を守るという、満洲に軍を進めるのにいい口実も手に入れた。伊藤を失ったことで、遠からず、大韓帝国は名目上の独立すら失って、日本の支配下に下るだろう」

「どうして、そんなことをあの人は……」

フミと目が合ったとき、彼は思わずと言った様子で笑みを零《こぼ》していた。国には子供もいるのかもしれない。なのにどうして、自分で国にとどめをさすようなことを。

「言ったろう、伊藤は統監府の初代統監だ。奴らにしてみりゃ、自分たちの国に勝手にやってきて王を操って支配している、一番わかりやすい敵だな。本当にやばいのは、その背後にいる陸軍長州閥だなんてことまでは頭が回らん。もちろん情報を集めればある程度はわかりそうなもんだが、愛国を叫ぶ連中にかぎって、自分の思い込みを裏付けてくれるような情報しか耳を貸そうとしないもんだ」

「……なんだか、悲しいですね。知らないって」

自分の命まで懸けて、なんの意味も成せないなんて。むしろ望んだ方向と反対に進むこともある。知らなかったせいで。

私ならそんなことはしない。フミは唇を嚙《か》みしめる。誰からも必要とされないこの命だって、捨てようとは思わなかった。もしいつか、自分以外のもののためにこの命を懸けなければならない時がきたとしたら、それこそ入念に準備をする。まちがっても、犬死になんてしない。自分自身がちゃんと価値を与えてやらなければ、命なんて、それ自体にはなんの意味もないのだから。

山村は再び瓶を手にとると、透明な液体を口に含んだ。瞼《まぶた》をおろし、天を仰ぐ。灼熱《しやくねつ》の塊を吞《の》み込むように喉《のど》を上下させると、目を見開いた。そして、すっと右手をあげる。その指先を追って振り向いたフミは、寝台の奥の窓ごしに、冴《さ》え冴《ざ》えと輝く月を見た。

「何かを成し遂げようとするのなら、最後の瞬間まで月のように冷静でなければならない。理性と正確な情報が伴わない正義は、ただの暴力で終わる」

明らかにフミに向けられた言葉ではなかった。月に吸い寄せられ、ここではないところに飛んでしまった意識を引き戻したくて、フミは小さな体をせいいっぱい伸ばして、月を隠した。

「月のように冷静であるにはどうすればいいんですか」

「疑うことだ。自分の本意はどこにあるのか、常に問うことだ」

フミは首を傾げた。自分の本意なんて、誰より自分自身がわかっているのではないだろうか？

「覚えておけよ、おフミ。一番利用しやすいのは、自分は正しいと信じこんでいる善良な莫迦だ。この大陸で生き延びるなら、常に疑う悪党になれ」

「常に疑う悪党……」

「なんてな。まあとにかく、銃声のことはあまり言わないほうがいい。伊藤公がくらったのは全てブローニングの弾。そういうことにしておけ」

「でも、なんだか気持ち悪い」

「いらん好奇心と正義感きどりは身を滅ぼすぞ。ああ、あとしばらくは麗水の店には行かないほうがいいな。前に店に行ったとき、伊藤の哈爾濱入りに合わせて本国から乗り込んでくる過激派どもがいるだろうから近づくなと忠告したんだが、こうなったからには近々、あのへんは全部しょっぴかれるだろう」

フミの顔から血の気が引いた。

「おナッさんが危ない！」

「彼女は日本人だし大丈夫だろう。夫のほうはどうなるかわからんが」

山村は、大きなあくびをした。鋭かった目が、少しとろんとしている。目許《めもと》が赤い。

「いかん。俺が眠くなってきた」

立ち上がり、ふらふらと近づいてきたと思ったら、そのまま寝台の上に倒れこんだ。端に座っていたフミの体が、小さく跳び上がる。

「山村さん、大丈夫ですか？」

「睡魔に包囲されて陥落寸前だ。この二日、ずっと走り回ってて全然寝てないんだ。やっぱりこの状態でヴォトカはまずかったな……」

くぐもった声で呻《うめ》き、山村は突っ伏したままちょいちょいとフミを手招きした。フミがおそるおそる近づくと、そのまま引き倒される。たまらず悲鳴をあげた。

「おフミ、おまえも寝ろ」

山村はフミを抱えこみ、ずるずると枕のほうへと移動した。同時に靴も足で蹴《け》り落とす。眠いわりに器用だった。

「ね、寝ろって……山村さん、朝にはあの人と会うんでしょ」

フミは息も絶え絶えだった。全身まるごと心臓になったかのようだ。体にまわった温かい腕。山村の香り。火を噴きそうな顔を、なんとか山村の胸から引き離そうとする。しかし山村の腕はぴくりとも動かない。彼の力が強いのか、それとも自分の体から力が

眠っていた。

「大丈夫だ。自慢じゃないが俺は今まで寝坊ってもん、を……」

言葉がふいに途切れた。まさか、と思って顔をのぞきこむと、幸せそうな顔で山村は完全に抜けているのか。

「嘘でしょ……」

フミは茫然《ぼうぜん》とつぶやいた。なんて無茶苦茶な人なのだろう。直前まであんなに鋭い顔つきをして話していたのに、糸が切れたように眠ってしまうなんて。

「私より、子供みたいじゃない」

急におかしくなって、フミは笑い出した。山村は眉《まゆ》をひそめ、短く呻いたが、起きる気配はない。それがまたおかしくて、フミは彼の胸に額をくっつけて体を震わせた。

胸の深い場所から、あたたかいものが溢《あふ》れ出してくる。規則正しい鼓動が、フミを包む。今、額をつけているこの皮膚と筋肉と骨のむこうには、心臓があるのだ。最大の弱点をさらけ出し、彼は眠る。途方に暮れていた小さな少女を、抱きかかえて。

辻《つじ》芸人の娘、女郎屋の下働き。こんな経歴の娘を前に、平気で眠ってしまうとは、どういう神経をしているのだろう。

私を、ちゃんと人間として認めてくれている。信じてくれている。

フミの目から、涙が溢れた。山村の服が濡《ぬ》れてしまうのに、止まらない。フミは彼にしがみついて、泣き続けた。そして小さい体いっぱいに溜《た》めていたものを、すっかり流しきってしまうと、力尽きたように眠りについた。

山村の待つ、深く濃密な眠りへ。


翌朝、フミは山村と手を繫《つな》ぎ、朝焼け空の下を歩いていた。

久しぶりの深い睡眠は、フミに嘘のようなすがすがしさを与えてくれた。

足取りも軽い。跳ねるように歩くフミを、山村は笑って眺めていた。

「ほら、見てみろ、おフミ」

スンガリーの河原に出た山村は、東の方向を指さした。

東の空が、金色に染まっている。巨大な太陽が、今まさに生まれようとしていた。夕べ、不吉に世界を染め上げて死んだ太陽が、再び甦《よみがえ》る。壮大な再生に、フミはただ息を吞んで見入っていた。

「あんなばかでかいお天道さん、日本で見たことあるか？」

山村の声に、フミは我に返った。目が乾ききっていたことに気づき、慌てて何度も瞬きをする。

「ありません」

「太陽に関しては、俺は断然、こっちのほうが好きだな。はじめて日本に行ったとき、太陽があんまりにも小さくて、光も弱々しいし、驚いたもんだ」

「こっちが、本物なんですね」

「本物ってわけじゃない。この地上には、太陽が四角い緑に見えるような場所だってあるかもしれない。その場所に住む連中にとっちゃ、それが太陽の本当の姿だ」

　今や堂々とその姿をさらした太陽を、山村は目を細めて見つめた。

「俺たちは結局、本当の太陽の姿なんてわからない。ただ、たまたま見ているものを本物だと思うだけだ。そのとき見えた姿だけで判断するしかない。だから、ちがうもんを見たときに驚いて、混乱することもある。自分が本物だと思ってきた太陽を嘘だと思うか、もしくは逆もある」

「じゃあ、本物はどこにもないんですか」

「本物は、いつだってひとつだけだ。ただ、そのひとつは、たぶん誰にもわからないだろう。だから何を見ても、少しずつ正しくて少しずつ間違っている。そんなもんだと思えば、どこに行っても、何が起きても、まあなんとかなるんじゃないか」

　その言葉は、フミの心のいちばん深いところまで届いた。揺さぶられて、嗚咽《おえつ》が漏れそうになって、フミは顔を歪《ゆが》めた。この人は、わかってくれている。何も言わなくても、ちゃんと読み取ってくれた。うまく言葉にならない、フミの叫びを。

　本物。故郷。フミにとってどこにもないもの。理解ができないもの。

「でも、本物がどこかにあるのなら、いつか見てみたいな」

「それなら、一緒に行くか？」

　思いがけない言葉に、フミは耳を疑った。見上げると、山村は穏やかな顔でフミを見下ろしていた。

「俺が大陸に出てきたのも、見たいと思ったからだ。なんのあてもないし、いつもふらふらしているからな、豊かな生活というわけにはいかないかもしれんが、女郎屋の下働きよりは自由で面白い毎日が送れると思うぞ。どうだ？」

「もう、からかわないでください」

「からかってなんぞいない。衝動で行動しすぎだとはよく言われるが、本気だ」

フミはじっと山村を見つめた。山村も同じようにフミを見つめている。口元には笑みがあったが、酔いはすでに覚めているようだった。

「子供でも、友達にしてくれるんですか」

「気にいれば、子供も老人も関係ないだろ。おフミは俺が嫌いか？」

「嫌いなわけないでしょう」

頭がくらくらした。たぶん山村は、嘘は言っていないだろう。表情を見ればわかる。ただ、今この時は真剣でも、明日になればどうなるかはわからない。たぶん、そういう人間だ。それでも、このままこの手を繋《つな》いでいければと思う。太陽とともに心に生まれた炎が、行ってしまえと煽《あお》り立てる。

「……行きたいけど、行けません。おタエちゃんがいるもの」

山村の体が、拍子抜けしたように、わずかに傾《かし》ぐ。

「タエ？」

「一緒に来た友達。私、おタエちゃんを芸妓《げいぎ》にするって約束したんです」

フミが簡単に経緯を説明すると、山村は呆《あき》れたように笑った。

「まとんでもないことを考えるなあ、おフミは」

「こんな好機、利用しなきゃ損でしょう。それにここまでやれば、もし駄目だったとしても、おタエちゃんも肚《はら》をくれると思うんです。いつ来るか知れない刻限を、ただ怯《おび》えながら待っているよりは、やれることをやったほうがずっといい」

「なるほど、道理だ。友達との約束なら、果たさないとな」

「ごめんなさい。でも私、必ずいい女郎になります。だからいつか必ず、『酔芙蓉』には来てくれますよね」

「もちろんだとも。おフミの艶《あで》やかな花魁《おいらん》姿を見に来ないとな」

笑う顔がまぶしい。やっぱり、一緒に行きたいと思う。彼が本当に人攫《さら》いならよかったのに。そうすれば、迷うことすらできなかったのに。

「山村さん、下の名前を教えてください」

「健一郎だ」

「字を」

フミは手のひらを差しだした。山村は頷《うなず》き、指でひとつずつ、山、村、健、一、郎、と書いた。彼の指先が皮膚を擦るたびに、甘い痺《しび》れが全身に走った。はじめて知る奇妙な情動に戸惑いながら、フミは必死に指の動きを追った。漢字はごく簡単なものしかわからないが、幸い山村の名前は、ひとつ抜かせば見覚えのあるものばかりだった。唯一知らない「健」という字も、これで覚えた。

「覚えたか？」

「はい。練習します」

「じゃあ今度はおフミの名前だな。とびきりの源氏名を考えなけりゃあ」

フミは大きな目をますます大きく見開いた。おっこちそうだな、と山村は笑う。

「おフミは、哈爾濱一の女郎になるんだろう。俺が『酔芙蓉』に行った時にすぐわかるように、名前を今ここで決めておこう。『酔芙蓉』はみな、花の名前だったな」

「はい」

「芙蓉《フーロン》って名前の女郎はいるのか？」

「いいえ。芙蓉は、女将《おかみ》さんが浦塩に渡ってきたときに名乗った名なんです。だから、哈爾濱に来て店を構えたとき、その名をもとに屋号をつけたんだって言ってました」

「それはいい。おフミが名乗るために、『芙蓉』はずっと空いていたってわけだ」

フミは力なく笑った。女将が聞いたら、鼻で嗤《わら》うことだろう。

「芙蓉って、響きはきれいだし、本物もきれいだけれど、ちょっと不吉じゃないですか。すぐに萎《しお》れる一日花だし」

溶けるように儚《はかな》くも豪奢《ごうしゃ》な花びらを開かせて、人々の目を楽しませる芙蓉の花は、一夜かぎりの夢を紡ぐ店の名にはふさわしい。しかし、人の名としてはどうだろう。短命すぎて、かえって不吉ではなかろうか。

「日本の芙蓉はそうだな。しかし支那では違うぞ。木芙蓉と書けば同じ芙蓉のことだが、何もつけずに芙蓉と書けば、たいていは水芙蓉——蓮《はす》の花をさす」

泥からすっくと茎を伸ばし、清らかな大輪の花を咲かせる蓮。涼やかで美しい、仏の台座にも描かれる聖なる花。

「同じ名前でも、客によって思い浮かべる花は違う。なかなか面白いんじゃないか」

「私はどっちの芙蓉を目指せばいいんですか？」

「それはおフミの自由だ」

儚く艶やかな芙蓉か。強い生命力をもつ、清冽《せいれつ》な芙蓉か。あるいは、芙蓉とよく似た木槿《むくげ》や、全く違う花を思い浮かべる者もいるかもしれない。

本物は、フミだけが知っている。フミという花が、ここにあるだけ。

「じゃあ、私が芙蓉を名乗れる女郎になったら、必ず来てくれますね」

「もちろん」

「そのときは、身請けしてくださいますか？　きっとすごい女郎になっているから、身請け金は大変ですけど」

冗談めかして、しかし内心は大真面目で切り出すと、山村はあっさりと頷いた。

「いいとも。国を買えるぐらいの金を用意しなきゃならんな」

「本当ですか。本気にしますよ。期待しますよ」

山村は腰を屈《かが》め、フミの肩に手を置くと、じっと目をのぞきこんだ。

「おフミ、おまえは面白い。そして必ず、とびきりいい女になる。次に会ったときにおまえが望むなら、俺はおまえを連れて行こう」

「嬉しい！」フミは山村に抱きついた。「本当ですね。約束ですよ。破ったら、地の果てまで追いかけます」

「怖いな。約束するよ」

宥《なだ》めるように、背中をたたく手があたたかい。山村の手には、何か術がかかっているにちがいない。触れられるだけで、こんなに心に響く。

「山村さん。ちょっと、見ていてくれますか」

フミは山村の手を離し、正面から向き直った。

「私はまだ、ねえさんたちみたいに男の人を喜ばせることができませんから……」

体の中を荒れ狂う、暴力のようなこの感動を、山村に知らせたい。しかしフミは、それを伝える言葉をもたなかった。

「かわりに、今の私ができる最高の芸を」

フミの体が、大きく跳ねる。今のちっぽけな自分が、一番的確に伝えられる方法は、これしかない。

ひとつの感情以外のものを全て切り捨て、軽くなった体が、鮮やかに舞う。獅子《しし》のように。鷲《わし》のように。空に憧《あこが》れ、飛ぼうとすることをやめない、人間のように。

重力の呪縛《じゅばく》から逃れた体は跳びあがり、捻《ひね》られ、そしてたしかに一瞬、飛翔《ひしょう》した。少なくとも、山村の目にはそう見えた。

3

フミが『酔芙蓉』に戻ると、すぐにタエが飛んできた。

「おフミちゃん、どこ行ってたの。心配したんだよ」

タエは真っ赤に泣き腫《は》らした目で、フミに抱きついた。ひとりにしてごめん、今日は私が全部仕事をするから、と慰めると、「そういうことじゃないよ」と怒られた。女将にもきつく叱責《しっせき》されたものの、予想していたような折檻《せっかん》は受けなかった。山村の言うとおり、相応の金が渡っていたのだろう。

タエと二人でおそるおそる蘭花の部屋に向かうと、惨憺《さんたん》たる有様だった室内の様子は、すでに落ち着いていた。血に汚れた敷物は取り払われ、家具なども生前のままで、朝方に男衆《おとこし》が裏口からこっそり運びいれたという棺《ひつぎ》と、充満する線香の香りがなければ、昨夜見たものは夢だと思えたかもしれない。

タエは入り口のところで立ち竦《すく》み、どうしても中に入ることができなかった。フミが手を引いても、首をふるばかりで動こうとしない。仕方なくフミは、ひとりで足を踏み入れた。

部屋の中では、女将と千代が突っ立ち、話していた。他の女郎はもういない。タエのように死に近づくことを恐れているのか、女将に追い出されたのかはわからない。あらゆる部屋から泣き喚《わめ》く声が聞こえていた。

「牡丹、この家具はどうするね。屏風《びょうぶ》には血は飛んでいないし、まだ使えるけど」

耳に入ってきた女将の言葉に、フミは息を止めた。そうだ。蘭花が死んだから、千代がまたこの部屋の主に返り咲くのだ。昨夜まで長い年月を共にしてきた「家族」の遺骸《いがい》をおさめた棺を前に、平然とそんな話を交わす二人の女が、フミの目には化け物のように映った。

「どれもあたしの趣味じゃない。売っ払っちまっとくれ」

千代は見事な螺鈿《らでん》細工の鏡台に近づくと、乱暴に引き出しを開けた。中のものをわしづかみにすると、フミに歩み寄り、突き出した。

「手をだしな。これがあんたのぶん」

反射的に両手をひろげると、そこに簪《かんざし》や櫛《くし》がいくつか落ちてきた。

「他の妓《こ》たちにはもう分けた。ろくなもんが残ってないけどね。ま、大事にしておやり」

フミはまばたきも忘れて、形見を見つめた。中に、淡紅色の珊瑚《さんご》の簪があった。蘭花が、毎日のようにつけていた簪だ。

「驚いたね。こいつをまだもっていたなんて」

千代は言った。フミに語りかけているというよりも、思わず漏れたつぶやきのようだった。フミが目で問うと、面倒くさそうに続けた。

「それは昔、あたしがくれてやったもんだよ。買ったはいいけど、どうもあたしは珊瑚は似合わなくてね。捨てようかと思ったら、ほしいって言うからさ。まだあの子は日本から来たばかりで、簪もたいしてもってなかったしね。ここ数年はとんと見なかったし、とっくに捨てたんだと思ってた」

「……毎日、つけてましたよ」

フミの言葉に、千代は肩をそびやかした。

「嘘お言い。見たことがないよ」

「昼に、ひとりで部屋にいるときだけです。たしかに毎日、つけてらっしゃいました」

千代は煙を吐き、蘭花の顔を見下ろした。その横顔に一瞬よぎったものは、フミが目にしたことがないものだった。

「お千代、それじゃああんたの家具、全部運びこむ形でいいんだね？　追加するものはあるかい」

せかせかと動き回る女将の声が、沈みかけた空気を破る。千代はすぐにいつもの顔に戻り、いまいましげに窓を見やった。

「この趣味の悪い障子をなんとかしとくれ。窓掛けをかける。あと照明も替えるよ」

「あんたの金なんだから好きにしな。そろそろ体もしんどい歳だとは思うけど、なんとか頑張っておくれよ」

「余計なお世話だよ。そういや、行李《こうり》ン中の本はどうすんだい」

「そんなもん売ったってたかが知れてるからね。どうせ誰も読めないし、処分するさ」

本と聞いて、フミは弾《はじ》かれたように行李に駆け寄った。蓋《ふた》を開けると、ぎっしりと本が詰まっている。フミは一冊ずつ取り出した。日本語の本。ロシアとおぼしき本。支那語の本。

「なんだい、おフミ。本も欲しいのかい？　あんた字なんて読めたかね」

フミは、探り当てた日本語の本を胸に抱え、二人に向き直った。

「カナは読めるようになりました。漢字も少し。いつか、読めるようになります」

「ふうん。言葉を覚えるには、閨《ねや》は最高なんだけどね。ま、それでも読み書きまではできないからねえ。いいんじゃないかい。ねぇかあさん」

「物好きだこと。べつにかまやしないけどね。それじゃあんたたち、お蘭とのお別れが済んだら、すぐ仕事に戻るんだよ」

女将《おかみ》はどうでもよさそうにフミが抱えた本を一瞥《いちべつ》し、出て行った。

「よかったねェ、おフミ。番頭の正三は読み書きが出来るから、わからない漢字があれば尋ねるといいよ。そら、あんたに本をくれたやさしいねえさんの顔を拝んでやんな」

千代に促され、フミはよろよろと棺に近づいた。そこには、人形のように美しい顔が、いつものように横たわっていた。うっすらと紅をさした彼女は、眠っているようにしか見えない。しかし、首のあたりまで几帳面《きちようめん》に覆う、ぴくりとも動かぬ白い布や、頭上に据えられた線香台からたちのぼる煙が、もう彼岸の住人なのだと語っていた。

蘭花の遺体は、その日のうちに運び出され、傅家甸の中の寺院に埋葬された。寺院の見た目は支那風だが、住職は日本人で、店で死んだ女郎は皆ここで供養してもらっているのだという。内地の色町では、死んだ女郎を寺の敷地に放り投げるだけということも珍しくはないから、きちんと埋葬してもらえるあてがあるだけ恵まれている。

その日は店内にずっと重苦しい空気が流れていたが、夕刻には、なにごともなかったかのように店が開かれた。蘭花は病死と発表され、彼女を贔屓《ひいき》にしていた客たちは驚き悲しみ、中にはうずくまって泣き喚き、他の客の迷惑になるからと外に連れ出された者もいたが、たいていは男衆がすすめる別の女郎をそのまま指名した。

女郎たちのほうも、お職の常連をこの機になんとかして自分の客に引き入れようと媚《こ》びを売った。昨夜いちばん泣いていたらしいおマサなどは、この日、いつもの倍近い客がついた。朝方にはひどく疲れきってはいたが、目には隠しきれない喜びと野心が光っており、フミははじめて、この娘が好きになれそうだと思った。

かくて蘭花の部屋を夜に訪れる者はいなくなったが、昼の間は頻繁に職人たちが出入りするようになった。その様を見守るのは、新たな主となる千代だった。

「お蘭ねえさんが死んだ部屋で寝起きしようなんて、千代ねえさんはすごいよね」

タエは理解しがたい様子だったが、蘭花の部屋はお職のものだから、彼女亡き今、千代が移るのは当然のことだった。

商売道具の寝台から洋燈《ランプ》に至るまで、部屋のものは全て千代好みに替えられた。かつては静寂のうちに整えられていた部屋が、異国風の色彩と無秩序に日々塗り替えられていく様を、フミはわくわくして見守った。

「お千代ねえさん、こんな素敵な部屋なら、ロシアのお姫さまみたいなドレスを着たくなりませんか？」

その日、窓を磨いていたフミは、入れたばかりの寝台に寝ころび、阿片《アヘン》を吸っていた千代に尋ねた。

「本物のお姫さまはこんな安っぽい部屋にゃ住まないよ。まあ、新しい服はニコライにつくらせるけどね」千代は満足そうに、あたりを見回す。「一人でこれだけの広さを独占できるんだから、ありがたいったらないよ。一番手と二番手じゃ雲泥の差さ」

「お千代ねえさんの部屋は、夏菊《シアジュー》ねえさんが入りましたよ」

「おキクじゃあ、ここまで来るのは難しいかもねェ。固定客はいるけどさ。おとなしすぎる」

「お蘭ねえさんだっておとなしかったじゃないですか」

「見た目だけさ。中身は火の玉だったよ」

二人の間に、沈黙が落ちた。千代もまた、フミと同じ光景を思い浮かべたにちがいなかった。フミが実際に目にすることのなかった、蘭花の胸から、火のような華が咲いた瞬間を。

「掃除が終わったら、お遣いに行っておくれ。紅と頬紅と、あとカシミヤのセーターが届いているはずなんだ。いつものオーデコロンもね」

「ああ、今日は志仁《シンジェン》さんが来る日でしたっけね」

千代の間夫である志仁は、二十代半ばとおぼしき、小柄な支那人だ。傅家甸の一角に兄と二人で住む、フミから見ればちょっと顔が整っている程度のごく平凡な青年だった。二人は頻繁に手紙のやりとりをしており、その遣いに出るのはいつもフミだった。そして月に一度だけ、志仁はせいいっぱい身綺麗《みぎれい》にして『酔芙蓉』にやって来る。たった一時間、千代と過ごすために。千代は蘭花の次に値のはる女郎だから、彼にはそれが精一杯なのだ。そして千代もまた、彼が来るときにはめかしこむ。志仁が好きだという、爽《さわ》やかな香りのコロンなるものをつけるのも、その日だけだ。

フミのにやけ顔を厭そうに一瞥し、千代は煙を吐き出した。

「うるさいね。それから、おナツさんのところでいつもの煙草も。忘れるんじゃないよ」

「あのあたり、もう落ち着いたんでしょうか」

哈爾濱駅でのあの事件から、すでに一週間が経った。結局、領事館からはなんの連絡もない。フミとしてもナツのことが気になっていたが、ただでさえ買い物の時間は限られているのに、用もないのにあそこまで足を延ばすことはできなかった。

「みたいだよ。安重根っていうんだっけ、伊藤公を撃ったあの男。数日前にロシア側から日本軍に引き渡されて、ついでにあのあたりの住民も、だいぶしょっぴかれたらしい。

だからもう平和なもんさ」

フミは青ざめ、大急ぎで掃除を終えると、弾丸のように店を飛び出した。プリスタンの朝鮮街は、閑散としていた。閉まっている店も多い。いやな予感がして、ナツの煙草屋へと急ぐと、案の定閉まっている。うるさい心臓を抑えて見上げれば、二階の部屋の鎧戸《よろいど》は降りていない。カーテンは閉められていたが、隙間から灯りがもれていた。フミは窓めがけて、石を投げた。しばらく待ってもなんの反応もなかったが、「おナツさん！　フミです」と叫ぶと、慌てたようにカーテンが開かれた。硝子《ガラス》のむこうに、驚いたナツの顔が現れる。彼女は手振りで裏手にまわるよう指示し、すぐにその場を離れた。

「ああ、おフミ……」

ナツは、裏口からフミを招き入れると、涙を浮かべて抱きしめた。甘い香水に、胸が苦しくなる。居間に通され、明るい光の中で見たナツは、珍しく化粧をしていなかった。目の下が黒ずんでたるみ、あちこちにシミと皺《しわ》が刻まれ、さらに頬には紫色に変色した痣《あざ》がある。粋《いき》だと思っていたナツの、疲労と老いが滲《にじ》む素顔に、フミは衝撃を受けた。

「その痣、どうしたの」

「殴られた。店にいきなり飛び込んできた日本人に」ナツは痣を撫《な》でて言った。「あの人がいつ戻ってきてもいいように稼がなきゃと思って店を開けてたんだけどね。さすがに怖かったよ。私は日本人だって叫んだら、よけいに殴られた。その腐った性根をたたき直してやるってね。よけいなお世話だってんだよ」

「あぶないよ、おナッさん。よく無事だったね」

「騒ぎを聞きつけて、近所の人たちが駆けつけてくれたからね。助かったよ。さすがにそれからは懲りて、閉めてる」

ナッはミルクをあたため、焼き菓子とともにフミの前に並べた。フミはさっそくがっついたが、焼き菓子は少し湿気ていた。

「麗水さん、仲間だったの？」

姿の見えない主の名を、フミはおそるおそる呼んだ。ナッは目を剝《む》いて「まさか！」と否定した。

「安重根てのは、全くはた迷惑な男だよ。あの日の三日前にいきなり哈爾濱にやって来て、成白《ソンバク》さんのところに転がり込んで、あげく恩を仇《あだ》で返すようなことをするなんて！成白さんは全く悪くないのに、あの恩知らずを泊めただけで真っ先にしょっぴかれて」

「そんぱくさん？」

「ここの民会の会長さんだよ。奥さんはロシア人で、成白さんもロシア名をもってる。二人ともそりゃあいい人さ。私たちもずいぶんよくしてもらった。耶蘇教《やそきよう》の信者だから、国からやってくる同胞のことは、いつでも何も聞かずに泊めてやるんだよ。安も同じ信者だったから、信用していたみたいだ。うちの人は、今は微妙なときだから本国からの客は断るべきだって言ったみたいなんだけど」

ナッは涙を浮かべて語った。安重根はほとんど無一文の状態で、二人の仲間とともに金成白の家にやって来たという。そしていきなりふらりといなくなったと思ったら、あの凶行だ。彼を匿《かくま》っていたということで、金成白はもちろん、民会の幹部たちの多くは捕らえられた。帳簿係として名を連ねていた麗水も、連れて行かれたらしい。

伊藤博文が殺されてから、このあたりにも血気盛んな日本人が頻繁に現れるようになったという。たいていは、憂さを晴らしたがっている大陸浪人崩れの男たちで、ロシア官憲の目を盗んでは暴れていくらしい。ナツの店に殴りこんできたのもその類《たぐい》だ。

「全くふざけてるよ。最初のうちは、うちの人も憂国の志士だなんて同情してたけど、とんでもない。せっかくこの国で生きようとしている仲間を利用して巻き込んで、大義もクソもあるか。どの口が言うんだって話だよ。しかもそいつ、国には妻も子供もいるって言うのに」

「家族はどうなっちゃうの？」

「まとめて処刑されるかもね。これだから、男ってのは莫迦《ばか》なのさ！　家族も守れない男が正義を語るとは笑えるね」

ナツは真っ赤な目を恥じるように、乱暴に指の腹で擦った。

「そんな奴のために、麗水や他の男たちが連れ去られるなんて冗談じゃないよ。このまああの人が帰ってこなかったらと思うと」

ナツがまるで小さな子供のように思えて、フミは思わず手を伸ばした。大丈夫、帰ってくるよ、と言いながら、痩《や》せた体を抱きしめる。

「岡本さんが、目撃者として何度か官憲や領事館に呼ばれてるみたいなの。旅順からも憲兵が来たって。だから岡本さんに、ちゃんと言っておくよ。麗水さんたちは関係ないんだって。きっと岡本さんは伝えてくれる」

「ありがとう。頼むよ。なんとかして助けてやっておくれ。麗水はあたしと同じ、祖国を捨ててきた男なんだ。なんの関係もないんだよ」

欧州ゴロのおナッツと呼ばれ、哈爾濱中の女郎たちに敬われ、男たちからも恐れられた女傑が、吹けばとぶような小娘にむかって両手を合わせ、懇願する。たったひとりの男のために。

「おナッツさん、しばらく『酔芙蓉』に来ない？　ここにいたら危ないよ。かあさんも、おナッツさんなら喜んで置いてくれると思う。部屋ならあいてるし」

「ありがとう。でも、あの人が帰ってきたときには出迎えてあげたい。もし店がどうにもならなくなったら、またたちんぼでもなんでもして食いつなぐさ」

「おナッツさんのそういうところ好きだけど、心配だよ」

「その気持ちだけで充分さ。もっとすごい修羅場なんていくらでもあったのに、私も弱ったもんだねえ。歳はとりたくないもんだ」

ナッツはすでにいつもの調子を取り戻しつつあった。それでも不安そうに見つめるフミの鼻を、ナッツは軽くつまんだ。

「もう大丈夫だよ、心配かけて悪かった。ここは私の故郷だからね。なにがなんでも守らなきゃあね」

「哈爾濱が？」

「いいや。麗水が」自信に満ちた表情で、ナツは言った。「あの人が帰るところも、私のところしかないんだよ。たとえ、体を喪《うしな》っても」

フミが持ち帰った品々をひとつひとつ確かめていた千代は、話が終わると口元を大きく歪《ゆが》めた。

「ふん。欧州ゴロのおナツともあろう者が、ヤキがまわったもんだね。麗水はそこまでいい男なのかい」

千代はロシア煙草を吸っていた。苦みの強いこのにおいが、フミは苦手だった。阿片《アヘン》の甘い香りも、煙草の苦い香りも、蘭花がいた頃にはこの部屋に存在しなかったものだ。

「普通のおじさんですよ」

欧州の華麗な都で、幾人もの裕福なパトロンをもっていたというナツが、最終的に選んだのが、あんな平凡で地味な男とは、実はフミも納得がいかなかった。麗水のことは嫌いではないけれど、憧《あこが》れたナツの人生の果てにあるものが、彼とあの小さな店、皺の刻まれた生気のないナツの顔だと思うと、何か裏切られたような気がした。

「普通か。それが一番だね」

「志仁さんも、普通の人ですもんね」

「ふん。普通より金がないよ。いつまで経っても、ろくに稼げない甲斐性《かいしょう》なしさ。そろそろ潮時かね」

「じゃあ今日来たら、時計の針をすすめておきますか？」

厭《いや》な客を早く帰すために、女郎たちがよくやる手だ。千代はじろりとフミを睨《にら》みつけた。フミは慌てて逃げ出した。

開店して間もなく、志仁はやって来た。彼はいつも、少し恥ずかしそうにうつむいて店に入ってくる。預かった外套《がいとう》は布があてられ、妙なにおいがしたが、フミの前を通り過ぎる彼からは、ほのかにいい香りがした。そしてきっちり一時間後、フミは新しい敷布とてぬぐいをもって、千代の部屋を訪れた。襦袢《じゅばん》を羽織っただけの千代の膝《ひざ》に、彼女の黒縮緬《ちりめん》の羽織を直接纏《まと》った男が横たわっていた。

目を閉じている男の表情と、髪を撫でている千代の愛《いと》おしげなまなざしは、部屋中にたちこめるこの濃密なにおいさえなければ、姉と弟、もしくは母と子のようにすら見えた。

「牡丹ねえさん、お時間です。敷布、お取り替えします」

控えめに声をかけると、千代はちらりと目をあげてフミを見た。その切ない表情に、胸が衝《つ》かれた。

あんた、そろそろ起きないと、と支那語で囁《ささや》いて、千代は男のこめかみに口づけた。志仁は目を開き、じっと千代を見つめた。ただ視線を絡ませているだけなのに、フミは見ていてはいけない気がして、襖《ふすま》を閉じた。

千代はこの後、朝までの時間を裕福な支那人に買い占められている。客は、もっと早い時間から希望していたが、千代がなんとか志仁のために時間をこじ開けたのだ。今やお職となったからこそできることだ。しかし同時に、お職になったからには、値段も跳ね上がる。志仁にはますます、手の届かない女郎となってしまう。

襖が開き、身支度を調えた志仁が現れる。フミは廊下に手をつき、頭をさげた。

「お気をつけて。またのお越しを」

頭上から、ふっ、と笑いのような吐息が聞こえた。

「当分、来られない」

志仁はつぶやいて、フミが顔をあげる前に、歩き去ってしまった。フミは千代の部屋に入り、寝台の敷布を取り替えた。長椅子にしどけなく座り、煙草に火をつけた千代は、一連の作業をぼんやり見ていた。

「千代ねえさん、もうすぐ次の客が来ますよ。そろそろ洗滌《せんでき》に行かないと」

「つけたまんまだったら、どんな顔するかねェ」

「女郎として最低ですよ。そりゃ、そういうので興奮するお客も中にはいますけど。莫迦なこと言ってないで、早く。化粧もなおさないと」

「そうだね。莫迦だね」

千代はそれでも動かない。液が乾いてはりつき、気持ちが悪いだろうに、根が生えたように動かない。洗滌の場所は裏手にあるが、客が帰った後そこまで行くのを面倒くさがる女郎は少なくない。蘭花は毎度念入りに洗っていたが、おマサあたりはフミが持参した盥《たらい》に手をつっこんで適当に洗っている。昔は見ていていてげんなりしたものだが、今や日常なので慣れた。

「もう。じゃ、私が拭《ふ》きますよ。足、ひろげてくださいな」

「いいよ。行ってくる。ああ、部屋のお香、めいっぱい炷《た》いといておくれ」

千代はのろのろと立ち上がり、部屋から出て行った。春の盛りの花畑にいるような香りが一瞬鼻をかすめたが、千代の後ろ姿は、若々しい香りとは似ても似つかない。

たった今見た千代と志仁の情景は、今生の別れのようだった。ほとんど言葉が交わされていなかっただけに、哀しみは深くフミの胸に突き刺さった。

女郎にとって最も幸せな結末は、いとしい間夫に身請けしてもらうか、ぶじ年季をつとめあげて店を去り、結婚することだ。しかし千代と志仁に、それはありえない。

千代の借金は、一生かかっても払えないと言われるほど膨大だ。雪だるま式に増えた借金は、彼女がつくったものではない。千代が先日語った、娘を金の生《な》る木と見なしてどこまでも追い掛けてきた親だ。千代が親から逃れるには、もはや祖国を捨てるしかなかった。もともと親がいない者や、愛情の欠片《かけら》もくれなかったような親しかいなかった者と、かつてはたしかに愛情深かった親が変貌《へんぼう》する様をまのあたりにした者では、どちらがより悲しみが深いのだろう。

千代は生涯、ここから出ることはない。唯一の楽しみは、月に一度の志仁との逢瀬《おうせ》だ。それが奪われたら、どうなるのだろう。月に一度が無理でも、ふた月に一度なら来れるかもしれない。その遠い逢瀬を、延々と待つのか。

千代とナツは、その容貌《ようぼう》も性格も、どこかしら似ている。最後に選ぶ相手がごく平凡な男というあたりもそっくりだ。しかし一方は所帯をもち、一方は牢獄《ろうごく》の中で待ち焦がれる。

女郎にとって、恋は地獄。それでも、とフミは思う。もし蘭花にそんな相手がいれば、死なずに済んだかもしれない。新しい故郷が、見つかっていれば。

「あ」

無意識のうちに、胸のあたりの生地を強くつかんでいたフミは、布越しに丸いものを握りしめていたことに気がついた。上衣の襟から指を入れ、鎖を引き出す。その先でころんと揺れたのは、蘭花の形見の珊瑚《さんご》玉だった。

千代からもらってすぐに、フミは手先の器用な正三に頼んで、簪《かんざし》を首飾りにつくりかえてもらった。赤前垂れは簪を挿す余裕などないし、マサあたりに意地悪で隠されるのも厭だったので、常に身につけられるようにしたかったのだ。いつか自分が女郎になったら、また簪につくりかえてもらおうと楽しみにしていた。

フミの体温を吸った珊瑚玉は、いつもよりほんのり赤みを増しているように見えた。およそ何かに執着を見せることのなかった蘭花が、珍しくねだった簪。千代の簪。

フミの手のひらから、珊瑚が転がり落ちる。紐《ひも》の先で、恥じらうようにゆらゆらと揺れる様に、鼻の奥がつんとした。視界が霞《かす》むと同時に、脳裏にやさしい光景が浮かび上がった。

日本から見知らぬ異国に来たばかりの、美しい少女。彼女の不安を慰めるように、ひとりの麗人が自分のみごとな髪から簪を引き抜き、そっとその手に握らせる。誰よりも、どんな花よりも綺麗《きれい》な、私の――。

フミはその場に崩れ落ちた。

「ごめんなさい」

酔芙蓉の誇る名花。知らぬ母の面影を重ねた、清らかな微笑み。

千代の言うとおり、手前勝手な夢を見ていただけだった。男たちと同じように、あの微笑みの下にあるものを、知ろうともしなかった。

彼女だけは他の女郎とは違うとなぜ他愛もなく信じたのだろう。蘭花もかつては異国で怯える少女だったのに。人を慕い、恋うる心も当たり前のようにもっていたはずなのに。

「ごめんなさい、蘭花ねえさん」

彼女の死が、はじめてフミの中に現実のものとして落ちてきた。ああ、もういないのだ。何もかも呑《の》み込んだまま、それを表に出すぐらいならと、刃で胸に蓋《ふた》をして永遠に封じ込めて。

さようなら、さようなら。

珊瑚を握り締め、フミは何度も繰り返した。

第四章　小　桜

1

堂々たる西洋建築が立ち並ぶ南崗《ノヴ・ゴーロド》にあって、ひときわ目立つ白亜の殿堂が、哈爾濱鉄道倶楽部《くらぶ》である。

東清鉄道の文化施設として建てられたこの倶楽部は、プリスタンに次々と電影館や劇場が出来た今もなお、哈爾濱の文化活動の中心でもあった。プリスタンが市民の娯楽をいっぱいに詰め込んだ街ならば、南崗は貴族の生活が息づく街。倶楽部のホールでは毎週のように華やかなな舞踏会が開かれ、数々の音楽会が催された。

この日、大ホールの舞台で喝采《かっさい》を浴びているのは、フミだった。紅白の縞《しま》の着物に、同じく縞の山袴《やまばかま》。黒地に卍《まんじ》の胸当て、そして赤いたてがみも鮮やかな、獅子頭《ししがしら》。小柄な角兵衛獅子《かくべえじし》が、高く飛び、翻る。そのたびに、歓声と拍手は大きくなった。彼らの声が、フミをますます躍動させる。一ヶ月の稽古《けいこ》の成果は、充分すぎるほど発揮された。技のキレは抜群で、スンガリーの河畔ではうまく決まらなかった大技も、人生で一番といっていいほど見事に決まる。タエの伸びやかな声、そして太鼓や囃子《はやし》、三味線も熱気にあてられたか舞が進むごとに冴《さ》えを見せ、最後の大技が決まった時には、ブラボーと好《ハオ》の声が乱れ飛んだ。

「いやあ、素晴らしかった！　じつに素晴らしかったよ！」

舞台後、楽屋に飛んできた岡本は、興奮で顔を真っ赤に染め、目に涙を浮かべていた。出演者ひとりひとりの手を握り、熱くお礼を述べると、楽屋の隅でおむすびを頬張っていた二人の少女の前に膝《ひざ》をついた。

「おフミ、おタエ、本当にとてもよかったよ。なんと、あのホルワット少将が、ぜひ君たちに会いたいのだそうだ」

岡本は大変な秘密を打ち明けるように重々しく言ったが、タエとフミは顔を見合わせた。あの、と言われても、ホルワットが誰か二人とも知らない。少女たちの反応に、岡本は拍子抜けしたようだったが、改めて教えてくれた。

「東清鉄道の長官様だ。角兵衛獅子をご覧になって、いたく感激されてね。子供好きな方なんだよ。それで、謝恩会にもぜひおいでなさいと」

「でも私、すぐ帰るってかあさんたちと約束しちゃったんです」

「女将《おかみ》には言っておくよ。東清鉄道の長官といえば、哈爾濱の事実上の支配者なんだからね。この間の着物はもってきているかい？」

「はい、念のため」

「ではそれに着替えて。夕方からだから、今はゆっくり休んでいなさい」

それだけ言うと、岡本はいそいそと出て行った。どうやら、そのホルワット長官とやらと会えるのは、岡本にとっても大変な名誉らしい。傅家甸に住んでいるとあまり意識することはないが、そもそもこの哈爾濱は、東清鉄道がつくった街なのだ。

半月前の哈爾濱駅での事件の直後は、岡本も証人としてあらゆるところに呼び出され、多忙を極めていた。先日会ったときはまだぶつぶつ言っていたが、今日はすっかり事件のことなど頭からとんでいるらしい。すでに、事件は過去のものとなりつつある。旅順の関東都督府に預けられたままの安重根の裁判はまだ始まってはいないが、ひとまず麗水らは無関係として解放された。ナツも泣いて喜んでいたし、岡本の証言が少しは役にたったのだと思いたい。

「よかったね、おタエちゃん。そんなえらい人の目にとまったら、箔《はく》がつく。きっとおタエちゃんを女郎にしては惜しいっていう人が現れるよ」

「そうかなあ。それよりやっぱりおフミちゃんじゃないかな」

「だから私はないってば。あ、そういえば、もう京劇始まっているころだよね」

フミは目を輝かせ、急いでおむすびを呑み込んだ。

国際都市・哈爾濱における文化交流を目的とした今回の催しでは、さまざまな舞台が用意されている。今日のフミたちはあくまで前座で、本命はこの後の京劇である。

「行こう、おタエちゃん。私、京劇って一度見てみたかったの！」

タエの手を引き、フミは楽屋から飛び出した。ロシア人が多く集まるホールに、タエも最初は尻込《しりご》みしていたが、京劇への興味が勝ったらしく、結局はついてきた。

なんとか立ち見席に潜り込むと、舞台では豪奢《ごうしゃ》な白装束を纏《まと》った美女が、二人の男に懇願しているところだった。よくよく見れば、男たちは鶴と鹿の扮装《ふんそう》で、背後にある山を守っているらしい。たおやかな白い美女は、高く伸びやかな声で、山の薬草をわけてほしいと唄《うた》っていた。

今にも倒れ伏しそうな美女の様子と、切々とした声で綴《つづ》られる詩の内容に、フミは胸が引き絞られた。この真っ白な美女は白蛇の精《せい》で、人間の男と愛し合ったが、ある僧侶《そうりょ》の策略にはまり、夫の前で本性である蛇の姿に戻ってしまったという。妻が蛇と知った夫の衝撃は大きく、その場で倒れ、死んでしまった。この霊山の薬草だけが、彼を生き返らせることができるため、どうかその薬草を譲ってくれないかと彼女は訴えているのだった。しかし、霊山の守護を司《つかさど》る鶴と鹿は聞く耳をもたない。それどころか、礼を尽くして訴える蛇に、とうとう彼らは剣を抜き、襲いかかった。怒りのあまり、フミは思わず声をあげた。

「何よ草の一本や二本、くれてやれってんだよ!」

白蛇は驚いて身をかわし、応戦する。彼女はしばらく逃げ惑うばかりだったが、どうあっても相手は山に通してくれないとわかると、顔つきがきりりと変わった。すらりと細身の剣を抜き、勇敢にも立ち向かう。

見事な剣舞だった。小鑼《シャオルオ》が打ち鳴らす音は次第に速くなり、人ならざるものたちの戦闘も激しさを増す。二つの剣を、頭が床板につくほど海老《えび》ぞりになって避け、そのまま跳ね上がって打ち込み、はっしと睨《にら》み合う。くるくると回りながら戦う白蛇の動きは、力強く、華麗だった。やがてフミは、激しい戦闘の合間に、白蛇がしばしばおなかに手をあてるのに気がついた。赤ちゃんがいるんだ、と気づいた途端、フミはこぶしを握り、「加油《がんばれ》！」と叫んでいた。

今のフミには、舞台も現実もなかった。我が子と夫のためにがむしゃらに戦う女。ただ生きようとしている女。それだけしか目に入らない。こんなに美しいのに、本性はおぞましい姿で、決して愛する人に見られたくはなかっただろうに見られてしまい、しかもそのために彼は死んだ。彼女はどれだけ辛《つら》く、悲しんだことだろう。

いつしかフミは泣きながら白蛇を見守っていた。彼女はとうとう鹿から剣を奪い、両手に剣を構え、いっそう華麗に激しく舞いはじめる。

刀ではかなわないと悟った鶴と鹿は白蛇から離れ、今度は次々と槍《やり》を投げてくる。しかし白蛇の化身は、両手両足を使い、ことごとくはじき返した。見事な大立ち回りに、嵐のような拍手と「好《ハオ》！」の声が起きた。

守護獣たちの追撃をかわし、白蛇の化身はとうとう山に辿《たど》りつく。そして目当ての薬草をとり、嬉《うれ》しげに高々と掲げたとき、フミは感極まって涙を零《こぼ》した。

「きれいだったなあ！　それにあの剣舞、恰好《かっこ》よかったよね。また機会があったら、あんなのやってみたい」

フミの言葉に、タエは目を見開き、勢いよく首をふった。

「そりゃあおフミちゃんはお稽古すればできそうだけど、私はあんなの無理だよ」

「そうかなあ。最後の槍を全部跳ね返すところなんて素敵だった。どうやったらあんなにキレよく、でも優雅に舞えるんだろう。どんなに激しく動いたって、女性だってわかるもんね。すごいなぁ」

フミはうっとりとため息をついた。角兵衛獅子は、男女を問わぬ、子供の踊りだ。だが勇ましいだけではなく、艶《あで》やかさももっとほしい。たった今見たばかりの剣舞を、無意識のうちに手で追っているフミを、タエはじっと見つめていた。

ホルワット長官は、長い白髯《ひげ》の穏やかな紳士だった。哈爾濱の事実上の支配者、軍人と聞いていたため怪物のような人を想像していたフミは、やさしげな笑顔や落ち着いた声に拍子抜けをした。

「おお、こうして見ると本当にいとけない。私の孫と変わらぬように見えるよ。それがあんなに立派な獅子《しし》になるとはねえ」

青灰色の瞳《ひとみ》には、見慣れた侮蔑《ぶべつ》の色はなく、言葉通り孫でも見るような慈愛に満ちていた。

「こんな立派な日本婦人がいるならば、日本も安泰だな。哈爾濱での生活はどうだね？」

「はい、日本よりずっと寒いですが、きれいで素敵です」

「そうか、それはよかった。一度、私も日本に行ってみたいと思っているのだよ。ロシ

ア と日本はこれからもずっとよい友人だ。この哈爾濱は、我々の友情によって、さらに大きく栄えるだろう」

でもここは本当は、支那ではなかったかしら。疑問がよぎったが、もちろん言葉に出すことはなく、フミは「はい」と微笑んだ。

「素敵なものを見せてくれたお礼に、たくさんお土産を用意しよう。帰りに持たせるから、期待しておいておくれ」

長官の言葉に、二人は歓声をあげた。半分以上は女将にとられるだろうが、菓子などはきっと残してくれるだろう。舞台に出て本当によかった。

その後も岡本に連れられ、フミとタエは、次々と「えらい人」たちに挨拶《あいさつ》をさせられた。そんなことよりも、会場のあちこちに並んだごちそうを食べたくて仕方がなかったが、顔を売るのもタエのためだと耐えた。日本人が集まるテーブルでは、タエを前に押しだし、いくつか唄を唄わせた。彼らは澄んだ声と可憐《かれん》な姿に目を細め、「これがいずれ酌婦とは」と惜しんでいたので、すかさずフミは言った。

「うちのおウメねえさんが、おタエちゃんは百年に一度の歌姫になるって神託をしてくれたんです」

嘘八百だったが、構いはしない。ならば自分が育てる、と言い出す男が現れればめっけ物だ。しかし、惜しいとは言いつつも、傅家甸の娘を後見しようと男気を見せてくれる者はなかなか現れなかった。

「疲れただろう。少しあちらで休もうか」

岡本はそそくさとフミとタエを連れて、日本人たちから離れてしまった。フミたちの素姓を知らぬロシア人や西洋人にはいくらでも自慢ができるが、女郎屋の娘であることを知っている同国人にはあまり引き合わせたくないという思いがありありとわかった。

フミはむくれたが、実際にタエはずいぶん疲れている様子だったので、岡本に言われるままに隅の椅子に腰を下ろした。甘い果汁のシロップ水を飲みつつ、足をぶらぶらさせて会場を見回すと、実にいろいろな人種がいる。

「岡本さん、京劇の人たちはいないんですか」

「いるとも。ああ、ちょうどホルワット長官と話しているようだ」

岡本の視線を追うと、たしかにさきほどの紳士が、弁髪の一団と談笑している。フミは目を見開いた。皆、非常に若い。

「子供じゃないの！」

「彼らは北京でも有名な科班なんだそうだよ」

「科班？」

「役者を養成する児童劇団だ。舞台は大人顔負けだろう？」

ふうん、とフミは気のない返事をした。子供と聞いて、少し面白くなかった。皆、それなりに容姿は整っているが、あの白蛇の化身はいない。彼女がいたら、ぜひ会ってみたかったのに。

ぼんやりと役者たちを眺めていると、その視線を感じたのか、急に彼らがこちらを向いた。ホルワット長官が、フミを指し示し、笑いながら何かを言っている。なんだろう、とどきまぎしていると、役者たちは長官に一礼し、にこにこしながらこちらにやってきた。

「君たちがあのいさましい日本の獅子《しし》なんだってね。まさか女の子とはびっくりしたよ」

先頭の少年が、さも驚いたように言った。彼はとくに若く、体つきも華奢《きゃしゃ》だ。高く済んだ声を聴くまでもなく、彼がまだ十代半ばであることはすぐにわかった。

「見てくれたんですか」

「脇からちょっとね。唄《うた》の子は女の子だってわかったんだけど、踊りはあんまり凄《すご》いからてっきり男の子だと思っていたよ。そうか、君がねえ」

男は無遠慮にフミを眺めまわした。機敏そうな、やや小柄な体《からだ》つきは山村に通じるところがあるような気がしたが、顔の造作は柔和だった。しかし口調はずけずけと遠慮がない。

「今日は調子がよかったんです。私も途中からだけど舞台を見たました。凄《すご》くよかった。白蛇の精は、お休み中？」

「白素貞《バイスーチェン》なら僕だよ」

男は得意げに自分を指さした。今度はフミが男を頭のてっぺんからつま先まで眺め回す番だった。

「京劇はみんな男だよ。東洋《トンヤン》の歌舞伎もそうなんだろう?」

「……男……ですよね」

そう言われてみれば、そうだ。しかし、目の前の少年は、たしかに整った顔をしてはいるものの、舞台上の絶世の美女と同一人物とはなかなか信じられなかった。たしかにあの動きの凄《すさ》まじいキレのよさは、男性と言われれば納得できるけれど、あの合間に滲《にじ》む色香はフミでもうっとりするものだったのに。フミが素直に感想を伝えると、白蛇の化身からただの少年に戻った役者は、呵々《かか》と笑った。

「ありがとう。舞台じゃ性別なんて関係ない。人も獣も神もあやかしも、みんな同じだしね。僕らはなんにでもなれる。君もそうだろう」

「今日みたいなのは少しできるけど……あんな綺麗《きれい》な女の人は無理」

「もっと可憐《かれん》で恰好《かっこ》いい白素貞が演じられるさ。惜しいなあ、男ならうちに来てもらうのに。でも日本なら女性も演じられるだろう? いつかぜひ演《や》ってみてよ」

彼の言葉に、周囲の俳優たちも笑いながら、そうだそうだと囃《はや》し立てた。フミはもじもじと手を揉《も》みながら、傍らに目を向けた。タエはきょとんとしている。彼女は北京語をほとんど解さないので、何を言っているのかわからないようだった。

「……できないわ。私は女郎になるんです」

眉《まゆ》を寄せた少年に、フミは自分たちが傅家甸の女郎の見習いであることを伝えた。彼はしばらく考えこんでいたが、フミがしきりにタエに気を遣っているのを見て何かを察したのか、フミの手を取った。

「ちょっとこの子を借りる。口説くから邪魔しないでくれよ」

目を丸くしているタエと仲間たちに、彼は冗談めかして言った。どっと場が沸く。

「おいおい畹華《ワンホア》、子供に手を出すなよ！」

「明華《ミンホア》に言いつけるぞ」

笑いまじりの声に送られ、フミと少年はホールの隅へと移動した。タエを一人にするのは気になったが、「大丈夫、彼らは女の子の扱いはうまいよ」と少年に押し切られた。実際、タエは京劇の歌い方でも教えてもらっているのか、楽しそうな顔をして、彼らと唄っていた。

「君たちは妓楼《ぎろう》の子だったんだね。たしかにこの国では女性だと、妓女ぐらいしか舞や唄はしないけど、東洋も同じなの？」

タエのほうを見やり、少年は言った。

「ご維新のあとはだんだん女の人も舞台に立つようになったけど、まだまだ珍しいですね」

「そうか、東洋は進んでいていいね。それなら君だって、舞台に立てる機会があるんじゃないのか」

「いいえ、今日が最初で最後。言ったでしょう、私は女郎になるんです。おタエちゃんは、唄で身をたててほしいけど」

「彼女の声も綺麗だけど、君だってあんなに舞えるじゃないか。もったいないよ」

「角兵衛獅子《かくべえじし》は、むかし辻《つじ》芸をやっていたので出来ただけ。それに私、化粧したところでどうやってもあなたみたいに綺麗になれないと思うし」

頑《かたく》なに言い張るフミを見て、少年は視線を和らげた。

「僕は君ぐらいのころ、うんと醜くて、唄も舞も下手だったよ」

「嘘！」

「本当だよ。僕は一度、醜いし才能がないって、師匠から見放されたんだ。役者はこの国では地位がとても低いし、僕の家は貧しかったしね、見捨てられたときは絶望したよ。それは、死ねっていうことと同じだから」

フミは少年をまじまじと見つめた。見捨てられた？　この人が？　自分と同じように？

「信じられない」

「こんなことで嘘をついても仕方がないだろう」

「だって、それじゃどうして今はそんなに綺麗で上手なの」

「諦《あきら》めなかったから」

少年はきっぱりと言った。

「役者の一族に生まれたからには役者になるしかなかったし、なにより演じるのが好きだったんだ。幸い、新しい師匠もついてくれて、必死に稽古《けいこ》を続けたよ。知ってるかい、人は心から願ったものにふさわしい姿に変わっていくんだ」

「……あの白蛇みたいに？」

「彼女も、好きな人に愛されたい一心で、美しい姿を手にいれたね」

彼が微笑むと、舞台で見せた艶《つや》がわずかに滲んだように思えて、フミはどぎまぎした。

「僕がどうしても京劇をやりたかったのは、元を正せば僕自身のことが嫌いだったから。だから夢を見たかったし、見せたかったんだ。僕は、誰より人の痛みを知っている人間が、誰より素晴らしい舞台をつとめられるんだと信じている」

少年は身を屈め、フミと視線を合わせた。澄んだ、力強い目だった。舞台では優美に見えた手が、フミの髪をやさしく撫《な》でる。おそらくフミと五歳も違わないだろうに、この華奢な少年が、とても大人びて見えた。

「君の獅子舞《ししまい》には、たしかに神獣の魂が宿っていたよ。大地の王、大輪の牡丹《ぼたん》を従えて駆ける、誇り高く美しい獅子の子だった。でも君はまだ小さくて、少しもてあましているのかもしれないね」

静かな指の動きは、大切な何かを伝えよう、分け与えようとしているかのようだった。

「いいかい、自分の心の声によく耳を澄ますことだよ。君の名前は？」

「……フミ。あなたは？」

「梅蘭芳《メイランファン》」

「きれいな名前。似合ってるわ」

少年ははにかむように笑う。大人びて見えた顔が、ようやく年相応になった。

「ありがとう。仲間は畹華って呼ぶよ。覚えてくれた？」

「ええ。私、一度会った人は忘れないの。またいつか、あなたの舞台を見たい」

「ぜひ北京に来てくれ、フミ。そのときはもっとすごい白娘々《パイニャンニャン》を見せるから」

「約束よ」

フミは右手の小指を差し出した。怪訝《けげん》そうに首を傾げた少年に、フミは「東洋ふうの約束よ」と笑った。

2

買い物に出たフミは、スンガリーの畔《ほとり》で足を止めた。

十一月も今日で終わる。川の表面は、すでにぶ厚い氷に覆われていた。吐息はすでに真っ白で、むきだしの耳は痛いぐらいだが、海のような大河が本当に凍るということが信じられず、フミはしばらく見入ってしまった。達吉の話では、真冬になれば歩いて対岸まで渡ることができるし、馬車まで通るという。

「信じられない……」

それほどの寒さ。それほどの氷。山村とともに、朝日に照らされて燃え上がるスンガリーを見たのが、先月のことだというのに。あのきらめく波が、血の叫びが、氷に閉ざされてしまうなんて。

　突っ立っていると、足下から凍りついてしまいそうで、フミは襟巻きをかき合わせ、足早に店を目指した。店に入ると、走って火照った体にむっとした熱気が押し寄せる。傅家甸のこのあたりでは、炕《カン》、朝鮮語ではオンドルと呼ばれる床下暖房を使うことが多く、昔の『酔芙蓉』もそうだったらしいが、今の店に建て直したときに壁暖房のペーチカをいれた。畳を喜ぶ客も多く、オンドルでは畳が使えないからだ。

　窓も戸口も二重で気密性の高いこの店では、下手に火鉢などを使うのは危険であり、煉瓦《れんが》づくりの巨大なペーチカは零下三十度の冬を乗り切るための必需品だった。着火の手順や煙突の掃除が面倒なのが難点で、フミはすでにこの秋に二度ほど煤《すす》だらけになったが、このペーチカの煉瓦に触るとじんわりと温かく、掃除や炊事の合間、あかぎれのできた手をつけてはほっと息をついた。

『酔芙蓉』は、今宵《こよい》も繁盛していた。一時足が遠のいていた日本人客も、今ではなにごともなかったかのように訪れている。それでも、蘭花に惚《ほ》れていた岡本は、ショックが大きかったのか、舞台の後は姿を見せていなかった。しかしこの日は、夜半にふらりとやってきたので、懐かしさのあまりフミは笑顔で駆け寄り、挨拶《あいさつ》をした。

「お久しぶりじゃないですか。最近はどちらに行ってたんですか。薄情ですよ」

「どこにも行っとらんよ。最近、いろいろと忙しくてな。この間は裁判のために旅順まで行ってきた」

岡本も懐かしそうに笑い、懐から飴《あめ》を出してそっと握らせてくれた。

「犯人、安重根でしたっけ。どうなったんです？」

「まだ裁判中だが、死刑はまちがいなかろう。まったく、えらいことをしてくれたもんだよ。おかげでこっちの仕事にもいろいろ支障がなぁ……」

大きなため息をつく顔は、たしかに以前より窶《やつ》れているようだった。

「大変だったんですね。何でも申しつけてくださいね。少しでも、お店で楽しい気分になってくださったらいいんですけど」

「ありがとう。おフミはいい子だなあ。そうだな、ぜひまた近いうちに、角兵衛獅子を見せてくれ。稽古は続けているか？」

「稽古《けいこ》は続けています」

「年が明けたら、友人を招いてここで宴を張ろう。そのときに演《や》ってくれ」

「はい。できれば総揚げでお願いします」

「しっかりしているな」

さりげなくねだると、岡本は苦笑した。

「岡本さまは、今日はどのねえさんをご指名ですか？」

「誰でもいいんだ。今日はただ、お蘭のことを語りたくて来たんだから。なにしろこの一ヶ月というもの、ゆっくり偲《しの》ぶこともできなかったからね」

岡本は目尻《めじり》をぬぐった。フミは神妙に頷《うなず》いたが、それはねえさんたちも迷惑だろうなぁ、と思った。すでにもう、蘭花のことを話題にする女郎は誰もいない。

「岡本さま、いらっしゃいませ」

炊事場のほうから盆を掲げてやって来たタエが、ちょこんと頭をさげた。岡本は、目を見開いた。

「おタエか？」

「はい。ご無沙汰《ぶさた》しております。またたくさんいらしてくださいね」

タエは微笑み、階段をあがっていく。その後ろ姿を、岡本は惚《ほう》けたように見つめた。

「いやあ……この年頃の少女というのは、本当に短期間でずいぶん変わるんだなぁ。たかだか一ヶ月で……」

毎日顔を合わせているので、フミには全くわからないが、そういうものだろうか。最近、他の客にもタエはいろいろ言われている。中には、あからさまに色目を使う客もいた。ここに来たばかりの頃は、フミもタエも完全に子供扱いだったのに、あの舞台を境にずいぶんと変わったような気がする。ふとした拍子に、フミもタエに見とれることがあるぐらいだから、男たちの目にはその変化はずっとまぶしく映るはずだ。

「どことなく、お蘭に似ているな。そう思わんか」

しかし岡本のこの言葉には、噴き出しそうになった。まったく似ていない。たしかに肌は同じぐらい白いが、それぐらいだ。

「それなら岡本さま、おタエちゃんを芸妓《げいぎ》に育ててみませんか」

「芸妓か……そうだなぁ」

明らかに生返事とわかる声で、岡本はぼうっとタエの消えた階段を見つめていた。

師走《しわす》も半ばを過ぎた頃、それは起きた。

タエは朝方、ご不浄から思い詰めたような顔で出てきてから、ずっとふさぎこんでいた。洗濯のときにはいつも歌ったり、なにかと話しかけてきたりするのに、今日は青ざめた顔でうつむいたままだった。具合でも悪いのかと尋ねると、朝から腹がしぶっているのだと顔をしかめて言った。たしかに、頻繁にご不浄には行っている。しかし、それならおカツさんに言って薬をもらったほうがとすすめると、真っ赤な顔をして首をふる。さっぱり要領を得なかった。

夕刻となり店が始まると、忙しさにまぎれてタエの異状などすっかり忘れたが、夜が明けてようやく一息つき、三畳間に戻るとタエが蹲《うずくま》って泣いていた。

「おタエちゃん、まだ痛いの？」

背中をさすると、タエはのろのろと顔をあげ、泣き濡《ぬ》れた目でフミを見た。

「……おフミちゃん、私……きちゃったみたい」

フミはぎょっとしてタエの臀部《でんぶ》に目をやった。着こんでいるために、表には滲《にじ》んでいない。

「……昨日から？」

「そう。おとといから少しおなかが痛くて……朝、ご不浄に行ったら、なにか変で。気持ちが悪くて頻繁に拭《ふ》いたんだけど……どんどん、血が」

震える声は、嗚咽《おえつ》に呑《の》みこまれた。タエは、自分よりずっと小さいフミにしがみついて泣いた。フミはなすすべもなく、タエの頭や背中を撫でた。自分よりずっと柔らかい、少女の――女になりたての体を。

「どうしよう、どうしよう。私、いやだよ。女郎になんてなりたくない。間に合わなかったよ。芸妓になりたいのに、もう駄目だよ」

「黙ってればわからないよ。洗濯するの、私たちなんだしさ」

フミの言葉に、タエは何度も頷いた。縋《すが》るようにフミを見る。そしてまた、いやだよ、と繰り返した。フミもまた、黙っていれば大丈夫だよと繰り返す。しかし、百戦錬磨の女将《おかみ》や遣《や》り手の目を騙《だま》せるはずがないことなど、わかりきっていた。

案の定、翌日にはタエの初潮は知れてしまった。こっそり洗おうとしていた腰巻きをとりあげられたタエは絶望していたが、遣り手と女将は手に手をとって喜んでいた。

「おタエ、あんたはいい娘だよ。今か今かと待っていたけど、一番いいときに女になってくれた。なにしろこれからが最も忙しくて、女郎の数が足りないんだ。蘭花もああなっちまったからねェ」

「お蘭があんな急に逝っちまうもんだから、補充もできなくてさ。どうやって乗り切ろうかと頭を悩ませてたところさ。あんたは本当に親孝行のやさしい娘だ。売れっ妓《こ》になるよ」

「この顔、それに濡れたような肌。最高の財産だよ。数年後にはお職だね」

タエを褒めあげ、二人はさあ赤飯だ、源氏名を決めようと盛り上がった。うなだれるタエを、フミはただ心配そうに背後から見つめることしかできなかった。うちひしがれていても、たしかに今のタエはみずみずしく美しかった。少女が花開こうとするとき、こんなにも美しいものなのか。タエの白いうなじを見つめ、フミは唇を噛《か》んだ。

「蘭花亡き今、うちも目玉がほしいからね。牡丹《ムーダン》はとうがたっているし、夏菊《シアジュー》は無難すぎるし、こうなりゃあんたの初見世は大々的にやるつもりさ。今回は先方の希望もあって、きっちり内地のやりかたでね。あんたは運がいい」

恩着せがましい口調が、耳に障る。

「前々から、水揚げは是非にと言ってくださってる方がいるんだ。おタエ、あんただって、いきなり支那人やあれがやたらとでっかいロシア人が相手よりも、言葉が通じる日本人のほうがいいだろう」

フミはぎょっとして女将を見た。

「まさかそれ、岡本さんじゃないですよね」

「なんだ、もう知ってるのかい。あの人はなぜかあんたをかわいがってるからねぇ。教えてもらっていたのなら、そうお言い」

「ちがいますよ。あンの助平じじい！」

フミは思いきり毒づいた。芸妓と言ったはずなのに、どういうことなのか。なにが、お蘭の思い出を語って偲びたい、だ。タエは、たしかにフミに比べればずっと大人に近い体をしているが、まだほんの少女にすぎないのに。

タエの初潮と水揚げは、実にめでたいこととして、あっというまに店中にひろまった。男衆《おとこし》にまでおめでとうと言われ、タエは羞恥《しゅうち》と絶望で口もきけない有様だった。しかし、男衆や下働きは単純に祝福してくれるから、まだいい。問題は女郎たち、とくにタエと歳が近い若い者たちだ。

「水揚げって、どういうことよ！　ここが日本で、あれが禿《かむろ》だったってんならわかるよ。けど、あかぎれだらけの赤前垂れだったんだよ？」

「今まで誰もこんな大層な水揚げはなかったってのに、何様だってのさ」

「かあさんもかあさんだよ。うちはあくまでインテルナショナルってやつだなんて言ってたくせに、総揚げはするわ、派手な水揚げはかますわ、もうプリスタンの女郎屋となんら変わりゃしないよ」

「それなら、見栄なんか張らずに、とっとと傅家甸なんか出て、あっちに店をつくりゃあよかったのさ。そしたら、あたしたちだってもっと……」

その女郎たちの怒りは、高まる一方だった。しかしさすがに女将に抗議する勇気はない。そのぶん、彼女たちの恨みはタエに集中した。

水揚げは、先方の都合で十日後と決まったので、その日までタエは相変わらず赤前垂れとして動き回ることになったが、女郎たちは女将や男衆に見えないところでタエをいびり、店の誰よりも美しい肌をつねった。あれほどタエを頼りにしていたマサも、タエを見ると露骨に顔をそむけて唾《つば》を吐く有様で、全く口をきいてもらえないタエはたちまち萎《しお》れていった。

「ねえおフミ、まずいよォ」

その日のつとめを終えたウメが、炊事場で洗い物をしていたフミのもとに深刻な顔でやってきた。ウメの口調はいつも間延びしているせいで、表情ほどには深刻《そうはく》そうには聞こえない。フミは適当に「何がですか?」と訊《き》き返したが、次の言葉で蒼白になった。

「お蘭ねえさんが、おタエのまわりをうろうろしてる」

フミは手を止め、ぎょっとしてウメを見た。

「……お蘭ねえさんが?」

「そう。急にねェ。よくないよォ。お蘭ねえさんが死ぬ前にも、ねえさんのうしろにいやァな気配があったんだ。でもまさかお蘭ねえさんに限ってと思ってたんだけど……結局、魅入られちまって」

ウメは、ぶるっと大きく震えた。

「今度ははっきり顔が見えるよ。ありゃまちがいなく、ねえさんだよ」

「お蘭ねえさんが、なんでおタエちゃんに憑《つ》いてるんです」

「決まってるじゃないか。仲間にするためさね」

「そんな！　お蘭ねえさんが、そんなことするはずない」

「死んじまったら、そういうもんさ。遊郭ってのはただでさえ、死霊生き霊かまわず引き寄せるんだ。苦界に落ちて、人を、世を恨みながら死んでいった女郎なんて数え切れない。死んだって、苦界から逃れられないんだ。この『酔芙蓉』だって同じだよォ。もうそこらじゅうに、溜《た》まってる」

　フミは息を呑み、あたりを見回した。なにも見えない。しかし、薄暗い炊事場のそこここに、息をころした何かがわだかまっているような気がする。

「あたしらが普通にしてりゃあ、ねえさんたちだって何もできやしない。むしろ、ときどき守ってくれたりもするんだよォ。けどねェ、おタエみたいに魂が離れかけると、一気にそいつを引き剝《は》がしにかかるのさ」

「冗談じゃない。どうすればいいんですか」

「とにかく引き留めるんだね。おタエをひとりにしちゃいけない」

「わかりました。おウメねえさん、ちょっとだけ、おタエちゃんのこと見ていてくれますか。私、お千代ねえさんに、おマサねえさんたちの意地悪をやめさせるよう頼んできますから」

　フミは炊事場を飛び出し、階段を駆け上がった。女郎たちからのいやがらせが、タエの絶望に拍車をかけているのはまちがいない。マサたちも、千代の言うことならば聞くだろう。そう思ったのに、当の千代は、フミの頼みを鼻で笑いとばした。

「疲れているところに、何かと思ったら。そんなのほうっときゃいいのさ」

「ほうってなんておけません！　おタエちゃん、ただでさえ参ってるのに、あれじゃあ追い詰められて……」

「自害するってのかい？　お蘭に唆されて」あえてフミが避けた言葉を、千代はためらわず口にした。「するなら、すりゃあいいさ。何もしないうちから、死人の誘いにふらふらついていくような奴は、とてもここじゃ生きていけない。死ぬのが今か半年後か、それだけの違いだよ」

「……ねえさん」

「だいたい、女郎同士いつも仲良しこよしってほうが不気味だろうが。女郎はねえ、仲間に妬《ねた》まれてなんぼだよ。それだけ、値打ちがあるってことなんだから。稼げば稼ぐほど、妬まれる。足を引っ張られる。あたしもお蘭も、ねえさんに階段から突き落とされたことがあるよ。あんただって、おマサが部屋もちになったとき、自称お友達どもがおマサをどうしたか、知ってるだろ」

フミは暗い面持ちで頷《うなず》いた。扉ごしに聞こえた、押し殺したマサの泣き声は、今でも耳に残っている。

「だけどおタエにはあんたがいるだけ、ずいぶんマシさ。おマサだって、ひとりでもう立ち直った。悔しければ、いくらでも泣きゃあいい。阿片《アヘン》の力をちいとばかし借りて、逃げるのもいい。けどね、結局はひとりで胸はってきれいに笑って客を迎えなきゃならないんだよ。それで飯食ってんだ。それができないなら、そのへんでうろうろしてるモンと友達ごっこすりゃあいいのさ」

千代が煙管《キセル》をぐるりと回したのを見て、フミは唾を飲みこんだ。

「まさか、お千代ねえさんも視《み》えるんですか」

「おウメほどじゃないけどね。この部屋にいると、たまに血まみれのお蘭に会えるよ」

すでに部屋から駆け出す体勢のフミを見て、千代は声をたてて笑った。

「害はないよ。ただ、じいっと見つめてるだけさ。怖かない」

「……充分怖いです」

「へえ。怖いもの知らずのあんたもお化けは怖いのかい？　生きている人間のほうが、ずっと怖いってえのに」

煙管をくわえて片頰で笑う千代に、フミは一生この人にはかなわないかもしれないと思った。

自分にできるのは、もはやタエから目を離さないことだけだった。フミはできるだけ一緒に仕事をし、刃物を遠ざけ、マサたちを牽制《けんせい》し、部屋に戻ってからも明るく話しかけた。言葉が消えると、暗闇の中から蘭花が現れてタエを攫《さら》っていってしまいそうで、フミはタエが眠るまでずっと話し続け、しっかり抱き合って眠った。

フミは責任を感じていた。タエがこれほど、水揚げという現実に打ちひしがれた理由のひとつは、自分にあるかもしれない。タエは、本気で芸妓《げいぎ》を目指していた。フミが軽い気持ちで言った言葉を信じて、夢を見た。そのせいで、絶望はより深くなったのだと思う。

フミは、自分から父を奪った芸妓のことを思い出した。今まで、忘れようとつとめてきた女だった。しかし、今の自分を省みれば、自然と彼女に繋《つな》がってしまう。名を、蔦と言った。いつのまにか父と一緒にいるようになった彼女は、自分にも死産だったが娘がいたのだと言って、フミを可愛がってくれた。動きの全てが絵になる蔦に夢中になったフミは、舞を見せてほしいとせがんだ。蔦は、度の過ぎた浪費で不見転《みずてん》となる前は、舞の名手として名高かったという。実際、彼女の舞は美しかった。指の動き、目のかすかな動き、息づかいに至るまで、圧倒的に「女」だった。たおやかで儚《はかな》く、時に激情を見せながら、全ては水が流れるように優雅だった。なにもかも直線的できぱきとした角兵衛獅子《かくべえじし》とは全くちがう「舞」がそこにはあった。

蔦に憧《あこが》れたフミは、見よう見まねで、破れた扇を手に踊りはじめた。蔦は愉快がって、気が向いたときには少し教えてくれた。

「ねえあんた、おフミを芸妓にしたらどう？　この子、スジがいいと思うよ」

ある日、蔦はフミの父に言った。その日は珍しくいい酒が手に入り、二人は気分よく酔っていた。フミはひとくち呑《の》んだだけで、もう真っ赤になって、どこか夢見心地で二人の話を聞いていた。

「芸妓だぁ？　こいつの顔を見て言えよ」

「痩《や》せっぽちだけど、よく見りゃ愛嬌《あいきょう》のあるかわいい顔してるよ。それにこのテの顔は、二十歳あたりから大化けするんだからね」

「そういうもんかねぇ。けどなぁ、こいつは俺の娘だ。与吉も太一も死んじまったが、おフミは手放すわけにゃいかねえよ」

そう言われて頭を撫《な》でられ、フミは嬉《うれ》しかった。犬のように、父の手にますます頭を擦りつけた。

「おフミのことを考えれば、辻《つじ》芸人より芸妓のほうがずっと幸せだと思うけどねえ。どうだい、おフミ。芸妓になれば、きれいなべべ着て、おいしいまんまを腹いっぱい食えて、ふかふかの布団で毎日眠れるんだよ。いい旦那《だんな》さえつけば、もっと贅沢《ぜいたく》もできる。そっちのほうがずっとよくないかい」

甘い声に、少しだけ心が動いた。きれいなべべを着て、蔦のように舞う日々。とびきり美しくなった自分に向けられる賞賛の声。そして屋根のある生活。ふかふかの布団。

「ととさまと一緒のほうがいい」

それでも、フミはそう答えた。父はフミだけは手放さないと言ってくれたのに、芸妓になりたいなんて言ったら、きっと悲しむと思った。

「けどねぇ。いつかは角兵衛獅子はできなくなるよ。そのときはどうすんのさ」

「そりゃあお蔦、おまえ直伝の舞を辻芸でやりゃあいいさ。舞の名手だったおまえが認めるぐらい、こいつはスジがいいんだろ？　これからも頼むわなぁ」

豪快に笑った父に、蔦はなんて図々《ずうずう》しいんだいと舌を出した。

それからも蔦は、ときどきフミにせがまれては舞い、気がむいたときには指導もしてくれた。

それがふた月ほど続いた後、蔦は突然、舞をやめた。フミがどれほどせがんでも、

「うるさいねぇ」と不機嫌な顔で追い払うばかりだった。仕方がないので、ひとりで舞をさらっていると、暗い目で見ていた蔦が嗤《わら》った。

「なっちゃいない。てんでなっちゃいないよ、おフミ。あんたの舞は、ただの猿真似。いくら練習したって、それ以上になりゃしない」

「……でも……私、お蔦さんみたいにきれいに舞いたい」

「無理だよ」蔦は吐き捨てた。「獅子《しし》舞《まい》はうまくできても、まったくの別モンさ。あんたに座敷舞の才能はないよ」

「でもお蔦さん、スジがいいって言ってくれた」

「そんなの世辞に決まってんだろ！　おやめおやめ。あんたは芸妓なんてなれっこないんだから、無駄な練習はしないことだね」

「べつに芸妓になりたいわけじゃ……」

「嘘だね。本当は、なりたいんだろ？　私の適当な世辞を真に受けてさ！」

図星をさされ、フミは赤くなる。

「なんなら、私が置屋を紹介してやってもいいよ。誰とでも寝る、不見転専門の置屋で、女郎屋となにもかわりないけどね。ま、中には変な踊りを面白がる酔狂な客もいるだろうさ。ああ、でもあんたの顔じゃ、やっぱり芸妓は無理だね」

痩せぎすのフミの顔を嘲《あざけ》るようにのぞきこみ、蔦は紅のはげかかった唇をねじ曲げた。

「顔だけじゃない。性根も、ぼぼも、もう汚れちまってる。学も才能もない。ああ、かわいそうにねえ、あんたのお先は真っ暗だよ、おフミ。あの人が死んじまったら、辻君《つじぎみ》にでもなるしかない。ああ、あたしより真っ暗だ！」

哄笑《こうしょう》が響く。フミはただ蒼白《そうはく》な顔で立ち尽くしていた。

蔦は笑う。狂ったように笑い続ける。フミは逃げた。耳を塞《ふさ》いで、まといつく絶望の声から。

「おフミちゃん」

やさしい声と、額におかれた手のぬくもりが、悪夢の世界からフミを引き剝《は》がした。

フミは荒い息をつき、目を開いた。心配そうにのぞきこむのは、蔦の毒々しい美貌《びぼう》ではなく、タエの丸い顔だった。

「魘《うな》されていたよ。珍しいね。厭《いや》な夢を見たのね」

ああ、いつの間にか眠っていたのか。タエを抱きしめて、あれこれ話しかけているうちに、自分が過去の闇に魅入られてしまったらしい。

「ごめん。ちょっと昔の夢をね」

「私のせいね。私がずっと塞ぎこんでいたから……おフミちゃん、すごく気を遣ってくれたもんね。疲れちゃったんだよ」

「そんなんじゃないよ」

フミは深く息を吐き出した。まだ、胸が悪くなるような紅い唇と、心を壊す哄笑が頭に残っている。

「ごめんね、おタエちゃん」

震える声に、タエは首を傾げた。

「なんでおフミちゃんが謝るの？」

「ごめん……ごめんね……」

喉《のど》が苦しい。目に一気に熱がたまり、頬をとめどなく濡《ぬ》らしていく。蔦の気まぐれな言葉を真に受けて、芸妓に憧れを募らせた昔の自分。軽い気持ちで言った言葉を真に受けて、本気で芸妓を目指そうとしたタエ。ひょっとすると自分は、タエを通じて蔦に復《ふく》讐《しゅう》したかったのではないか。芸妓を目指せという言葉が出てきたのは、そういうことではないのか。どうせ、なれやしないとわかっていて、いつか絶望の闇に押し潰《つぶ》されるタエを見たかったのではないだろうか。

タエの背後には、女郎が長襦袢《じゅばん》の上に羽織る仕掛けが、翼をひろげた鳥のごとく君臨している。フミの記憶にあるかぎり、『酔芙蓉』で、仕掛けを羽織った古式ゆかしき太夫《たゆう》の姿で客の前に出ていたのは、蘭花だけだった。おそらくこれは、岡本が用意したものだろう。渋好みだった蘭花とは違い、少女であるタエに合わせた可憐《かれん》で華やかな友禅模様ではあったが、どう考えても、十三の少女にはまだ早い。黴《かび》くさい三畳間には、絹の光沢と鮮やかな紋様は場違いどころか、異様な化け物のように見えた。

昨夜運び込まれた光り輝く怪鳥《けちょう》は、フミの心に色濃い影を生み出した。今はフミと同じように薄汚れているタエは、三日後には湯を使い、磨きあげられ、真新しい緋《ひ》襦袢の上にこの仕掛けを纏《まと》うのだろう。そして男たちの賞賛を独占するのだ。

そんなことをタエは少しも望んでいないとわかっていたし、同情はしていても、フミは自分の心がマサたちとは違うと言い切れなかった。

「謝らないで、おフミちゃん。おフミちゃんはいつも一所懸命、元気づけてくれたよ」

ごめんと繰り返しながら泣くフミに、タエは微笑んで言った。

「大丈夫。私、死んだりしないよ。ここに売られた時点で、女郎になりたくないって泣くなんて、そもそもおかしい話なんだもの」

「覚悟を決めても、怖いのはわかるよ。代われるものなら代わりたいのに」

運命は、意地が悪い。早く一人前の女郎になりたくてたまらないフミには女のしるしすら寄越さず、女郎になりたくないタエには、美しい肌と顔を与えるなんて。

「そうだね。……代われるなら」タエはつぶやいた。「おフミちゃん、私のために角兵《かくべ》衛獅子《えじし》を続けてくれてありがとう。おフミちゃんが、芸妓《げいぎ》を目指せばいいって言ってくれたとき、本当に嬉しかった。私、ここに来てはじめて目的が出来て、やっと楽しいかなって思えるようになった」

「……おタエちゃん」

「そうなればいいって、心から思ってた。だけど、無理だろうということも、どこかでわかっていたの。それでも、縋《すが》りたかったんだ。達吉さんが知ったら、また怒るよね。腹ァ括《くく》れって」

タエは笑いかけ、布団をかぶりなおし、フミをぎゅっと抱きしめた。

「だからいいんだよ。私にはおフミちゃんがいるから。頑張れる」

毎日、フミが蘭花の気配を寄せつけまいとしてタエが眠るまでずっと話しかけていたように、タエもまた、フミの涙が睡魔にさらわれるまで、囁《ささや》き続けた。

私にはおフミちゃんがいるから。代わりに頑張るから。

水揚げ当日、タエは午前中はフミと同じように掃除と洗濯に精をだしたが、午後からは別行動になった。フミが再びタエと顔を合わせたのは、開店間近の時間だった。女郎たちの準備を手伝ってまわり、三畳間に戻ると、緋縮緬《ひぢりめん》の長襦袢を纏ったタエが、鏡台の前でカツに髪をぐいぐいひっぱられ、顔を歪《ゆが》めているところだった。

「今日は島田に結うんですか。日本髪なら、おタエちゃんは桃割れのほうが似合うのに」

フミの言葉に、カツは鼻で嗤った。

「もう素人の娘じゃなくなるんだからね。仕方ないよ」

髪をきっちり結い終えると、今度はフミの番だった。刷毛《はけ》をもち、すっきりと現れたタエの首筋を白く塗りこんでいく。

「ひゃあ、冷たい」

「これが内地のやりかたなんだよね。面白いよねえ」

「今は白塗りはあんまりしなくなったっていうけど、襟足はやるのかな」

「プリスタンで見かけた年増の芸妓はしてたな。おタエちゃん、緊張してる？」

「あんまり。自分でも意外かな。昨日の忍棒のときのほうが死にそうになったけど」

鏡ごしに二人は目を見合わせて笑った。まだ生娘の女郎がいざ行為に及んだときに痛みと驚きで暴れぬよう、予行練習に使うのが忍棒だ。血が出ぬ程度に馴《な》らし、客の前に出すのが、ここでのならわしだ。昨夜のタエは脚を押さえつけられ、遣《や》り手の伊予にエイとばかりに忍棒でこじ開けられ泣き叫んでいたが、今は静かなものだ。

つい先日まで、死にそうな顔をしていたのに、三日前のあの晩から、タエは急に大人の顔になった。フミが子供のように泣いたせいで、年上としてしっかりしなければと思ったのかもしれない。

「あとのお化粧は、お伊予さんにやってもらうね。その……」

立ち上がったフミは、なんと言っていいのかわからず眉《まゆ》を寄せた。しばらく考えこんだあげく、「頑張って」と小さな声でつぶやいた。タエは微笑んだ。

「ありがとう。ねえおフミちゃん、前、山村さんのこと話してくれたよね」

「うん」

「その人と、寝たんだよね」

フミの顔が真っ赤に染まる。

「何言ってるの。ただ同じ部屋で話して寝ただけだよ」

「いいよねえ、そういうの」

「そうかな。湯たんぽみたいな扱いだったけど」

「でも幸せだったでしょう」

「……うん」

あの腕の中で眠ることを許された。思い出すだけで、胸が熱くなる。その前に食べたボルシチの味は一生忘れないだろう。そして彼がくれた言葉ひとつひとつも。

「私も、好きな人と添い寝ぐらいしておけばよかったな。夏祭りの時とか、その気になれば機会はあったのに、勇気がなくて莫迦《ばか》ね」

「好きな人、いたんだ」

タエはほとんど村でのことを話さなかった。考えてみれば、タエだって年頃の少女だ。恋ぐらい、しただろう。

「でもそのころは好きだってわからなかったの。幼なじみでね。いきなり抱きついてきたときには、びっくりして突き飛ばして逃げちゃって。私、本当に子供だったのね」

口元は笑っているのに、タエの目からは涙が転がり落ちた。フミが慌てて拭《ぬぐ》おうとすると、タエは首をふった。

「大丈夫。顔に白粉塗《おしろい》ったら、もう泣かないよ。これが最後」

そしてタエは、最後の涙を大切に大切に流して、目を閉じた。フミはそっと、部屋を出た。タエは今、大切に抱えていたものを断ち切ろうとしている。本物の、根無し草になろうとしている。フミと同じように。

やがて、伊予とともに部屋から出てきたタエは、全くの別人になっていた。女将《おかみ》の部屋に向かうタエとすれ違った男衆《おとこし》も、たまたま階段から下りてきたマサも、息を呑《の》んでタエを見つめた。

「お蘭ねえさん？」

マサの茫然《ぼうぜん》としたつぶやきが、フミの耳に届いた。かつて、岡本が蘭花に似ていると言ったときは、まさかと笑った。しかし、今は笑う気になれない。

豪奢《ごうしゃ》な仕掛けを羽織り、日本髪を結い、薄化粧を施したタエは、背丈も歳もまるでちがうはずなのに、たしかに蘭花に似ていた。姿かたちがというよりも、優美で物悲しげなたたずまいが驚くほど似通っていた。

タエは、長襦袢と仕掛けを初めて着たとは思えぬ堂々たる足取りで女将の部屋に向かった。フミは何度も目を擦りながら、炊事場に向かった。

「おフミ、おフミ！」

戦場状態の炊事場に、カツが泡をくって飛んできたのは、それから半時ほど過ぎた時だった。

「女将が呼んでるよ。早くおいで」

「女将さんが？」

何かしたっけな、と首を傾げ、フミは前垂れで手を拭《ふ》き拭き、女将の部屋に向かった。扉の前で名を告げると、不機嫌まるだしの声で「お入り」と応《いら》えがあった。これは相当怒っている。まさか、タエがこの期に及んでいやだと言い出したのではなかろうかと、びくびくしながら扉を開けた。

「ちょいとおフミ。あんた、おタエに何を吹きこんだんだい？」

いきなり女将の怒声が飛んだ。フミはわけがわからず、縮こまった。

「うちは芸妓はとらないって言ったはずだよ！　いったいどういう了見なのさ」

フミはぎょっとしてタエを見た。蘭花によく似た少女は、フミの視線の意味を正しく理解して、首をふった。

「ちがうの、おフミちゃん。私は、おフミちゃんを芸妓にしてくださいとおかあさんにお願いしたのよ」

フミはあんぐりと口を開けた。意味がわからない。

「ね、おフミちゃんの顔を見たでしょう、おかあさん。おフミちゃんは今の今まで考えもしなかったんです。これはあくまで、私のわがまま」

「……ちょ、ちょっとおタエちゃん？」

「でも、おフミちゃんは必ずいい芸妓になるはずです。この『酔芙蓉』初の内芸妓は、おフミちゃんしかいません。どうか、お願い申し上げます」

タエは両手をつき、頭をさげた。

「私は、冗談じゃないと言ったはずだよ。ここは日本じゃない、哈爾濱だ。支那人やロシア人相手に日本の芸を見せて誰が喜ぶってのさ」

「おフミちゃんの角兵衛獅子には、ロシア人も拍手を送っていましたよ。おかあさんだってご存じでしょう？　おフミちゃんは、正真正銘の本物だって」

「知らないよ、そんなの。だいたい、あんたならともかく、こんなちんくしゃが芸妓《げいぎ》なんてありえないよ」

「いいえ。おかあさん、かつて芸妓だったあなたなら、おフミちゃんは女郎より芸妓のほうがずっと向いていると、誰より知っているんじゃないですか」

タエは顔をあげ、女将を見据えた。

これは本当にタエだろうか？　三畳間から出てきた彼女を見てから、何度もよぎった疑問が、フミの頭にまた浮かんだ。タエはいつも、女将を恐れて、目を伏せがちに話していた。女将や遣り手、カツに対して、こんなに強い態度に出られるような娘ではない。

「おフミちゃんの舞は、誰もが目を吸い寄せられます。隣にどんなに惚《ほ》れた女郎がいたとしても、酌の催促すらも忘れて見入るもの。それは、何にも代え難いものではないですか。それに、おフミちゃんの頭のよさ。これは、座敷に出る芸妓にこそ、より必要なものではないのですか」

「いいかげんにおし」

女将は煙管《キセル》を灰吹きに叩《たた》きつけた。目が据わっている。

「水揚げが済んでもいない小娘が、何をえらそうに。一生のお願いと言うから、何かと思えば。とっとと、廻《まわ》し部屋に行きな！」

女将はしょっちゅう周囲を叱りつけてはいるが、本気で怒ったところをフミが見るのはこれが初めてだった。数々の修羅場をくぐってきただけあって、迫力が違う。怒気というより殺気に近い気迫に、フミは竦《すく》みあがった。

「そうとも、私も芸妓だった。だから身にしみてわかってんだよ。いいかい、ここは異国だ。内地でもてはやされた唄《うた》も舞も、ここじゃ誰にも求められやしない。傅家甸に住む支那人のほとんどは貧しいんだ。みんな、もとは出稼ぎに来た連中なんだよ。その日を生きるのに精一杯の男たちが求めるのは何だ？　女の肌。自分は生きてるってことを、女を抱いて確認することなんだよ！」

「ええ。でもそれは昔の話でしょう。『酔芙蓉』の客層だって、ずいぶん変わったはずです」

タエは動じる様子もなく、微笑みすら浮かべて女将を見つめ返した。

「いつの時代も変わらない。歌舞音曲なんてのは、ある程度の余裕があって初めて生まれるもんさ。そんなもの、ここじゃ求められてはいないんだ！」

「おフミちゃんが芸妓になるのでなければ、私も女郎にはなりません。蘭花ねえさんの後を追います」

　女将とフミは目を剝《む》いた。

「莫迦なことをお言いでないよ！」

「莫迦なことを言わないで！」

　タエは眉毛《まゆげ》一本動かさず、すっと頭から簪《かんざし》を抜くと、自分の首にひたと押し当てた。

「本気です。どうか岡本さまにお断りの遣いを出してくださいい。おタエの気が触れたから、今宵《こよい》は遠慮してくださいって」

「おまえ……」

　女将は絶句した。フミはあっけにとられて、タエの白い首筋を見ていた。早く、あの手から簪を奪わなければ。そう思うのに、体が動かない。簪を構えたタエの姿に、胡蝶《こちょう》蘭《らん》が重なる。我が身をひと突きして散った、あの炎の華が。

　部屋に垂れこめた重苦しい沈黙を、華やかな笑い声がふいに破った。

「かあさん、やられたね」

　扉が開き、すっかり支度を整えた千代が現れた。黒地に西洋絵画にあるような大輪の花が咲き乱れる襦袢《じゅばん》、赤紫の薄いショールを纏《まと》った姿は、この『酔芙蓉』に君臨するお職に相応《ふさわ》しい。千代は決して、女郎の象徴でもある緋《ひ》襦袢に袖《そで》を通さない。彼女が纏う長襦袢は決まってこうした華やかな柄があるもので、帯の代わりに美しい組み紐《ひも》やきらきら輝く鎖を使ったりと、洋装のように着ることが多かった。

「おとなしい小娘と侮ってるといずれ手を噛《か》まれるって、かあさんもさんざん学んだはずだろうに」

千代はなにげなく手を伸ばし、タエの手首をつかんだ。タエが、はっとして千代を見る。千代が頷《うなず》くと、まるで魔法のようにタエの指から力が抜け、簪が床に落ちた。その音で、ようやく呪縛《じゅばく》が解けたように、女将は息をついた。

「うるさいよ、牡丹。立ち聞きとは趣味が悪いじゃないか」

「酒をもらいにきたら、なんだか面白そうな話が聞こえてきたもんだからさ。ねェ、言うことを聞いたらどうだい？　今おタエを死なすわけにゃいかないだろ？」

「こんなくだらない脅しに乗ったら、味をしめてこれからどんどん無茶を言ってくる。冗談じゃないよ」

「そんなことはしないよ。見りゃ、おタエが本気の本気だってわかるだろうが。それに、結構いい案だと思うけどねェ」

千代は後ろ手に扉を閉めると、フミの肩を抱くようにして隣に座った。

「かあさん、あんた覚えてるかねェ。一緒に浦塩からこの哈爾濱に来て、プリスタンの日本人街じゃなくて、この傅家甸に店を構えるって決めたときに言った言葉」

「そんな昔のこと、忘れたね」

「ここは、支那だ。列強がなんと言ったって、その事実は変わらない。好き放題やってるロシアや日本も、いつかはここから消えるだろう。だからここで生き延びるには、誰よりもまず支那人を優先すべきで、まともにおまんまが食えるようになるまでは、日本なんて国は忘れとけって」

女将の声音を真似て、千代は言った。芳子の眉間《みけん》の皺《しわ》がますます深くなる。

「あれはねえ、グッときたよ。やっぱりあんたはそこらの女郎とはちがう、ついてきてよかったって思った。でもさ、時代ってのは変わるんだ。こっちは変わらなくても、まわりがどんどん変わっていく」

千代の手が、フミの小さい体を芳子のほうへと押し出した。

「お孝が来たときにもさ、達吉さんはこれは芸妓に仕込むべきだって言ったもんだっけね。でもかあさんは、この異国でそんなことをしても金と時間の無駄だと言って、初日からあの娘に客をとらせた」

「……お孝があああなったのはあたしのせいだと言いたいのかい！」

「まさか。女郎だろうが芸妓だろうが、お孝はいずれ同じ道を選んだだろうよ。あたしが言いたいのはそんなことじゃない。あのとき、かあさんが言ったことは正しかった。でも、あのとき正しかったことが今も正しいとは限らないってことさ。かあさんもわかってるからわざわざおタエの水揚げを派手にぶちかますんだろ」

女将は、ぐっと詰まった。

千代は的確に、『酔芙蓉』の現状を言い当てていた。傳家甸は、年ごとに人口が爆発的に増えてきた。それは『酔芙蓉』の成長に大いに役立ってくれたが、同時に商売敵が増えるということでもあった。

支那と日本のいいとこどり、と常々芳子が自慢していた『酔芙蓉』は、傳家甸の一般的な安妓楼《ぎろう》とは違う安全・質のよさを売りにしてきたが、傳家甸が豊かになるにつれ、同じように高級妓楼を標榜《ひょうぼう》する店がずいぶんと増えた。同じ金で同じような内容ならば、支那人の多くは同国人が揃う店へと行くだろう。

「でもおタエだけじゃ弱いね。ここで一発、型破りな内芸妓を育てて日本人社会に殴りこみをかけるのも悪かないと思うけどねェ」

「……金がかかるよ」

「かあさん、芸妓だったんだろ？　全部は無理でも、いくつかはあんたが教えられるじゃないか。たしかおカツさんもそうだね。あの人は、三味線だったかね」

女将は何も答えない。煙管を銜《くわ》え、苦りきった顔でフミに目を向けた。最初に罵声《ばせい》を浴びせた時以外、女将の視線はずっとタエに注がれていた。彼女の意識が再びこちらに戻ってきたということは、千代の言葉に多少は心を動かされたという証《あかし》だった。

「なにも完全に内地と同じにする必要なんかない。ここは哈爾濱だ。『酔芙蓉』と同じように、客は日本人だけじゃなくてさ、支那人にもロシアにも、どんどんお座敷遊びをやってもらえるような芸妓を育てりゃいい。他にいない、ただ一人の哈爾濱芸妓をね」

「ま、待ってください。私、芸妓なんて無理です！」

タエと千代の包囲網に女将が搦《から》めとられる前に、フミは慌てて声をあげた。

「この期に及んでまだ言うのかい」

「言いますよ。だって私、生娘じゃないんですから」

女将に告白するのは、勇気が要った。言わずに済むなら済ませたかったが、ここに至っては黙っていられない。

「私ぐらいの年から半玉として仕込んで芸妓にするのに、すでに生娘じゃないなんて、ありえないじゃないですか。そんな傷ものについてくれる旦那《だんな》なんていやしません」

「あんた、あの山村って男と寝たのかい」

意外そうな千代の表情に、フミは耳まで赤くなった。

「残念ながら、まだです」

「そりゃよかった。あの男、そういう趣味なのかと思ったじゃないか。だったら別に問題ないよ。ねえ、かあさん？」

惚《ほう》けたようにフミを見ていた女将は、慌ててしかつめらしい顔をした。

「まぁ、そのへんはどうにでもごまかせるけどね。それにしたってねえ、あんた……」

眉間に寄る皺を揉《も》み、女将は大きなため息をつき、「まあ、辻《つじ》芸人の娘だからね」と、自分を納得させるように頷いた。

「あたしゃ頭が痛くなってきたよ。もう何がなんだかわからない。おフミ、ためしにひとさし舞ってみな」

フミは救いを求めるように千代とタエを見たが、二人は促すように頷くばかりだった。

「でも私……座敷舞はあんまり」

「いいから。そうすりゃおタエも納得するだろ」

「私、曲名もなにも知りません。ただ、お蔦さんが舞うのを真似していただけなんです。舞と言えるかどうか……」

「いいよいいよ。とにかくやってみな」

適当で、と女将は面倒くさそうに手をふる。フミは膝《ひざ》の上で両手を握りしめ、腹に力をいれて立ち上がった。タエと千代が端により、場所を空ける。

女将の正面に立ち、フミは目を瞑《つぶ》った。なんでこんなことになったのだろう。疑問は尽きないが、考えるのは後だ。どうせ、終われば失望と憐《あわ》れむような微笑が待っている。タエも千代もこれ以上、莫迦《ばか》なことは言わないだろう。

あんたに舞の才能なんてない。角兵衛獅子《かくべえじし》は少しばかりうまくても、情感を出す座敷舞なんて無理。思い上がっちゃあ、いけないよ。あんたみたいな不細工は、最下層の女郎の、そのまたいちばん下になるしか道はないんだよ。いや、それも無理かもねぇ。あんたは、女郎屋の下働きがせいぜいかな。

――わかっているよ、お蔦さん。でも私、女郎になるんだ。だからもう、出てこないでおくれ。私に何も言わないで。

フミは大きく息を吸い込み、暗い記憶もろとも吐き出した。きっとこれが、人前で舞う最初で最後の座敷舞。せっかくだから、好きなものをやろう。

何を舞うかは、すぐに決まった。曲は知らない。あるはずの唄《うた》は、聴いたことがない。ただ蔦が舞ったとき、音をたしかに聴いた。悲哀に満ちた女の声が、胸いっぱいに広がった。舞い終えた蔦は、これは辛《つら》い恋の曲だと言っていた。引き裂かれた恋人を想う女は、いつでもどこでも哀しいものだと。造作は整っているがどうにも蓮《はす》っ葉な蔦が、そのときばかりは、清らかな絶世の美女に見えた。愛《いと》しい者を喪《うしな》った気持ちならば、よくわかる。フミは足を踏み出した。あのときの蔦の舞を、ゆっくりと辿《たど》りはじめる。目に焼き付け、何度も真似をした。だから一歩踏み出せば、その次は容易に動いた。

家族はみんな消えた。父は蔦に奪われた。母の面影を重ねていた蘭花は、過去の亡霊から逃れることができなかった。そうやって、愛した者は皆いなくなる。

舞の一つ一つの動きには、意味がある。それをフミはよく知らない。それでも、蔦の舞を思い浮かべるフミは、その意味をぼんやりと察し、自分の心を合わせて、正確に再現した。

自分に手を伸ばしてやさしく微笑みかけ、最後には酷い形で手を離していった人々の顔が走馬燈《そうまとう》のように駆けめぐる。新しい生活の中で、埋《うず》み火のように忘れ去られていた感情が、舞によって燃え上がる。

憎い。哀しい。だけど愛《いと》おしい。日々を生きるために、自分が決して闇に連れ去られないように目を背けていた感情が、フミを燃やす。

扇をもたぬ手が、愛する者が消えた空をつかもうともがく。どうしても零《こぼ》れる想いの中を、細い足がたよりなく行き交う。激情に耐えかねて傾く体、悲哀に押し潰《つぶ》されそうな細い肩、そして我が身深くに潜んだ面影を見いだそうと揺れるまなざし。

フミの中に立ち現れたさまざまな面影は、やがて一人の男の姿をとった。顎《あご》に白い、小さな蛇をもつ男。人となりもよく知らない。しかしあの蛇は、するりとフミの奥深くまで入り込み、心臓を噛《か》んでしまった。噛まれた心臓は、血を流し続ける。それが足下から流れ出て、あの人のところに届けばいい。この体が枯れ果てる頃、黄砂を吸った血は彼の靴を濡《ぬ》らすだろうか。

会いたい。会いに来て。この血を辿って、もう一度私を捜しあてて。

そうしたら今度こそ、迷わずついていく。何もかも捨てて、恐怖も捨てて。

「おやめ」

朝日に染まるスンガリーのような、美しい血色の夢に没入していたフミは、女将《おかみ》の声で我に返った。頬杖《ほおづえ》をつき、諦《あきら》めの表情で目を伏せている女将を見た瞬間、火照っていた体が急激に冷えた。調子に乗りすぎた。途中からはもう、めちゃくちゃだった。

「まったく。めちゃくちゃだね」女将は、おおげさにため息をついた。「まるでなっちゃいない。あんたの舞は元気がよすぎる。振りもひどい」

「……はい」

「かあさん。そうじゃないでしょ」

千代は呆《あき》れた様子でたしなめて、珍しく皮肉な色のない笑顔をフミに向けた。

「すごくよかったよ、おフミ。あんた、思った通りだ。天性の舞姫だよ」

「褒めすぎだ、牡丹」

顔をしかめて、女将は煙管《キセル》をくわえ、突っ立ったままのフミを横目で見上げた。よく見れば、目の縁がほんのり赤い。

「なおさなきゃならないところはたくさんある。見る者が見たら、噴飯ものだからね。早急に、鍛えないと」

タエが感極まった様子で、床に両手をついた。

「ありがとうございます、おかあさん。私のわがままを聞き入れてくださって」

「ほんとだよ。ったく、あんたといいおフミといい、とんだ買い物をしちまった」

女将は苦りきった顔で、煙を吐き出した。

「おフミ、体の軸が全くぶれないのはさすがだ。それに、気持ちの出し方はたしかに並はずれているね。でも、そこに流され過ぎだ」

わけもわからず、フミは頷《うなず》いた。

「芸妓《げいぎ》の道は、女郎よりも厳しいよ。覚悟するんだね」

女将は立ち上がり、じろりとタエを睨《ね》めつけた。

「気が済んだだろ。さあ、こうなったからにはあんたにはしっかり役目を果たしてもらわなきゃならない。来な、おタエ——いや、小桜《シャオイン》」

「はい、おかあさん」タエは微笑み、優雅に立ち上がった。「おフミちゃん、後でね」

衣擦《きぬず》れの音を残して、タエは去って行った。

「いつまで突っ立ってんだい」

千代が声をかけてくれなければ、フミはしばらくそのまま立ちつくしていただろう。

「……あの……結局どうなったんです？」

間抜けな質問に、千代は口を開けた。

「なに惚けてんだ。あんたは、これから芸妓の修業をしろって言われたんだよ」

「無理です！　私はそんな……」

「女将が見て決めたんだよ。あんたにもう拒むいわれはない」

「でも……私は女郎に……」

「ふうん」

千代はゆっくりと立ち上がり、うつむいたフミの顎をとった。

「あんた、虚勢を張るのはうまいんだね。自信ありそうに見えたのは、空元気だったたってわけだ」

フミは息を呑《の》んだ。のぞきこむ焦げ茶色の目は、なにもかも見通すように細められている。

「あんたは、まったく自分を信じられないんだろう。それで、体ひとつの女郎になりたかったのか」

笑っていた千代の顔が、急に般若《はんにゃ》の形相へと変わった。

「女郎をなめんじゃないよ、糞《くそ》餓鬼。たしかにあたしらにゃ、人を泣かせる舞も唄もない。だけどねェ、この体ひとつ、手練手管でいくらでもむせび泣かせることはできる。そいつの人生、根こそぎ変えることができるんだ。ただ客と寝りゃいいだけじゃない。芸妓より簡単だなんて思うんじゃねェ」

顎をつかまれたまま凄《すご》まれ、フミは恐怖のあまり声も出なかった。膝が笑う。蒼白《そうはく》なフミを見て、千代はふんと鼻を鳴らし、放り投げるように手を放した。フミはその場に尻餅《しりもち》をついた。

「辻《つじ》芸人あがりは、歌って踊るのがお似合いさ。わかったかい」

冷たい一瞥《いちべつ》を投げつけて、千代は去って行った。フミはまだ頭が現実についていかず、カツの怒声がとんでくるまで、しばらくそこで座りこんでいた。

その日は大忙しだった。今や下働きはフミ一人になってしまったため、いつもの倍近く動きまわるはめになった。酒を運びがてら、岡本とタエの様子を見にいきたいのはやまやまだったが、大切な水揚げの日だからなのか、タエが入った部屋には女将や男衆《おとこし》しか近寄れなかった。

ようやく全ての客が引けて、フミが洗いものを終えて三畳間に戻ったときは、ふらふらだった。煎餅《せんべい》布団をひろげ、飛びこむようにして倒れこむ。

本当は、タエを待つつもりだった。きっとタエは、心身ともに疲れ果て、涙をこらえて帰ってくるだろうから、話を聞いて慰めようと思っていた。それに、問いただしたいことも山ほどある。

起きていなければと思うのに、体の芯《しん》にまで沁《し》みこんだ疲労には勝てなかった。フミはいつしか、うつぶせになったまま寝息をたてていた。

短いが濃密な眠りを破ったのは、かすかな物音だった。目を開くと、襦袢《じゅばん》姿のタエが行李《こうり》の整理をしている。驚いて起きあがると、「ごめん、起こしちゃった？」とすまなそうに微笑んだ。

島田に結われていた髪はすでに解かれ、化粧も落ちている。ほのかに香る石鹸《せっけん》は、彼女がすでに湯を使ったことを示していた。見慣れた、いつものタエの顔にほっとする。こうしていると、やはり蘭花には似ていない。

「待ってるつもりだったのに、寝ちゃった。いつ戻ってきたの？　起こしてくれればよかったのに」

「おフミちゃん、疲れたでしょう。私は、むこうで少し寝たもの」

タエの首筋に見慣れたしるしを見つけ、フミはらしくなくうろたえた。

「……その……大丈夫だった？」

「どうってことないよ」

少し早口の答えが、胸に痛かった。行李の中に小物をしまう横顔は、静かだった。泣いた形跡もない。そうだ、タエはゆうべ言ったではないか。涙を流すのはこれが最後。化粧をしたら、もう泣かないと。

「おタエちゃん、何してるの？」

「今日から大部屋に移るから、その準備」

「そうか……やっぱり、いきなり部屋持ちにはならないんだね」

「そんなことしたら、おマサねえさんたちに殺されちゃうよ」

大部屋でも針の筵《むしろ》だろうに、タエは笑う。

「寂しくなるな。ここ、寒いから、一人で寝ると凍死しちゃいそう」

「なに言ってるの、おフミちゃんも部屋を替わるんだよ」

「え？」

「ここは赤前垂れの部屋だもの。新しい娘を雇うんだって。おフミちゃんは、裏庭近くの、ほら、空き部屋があるでしょ？　あそこに移るんだって。半玉さんになるなら、女郎屋の客に見えるようなところじゃいけないから」

フミは間抜けな顔でタエを見つめた。

「……やっぱり、本当なんだ」

「そうだよ。頑張ってね」

「頑張ってねじゃないよ！　なんであんなことを言ったの？」

タエは腰を一度浮かし、フミと正対するように座りなおした。

「私の夢を、おフミちゃんにどうしても叶《かな》えてほしかったの。おフミちゃん、言ったでしょう？　代われるものなら、代わってあげたいって」

「言ったけど、それは……」

「おフミちゃんの夢は、大陸一の女郎になることだよね。それは私が、成し遂げる。だからおフミちゃんは、私の夢を叶えて」

フミは呼吸を止めて、タエを見た。無茶苦茶だよ、おタエちゃん。そう言いたかったのに、真摯《しんし》なまなざしに気圧《けお》されて、声が出ない。

「おフミちゃんの夢だと思えば私、耐えられる。頑張れる。おフミちゃんに恥ずかしくないよう、必ずお職になって、この哈爾濱に満開の桜を咲かせてみせるよ」

そのとき、小桜という名をもらったばかりの少女の背後に、闇夜に花開く薄紅の花が見えたような気がした。

この哈爾濱に、桜はあるのだろうか。あったとしても、傅家甸にも、石造りのプリスタンにも、あまりそぐわないような気がする。しかし、日本とは違う、この哈爾濱にふさわしい豪奢《ごうしゃ》で冴《さ》え冴《ざ》えとした桜が咲くかもしれない。

「だからおフミちゃんは、私が夢見たよりももっとすごい、この哈爾濱の——この大陸の芙蓉《ふよう》になって。私はずっと、それを見ていたい」

フミは、自分の顔がおかしな具合に歪《ゆが》むのがわかった。

「勝手だよ、おタエちゃん。私になんの相談もなしに」

声までおかしい。だけど、しょうがない。こんなふうに、誰かに心から必要とされたことなんて、なかった。自分が求められることがあるなんて、知らなかった。

「うん。ごめん。でも、おフミちゃんが泣きながら代わってくれるって言ったから、思いきってやっちゃった。厭かな」

「私、お蔦さんに舞の才能はないってはっきり言われたもの」

まっすぐな目から逃れて、フミはうつむいた。

「それ、お父さんと逃げたっていう芸妓《げいぎ》崩れでしょう？　たぶん、おフミちゃんの才能に嫉妬《しっと》したんだよ」

「まさか。私、見よう見まねで踊ってただけだもの。嫉妬なんて……」

「ううん。間違いないと思う。その人がそれなりの舞い手だったのなら、なおさら。生娘じゃないと芸妓になれないとか、そういうことを言って子供をぺしゃんこにしようとするあたり、悪意を感じる。あのねおフミちゃん、女がなりふりかまわず相手を叩《たた》き潰《つぶ》そうとするのは、たいてい嫉妬からだよ」

まるで全てを知り尽くした遣《や》り手のようなことを言って、タエはフミの華奢《きゃしゃ》な肩を摑《つか》んだ。

「だいたい、おフミちゃんのお父さんを唆しておフミちゃんを置いて逃げたような女と、元芸妓のおかあさん、お千代ねえさんと私の三人の言うこと、どっちを信じるの？」

「もちろん。お化粧しちゃったからこらえていたけど、泣きそうになったんだから。前に言ったよね。おフミちゃんはすごくきれいで恰好《かっこ》いいんだって。角兵衛獅子《かくべえじし》のときのおフミちゃんは、最高に粋《いき》で恰好《かっこ》よかった。だけどゆうべのおフミちゃんは、儚《はかな》くて切なくて、本当にきれいだったよ。おフミちゃんが自分の姿を見ることができたなら、きっと見惚《みと》れたと思う」

「……本当？」

「本当！」

力強く、タエは頷《うなず》いた。フミは一度大きく息を吸いこんだ。これだけ言われて応《こた》えなけりゃあ、女じゃない。

「わかった。私、ここで芸妓になる。私の舞を見たさに、大陸中から——内地からも客が押し寄せるような、でっかい芙蓉になる」

ようやくタエの顔が、綻《ほころ》んだ。

「うん。おフミちゃんならなれる」

「だからおタエちゃんも、私の夢を必ず叶えてね。おタエちゃんが、むりやり奪ったんだからね！」

ことさら怒ったように、フミは言った。そうでもしなければ、赤子のように泣いてしまいそうだった。

「わかってる。命懸けで叶えるよ」

大まじめに言って、二人はしばらくじっと見つめ合い、そろって噴き出した。

「変なの。ちょっと、いないよ？　お互いの夢を交換するって」

「いいじゃない。人の一番大切なものを預かってると思えば、より必死になるもの」

二人は両手を繋《つな》ぎ、微笑んだ。ペーチカの熱も途絶え、昼近いというのになお薄暗い、世の果てのような小さな部屋で、いつまでも手を握りあっていた。

第五章　蕾《つぼみ》

1

芙蓉の蕾はいつになったら花を開くのか。

あなたは誰が水揚げするのに賭《か》けますか？

それが、哈爾濱に住まう日本人たちの、最近の挨拶《あいさつ》になっていた。

話題になっているのは、おそらく哈爾濱で最も有名な半玉「芙蓉」。

彼女の置屋は、プリスタンにはない。さらに東に位置する、支那人の町、傅家甸にある『白芙蓉《しろふよう》』。本業は、女郎屋『酔芙蓉《チョイフーロン》』である。傅家甸ではもちろん、ただひとりの半玉だ。

フミは十三の時に仕込みに入り、十五で半玉として店出しをした。以来、多くの座敷に呼ばれており、その舞の素晴らしさは広く知られていた。伎芸天《ぎげいてん》の生まれ変わりと絶賛する者もいる。しかし、高い評価にも拘《かか》わらず、十七のこの歳まで旦那《だんな》がつかない。おかげで襟もまだ赤いままだ。

「よし。今日こそ決める」

師走《しわす》が近づいたその日、芙蓉ことフミは、異様に張り切っていた。

かつては、越後獅子《えちごじし》のような勇ましいものから艶物《つやもの》まで見事にこなす半玉ということで珍しがられ、連日ひっぱりだこだったが、夏あたりから人気に陰りが出始めた。今年に入って地段街に大きな茶屋が出来て、それにあわせて内地からも芸妓が大勢やってきたためだ。以前は哈爾濱では半玉はフミしかいなかったが、今はフミより若い妓《こ》が三名いる。芸妓たちは自分の妹分である半玉を座敷につれていくし、そうなると、『白芙蓉』の内芸妓であるフミはどうしても不利になる。舞が得意ということもあって、一日全くお呼びがかからないということはなかったが、最近は深夜になってからようやく賑《にぎ》やかしで呼ばれるという日も多い。

しかし今日は、大人数の座敷、客は日本人のみということで、女将《おかみ》に言われるまでもなく、フミも気合いが入っていた。

「いいかい、絶対によけいな口をきくんじゃないよ。あんたはねえさんの後ろでにこにこ笑っててお酌をして、言われたときだけちょっと舞えばいいんだからね！　何言われても、この生意気な口はしっかり閉じておくんだよ！」

女将はフミの口の両端を憎々しげに引っ張り、何度も念を押した。

「おかあさん、紅はげちゃう。せっかくきれいに塗ったのに」

「だから何されても黙ってろって言っただろうが！」

理不尽だと思ったが、フミは黙って頷いた。自分のよくまわる口が災いの元なのは、事実だ。傅家甸の店から出た初めての半玉ということで、フミは常に好奇心と悪意に晒《さら》された。わかっていたつもりだったが、いざこちらの世界に来てみると、プリスタンと傅家甸には、地図で見る以上の隔たりがあることを実感せずにはいられない。

日々の稽古《けいこ》では師匠や芸妓たちにちくちくと嫌味を言われ、座敷に出れば酒が回った客に不躾《ぶしつけ》な質問や侮辱的な言葉を投げかけられる。最初のうちは黙って耐えていても、相手が調子づいて女将やタエたちのことまで罵《ののし》り出すと、さすがに頭が煮えて、達者すぎると呆《あき》れられる口でやりこめてしまう。これでは旦那がつくはずもなかった。

「大丈夫。今日こそしおらしくしています。必ず旦那を見つけます！」

「本当に頼むよ。あんたにかかってるんだからね」

年内に水揚げが果たせなければ、『酔芙蓉』の名をますます落とすことになる。思いきってフミに懸けてくれた女将や、後押ししてくれたタエたちの努力を、無駄にしてはならない。

かたく胸に誓ったフミだったが、いざ芸妓たちと座敷に入った瞬間、泣きそうになった。座敷の中は、みごとに軍服だらけ。現在、哈爾濱に駐留している日本軍はいないので、彼らは皆、他の街からやってきた客人であり、すぐに哈爾濱を離れてしまう。これでは旦那どころではない。かあさん、なんでこんな座敷引き受けるのよ。フミは心の中で芳子を呪った。旦那のことがなくても、フミは軍人が好きではない。なにしろ、日本軍の存在そのものが、フミや『酔芙蓉』の未来を危うくしているのだ。

「おお、そこにいるのが、哈爾濱一の舞姫と名高い半玉かい？」

上座の、恰幅《かっぷく》がよい——というにはやや腹の容積が大きすぎる男が、芸妓たちの後ろにちんまりと座っているフミに目を留めた。

「はい、芙蓉と申します。どうぞよしなに」

手をついて頭をさげ、とっておきの笑顔を向けたが、座敷には微妙な空気が漂った。

「おやまあ……さすがに赤坂万龍《あかさかまんりゅう》のようにはいきませんかな」

落胆とも嘲笑《ちょうしょう》ともつかぬつぶやきは、フミの耳にもしっかり届いた。フミの舞の評判と、魔窟《まくつ》育ちのあばずれ娘という尾ひれ背びれを聞いた者たちは、みな魔性じみた美少女を想像するらしい。万龍は、フミも名前しか知らないが、赤坂で店出しするなりその美貌《びぼう》で名だたる名士を虜《とりこ》にしたという、日本の美妓だ。たしかフミの歳にはもう、水揚げどころか、熱烈な求愛を受けて落籍されたはずだ。そんな名妓と比較されても困るが、えてして噂とはそんなもの。

この露骨な反応に慣れてはいるが、全く傷つかないわけではない。白けた空気は、他の芸妓たちにも辛《つら》いものがある。

「いやァそれにしても、皆様の青島《チンタオ》でのご活躍は見事でしたな。あっさりとドイツの要《よう》塞《さい》を陥《お》としちまって！　ロシアに引き続き、欧州であれだけ強いドイツまで破っちまうんですから、さすが神国の軍隊は違いますわァ」

すかさず幇間《ほうかん》が、先日の陸海軍による青島要塞奪取の快挙を讃《たた》えて賑やかに盛り上げれば、芸妓たちも酌をしながら持ち上げる。

「ええ、ずっと異国で暮らしている私たちも、おかげさんで鼻高々、心強いってもんですよ。今日はこうしてお仕えできて、嬉《うれ》しゅうございます。後で皆に自慢してやります」

接待のプロである芸妓《げいぎ》に、うまい酒、選りすぐりの肴《さかな》。一度沈んだ空気はたちまち和やかなものに変わった。酒がまわると、軍人の座敷はたいてい武勇伝の披露が始まるが、このときも例外ではなかった。青島要塞攻撃には全く関わってはいないものの、十年前のロシアとの戦争に従軍した者は多いらしく、赤い顔をしておのれの武勲を自慢し合った。フミはひたすら、笑顔で酌をしてまわることにした。

「さっきからだんまりだな、芙蓉よ。おまえには退屈な話かな」

上座の黒沢中佐に酌をしたときに、からかうように言われた。かかる息が酒臭い。

「とんでもない。強い殿方に守ってもらうのが嫌いな女はおりません。こういう話を聞くと、守って頂けているのだなと思えてとても嬉しいです」

「幼く見えても女だな。しかし、どう見てもせいぜい十四、五にしか見えんが、もう十七だって？」

「ええ、そうです」

「こうして見ると、ずいぶん小さいのだなぁ。半玉の恰好《かっこう》が、実によく似合っている。可愛らしいのう」

黒沢は片眼鏡の下の目を細めた。この五年でフミもだいぶ背は伸びたものの、もともと非常に小柄だったために、同じ年頃の少女と比べるとまだ小さい。顔も小作りで、目が大きいためにあどけなく見えるため、粋《いき》な芸妓よりも、甘く華やかな半玉の恰好がぴったりと合う。しかし、すでに店出しをして二年も経っているのだから、似合っているからよいというものでもない。

「しかし十七と聞くと、ちぃとばかり遅いね。哈爾濱一の舞姫ならば、旦那になりたいと願う者は多いだろうに、どういうことかな？」

黒沢が首を傾げると、男たちは待ってましたとばかりに口を開いた。

「『酔芙蓉』の女将は相当なやり手だと聞いておりますよ。争わせて、金をつり上げようってんでしょう」

「第二のモルガンお雪を狙っているのかもしれませんなぁ。モルガン財閥の御曹司がお雪を落籍いたのは、たしか四万（約一億）でしたか」

「あんな大財閥に匹敵する財産家がこの哈爾濱にいますかね？　さてどのへんであの強欲な女将が手を打つか……やはりベリーエフ卿《きょう》あたりですかな」

「ふうむ、ベリーエフか。彼が旦那なのかね、芙蓉」

東洋趣味のロシアの実業家ミハイル・ベリーエフが、フミに入れあげ、水揚げの権利を買い取ろうと躍起になっている。情報に通じた者ならば、だいたい知っていることだ。しかし、哈爾濱の外から来た者の耳にまで届いているとは思わなかった。

軍はそういうことも熱心に調べるんですか、と皮肉を言いたいのをぐっとこらえ、フミは無邪気に微笑んだ。

「ベリーエフさまは日本文化に理解のある、素敵なお方です。ですが、それは私が決めることではありません」

「女将が反対するわけがない。『酔芙蓉』の女将といえば、日本で芸妓をしていたくせに、日本嫌い、しかも大の軍人嫌いだそうじゃあないか」

黒沢の右斜め前に座っていた痩《や》せぎすの男がせせら笑い、フミを見た。

「もっとも、こちらとしてもわざわざ傅家甸なんぞに足を踏み入れようとは思わないがねえ。美女揃いとは聞くが、いくら顔はよくても、毛むくじゃらなロシア人や支那人を受け入れた股《また》ぐらなんざァぞっとする」

「堀大尉、言葉が過ぎる」

黒沢はさすがにたしなめたが、男の言葉がここにいる者たちの総意だということはフミも知っていた。支那人にばかり媚《こび》を売る非国民。昔から、多かれ少なかれ言われてきたことだ。

哈爾濱在住の有力者たちが、フミの舞を褒めそやしながらも水揚げに二の足を踏むのは、彼女はすでに支那人たちに汚されているという根強い噂があるからだった。日本人やロシア人が経営する女郎屋の多くは、支那人を客として認めていない。以前、千代が言っていたが、外地で稼ぐ女郎にはひとつの鉄則があるそうだ。植民地などで、現地の人間と一度でも寝てしまった女郎は、最も安い値がつく。

フミは女郎ではない。しかし、赤前垂れ時代に舞台で角兵衛獅子《かくべえじし》を披露したことで、辻《つじ》芸人の出であることはすでに知れ渡っているため、女将がどれほど否定しても疑いが晴れることはなかった。フミ自身、実際に生娘ではないという負い目があるので、強く反論もできない。

ただ、タエたちを莫迦《ばか》にされるのは我慢がならなかった。彼女たちにとって、男はみな同じだ。肌の色や話す言葉が違うだけ。やることは同じ。誰にでも同じように接するのが、『酔芙蓉』の女郎の誇りだ。それなのにどうして、男を迎え入れた女だけは、差別されねばならないのか。フミには全く理解できなかった。

「芙蓉よ、女将はともかく、君の意思としてはどうなのかね？　さきほどは我々に守られるのは嬉しいとありがたいことを言ってくれたが、内心はモルガンお雪のようになりたいと願っているのではないかな。なにしろ贅沢三昧《ぜいたくざんまい》だ。女はそのほうが嬉しいのではないかな」

黒沢は、穏やかな微笑をもって尋ねた。

「私はただ、早く一人前になって、おかあさんたちに恩返しをしたいのです。おかあさんは、私のためにそれは苦労なさいましたもの。ですから、旦那《だんな》さまはやさしいお方ならいいなとは思いますけれど、誰がいいかなんて、わかりません」

「ふむ。では私が旦那に名乗りをあげてもいいものか？」

思いがけない言葉に、周囲の軍人たちが目を剝《む》いた。

「中佐、何を」

「よう見れば、かわいい顔をしている。単なる美形よりも、こういうほうが面白い。あと数年経てば、いい女になりそうだ。これだけ言われて、顔色ひとつ変えぬ度胸はたいしたものだ。よい目じゃないか、うん？」

黒沢の指が、フミの顎《あご》をつかんで引き寄せる。

「芙蓉、おまえは外国人の座敷でも大人気だそうじゃあないか。それに北京語にロシア語はぺらぺらだとか」

哈爾濱は、国際都市だ。ロシアだけではなく、英米仏独の西洋列強の大企業も次々進出し、華やぎを見せている。西洋人たちの間での最近の流行《はや》りは芸妓遊びで、黒沢の言う通りフミは日本人より彼らのほうに人気があった。日本人形のように小柄で、とびきり舞が上手《うま》く、そのうえ通訳を介さずに会話が出来る、不思議な少女。彼らは一時、先を争ってフミを座敷に呼びたがった。しかし、流行は衰えるもの。フミの新鮮味は、すでに薄れつつあった。

「ぺらぺらではありませんが、ある程度は」

顎の痛みと、酒くさい息に顔が歪《ゆが》みそうになるのをこらえ、フミは控えめに目を伏せた。

「すばらしい。さすが傅家甸育ちだな。芙蓉、私はベリーエフほど金はないが大事にするぞ。どうだ」

「まァ。さきほども申し上げた通り、強い殿方に守られて嬉しくない女はいませんわ。

でも、哈爾濱にお住まいではないのでしょう？　なかなか会いに来てくださらない旦那さまだなんて、私、寂しいです」

「なに、そのほうが君も気楽に動けてよかろう。どんどん外国人どもの座敷に行ってくれ。援助は惜しまない。なあ、どうだ皆」

軍人たちは、ようやく黒沢の意図に気づいたらしい。熱心な賛同の声があがった。

「そういえば大連にもおりましたなあ。我が軍の苦境を救った女郎が。ロシア語を自在に操り、ロシアの連中もその美貌《びぼう》に骨抜きだったとか」

「中佐のおっしゃるように、たしかにこの娘、あと数年もすれば化けそうですね。ふうむ、さすが黒沢中佐」

まさか私にいきなりスパイもどきのことまでやれってのかと、フミは呆《あき》れた。力が緩んだ指を両手で包みこみ、さりげなく顎から外す。

「嬉しいお言葉、感謝いたします。ですが軍人の旦那さまだけはごめんこうむります」

座敷が凍りつく。冗談半分の申し出であっても、半玉が直接断りをいれるのは、大変な非礼だ。これ芙蓉ちゃん、と芸妓《げいぎ》が慌てて袖《そで》を引くのを手で制し、黒沢は愉快そうに笑う。

「おや、言っておることが矛盾しておらんかね」

「そうでしょうか。強いお人は好きですけれど、軍人さんが旦那になるのは厭《いや》だと言っているのですもの、矛盾しているとは思いません」

「つまり我々の強さは張りぼてだと言いたいのかな?」

「とんでもない。ロシアやドイツを破ったのですから、本当にお強くていらっしゃるんでしょう。私がいやだというのは、軍人さんはすぐにどこかに行ってしまうからです。ただ、そうですねェ……それだけお強いのなら、満洲に止まっていないで、なぜ欧州に乗り込まないのかと不思議に思うことはあります」

フミは、紅い唇の端をにゅうとあげた。

「今は、欧州中で戦争をやっているんでしょう? どの国も荒れに荒れて、秩序のちの字もありません。しかもすぐ決着がつくかと思いきや、どうも長期戦になりそうだって言うじゃないですか。神国日本の無敵軍が出かけて、ちゃっちゃと片づければ、丸く収まります。そうすれば、ここももっと賑《にぎ》やかに、平和になりますもの」

今年の夏、オーストリアの皇太子夫妻が暗殺された事件をきっかけに、欧州中を巻きこんだ大戦争。日本は英国との同盟に従い、連合国側に与《くみ》したが、彼らの要請を受けて実際に行動した軍事行動といえば、英国軍と共同でドイツの青島要塞《ようさい》を攻め落としたぐらいだ。

「青島だって、英海軍が自分たちだけじゃ無理だからってんで、日本陸軍と海軍の力を借りたんでしょう。それに欧州戦線じゃ、主役はやっぱり陸軍ですもの。敵国のドイツ陸軍はとても強いと聞いています。英国のおにいさんは、自分ンとこの海軍は自慢だが陸軍は今ひとつって零《こぼ》してましたし、フランスのおにいさんは、強かったのはナポレオンの頃だけだって嘆いておりました。だったら、あの化け物じみたロシア軍に勝った日《ひ》出《い》ずる国の力を借りたいと思うのは、当然じゃあございませんか」

ぽんぽんと言葉を紡ぐ小さな半玉を、軍人たちは目を丸くして見つめた。

「日本が世界のまんまんなかに躍り出れば、大陸はずっと平和。そういうことじゃございませんか？　それから旦那になっていただければ、私も心ゆくまでお仕えできます。そうしたら、すぐにどこかに行ったりしないでしょう？」

フミの笑顔も口調も、どこまでも無邪気なものだった。黒沢は頭をふり、愉快そうに喉《のど》を震わせる。

「たいした妓《こ》じゃあないか。こりゃ末恐ろしい」

「あらいやだ。私、喋《しゃべ》りすぎました。ご無礼を」

フミはしおらしく目を伏せる。目許《めもと》に力をいれて、ほんのり赤く染めてみせる。

「旦那さま、この娘、お喋りが大好きなんですのよ。まァ私たちも、この時分にはそうでしたけれどねェ。どうかお許しあそばして」

芸妓の勝世がすかさず、とりなすように言った。

「いやいや許すもなにも、面白い話をきかせてもらった」

「まあ、さすがに心が広くておいでですわ。芙蓉、よかったわねェ。でも旦那さま、この娘の面白さが一番わかるのは、やはり舞ですよ」

「おお、そうそう。愛らしい唇から飛び出す言葉も愉快だが、やはり芙蓉の花は見て愛《め》でるもの。そろそろ、舞ってもらおうか」

「はい、喜んで」

フミは微笑み、視線で勝世に礼を言った。勝世は軽く頷《うなず》いてみせたが、明らかに怒っていた。

こりゃ後でこってり絞られるなァ。フミは口の中でこっそりため息を嚙《か》み殺し、舞の準備にとりかかった。


「ああ、やっちまった」

フミは頭を抱え、もう何度目かわからぬため息をついた。

座敷がお開きになり、『酔芙蓉』に帰ってきたのは、午前一時。首尾を訊《き》きたがる女将を煙《けむ》に巻き、フミは足早に自室に戻ると、着物を脱ぎ捨て襦袢《じゅばん》一枚になり、ばったりと畳の上に倒れこんだ。

どう考えても、余計なことを言い過ぎた。襦袢の袖をめくると、腕に赤い跡がついている。座敷の後で、勝世に抓《つね》られたものだ。しょうがない。明らかに、今日は出過ぎた。屏風《びょうぶ》の前でフミが舞い始めた途端、うるさい軍人たちもぴたりとお喋りをやめ、食い入るように見入った。舞の後では彼らの居丈高な態度はなりをひそめていたし、そうなることはだいたい予想がついていた。

何を言われたって、私には舞がある。舞を見れば、そこだけは認めてくれる。自信はあったはずだ。ひたすら稽古《けいこ》に打ち込み、これだけはまがいものではないと胸をはって言えるものがやっとできたはずなのに。なぜむきになって、あんなことをまくしたててしまったのか。

「おフミちゃん」

襖《ふすま》が開き、洋風の襦袢にショールを羽織ったタエが現れる。フミは畳に寝っ転がったまま顔だけあげて、タエが手にした徳利と杯を見て笑った。

「岡本さんはどうしたの？」

「高いびき。あの人、一度寝たらもう朝まで起きないから。深酒してたしね」

フミが出した座布団に、タエは当然のように座った。彼女は時々こうして抜け出して、フミの部屋にやってくる。二階にあるタエの本部屋から、女将《おかみ》の部屋に近いここまでは距離がある。誰にも見とがめられずに来られるはずはないから、男衆《おとこし》たちにも黙認されているのだろう。タエは女郎としては優等生で、問題らしい問題を起こしたことがない。これが唯一の息抜きだった。

「はぁ、疲れた。歳をとったなぁ、と思うわ」

「何言ってんの、齢《よわい》十八のお職様が。牡丹ねえさんに殺されちまうよ」

水揚げされて五年で、タエは『酔芙蓉』の二番手にのぼりつめた。それまでお職だった千代は、二年前に体を壊して以来調子が悪く、美しかった顔も急激に老けこみ、今はマサにその地位を奪われている。

しかし、マサがお職部屋にいられるのも長くはないとフミは見ていた。マサは華やかな容貌《ようぼう》と一本気な性格で客に愛されてはいたが、金にがめつく気短なところがあり、長いつきあいの客と派手な喧嘩《けんか》をして別れてしまうことが、ままあった。

その点おっとりしているタエは、まず客を怒らせることはない。ここ一、二年は急激に艶《つや》っぽさを増し、フミでもときどき見とれるほどだ。恋でもしているのじゃないかとフミは見ているが、タエは「そんな人はいないよ」と笑うばかりだった。

「まだお職じゃないよ。それに、十八でこんなに体の節々が痛くて、ずっとだるいなんて。おフミちゃんは昔よりずっと軽やかで、元気そうなのに、私はどんどん鉛みたいに重くなっていく」

タエは徳利を両手でもち、フミに渡した杯に燗酒《かんざけ》を注いだ。なにげない仕草も色っぽい。こんなふうにやればいいのか、とフミがじっと見つめていると、その視線を咎《とが》めているととったのか、タエは項垂《うなだ》れた。

「ごめんなさい。おフミちゃんのほうが楽だと言ってるわけじゃないのよ。おフミちゃんが今日までどれほど苦労してきたか、よく知っているもの。こう言っちゃなんだけど、私、芸妓にならなくてよかったって思っちゃった。朝早くから稽古に行って夜遅くにやっと帰ってきたと思ったら、必ず生傷が増えてるし」

「ああ、今日もあるよ」

フミが袖をめくって見せると、タエは目を丸くした。

「ほんとだ。最近なかったのにね。どうしたの」

「ちょっと調子にのっちゃって。また喋りすぎた」

「厭な客だったの？」

「俺が旦那《だんな》になってやるから外国人の座敷にどんどん行けって言われて、理性がふっとんじゃった。スパイ扱いとか冗談じゃないよ。人にやらせるぐらいなら、自分たちが欧州の戦場ど真ん中に行ってこいってんだ。朝鮮だの青島だのみみっちく掠《かす》めとってばっかりで、でかい口叩《たた》くなってての」

　フミは乱暴な口調で吐き捨て、お猪口《ちょこ》の中を一気に呷《あお》った。タエは口に手をあて、

「腹黒いわァ」とくすくすと笑う。

「プリスタンの日本人に莫迦《ばか》にされるのは今に始まったことじゃないからいいけどさ、軍が支那でコソコソやってるせいで、傅家甸の皆にまで白い目で見られちまって、厭になる。伊藤公が殺されたときに、安重根をくそみそに罵《ののし》っていたおナツさんの気持ちが、今になってしみじみわかるわ」

「うちも傅家甸のお客はちょっと減ったわねぇ。でもほら、近所の人たちは、昔と変わらずやさしくしてくれるじゃない。小琳なんか、おフミちゃんに夢中だし。おフミちゃんのいる時間を見計らって、商品を届けてくれるものね」

　からかうように笑うタエの杯に、今度はフミが酒を注ぐ。タエの真似をしてみたが、何かが違う。おまえは舞はうまいけど酌はだめだね、酌がまともにできない半玉なんて

使えないよ。百回は聞いた小言が頭に甦《よみがえ》り、フミは落ちこんだ。

「私の顔を見るといつも小言ばっかり言うわよ。日本髪が似合わないとか、桃色の着物はやめろとか。半玉なんだからしょうがないってのに」

「おフミちゃんがどんどん遠くなっていくみたいで、寂しいのよ。外で何があろうと、結局は心と心の問題だもの。簡単に態度を変える人は、それまでの関係っていうことよ」

「どうかな。小琳たちだって、いつまで私たちの味方でいてくれるかわからないよ。青島の勝利で調子づいた軍部が、これ幸いとあのへんをぶんどっちまってさ。袁世凱は返せって喚《わめ》いてるみたいだけど、どうせ聞きゃあしないでしょ。本格的にドイツの権益を日本が継承なんてことになったら、またこの店への風当たりが強くなりかねない」

タエは優雅に杯の中を飲み干し、とろんとした目でフミを見た。

「おフミちゃんはすごいねえ」

「何が」

「私は外で何が起きてるのかなんて、全然わからないもの。青島だって、どこにあるのかよくわからないわ。欧州の戦争なんか別世界の話だし、この支那だって、皇帝が退位したことすらおフミちゃんに聞くまで知らなかった」

三年前に起きた辛亥《しんがい》革命で清《しん》王朝は倒れ、中華民国が成立した。しかし、歴史的な大事件に違いないこの革命は、この傅家甸ではさして話題にものぼらなかった。頭がすげ替わって、下の生活が変わるわけではない。ましてや、末端のさらに隅にある『酔芙蓉』の中には、小鳥のはばたきほどの風も起こらなかった。だからタエは何も知らない。どんなそれはタエのせいではない。彼女は、フミとは違い、外に出ることができない。どんなに望んでも、できないのだ。

「お座敷にいると、いろんなお客のいろんな話が耳に入るからさ。それだけだよ。よけいなことだよね」

「よけいじゃない。私はおフミちゃんの話を聞くのが大好き」

腕のあたりにやんわりとしたぬくもりを感じた。いつのまにか、タエが凭《もた》れかかっている。

「お客さんはみんな、外からいろんなものをもってきてくれるけど、そういうことは私の前では話してくれないの。だから私はおフミちゃんが話してくれるのが嬉《うれ》しい。新聞は、難しい漢字がたくさんあって、やっぱりおフミちゃんみたいにすらすら読めないし。だからね、おフミちゃんとこうして話しているときは、外と繋《つな》がっているって思えるの」

タエは目を閉じ、口元を幸せそうに緩ませて言った。微笑みと、寄りかかるぬくもりに、心臓がキュウと絞られる。

フミは時々、タエほど賢い人間はいないのではないかと思う。フミはいつだって、あらゆることを知って、身につけようとした。稽古は誰より熱心にこなしたし、座敷では常にどんな話も聞き漏らすまいと耳をそばだてていた。それは全て、自分を守るためだ。フミが立っている場所はいつもあまりに危うい。芸妓でありながら日本人ではなく、傳家甸に住んでいながら支那人ではない。どこでもないところに生きるフミは、たしかにここにある世界を渡っていくために、人並みはずれた特技や、正確な情報といった武器が必要だと信じた。

ひきかえタエは、いつも同じ場所にいる。フミより閉じた世界に住んでいるはずなのに、フミが闇雲に手を伸ばしている間に見落としてしまうものを、いつも見ている。本物の太陽。誰の目にも映らない、だけどきっとどこかにあるもの。それをタエの細くやさしい目は、いつも見ているような気がしてならない。

俺たちが見るものは、いつも少しずつ正しくて、少しずつ間違っている。そういうもんだ。そう言ってフミの頭を撫《な》でてくれた人のことを、思い出す。

手を繋いで、スンガリーから生まれる巨大な太陽を見た。もう五年。目を閉じても、あの壮大な落日と夜明けは今でも鮮やかに思い出せる。しかしやはり五年は遠すぎる。あんなに大好きだと思った彼の顔が、あやふやだ。それでも言葉は覚えている。ぬくもりは覚えている。

フミは瞼《まぶた》を開き、自分に寄り添っているタエの顔を見た。フミの手をしっかりと握り、震えてこの店にやってきたあの小さな子供はもうどこにもいない。極寒の地に渡った桜の若木は、今や堂々と鮮やかな八重の花を咲かせている。

「おタエちゃん、綺麗《きれい》になったよね。やっぱり好きな人、いるんでしょう？」

フミの囁《ささや》きに、タエは目を閉じたまま「いないよ」と笑った。

「嘘。隠さないでよ。私たちの間で内緒のことはなしって約束したじゃない」

「だって本当にいないんだもの。どのお客さんも、同じように好き。だけど、ここに来る前に好きだった子と同じように好きになった人は、一人もいない。おフミちゃんは今も山村さん一筋？」

「もう五年も前のことだもの。迎えに来ないどころか、文ひとつ寄越さないし。顔だってもうあんまり覚えてない」

自然と恨みがましい口調になる。タエは目を開けて体を離し、フミの顔を見た。

「今でもおフミちゃんは、山村さんがすごく好きなのね」

「そんなことないって。たまに思い出すぐらいだよ」

「隠さなくてもいいのに。いつか迎えに来るって約束したんでしょう。早く来てくれたらいいね。おフミちゃんがこんなに困ってるんだもん、山村さんが水揚げしてくれればいいいんだよ」

「おタエちゃん、酔ってきたね。そんなの無理に決まってるでしょ。……あ、ちょっと、ここで寝ないでよ！」

畳に寝転がったタエを、フミは慌てて引っ張った。

「うーん……ちょっとだけ」

「そう言って前、なかなか起きなかったじゃない。寝るなら岡本さんの隣で寝てくれないと！　私も怒られるでしょ」

「昔はよく一緒に怒られたじゃない」

「赤前垂れの頃でしょ。どれだけ昔よ。ほらいいから起きて」

むりやり起こして、立ち上がらせる。タエはふにゃふにゃと、仕方なさそうに徳利をもって襖《ふすま》のむこうに消えた。ひとりになったフミは、いそいそと布団を敷いた。さすがにもう寝ておかないと、明日の稽古《けいこ》が辛《つら》い。化粧を落とした肌がかさつくので、コールドクリームをたっぷり塗りつけ、布団にもぐりこむ。いつもならばすぐにうとうとし始めるのに、今日は目が冴《さ》えてなかなか寝付けなかった。

「山村さんが水揚げしてくれればいいんだよ」

半分寝ぼけていたタエの言葉が、頭をぐるぐる回っている。

「甘いよ」

苦い笑いがこみあげる。甘い。タエも、自分も。そんなことはありえないとわかっている。それでも、どこかで願っていた。

昔、二度も助けてくれた。そんなふうに出会った。だから、次もきっとある。なかなか旦那《だんな》が決まらないのだって、きっと不思議な力が働いて、山村が現れるのを待っているからだ。八方ふさがりの状況に、莫迦《ばか》げた理由をこじつけて、夢見ることをやめられない。きっと来てくれる。あの人は約束を忘れない。

「山村さん、私、芙蓉になったよ」フミはつぶやいた。「まだ蕾《つぼみ》だけど、山村さんに一番最初に見てほしいな。きれいに咲いたところを」

誰にも聞かせられない、ひそかな願い。フミが稽古に打ちこみ、知ることに貪欲《どんよく》なのは、自分とこの『酔芙蓉』を守るため。そして、もうひとつ。山村に、この女は役にたつと思ってもらいたいからだ。

黒沢に同じようなことを言われたときはただ腹が立ったけれど、山村になら、利用されたってかまわない。本物を見たいというのなら、一緒に見たい。

「だから、早く来て。私が、諦《あきら》めてしまわないうちに」

フミは目を閉じた。睫毛《まつげ》が震え、ひとすじの涙が零《こぼ》れる。夢でもいい。また会いたい。心の臓にはいまだに、白い蛇が噛《か》みついた跡がある。こんな夜には、ひときわ痛む。

2

水揚げがとうとう決まった。

フミの告白を聞いて、ベリーエフは酌をしてもらったばかりの杯を取り落としそうになった。

「まさか、このあいだ言っていた黒沢って奴かい?」

「いいえ。黒沢中佐から女将《おかみ》さんに申し出はありましたが、それは断りました」

杯から零れた酒は、ベリーエフの服を濡《ぬ》らした。フミはすかさず手ぬぐいで拭《ふ》き、口を尖《とが》らせる。まったく、ずいぶんなめられたものだと思う。売れ残りの半玉ならば、そんな条件でも喜んで受け入れると考えたのだろうか、あの片眼鏡は。

「でも彼はまた座敷に君を呼んだんだろう？　気に入ったってことじゃないか」

「それだけですよ。普通にお酌して舞って終わりです」

「それじゃ水揚げは誰なんだい。結局、岡本になったのか？」

「ええ」

フミはため息を隠すことも忘れて頷《うなず》いた。他に候補が見つからなかった場合には、岡本に頼むことになると、前々から女将に言われていた。結局、これが最終手段というわけだ。我ながら情けない。

「でも彼は、フミの親友の馴染《なじ》みじゃないか！」

「だから、それだけは避けたいって話だったんですけどね。結局、地位も財力もあって、プリスタンの花街にも顔がきく日本人で引き受けてくれそうなのって、岡本さんしかいないんです。岡本さんも、おタエちゃんに悪いからって相当渋ったんですけど……」

もっとも当のタエは、「あらいいんじゃないの？」とあっさりしたもので、いささか岡本がかわいそうになった。しかし、さらに気の毒なのは、ベリーエフだ。彼は、今年の春にフミを知った時からずっと、女将に水揚げを申し出てきたのだから。

「そうか。それでも、僕よりはマシってことなんだね」

見るも哀れなほど、ベリーエフは沈んでいた。裕福なユダヤ系銀行家の次男として、サンクト・ペテルブルクの豪奢《ごうしゃ》な邸宅に生まれた彼は、二十六で独立し、鉄工業の会社を興したという。東清鉄道と契約した彼は、四十を目前とした今、すでに哈爾濱で五本の指に入る大実業家として名を馳《は》せていた。

大柄で、顔立ちもいかついが、優秀な実業家らしく人当たりはよく、常に柔和な笑みを絶やさない。一度、『酔芙蓉』に挨拶《あいさつ》に来たこともあるが、人を見るプロである芳子も、「ありゃたいした人だねェ」と感心していたぐらいだった。フミは、親しみをこめて、くまさんと呼んでいる。そうするとベリーエフが喜ぶからだ。

「本当にごめんなさい。私も、くまさんのほうがずっとよかった。おかあさんもね、できればそうしたいって思っていたみたいなんですけど……」

フミは袂《たもと》で顔を覆う。半分は演技だが、言っていることは嘘ではない。条件を考えれば、全てベリーエフが上だ。なにより彼は、フミを溺愛《できあい》している。東洋の舞踊人形を愛《め》でている感覚だろうが、芸妓とはそういうものだし、ベリーエフがとてもやさしく、紳士的であることは事実だ。だいぶ寂しくなった頭髪も、緑がかった茶色の瞳《ひとみ》も、舞を見るたびに涙ぐむ繊細さも、フミは大好きだった。

旦那となる条件において、彼が岡本に劣るとすれば、日本人ではないというただそれだけだった。しかしその一点が、とてつもなく重い。

「水揚げが終わった後でなら、くまさんと何をしてもかまわない。だけど、今は駄目だ。最初が肝心なんだからね」

芳子は口を酸っぱくしてフミに言い聞かせたものだった。ずっと『酔芙蓉』の中で過ごす女郎ならばともかく、あらゆる座敷に顔を出し、芸を売る芸妓の最初の男が、日本人ではないというのは、さすがにまずい。

いくら哈爾濱が国際都市で、フミが型破りな芸妓とはいえ、そこまで前例を破るのはいかがなものか。日本人に全く見向きもされず、外国人専用のコンパニオンとなってしまったら、この地であえて芸妓を名乗る意味がなくなってしまう。なにしろフミは、この地では芸はいらぬという主義を曲げてまで芳子が育てた半玉だ。名前にまで、店の名をつけている。失敗は許されない。

「芸妓の世界じゃあ、とても大きな問題だってことはわかるよ」

ベリーエフは杯を卓上に戻すと、あぐらをかいた脚をたたいた。フミはためらいなく膝《ひざ》に乗る。ベリーエフの膝の上は、フミのお気に入りの場所だった。幼い頃、父は機嫌のよい時に、こうしてフミを甘えさせてくれたことを思い出す。

「ああ、だけどやっぱり悔しいよ。芙蓉、何度も言っているけれど、僕が水揚げしてそのまま君を落籍《ひか》してしまえば済むことじゃあないのかな？」

「くまさん、お言葉はとても嬉《うれ》しいです。でも、私は芸妓としてもっともっと成長したいし、おタエちゃんより先にこの世界から身を退《ひ》くわけにいかないんです」

「そうだね。うん、わかっているよ。すまないね、由ないことを言った」

ベリーエフは深いため息をついた。彼はやさしい。花街の独自の決まりごとにも理解を示し、フミのややこしい誇りも尊重する。決して我を押しつけたりはしない。それは彼の気質というよりも、むしろ実業家としての彼の有能さを物語るものであるとフミは感じていた。

「岡本さんとは、水揚げの一回こっきりだと思います。水揚げなんて、そんなものなんですよ。ただの形式ですから。祇園《ぎおん》なんかじゃあ、水揚げ専門の旦那がいるそうですし」

「だけどやっぱりいやだよ！　岡本さんに恨みはないけど、今度どこかで顔を合わせたら、斬りつけてしまいそうだ」

不穏な言葉に、フミはおおげさに怯《おび》えてみせた。

「怖いわァ。くまさんの居合いの腕じゃ、洒落《しゃれ》になりませんよ」

以前、座敷で居合いを見せてくれたことがある。なかなか本格的で、他の芸妓たちからも感嘆の声があがっていた。

「でも最近はなかなか練習ができなくてね。ああそうそう、この間、とてもいい日本刀を手に入れたんだよ。商用でサンクト・ペテルブルクに戻っていたときにね、知り合った日本人が……」

急にベリーエフは口を噤《つぐ》んだ。そのまま眉間《みけん》に皺《しわ》を寄せてなにやら考えこんでいたと思ったら、「うん、そうか。そうだよね」とひとり頷き、笑顔になった。

「芙蓉、水揚げの日取りはいつだい？」

「まだ正確な日取りはわかりません。でも岡本さんが大連に出張で、十日は戻ってこられないっていうから、その後になるかと思います。年内は確定ですけど」

「十日か。うん、それなら間に合うな」

「くまさん、なんの話?」

「いや、なんでもないんだ。こっちの話だよ。さあ芙蓉、今日も素敵な舞を見せてくれないか。僕の傷心を慰めておくれ」

ベリーエフはフミの頬にキスを贈り、立ち上がらせた。

「ご所望の曲はございますか」

「『黒髪』がいいな」

「はい。では地方《じかた》さんを呼んでまいります」

フミはしとやかに手をつき、ベリーエフの前から一度姿を消した。

「黒髪かぁ」

襖《ふすま》を閉じ、フミは小声でつぶやいた。この地では関係ないが、祇園では、「黒髪」は、舞妓《まいこ》が舞うのは禁じられているという。舞うことができるのは芸妓と、先笄《さっこう》姿の舞妓だけ。先笄は、舞妓の最後の姿。芸妓になる直前の数週間、最も華やかで複雑な先笄という髪型に結う。子供から、大人へ。その時期に来てはじめて許される、恋にやつれた女の切なさを詠《うた》いあげた曲だ。

祇園にも何度か足を運んだというベリーエフならば、知った上で言ったのかもしれない。フミは今まで、座敷で何度か「黒髪」を舞ったことがあるが、ベリーエフには一度も望まれたことがなかったのだから。彼の胸中を思うと、複雑だった。

ベリーエフと逢《あ》って五日後のことだった。夕方五時を回り、『酔芙蓉』の店内も慌ただしくなってきた頃、男衆《おとこし》の一人が、眉《まゆ》を描いていたフミのもとにやってきた。

「芙蓉、花が入った。九時からだ」

「あらほんと。日本人？」

鏡を覗《のぞ》きこんだまま、フミは顔を動かさぬよう気をつけて言った。いまだに気を抜くと、眉が妙に男らしくなってしまう。気合いのいれどころだ。

「ああ。今度こそ頑張れよ」

「だってもう岡本さんに決まったもの、今さらねぇ」

「あれはとりあえずのものだから。洋車《ヤンチョ》を呼んだから、さっさと支度しな」

適当に返事をし、フミは手で紅を差した。簪《かんざし》や襟元をなおし、外に出る。零下二十度の外気の中、洋車で走るのは非常に辛《つら》いが、倍以上の金がかかる馬車は、一人前の芸妓《げいぎ》になってからでなければ許されない。顔を真っ赤にしてお茶屋に着くと、顔なじみの女将《おかみ》がすぐに座敷に案内してくれた。

「失礼いたします。芙蓉さん、参りました」

女将が膝をついて声をかけると、襖のむこうで「ああ」と短い応《いら》えがあった。若い声だ。女将の手が、襖をするすると開ける。

「お待たせいたしました。芙蓉でございます。本日はお呼びいただきましてありがとうございます」

いつものように手をつき挨拶をし、顔をあげたフミは目を剝《む》いた。声で想像したよりもさらに若い男が座っていた。二十代前半から半ばといったところだ。それも驚きだったが、フミを戸惑わせたのは、部屋の中に他の芸妓の姿がないことだった。

「君が『酔芙蓉』の芙蓉か」

「はい」

「近くに。顔をよく見せてくれたまえ」

居丈高な物言いだった。フミは女将に続いて座敷に入り、改めて客の近くに腰を下ろそうとしたところ、「立ったままで」と声をかけられた。フミは面食らったが、素直に足を止めた。遠慮のない視線とぶつかり、フミは反射的に微笑んだ。立って客を見下ろすという状況は、座敷ではあまりない。

男はにこりともせずに、フミをじっと見ていた。顔だけではなく、全身をくまなく観察する目だ。今までにもぶしつけな客はいたが、挨拶もそこそこにここまでやる者も珍しい。しかし腹をたてる余裕もない。なぜ自分ひとりしかいないのだろう。助けを求めるように女将を見ても、意味深な笑顔が返ってくるだけだった。

フミは混乱し、自分をわざわざ指名した男に目を向けた。改めてこうして見ると、ずいぶんと整った顔立ちをしている。ひと目で上質とわかる焦げ茶色の三つ揃えと、うしろになでつけた短い黒髪がなければ、女性と言われても一瞬信じてしまいそうな、繊細な顔立ちをしていた。フミを観察する表情もまちがいなく尊大なのに、それが妙に似合っている。

「すまなかったな。もういいぞ。座ってくれ」

男はそっけなく言った。視線の呪縛《じゅばく》がとけて、フミはほっと息をつく。そして、気がついた。噂を聞きつけてフミを呼んだ初見の客の顔に浮かぶ失望の色が、この男の目にはなかったことを。

「三味線をお呼びになりますか。控えておりますけれど」

「いや、今はいい。私が呼んだら、地方に来るよう言ってくれ。それまでは、芙蓉と二人にしてほしい」

女将は頭を下げ、すぐに襖の向こうに消えた。襖を閉める瞬間フミを見て、「うまくやんなさいよ」と言いたげに笑った。

「君、酌を」

促されて、フミは自分が立ちつくしていたことを知った。

「あ、はい。失礼いたしました」

慌てて隣に座り、酌をする。客に言われるまでぼうっと突っ立っているなんて、大変な失態だ。落ち着け、落ち着け。フミは自分に言い聞かせた。

「おにいさん、こちらにおいでになるのは初めてですよね？　哈爾濱にはいつから？」

間近で見ると、なめらかに見えた肌はやや荒れており、女性とは違う硬い質感があった。それでも生まれた時からよいものだけを食べてきたのだろうと思わせるような、独特の艶《つや》がある。

「十日前だ。座敷遊びはほとんどしたことがない。無礼があったらすまない」

謝っているとは思えない、堂々とした態度だった。学生のうちから芸妓遊びに身をやつすドラ息子、というわけではないらしい。物言いは尊大でも、よくよく観察すれば、場慣れしていない若者らしい緊張がかいま見える。おかげで、フミの体と心を覆っていた妙な塊も解けた。

「座敷で無礼なことなんてありませんよ。おにいさんが主役なんですから、好きにくつろいでくださったらいいんです」

「そうか。ではさっそくで申し訳ないが、その呼び方をやめてくれないか。妹以外にそう呼ばれると虫酸が走る。黒谷と呼んでくれ」

「妹さまがいらっしゃるのですね。わかりました。黒谷さまの妹さまなら、さぞかしお美しいでしょうね。こちらにいらっしゃるんですか？」

「いいや。日本にいる。もうずっと会っていないが」

「あら、それはお寂しいですねえ。哈爾濱にいらしたのが十日前ということは、その前はサンクト・ペテルブルクあたりにいらっしゃったのかしら」

黒谷は少し驚いたように目を瞠《みは》った。

「なぜわかる」

「だって日本においでの妹さまとずっと会ってらっしゃらないのでしょう。それに黒谷さま、とびきり垢抜《あかぬ》けてらっしゃいますもの。洋行帰りとひと目でわかります。でも、パリやロンドンからの帰りなら海路でしょうから、ロシアの帝都あたりが妥当かと」

「たしかに、ここに来る前は、ひと月ほどサンクト・ペテルブルクにいた。その前は二年、欧州にいた。行く時は海路だったな」

「まあ、二年も。お仕事で？」

「いや。留学だ」

「そうですよね、こんなにお若いんですもの。どちらの街に？」

「いろいろなところに行ったが、一番長くいたのはパリだ。君は、西洋人に人気のある芸妓だと聞いたが、行ったことはないのか」

「ええ。五年前に哈爾濱に来てからずっとここです。いろんな国のお方にお会いできてそれは楽しいですけれど、欧州にも憧《あこが》れますね」

「この街自体が、ロシア人の西洋への憧れの具現だ」

黒谷の口元に、皮肉な笑いが閃《ひらめ》いて、すぐに消えた。

「まだ二十年たらずの、新しい街ですからねェ。やっぱり本物をご覧になったお方からすれば、物足りないところもございましょうね。黒谷さま、洋行のお話、聞かせてくださいませんか」

「君の贔屓筋《ひいきすじ》から、そんな話は聞き飽きているんじゃないか？」

「いいえ。皆さん、逆に芸妓や女郎の生活や、日本のことを聞きたがりますから。私が伺う機会はなかなかないんですよ。どちらの港に入ったんです？」

「マルセイユだ。賑《にぎ》やかだったたな、あそこは」

黒谷は酒を片手に、語りはじめた。最初はぽつ、ぽつ、という程度だったが、次第に口調はなめらかになり、青白かった頬にもうっすらと赤みがさす。フミは興味深げに相《あい》槌《づち》を打ち、次々と先をねだり、新たな話を引き出した。その巧みさは、この道何十年の芸妓にもひけをとらない。姉芸妓の座敷を間近で見て学んできたことも大きいが、何よりもフミの知識欲が相手を引きこむ。熱意は、相手に伝わる。いかにも世慣れぬ、口べたそうな青年は、淡々とではあるが、尋ねられるままに過去を語った。

黒谷はもともと帝大でフランス文学を学んでいたが、現地の空気を知らずに文学など語れないという気持ちを抑えられなくなり、欧州遊学の旅に出たという。家のことは一切話さなかったが、この時代に国費留学でもなくそんなことがやすやすと許されるあたり、相当な坊ちゃん育ちだと推測された。マルセイユ経由でパリに入った黒谷は、カルチェ・ラタンに下宿し、ソルボンヌの学生たちと親しくなって日々議論に明け暮れ、憧れの文学者や芸術家とも親しくなり、それは有意義な日々を送ったという。また毎日のようにオペラ座や劇場に足を運び、オペラや演劇、そしてバレエを浴びるように観たそうだ。信じられないほど贅沢《ぜいたく》な日々だ。欧州の豪奢《ごうしゃ》で優美な空気がしみこんだ、美しい黒谷の姿を見ていると、世の中は不公平だと思わずにいられない。貧しさのあまり故郷を捨てた『酔芙蓉』の女郎たちのような人間がひしめく一方、好きなことだけをして過ごすことが許される人間もいる。

「この哈爾濱にもオペラ座やバレエ劇場はあるね。芙蓉、君は行ったことがあるかい」

尋ねる声は、最初よりずっと柔らかくなっている。好きなことを語るとき、一番いい顔をするのは、誰でも同じだ。

「いいえ、残念ながら」

「今度ぜひ見に行くべきだ。バレエは素晴らしい。君は舞の名手なのだろう？　ならば必ず見なければ。きっと世界が広がるだろう」

「本当ですか？　では黒谷さま、ぜひ一度連れて行ってくださいませ」

胸の前で手を組んだフミは、目を輝かせてねだった。以前、鉄道倶楽部《くらぶ》の催しもので角兵衛獅子《かくべえじし》をやったときにはバレエは見られず、残念な思いをした。そのときに見た京劇が素晴らしかっただけに、いつかはバレエもと切望していたが、この五年というもの自分の時間がほとんどない。

「いいとも。大陸の果ての新しい街だからどうかと思いつつ先日行ってみたが、なかなかどうして、たいしたものだ。君にも勉強になるだろう」

「ありがとうございます！　嬉《うれ》しい。見てみたいとずっと思っていたんです」

「バレエは素晴らしい。鍛え上げられた肉体と究極まで研ぎ澄まされた感性だけが表現できる、天上の芸術だ。人は重力に引きずられるからこそあらゆるものが淀《よど》み、心身に贅肉《ぜいにく》がついて醜くなっていく一方だが、重力から解放され天上を目指すバレエの中にあっては、嫉妬《しっと》や憎悪ですらも美しい。だからこそ胸を刺す。肉体を使って表現していながら、肉体の汚らわしさから解放された世界が、バレエなんだ」

バレエの話題になった途端、彼の表情は一変した。目が潤み、口調が早くなる。よほど好きなのだろう。彼の熱意が伝わってきて、一度も目にしたことのない世界が、フミの脳裏に鮮やかにひろがった。天上に憧れるように、高く高く、伸びる四肢。その感覚は、角兵衛獅子と、少し似ているかもしれない。

フミは、優美な座敷舞も好きだ。しかし、黒谷が言うように、ときおり重力に引きずられそうになることもある。腰を落とし、抑えた動きで人間の情感を表現するのはとても美しいし楽しいけれど、哀しみにのめりこんでそのまま沈んでしまうこともある。その反動で時折、昔よくやったように、空を目指してとびたくなるのだ。

キタイスカヤで見る若いロシアの娘たちの中には、ときどき、この世のものとは思えぬほど美しい者もいる。雪白の肌に、晴れ渡った空の色の瞳《ひとみ》、太陽の光を集めた髪に、ほっそりとした肢体。彼女たちが幾重にもレエスを重ねた純白の衣装を纏《まと》い、舞台高く飛翔《ひしょう》する様は、天女のように見えることだろう。

「西洋の人は、いつも空に憧れるんですね」

「空？」

「バレエも、それから建物も。いつだって天を目指しております。内地にも高いお城はありますし、高く跳ぶ軽業もたくさんあるけれど、それとは少し違う気がします。もっと胸が痛くなるほど憧れて憧れて、絶対に届かないってわかっているのに、それでも手を伸ばすのをやめられないような切なさを感じます」

胸に手を当て、ここから見えない空に目を向けるフミにつられ、黒谷も上を向いた。

「ああ。そうかもしれない。神の概念が違うからだろうな」

「こちらの方たちにとっては、神はとても慈悲深いけれど、とても遠く高いところにいるのですってね。慈悲深いのに遠いっていうのが、よくわからないですけど。でもよくわからないからこそ、神なのかしら。私は最初、神様ってネギ坊主のことだと思っていたんですけど」

「ネギ坊主？　どうして」

「ロシアの教会って、上にネギ坊主があるでしょう。ロシアは寒いから食べ物が足りなくなって、そういうときに神様はネギで飢えを救ってくれるのかと。ロシアの特産なのかなと思ったんです」

黒谷は噴き出した。

「ずいぶん愉快な発想だな、それは。ベリーエフが言ったとおりだ。次に何を言うか、予測がつかない」

「ああ、黒谷さまはベリーエフさまのご友人でいらっしゃいましたか」フミは、あ、と手をたたいた。「ひょっとして、先日サンクト・ペテルブルクで知り合った日本人のお友達って、黒谷さまですか？　日本刀をくれたっていう」

「そんな話までしたのか。そう、ベルリンに滞在していたころ親しくしていた友人が、ベリーエフと面識があってね。大変な日本贔屓《びいき》だというから、紹介されたんだ。会ってみて驚いたよ。私よりよほど日本文化に詳しい」

「本当によくご存じですよねえ」

「よく説教をされたよ。日本人は最近、西洋にばかり目を向けて足下を見ていないってね。これじゃいつか足下を掬《すく》われると」

「ベリーエフさまらしい言い回しですこと」

「とくに私は、その最たるものだそうだ。実に嘆かわしいと罵《ののし》られたがね。そういうベリーエフは、バレエやオペラなど表層の美だけ追求して魂など欠片《かけら》もないと、こうだ。そっちのほうが嘆かわしい」

なるほど、西洋かぶれと日本かぶれの対決か。フミは袂《たもと》で口を隠して笑った。

「お二人がお話ししているところ、一度聞いてみたいですわ。とっても楽しそう。黒谷さまは、日本が恋しくなったりはなさらないの？」

「いや、全く。だから往生際悪く、この哈爾濱でぐずぐずしているんだ」

「あら。てっきり日本に触れたくなって、お座敷に来てくださったんだと思っていましたのに」

「ベリーエフに、君の舞を一度は見ておくべきだと言われてね。バレエなんて足下にも及ばないと言われたら、見にくるしかないだろう」

「くまさんもずいぶん大きく出たこと。でも、事実かもしれませんよ」

黒谷の唇が歪《ゆが》む。鼻で嗤《わら》う表情も絵になるってどういうことだろう、とフミは首を傾げた。

「たいした自信じゃないか」

「私には舞だけですもの。お好きなバレエには、及ばないかもしれませんが、座敷舞もなかなかいいと言わせてみせます」

フミが挑発するように笑うと、黒谷も笑った。

「では見せてもらおうか。哈爾濱の真冬に咲く、一夜かぎりの芙蓉を」ただし、と彼は目を細めた。「君が言った通り、私は洋行帰りだ。あちらの客は厳しくてね。望むものが見られなければ、席を立って帰る」

「どうぞご自由に。言ったでしょう、ここでは黒谷さまが主。お好きなように振る舞ってくださいな」

今度はフミが、ただし、と笑う。

「おそらく、黒谷さまは最後までいらっしゃると思いますけどね」

芸妓《げいぎ》の仕事は、客に楽しんでもらうこと。消えぬ愁いの影あれば、それをみごとに晴らし、ほろ酔い気分で帰ってもらいたい。

なによりの報酬は、満足そうな笑顔。それを引き出すために、彼女たちはあらゆる技を尽くす。フミにとって、それは舞だ。大見得をきった上は、最上の舞を見せねばならない。

覚悟を決めたフミが最初に舞ったのは、数日前にベリーエフに乞《こ》われて舞った「黒髪」だった。黒谷の要望だったが、それもベリーエフに言われていたのかもしれない。切なく悲しい曲だが、徹底して哀しみに浸るのも、人にとっては笑い転げると同じぐらいの快楽だ。自分の中にある傷を抉《えぐ》り、存分に血を流せば、後には晴れやかな気分が残る。

黒髪の　結ぼれたる思いには
解けて寝た夜の枕とて
独り寝る夜の仇枕《あだまくら》
袖《そで》は片敷く妻じゃと云うて
愚痴な女子の心も知らず
しんと更けたる鐘の声
昨夜の夢の今朝覚めて
床し懐かしやるせなや
積もると知らで

積もる白雪

互いの黒髪がもつれ合うような疑いも解け、あれほど慈しみ合い共寝をした幸せな日々もあったというのに、あなたが触れてくれなくなったこの髪をくしけずり、今はひとり眠りにつく。いくら恋しく思っても、あなたはいない。昨夜は夢にまで現れてよけいに辛《つら》い。どれほど追い求めても、戻ってきてはくれない。

外には音もなく、雪が降り積もる。あなたを恋い慕うこの心にも、ただ静かに降り積もる。

情感豊かな三味線と唄《うた》によって紡がれる、切ない恋心をフミは舞う。遠くなった面影を求めて。

捨てられた女。今はもういない恋しい男を諦《あきら》めきれず、音のない雪の夜に耳を澄ます女。折しも今宵《こよい》、外は冷たい雪。日本の重い雪とはちがい、からからに乾いた、砂糖のような軽い雪。しかし女の心は、どこでも変わりはしない。

愛らしい振袖《ふりそで》を纏《まと》う小さな舞姫は、今や恋の哀しみに窶《やつ》れ、憂いを帯びた妙齢の女に姿を変えていた。失った心のかけらを追い求める哀しみは、人であるかぎり、誰もが知るもの。恋にかぎらず、誰もが必ず、一度は何かを失い生きている。あるいは、はじめから失われていたものを、得ようとしてあがき続ける。

だからこそ「黒髪」は、愛される。唄の意味がわからずとも、舞を見れば、誰もがその心を知る。幸福な夜を覆い隠す雪は、座敷の中にもしんしんと降り積もり、女の涙と情念を吸った黒髪は、きりきりと見る者の心を締めつける。

そして思い出すのだ。自分の心の奥底に沈めていた、愛《いと》しい傷を。

舞を終えたフミが、扇を置いて深々と頭をさげても、黒谷はしばらく動かなかった。ただ放心したように、フミの背後の屏風《びょうぶ》を見ている。

フミが扇を軽く鳴らすと、黒谷ははっと目を見開き、大きく身震いした。雪を払うかのような動きだった。

「……ああ。ええと……」

黒谷が手をさまよわせたのを見て、フミはすかさず徳利を手に近づいた。

「哈爾濱で、ここまで本格的な地方舞が見られるとは思わなかった。すばらしい」

彼は、フミの目を見て生真面目に言った。よし勝った。フミは内心こぶしを握り、

「まあ、嬉《うれ》しい」と微笑んだ。黒谷は座敷遊びはほとんどしたことがないと言っていたが、嘘だろう。舞を見る目は、肥えている。

「謝ろう。哈爾濱の花街など歴史も浅く、芸妓の数も少ないから、ろくなものではないだろうという侮りがあった。舞も唄も三味線も、じつに見事なものだ」

「おおきに、旦那《だんな》はん」

地方の芸妓たちも、皺《しわ》の目立つ顔を上気させて微笑んだ。

「芙蓉ちゃんほどの半玉は、祇園にもおらしまへん。せやさかい、姥桜《うばざくら》のうちらも、芙

蓉ちゃんの舞につられましてなァ、一夜かぎりの満開の花を咲かせることができるんどす。芙蓉ちゃんには感謝してますのえ。まさかこんな地の果てで、こない幸せをねェ」

もともと祇園にいたという年老いた芸妓は、そっと涙を拭《ぬぐ》った。稽古《けいこ》では非常に厳しいが、フミが会心の舞を見せた後では、いつも涙ながらに褒めてくれる。年齢のせいか、時折そのまま長い回想に突入するのが困りものだ。

「いやだわおねえさん、そんな。ねえ黒谷さま、ちょっと湿っぽくなってしまいましたから、お次は越後獅子《えちごじし》でぱあっと盛り上がりませんか」

老いた芸妓がよけいなことを言う前に、フミはさりげなく話を変えた。

「越後獅子？　ああ……ベリーエフが、それも必見だと言っていたな。君の十八番《おはこ》だそうだが」

「はい。ずいぶん改良していますけどね。なかなか評判がいいんですよ」

「それで舞うのか？」

黒谷は、たっぷりとした振袖を見やった。

「いいえ、これではさすがに。着替えねばなりませんから、その日の最後のお座敷にしかお見せできないんですよ」

「ふむ、だからか。最後に入れろと言われたんだ」

「では、舞わねばなりませんね。しばしお待ちを」

フミはにっこり笑うと、地方に目配せをして、いったん座敷から退出した。用意してもらっていた部屋で振袖から襦袢《じゅばん》まで全て脱ぎ捨て、重い簪《かんざし》をとると、ほっと息がもれた。今日はこのあとに座敷が入っていないから、気が楽だ。風呂敷《ふろしき》を開くと、見慣れた縞《しま》模様と胸当てが現れる。隣の箱には、獅子頭だ。

哈爾濱に来てはじめて舞ったのは、獅子舞だった。沈みこむタエを励ますために、スンガリーの畔《ほとり》で、草鞋《わらじ》のままとんぼをきった。あれから、数えきれないほど舞った。タエを救うために、ふたりで。ひとりになってからも、客に乞われて座敷で何度も何度も。

「まさか十七になって、まだこれを着るとは思わなかったなあ」

フミは笑い、獅子舞の衣装を身につけていく。昔は、ただの生活の糧だった。それでも舞ってしまえば、厭《いや》なことを忘れさせてくれる、不思議な舞。小さな体は無敵の獅子となり、その力強い足は大地を蹴《け》り、鋭い牙《きば》は大空を舞う鷲《わし》すらも捕らえてしまう。

半玉になってから座敷で舞うのは、角兵衛獅子《かくべえじし》を基にした「越後獅子」で、唄はもっと洗練され、囃子《はやし》も華やかだ。振りも試行錯誤を重ねて、ずいぶんと変えた。これはもはや獅子舞というよりただの軽業だよ、と毒づく芸妓たちも少なくなかったが、フミは気にしなかった。

どうせひとりで踊るのだ。もともと、勢いと粋《いき》が命の、子供の芸。子供よりも大きく、もっさりとした体で舞うならば、違う技が必要だ。より楽しんでもらえるようにと、一度だけ観た京劇の華やかさと躍動感を、フミは積極的に取り入れた。

なにより、フミは跳びたいのだ。空高く。天めざし。獅子舞の衣装に着替えるといつも、フミは自分の手足がいつもよりまっすぐ伸びるように感じる。まるっきり子供の体に帰るのだ。それが、なんだかくすぐったい。以前はあれほど、早く一人前の女になりたいと思っていたのに、毎日重い振袖を着て過ごすようになると、この身軽さが懐かしい。自由に呼吸できるような気がする。

最後に獅子頭を載せ、フミは弾むような足取りで座敷に戻った。黒谷の、驚きに見開かれた目が、心地よい。

「こちらのほうが似合うでしょう？」

からかうように言うと、黒谷はなんともいえぬ表情をした。

「似合うが、まるで別人だ」

「ええ、獅子ですから。さァ、かじりつかれないようにご注意を！」

合図とともに、太鼓が鳴る。笛が鳴る。「黒髪」よりもずっと賑《にぎ》やかな囃子に合わせ、フミは舞う。あくまで座敷での舞なので、あまり激しい大立ち回りはできない。そのぶん、キレと素早さで勝負する。どんなに無理と思われる体勢でも、フミの体はいささかもぶれることなく、ぴたりと技を決めた。その見事さに息を呑《の》んだ瞬間にはもう、フミは全く違う技に入っている。めまぐるしい技の連続が、全くせわしなく思えないのは、技と技の繋《つな》ぎが流れるように自然だからだ。

大技の前にはどうしても、タメが必要なもの。そこで客も身構える。さあくるぞ、と息を呑む。しかしフミはそのタメが極端に少なく、その間すらもしなやかな四肢は舞を忘れない。物心ついた時から体に獅子舞をたたきこまれ、そして今、座敷舞の優美も身につけたフミだからこそできる、緩急自在の変化の舞。

真冬の夜の中に閉ざされていた座敷は、たちまちのうちに、獅子が駆ける無限の草原となった。いや、獅子だけではない。軽やかな兎、勢いよく泳ぎ跳ねる魚、そして空を自由に飛び回る燕《つばめ》。優美な蝶《ちょう》たち。黒谷の目に映るのは、圧倒的な生の讃歌《さんか》だ。この地上の、生きとし生けるもの全てが、次々と立ち現れ、命の欠片《かけら》をきらめかせる。ついさきほど、涙の雪を降らせた小さな少女は、今や生きる喜びを高らかに謳《うた》いあげる。

この世はこれほど、命に溢《あふ》れている。ただ生きるために生きる潔さ。

フミが天井に触れそうなほど高く舞い上がり、鮮やかに身を翻したとき、黒谷の目に涙が浮かんだ。

3

こんなに充実した座敷は、久しぶりだった。座敷に通された時の戸惑いなどすっかり忘れ、上機嫌で帰路についたフミは心地よい疲労に身を任せてぐっすり眠り、翌朝も実に気持ちよく目を覚ました。

「黒谷さま、かあ。結構いい男だったなあ」

顔は文句なしによかったし、最初はどんな尊大なお坊ちゃんかと思ったが、なかなか愉快な人だった。また呼んでくれないかな、と思いつつ、稽古の身支度をしていると、廊下から派手な足音が聞こえてきた。

「芙蓉、ちょいとあんた！　芙蓉芙蓉芙蓉ったら芙蓉！」

フミは呆《あき》れて襖《ふすま》を開けた。

「なによおかあさん、早口言葉の練習？」

「なんで朝っぱらからそんなもんしなきゃなんないのさ」

女将《おかみ》は勢いよく部屋に転がりこむと、胸をおさえ、あがる息を抑えた。そして注意深く襖を閉め、険しい顔でフミに向き直る。

「いいかい、えらいことだよ。ようくお聞き」女将はすう、と息を吸い込むと、もったいぶった口調で言った。「あんたの水揚げが決まったんだよ」

フミはきょとんとして女将を見た。何をいまさら。

「……かあさん、ボケたの？　そんなのとっくに」

「ちがうよ、岡本さんの倍額出すって人が現れたんだよ！　正真正銘日本人、それも華族さまだ！」

「はぁ？」

フミは素頓狂《すっとんきょう》な声をあげた。

「黒谷男爵の次男だよ。あんたをゆうべ座敷に呼んだお人さ！」

驚いたが、同時に納得もした。華族。なるほど。言われてみれば。

「元が実業家の新華族だからねェ、格は低いが金はもってるよ。ざっくざくだよ。哈爾濱にも最近進出してきて、地段街にでかい会社ができたっていうじゃないか」

「へぇ、そうなんだ」

フミが目を丸くすると、女将もあっけにとられた顔をした。

「何も聞いてないのかい？」

「欧州留学とバレエの話ばっかりだもん。そんな話、全然でなかったよ。びっくりした」

「私もびっくりさ！ あんたがゆうべ帰ってきてすぐ、水揚げしたいって遣いが来てさ。けど名字聞いたって、華族さまだなんてすぐにわからないじゃないか？ そうだって名乗ってはいたけど、大陸じゃ平気で嘘つく奴ばっかだからね。でもね、さっき人やって調べたら間違いなかったよ。次男の貴文様は、二年前に欧州に遊学に出て、十日ほど前に哈爾濱入りしてる」

フミよりよっぽど興奮している女将は、唾《つば》をとばしてまくしたてた。

「うん。じゃあたしかにその人だわ。へえ、男爵さまねえ。じゃ、洋行帰りでそのまま自分ちの会社に入るってことかしらね」

「たぶんそうじゃないのかね。とにかく、家柄は保証済み。この上もなくね！ 旦那《だんな》になるにはこれ以上ないってお人さ。しかも若くて美男ときてる。ああ、あんたはなんて幸せな娘なんだろうねェ、芙蓉」

女将はフミの手を握った。

「私が手塩にかけて育てただけあるよ。あんたには不思議な運がある。なかなか旦那が決まらなかったのも、黒谷さまがこの哈爾濱に来るのを、運命とやらが待っていたせいかもしれないねェ」

「出てない涙ふかないでよ、かあさん。なんであの人が私を水揚げするの？」

「気に入ったからに決まってんだろ」

「だって、ゆうべ初めて会ったんだよ。しかも哈爾濱に来て十日そこそこの人が、おかしいじゃないか」

「〝見られ〟はそんなもんさ。水揚げするに足る半玉かどうか見定めるために、呼ぶんだからさ」

「でも、そんな雰囲気じゃなかったけどなぁ」

「ご華族さまだから、容易に感情なんてださないもんさ。なんにせよ、よかったねえ。一本の衣装も手配済みだし、早いほうがいいね。三日後だから、心して準備しておくんだよ！」

女将は上機嫌にフミの背中をたたき、忙しくなるねェ、と言いながら去って行った。

「三日後……」

残されたフミは、茫然《ぼうぜん》とつぶやいた。あまりに急な展開についていけない。あの黒谷が、水揚げ。自分を。どうしても実感がわかない。

「聞いたよ、おフミちゃん。男前の華族さまが旦那だって？」

開店前のわずかな時間、タエは身支度を整えてフミの部屋にやって来た。まだ花が入っていなかったフミは、この時間になっても部屋でぼうっとしていた。女将がよけいなことを触れ回ったせいで、昼すぎから女郎たちが次々と部屋に押し寄せて、ずいぶん手荒い祝福を浴びせてくれた。おかげで疲れきり、稽古《けいこ》のおさらいをする気力もなかったので、お呼びがかからないのは逆にありがたかった。

「まあね。今聞いたの？」

「ううん。でも昼の間は、みんなここに押し寄せてたからさ。二人で話すには後がいいと思って」

タエは何かを思い出したのか、口に手をあて、くくくと笑った。

「おマサねえさんが荒れててすごかったよ。ここではどうだった？」

「そもそも来てない」

「ああやっぱり」

二人は顔を見合わせて笑った。タエの水揚げの時にも、またフミが芸妓《げいぎ》になると決まった時も、最も強烈な怒りを見せたのは、歳の近いマサだった。他の女郎たちは、もう少しうまく嫉妬《しっと》を隠し、ちらりちらりといやがらせをする程度だったのに、マサはいつも真っ向からぶつかってくる。だから嫌いになれない。今日は怒りも最高潮で、フミの顔など見たくもないのだろう。

他人への妬《ねた》み、自分はもっと上にいってやるという激しい意思。それがマサの原動力なのだろう。実際に姉女郎たちを追い落としてお職になったのだから、たいしたものだ。それもまた、賢い生き方だと思う。疲れそうだな、とは思うけれど。

「お千代ねえさんはなんて言ってた？」

タエは無邪気に尋ねたが、フミは今度は暗い面持ちで首をふった。

「ねえさんも来てない」

タエも切なそうに眉《まゆ》を寄せ、そう、とつぶやいた。千代はここのところ、めったに部屋から出て来ない。お職部屋から追い出されて以来、閉じこもりがちだ。ときどき部屋から何かをぶつけるような大きな音が聞こえるが、たいていはしんと静まりかえっている。病気がちになった千代は、昼の間はほとんど寝ているらしかった。おそらく、フミのこともまだ知らないだろうし、知ったところでさして興味を抱くこともないだろう。皮肉屋で明るかった千代は、もういない。フミが時々、『酔芙蓉』の中で見かけるのは、美しかった顔に険しい皺《しわ》を刻み、どんよりとした目で宙を見つめ、ふらふらと歩く中年の女だった。フミと目が合っても、その視線はなにがしかの感情を見せることなく、すぐに逸《そ》れてしまう。

「ね、その華族さまのこと聞かせてよ。若いんでしょ？　水揚げってだいたい五十ぐらいの人じゃない。三十代でも奇跡なのに、二十代ってほんと？」

空気を変えるように、タエは明るく言った。

「正確には知らないけど、たぶん」

「うらやましいなぁ。異例も異例よ。聞いたことないもの」

「うらやましがるようなことでもないよ。相手なんか誰でも同じだもの」

「どうせなら、若くていい男のほうがいいに決まってるじゃない。若ければ早いし、楽だよ。まァそのかわり、回数こなさなきゃなんないし、痛いかもしれないけど」

ああ、おタエちゃんも変わったなあ。フミはしみじみと息をついた。昔は、この手の話題は顔をしかめていやがっていたというのに。

「どんな人？　どれぐらいいい男？　どんなかんじの顔？」

「そう立て続けに訊《き》かれても。うーん……少し甘いっていうか、女にきゃあきゃあ言われそうっていうか。見るからに育ちがよさそう」

さっそくタエは、きゃあ、と口をおさえた。

「ああ、山村さんさようなら。おフミちゃんはとうとう新しい恋に目覚めてしまいました」

「あのねえ。顔しかわからないよ。中身はすっごい西洋かぶれのバレエぐるい」

「へえ、気が合いそうじゃない」

「バレエは私も見てみたいけどさ。でも、座敷にいる間、色っぽい感じが全然なかったんだよね。舞の後もほめてはくれたけど、それで惚《ほ》れたって雰囲気でもなかったし」

「照れ屋さんなんじゃない？　気に入らなきゃ水揚げなんてしないよ。お金とか、いろいろ大変なんだから。よかったね、おフミちゃん」

フミの眉間《みけん》に寄っている皺をつついて、タエは笑う。

「そりゃ山村さんに水揚げしてもらうのが一番いいんだろうけど。その次ぐらいにいい結果だと思うよ。三日後だって？」

「そう。早いほうがいいって先方が。なんでこんなに急なのって思うけど、まあとりあえず頑張るよ」

「頑張って。後で、一部始終をくわしく聞かせてね」

含み笑いのタエに、フミは真っ赤になった。

「厭《いや》だよ！　おタエちゃん、水揚げの時に何も話さなかったじゃない」

「だっておフミちゃん、なにも訊かなかったし」

「それは、悪いかと思って」

「悪くないよ、仕事だもん。でもまあ、聞いても面白い話じゃないからね」

「じゃあ私の水揚げだって別に面白い話じゃないよ」

「それはまちがいなく面白いよ。楽しみにしてるね」

「なによそれ！」

真っ赤になったフミを見て、タエは声をあげて笑った。廊下から、チュウ、と鼠の鳴く声がする。本物の鼠ではない。女郎屋では昔から行われる、客寄せのための声真似だ。

これが聞こえれば、もう開店となる。

「さァてそろそろ時間だ。今日も頑張って稼ぎまくるかァ」

タエは大きく伸びをすると、立ち上がった。濃い緑に金の花を散らした襦袢《じゅばん》が、美しい。伸びた腕の白さに、フミは目を奪われた。

「閨《ねや》のことで何か不安があったら、いつでも訊いてね。芸妓はたぶん、事前に忍棒は使わないだろうし」

「いいから早く行きなって！」

あはは、とまた笑って、タエは逃げるようにして廊下に消えた。

「もう、何よ。先輩ぶって」

閉じた襖《ふすま》に向かって、フミは舌を出した。顔が熱い。水揚げなんて、どうってことはない。ただの通過儀礼だ。女郎も芸妓も、それは同じ。やることだって、わかっている。

しかし、生娘ではないと知られるのは困る。愛想をつかされるかもしれない。さすがに望まれた上での水揚げで、一度こっきりで捨てられるのは、外聞が悪い。女将《おかみ》や遣《や》り手の伊予は、たぶん大丈夫、まずそうだったら適当にどっか切って血をこぼしておきなどと暢気《のんき》なことを言っていたが、そんな隙があるだろうか。

黒谷の端整な顔が、頭に浮かんだ。最初はひどく堅苦しくそっけなかったのに、最後は少し懐に近づけたような気がした。せっかく自分を気に入ってくれたのに、機嫌を損ねたらどうしよう。喜んでもらいたいのに、怒らせてしまったら。岡本に対してはそんなことは露ほども思わなかったのに、黒谷にはあれこれ考えてしまう。

「やっぱり、顔がいいからかなぁ」

フミは苦笑した。顔がいいのは得だ。それは男も女も変わらない。女郎も芸妓も、気立てのよさや舞のうまさよりも、とにかく顔の美しさが優先される。そういうものだ。

たしかに自分は運がいいかもしれない。女将に頼みこまれてしぶしぶフミを抱くであろう岡本よりも、自分の意思でフミを選んでくれた黒谷のほうがずっといい。そう思った瞬間、黒谷の薄くやわらかそうな唇や、あまり節のめだたないきれいな指を思い出し、フミは顔から火を噴き出した。そうか、つまり、あれがああなってこうなって、そういうことか。声にならない叫びをあげて、フミは突っ伏した。

「これなら、いざってときは鼻血が使えるかも……」

畳をひっかきながら、フミは呻《うめ》いた。もやもやとひろがった妄想を完全に振り払うには、それからずいぶんと時間がかかった。結局その日、ずいぶん遅くなって座敷からお呼びがかかったが、珍しく舞はとちるわ、裾《すそ》をふんづけそうになるわでさんざんだった。

いよいよ迎えた水揚げ当日、フミは朝から落ち着かなかった。

たいしたことではない。いつものように座敷に呼ばれて、お酌して、舞を舞うだけ。そこに、今夜は朝まで一緒にいるというおまけがつくだけ。全く、たいしたことではない。何十回と自分に言い聞かせているのに、どうも足が地についていない。黒谷が待つお茶屋に到着したときなどは、そのまま回れ右をして逃げ帰りたくなった。

「待っていたよ、芙蓉」

座敷でフミを出迎えた黒谷は、以前会ったときよりもずっとやわらかい笑顔で、フミを差し招く。

座敷は先日と同じだし、黒谷も変わらないのに、何もかもが違って見える。唄《うた》も三味線も、いつもとは違って聞こえるし、女将をはじめ皆の目が、何かを含んでいるような気がしてならなかった。以前来たときには全く気にならなかった、奥の間に続く襖が、今日はやたらと目について仕方がない。

表向き、座敷の時間は和やかに流れ、夜は更けていく。黒谷も、前回よりはずっとくつろいでいるように見えて、フミだけではなく他の芸妓《げいぎ》や幇間《ほうかん》とも機嫌よく言葉を交わしていた。それは、女将が遠慮がちに「ではそろそろ……」と芸妓たちを促して座敷から去っていくまで続いた。

襖が閉まるなり、黒谷の表情は一変した。笑顔が消え、口からはため息が零《こぼ》れた。

「愛嬌《あいきょう》をふりまくのも疲れるな」

ぶっきらぼうな声に、フミはほっとした。笑顔がないほうが安心するというのもおかしいが、こちらのほうが馴染《なじ》みがある。

「今日はずいぶん機嫌がいいなと思っていたんですけど、頑張ってらしたんですね」

「水揚げの日にむっつりしてるわけにいかないだろう」おかげで凝った、とぼやいて黒谷は首を回した。「そろそろ寝るか。酒もだいぶ回ったようだ」

　立ち上がった彼の顔を、フミはまともに見られなかった。黒谷が奥の間に続く襖を開けると、絹の寝具が二組、ぴったり寄り添う形で並んでいた。その白さが異様に生々しくて、フミは脳が沸騰しそうになった。

「何をしてる。早く来たまえ」

ためらいなく先に寝所に入った黒谷が、座敷に座りこんだまま動かないフミを怪訝《けげん》そうに顧みた。

「あ、は、はい」

　フミはぎくしゃくと寝所に入る。しかし、自身のシャツに手をかけた黒谷の着替えを手伝おうとすると、「いらん」と言われた。手持ちぶさたになったフミは、自分もさっさと帯を解くべきなのだろうか、いやでもここは普通は旦那《だんな》がやるべきではなかろうか、と悶々《もんもん》としながら布団の脇に座っていた。

「芙蓉」

「はいっ！」

　フミは背筋を伸ばし、元気よく返事をした。

「君に、言っておくことがある」

　背を向けたまま、黒谷は言った。

「なんでしょう」

「私は、君を抱かない」

「はい。…………は？」

フミの目が点になる。筒袖《つつそで》の寝間着に着替えた黒谷は、フミの前に座った。顔がひどく青ざめている。

「どこか具合でも悪いのですか。医者を呼んだほうが」

「いや、そうじゃない。いたって健康だ。今宵《こよい》だけではない。これからも、そういうことはしないだろう」

今度はフミの顔から血の気が引いた。

「私、何か失礼なことをしでかしましたか」

「いや。これはまったく私の都合だ。君の旦那として、援助は充分に行うつもりだ。バレエも、好きなだけ連れて行こう。私は先日の座敷で、芙蓉の才能に惚《ほ》れたのだ。だから、旦那に名乗りをあげた」

黒谷の顔は、真剣だった。前回の座敷でも、これほど真剣にフミを見つめたことはなかった。

「それはとても嬉《うれ》しいのですが……それじゃ、なぜ閨は駄目なんですか」

「女を抱けないからだ」

あまりに真面目に言われたので、フミはしばらく反応に困った。

「それは……いわゆる硬派とか……だ、男色というものでしょうか……？」

「違うが、いっそそう考えてくれてもかまわない。とにかく私は金輪際女を抱かないと決めている」

気が遠くなった。

「じゃあ、どうして水揚げなんかしたんです」

「言っただろう。君の舞に惚れたのだ。君の天分を存分に伸ばしてやりたい。せっかく哈爾濱にいるのだ。君はどんどん美しいものに触れるべきだ。そして君がどれほど天高く飛翔《ひしょう》できるのか、ぜひ見てみたい」

寝所でそんなことを純真な目で語られても困る。フミは両手を握りしめた。

この男は、フミが今、どれほど恥ずかしい思いをしているかわからないのだろうか。ここに来るまでにどれほど覚悟を決めてきたか、ちらとも想像しないのだろうか。

女将や女郎たちの手荒い祝福を思い出す。からかいまじりに励ましてくれたタエの笑顔を思い出す。彼女たちに、どんな顔をして会えばいいのだろう。今までずっと、旦那を得られず、そのせいでずっと肩身が狭い思いをしてきた。ようやく明日は、名実ともに一人前の女として、対等の仲間として、皆と会えると思っていたのに。

「でしたら、こんな急に水揚げしなくても、よかったじゃないですか。私、どうせもうすぐ水揚げされる予定だったんです。それが済んだ後で、旦那のひとりとして……」

震える声が、急に途切れた。フミの目が、こぼれおちんばかりに見開かれる。

「……黒谷さま、ベリーエフさまのすすめで座敷に来たっておっしゃいましたよね？」

「ああ」

黒谷の頬の筋肉が、一瞬、不自然に動いた。それだけで、フミは頭の中にひらめいたことが事実だと知った。

ベリーエフは、フミが岡本に水揚げされるのをひどく嫌がっていた。そのときに黒谷の話が出て、急に機嫌を直したような気がする。

「つまりベリーエフさまが、水揚げをあなたに頼んだんですね」

女将が断るはずのない、理想的な家柄と財力。水揚げには若すぎるが、そんなものは、ここが哈爾濱であるという事実と、男爵家の名の前ではたいした問題ではない。

しかも黒谷は、女を抱かない。ベリーエフが本物の水揚げをするまで、隠れ蓑《みの》としておくのに、これ以上の人材がいるだろうか。

「結果的にはそうだが、芙蓉、よく聞いてほしい。ベリーエフは本当に君を案じていたんだ。岡本を旦那にして、親友と波風が立ってはいけないし、君の評判にも傷が……」

「うるせぇよ!」

フミはとうとう声を荒らげた。裾を割り、片膝《かたひざ》をたてて、黒谷を睨《にら》みつけた。

「よけいなお世話だってんだよ、そんなのあんたたちに心配されるいわれはねェ。人をなめんのも、いい加減にしやがれってんだ!」

女郎屋じこみの啖呵《たんか》が炸裂《さくれつ》する。少女の豹変《ひょうへん》に、黒谷は目を見開き、絶句した。

「おあいにくさま、生娘なんか十歳ンときに捨てちまったよ。あのヒゲ熊野郎に、そう伝えておいとくれ。あんたにだけは抱かれるもんかってね! よくも莫迦《ばか》にしてくれたもんだよ。ああ、あんたも変態だったね、そりゃあ変態どうしさぞかし気が合うだろうよ。もしかして、そっちの方面でもお友達なのかい！」

「き、君、何を……あまりに下品じゃないか」

黒谷がしどろもどろながらあげた抗議の声を、フミは鼻で笑いとばした。

「芸妓に何求めてるんだい。生まれは吉原、ガキの頃は辻《つじ》芸人、そンで哈爾濱の女郎屋にとんできて芸妓になった女だよ。甘ったれのあんたとちがって、金は手前で稼ぐもの、金になるのは自分自身だってよーくわかってんだ。でもね」

フミは黒谷の胸ぐらをつかみあげた。

「芸も色も金で売る人間にもね、ご華族さまと同じ誇りってもんはあるんだよ！　金を払ってもらうなら、最高のものを提供する。座敷でも閨《ねや》でもそうさ。なのにあんたたちは、芸妓の誇りを、みごとに踏みにじってくれた。そっちのがよっぽど下品じゃないのかい！」

自分よりずっと小さな少女に胸ぐらをつかまれ、下から凄《すご》まれるという屈辱的な構図に、しかし黒谷は怒ろうとはしなかった。最初はただ迫力に呑《の》まれていたが、フミの目に本物の怒りと涙を認めると、彼は表情を改めた。

「一理ある。たしかに、私も彼も、考えが足りなかった」

フミは意外な思いで目を見開いた。てっきり彼は激昂《げきこう》し、出て行くだろうと思っていた。それでもいい、水揚げが流れて自分の悪評と恥が哈爾濱中にひろまってもかまわない。それと引き替えにしても、このふざけた男どもに何か言ってやりたかった。

「だが芙蓉、私が君を水揚げしたのは、ミーチャに頼まれたからではない。それはただのきっかけにすぎない」

黒谷はフミの手をつかみ、真剣な表情で言った。

「芙蓉、君は才能がある。日本人でもここまでまっすぐ天を目指せる者がいるのかと、私は感動したのだ。だからこそ、この手でそれをもっと伸ばしてみたいと……」

「だから、それはありがたいけど、よりにもよって水揚げの寝所で言う莫迦がどこにいるんだって話だよ！」

フミは顔を真っ赤にして、黒谷の手を勢いよく振り払う。

「落ち着きたまえ、芙蓉。情欲などより、芸術の世界で結びついた魂のほうがよほど貴く、強固な絆《きずな》を」

「知るか！　あんたの嗜好《しこう》をごまかすのに、わけわかんない理屈こねてんじゃないよ」

さすがに黒谷は片眉《かたまゆ》をあげた。

「わけのわからん理屈だと？　嘆かわしい。君はあれほどの舞を生みだすくせに、何もわかってはいないのだな」

「知るか莫迦！　ここはそういうことを話す場所じゃないよ！」

フミは再び黒谷の襟元をつかむと、勢いよく引き寄せた。

黒谷が息を呑むのがわかった。——唇ごしに。

「き、君、何を」

最後に嫌がらせで唇をなめて顔を離すと、黒谷は目を白黒させていた。

「何よ、洋行帰りならこれぐらい挨拶《あいさつ》みたいなもんでしょう」

フミはおもむろに正座をし、乱れた襟元を直した。

「いいですか、黒谷貴文さま。ここではっきり申し上げておきます」

突然、口調を改めたフミにつられたのか、黒谷は茫然《ぼうぜん》としながらも姿勢を正した。

「ここからは、黒谷さまと私の勝負です」

「勝負？」

「そう、勝負」

フミはにやりと唇の端をあげた。

「芸妓《げいぎ》の意地にかけて、私はこれから、女として必ず惚れさせてみせましょう。覚悟しておきやがれ！」

第六章　爛《らん》漫《まん》

1

楡《にれ》の葉が陽光にきらめき、リラの甘い香りが街を覆う。道ゆく人々の服装は、冬の重装備が嘘のように軽やかだった。

高い踵《かかと》で石畳を鳴らして歩くロシア女性はみな腕を出し、金色のうぶ毛が夏の光にきらきらと光る。まぶしさに、フミは目を細めた。

六年前、哈爾濱に来たのもちょうどこんな季節だった。しかし、なんという違いだろう。あのときはまだ、腕や足を出して歩く女はいなかった。ごくまれに足を見せる者を見かけたが、それは全て、辻君《つじぎみ》だった。

時代は奔流のごとく行き過ぎ、流行は瞬く間に変わっていく。プリスタンの街並みはいっそう華やかになり、人々の恰好《かっこう》はどんどん軽快になっていく。いつかこのスカートの丈が、腿《もも》のあたりまできてしまう日がくるのかもしれない。フミは、フランボワーズ色の自分のワンピースを見下ろし、無意識のうちに押さえるような仕草をした。

「どうした、芙蓉」

先日はじめて聴いた弦楽器のような、低く豊かな声がした。

「いえ……まだ、ちょっと恥ずかしくて」

傍らを歩く声の主を、照れくさそうに見上げる。帽子の影が落ちる端整な顔が、わずかに曇った。

「気に入らなかったかな」

「とんでもない！　とても素敵です。でも、足を出して歩くのは初めてで……」

ふくらはぎが、すうすうする。

「とてもよく似合っている。色も形も」

「ありがとうございます。でも似合うのは、当然でしょう。だって黒谷さまのお見立てですもの」

「うまくなったものだ。次は何をご所望かな」

「いいえ、もうこの夏はこれで充分。あんまりねだっては嫌われてしまいます」

この半年で、いったいどれだけ買ってもらっただろう。芸妓にふさわしい和装はもちろんのこと、今まであまり縁がなかった洋装を、それは大量に買い与えられた。

「こんなに素敵な服を着ていると、髪を切りたくなりますね。肩のあたりで切って、コテをあてて。そうしたらうんと素敵になりそう」

フミは、すぐ前を歩く短髪のロシア婦人をうっとりと見つめた。女性の髪が短いことも、少し前までは考えられないことだった。

「似合うだろうが、女将《おかみ》が許さないだろうな。やはり芸妓が日本髪を結えないのはまずいだろう」

「舞妓《まいこ》と違って芸妓は鬘《かつら》だからいいと思うんですけれどね。やっぱり短かったら、みんなびっくりするかしら」

「私は驚かないが、他の者はどうかな。少なくとも、ミーチャは間違いなく泣く」

「あはは、たしかに。くまさんは号泣しますね」

腕を絡めて歩く二人は、声をあげて笑う。傍《はた》から見れば、微笑ましい恋人同士に映るかもしれない。

昔、こんな日を夢見ていたなと、フミは懐かしく思い出す。美しいフロックコート姿の男性にエスコートされて、こんなふうに高い踵の靴を履き、キタイスカヤを誇らしく歩く自分を何度想像しただろう。

その夢は、みごとに叶《かな》った。黒谷は、日本人にしては長身だ。顔立ちも、少女の理想そのものといっていい。身分は華族、立ち居振る舞いは紳士的。

実際、黒谷は旦那《だんな》として申し分なかった。水揚げしてそれっきりという旦那もいる中で、フミへの援助は惜しまない。座敷に呼ぶだけではなく、休日も時々こうして時間を割いてくれる。たいていは舞台を見に行くためで、今日はこれから昼食をとったあと、二人でマチネを見に行くことになっていた。

申し分ないどころではない。あまりに完璧《かんぺき》な旦那で嘘みたい、と芸妓たちは妬《ねた》みまじりにフミを羨《うらや》んだ。

そう、嘘だ。フミは黒谷に腕を絡めて歩く。時には顔を見合わせて笑う。しかしそれだけだった。これ以上触れあうことは許されない。

水揚げの晩、いつかあんたを私に惚《ほ》れさせてみせると啖呵《たんか》を切ったはいいものの、結局あれから、ひとつも進展はない。座敷に呼ばれるたびに、タエから伝授された手練手管を試してみるものの、いっこうに効かなかった。朝まで、布団を並べて清く正しく眠る悲しさったらない。ひとつ布団に入ることも許してもらえないのだ。熱に浮かされたような顔でフミの舞について語り、その表情からは官能すら感じるというのに、いざフミが誘いをかけようとすると、途端に氷のような目に戻ってしまう。最近は、その変化の瞬間が怖くて、フミもへたに近づかなくなった。舞っているときは自在に動き、誰より自由だった自分の体が、急に重く穢《けが》れたもののように感じられてしまうから。

昔、蔦に罵《ののし》られた言葉。おまえが芸妓になんてなれやしない。どこもかしこも穢れて、最下層の女郎になるしかないのさ。

実際にこうして芸妓になり、昔の蔦よりずっとうまく舞っているにもかかわらず、黒谷の蔑《さげす》みの目は、あの嘲笑《ちょうしょう》を思い出させる。もう忘れたと思っていたのに、ずたずたに切り裂かれた心の痛みが、瞬時に甦《よみがえ》ってしまう。それが怖い。心の痛みは、体の痛みと違って、耐えるのが難しかった。

ふと視界の端に鮮やかなものが横切り、フミは足を止めた。夏の陽射しに映える、明るい緋色《ひいろ》の帽子をかぶった婦人がいた。いい色、とつぶやくと、黒谷も目を向けた。

「ああいう色がほしいのか」

「いえ、私にじゃなくて、友達への贈りものにいいなと思って」

「おタエという娘か？」

「おタエちゃんは、緋色という感じじゃないですね。それに私が何か買っていっても、よっぽどのことじゃなきゃ受け取ってくれないんです。これは、桔梗《ジェガン》ねえさんにいいかなと思って」

黒谷はしばらく考えこむように宙を見つめ、ああ、と頷《うなず》いた。

「思い出した。あれか。本名がおマサとかいう、やたら気が強い娘。昔よくいじめられたのだろう」

「私、そんなことまで話してましたっけ」

「ミーチャから聞いた。君は、私には『酔芙蓉』のことをほとんど話さないから」

フミは曖昧《あいまい》に微笑んだ。情欲を蔑む相手に、生臭い女郎屋の話をしてどうしろというのだろう。大切な姉妹の話をして不快な顔をされるのも厭だった。

「しかし、おマサに贈り物とはどういう風の吹き回しだ」

「身請けされるんです。馴染《なじ》みのお客さんが上海で成功したんですって。だから何か贈りたくて」

「なるほど。だがそれなら、手袋やショールのほうがいいのじゃないか。帽子は存外むずかしいぞ」

炎のような緋色のショールは、マサのくっきりとした顔立ちにも気性にもよく似合う。自覚があるのか、彼女は普段から好んで緋色を纏《まと》っていた。

「今度、知り合いに頼んでいくつか取り寄せてみよう。その中から選ぶといい。一緒に芙蓉の新しい服も仕立てよう」

「いえそんな。私、もう充分頂きました」

「哈爾濱の夏は短い。すぐに秋の装いが必要になる」

嬉《うれ》しそうに黒谷は計画を立てている。彼は、女嫌いと言いながら、女の服を見立てるのは嫌いではないらしい。自身もいつも趣味のよい服を着ているが、フミの仕立てについてきた時の熱の入りようは並大抵ではなかった。芸妓《げいぎ》にみすぼらしい恰好をさせては旦那の名折れだから、華族でもある黒谷にとって、フミの和装や洋装は自分の装い以上に重要なのかもしれない。

フミが何かに興味を示せば、その倍のものを与えてくれる。それを誰もが、愛だと羨ましがる。そうではないことを知っているのは、フミだけだった。虚《うつ》ろな心を、黒谷が見立てた最先端の服に包み、フミは歩く。幸せそうに、まるで踊るように軽やかな足取りで。明るい陽射しの中、キタイスカヤは幸福の音色に溢《あふ》れていた。誰もが、この輝かしい初夏を謳歌《おうか》しているように見える。フミは、自分が出演する舞台を間違えた間抜けな女優のように思えて仕方がなかった。

黒谷がフミを伴って入ったのは、瀟洒《しょうしゃ》な構えのフランス料理店だった。フミがはじめてここに連れてこられたのは三ヶ月前のことで、事前にややこしいテーブルマナーをたたきこまれ、そのせいで味などてんでわからなかったことを覚えている。今回はさすがに余裕もあって、料理の彩りの美しさや凝った味に感嘆の声をあげ、黒谷を苦笑させた。

「このあいだ来たときは、戦場にでも赴くような顔をしていたな。味がわかるようになって、結構だ」

「戦いでしたよ。なんでこんなにナイフとフォークが並んでるんですか、もったいない。食器屋との密約でもあるんですか」

「そういう背景もあるかもしれないな」

「なるほど、だから皿やグラスもやたら薄っぺらいんですね。つかんだだけで割れそう」

軽口をたたく余裕も、会話を楽しむ余裕もある。二人はたっぷり時間をかけて昼食を楽しんだ。会話はだいたい、芸術、そして文学のことだ。

黒谷は、現実の話をあまり好まない。自分の仕事についても話さないし、もう一年以上続いている欧州の大戦争の話題も二人きりの時にはのぼったためしがなかった。

「おや、黒谷男爵ではありませんか」

ちょうど店に入ってきた男が、めざとく黒谷に気づき、やって来る。

「……ああ、これは、江口様」

黒谷は口の端だけで笑ってみせた。鶴のように痩《や》せたこの中年の男は、仕事上の相手なのだろう。黒谷は、プライベートの時間に、ごく親しい者以外に声をかけられることを非常に嫌う。ことに父親の爵位で呼ばれると一気に機嫌が悪くなる。しかし、江口がにこやかにやって来たというのに、この態度はないだろう。フミは気を揉《も》んだが、江口は気づいているのかいないのか、ためらいなく声をかけた。

「いやあ、以前この店に来たときに、あまりの美味《うま》さに感動しましてな。男爵はよくこちらに？」

「ええ」

「おお、男爵のお墨付きなら間違いない。私の舌も捨てたものではないようだ。そうだ男爵、今度ぜひ……」

かたい金属音が響き、江口は言葉を切った。フミがナプキンで口を拭《ふ》こうとした際に、フォークを落としてしまったためだった。

「まァ、申し訳ありません。不作法で」

フミは申し訳なさそうに黒谷と江口に詫《わ》びた。黒谷は黙って肩をすくめ、江口ははじめてフミに気づいた様子で目を向けた。

「もしや、お噂の芙蓉嬢ですかな」

「あらどんな噂かしら。倉元商事の江口様じゃありませんか。ご無沙汰《ぶさた》しております」

「……これは驚いた。ずいぶんと面変わりしたなぁ。あれは何年前だったかな」

江口はまじまじとフミを見つめた。

「三年前です。店出しして間もない頃でした。あのお座敷にはリヒター商会のブラウン様とご一緒にいらっしゃいましたね」

　江口は目ばかりか口も大きく開けた。

「ああ、そうだ、君に言われて思い出したよ。ねえさんたちの後ろにちんまりと座っていたっけ。とても小さかった。それがまあ、えらい華やかな別嬪《べっぴん》さんになって。男爵のことだから、ロシア美人を連れているんだと思ったよ。洋装がとびきりお似合いだ」

「ありがとうございます。お座敷のときも、江口様は、私の舞をとても褒めてくださいましたわ。おやさしくて堂々としたお方だったので、よく覚えております。ぜひまたお会いしたかったのに、あれから一度も呼んでいただけませんでしたけれど」

　少し拗《す》ねたように、フミは口を尖《とが》らせた。江口は慌てたように、黒谷に目を走らせる。彼が、芙蓉の水揚げをした旦那《だんな》だということは、哈爾濱中の日本人が知っていた。黒谷はいかにも寛大そうに微笑んだ。

「今度、ぜひ芙蓉の座敷にいらしてください。彼女の舞は、半玉の頃とは比べものになりませんよ」

　江口の顔が、ぱっと明るくなる。

「おお、それはぜひ！　いや私もまたぜひにと思っていながら、時間に追われましてなかなか。すっかり不粋な人間となってしまいました。男爵と芙蓉どのに教えていただければ幸いです」

　彼は満面の笑みでフミに座敷の約束をし、機嫌よく去って行った。

「芙蓉。よけいなことを言うな」

黒谷が、ため息まじりに言った。

「芸妓として当然の営業ですよ。ご存じでしょうけど、私、まだまだ日本人のお客が少ないんです。欧州の戦争景気で、ここも日本人が増えたはずなのに」

「そうじゃない」

黒谷は眉間《みけん》に皺《しわ》を寄せた。彼が何を言いたいのかわかっている。その上でフミは、ずれた返答をした。黒谷は、親しくない人間との食事ほど苦痛なものはないと常々言っている。しかしこの哈爾濱には、製糸業で財を成した黒谷男爵家の次男坊となんとか親しくなりたいと思っている者が、ごまんといるのだ。とくに日本人は。

黒谷が二年にわたる気楽な欧州生活を終えて、この哈爾濱に渡ってきたのは、半年ほど前のことだ。在住の日本人の間で、今、彼の名を知らぬ者はいないだろう。

「……まあ、なんだ。ここは、礼を言うべきなのだろうな」

なんとも言えぬ表情の黒谷を前に、フミはすまして、ボーイが新しくもってきてくれたフォークで野菜をつついた。

「あんなあからさまに嫌そうな顔をするのは、よくないと思います」

「すまない。わかってはいるんだが」

年下の娘にやんわり説教をされて、黒谷は恥じ入ったように目を伏せた。

「貴文さま、私をもっと利用してくださいな」

たくさんいらっしゃいますよ」

「私は芸妓です。お客さまをおもてなしするのが仕事ですよ。接待でお茶屋を使う方は、たくさんいらっしゃいますよ」

一対一で話すよりは、フミがいたほうが、まだ気楽だろう。唄《うた》や舞で、黒谷と客の心も解れる。

「たしかに、君が舞うと商談もまとまりやすいという神話は聞くね」黒谷はワインを傾け、苦笑した。「だが、君の舞をそういう俗っぽいものに混ぜ合わせたくないんだ。俗世とは隔てたところにあるべきなんだよ。それに彼らのような輩《やから》には、君の舞の真価はわかるまい」

フミは黙って、ワインを口に運んだ。黒谷はこの血のような液体が好きらしいが、フミはどうも好かない。しかし、喉《のど》まで出かかった言葉を抑えるために、思い切って飲みこんだ。

その後のマチネは最高だった。美しいものを観たあと常にそうであるように、黒谷は軽い興奮状態に陥り、フミを相手に芸術論を語り始める。それを聞くのはフミにとっても愉快だったが、最後に必ずこう言われるのには、閉口した。

「どうだろう、芙蓉。君もバレエを始めてみては。ここのバレエ学校は基本的にロシア人しか受け入れないが、君ほどの才能なら、彼らも認めてくれると思うのだが」

そしてフミも毎回、言い返す。

「ですから、貴文さま。それは無理です。毎日、舞や謡の稽古《けいこ》もあるんですから。私はあくまで芸妓《げいぎ》ですよ。バレエを習う芸妓なんて聞いたことがありません」

こう言えば、黒谷はたいてい引き下がる。しかし決して、諦《あきら》めたわけではない。次にバレエを観た時には、また同じことの繰り返しだ。

美しいものを観てほしいという彼の親切は嘘ではないだろうが、つきつめていくと、彼の本音はフミに芸妓をやめさせてバレエをやらせたいということなのだ。フミは最近、ようやくそれに気がついた。もちろん、口に出してやめろとは言わない。座敷舞も喜んで見てくれる。しかし彼にとってはやはりバレエのほうが大事で、フミを自分好みのバレリーナにしたくてたまらないのだ。

彼は、フミが首を縦に振れば、すぐにでも高額の身請け金を支払い、彼女を落籍するだろう。そして嬉々《きき》としてバレエ学校に入れ、あらゆる手段を使ってでも舞台に立たせようとするだろう。好きなことにはいくらでも情熱的に、行動的になれる男だ。だからこそ、フミは絶対に首を縦に振らない。それが芸妓芙蓉として――そしてフミとしての、せめてもの意地だった。

二時間にわたるカフェでのバレエ討論を終え、黒谷が待たせていた車に近づくと、運転手がすかさず扉を開けた。今度は、乗るのはフミひとりだった。

「すまないね、夕食も一緒にとりたかったが」

今夜はどうしても外せない用事があるということは、事前に聞いていた。

「いいえ、お忙しくていらっしゃるんですもの。それより、本当に歩いて行かれるんですか」

「ああ。ここから近い。三浦、芙蓉をしっかり送り届けておくれよ」

かしこまりました、と応じた運転手を、フミはちらりと見やった。黒谷に見送られ、車は走り出した。彼の姿が見えなくなると、どっと疲れが出て、フミはシートに身を沈める。

黒谷と会うのは、楽しい。いろいろなところに連れて行ってくれるし、美味《おい》しいものを食べさせてくれるし、素敵なものをたくさん買ってくれる。座敷ではフミの舞を激賞するし、かつて辻《つじ》芸人だったフミを恥じることもなく堂々と人に紹介してくれる。ありがたいことだ。それなのに、彼と別れた後は、いつもひどく虚《むな》しくなる。夏だというのに、肌の温度がすうっと冷えていくような気がする。

疲れて目を閉じる。するといつも、同じ面影が浮かぶ。たった今の今まで会っていた男とは、ちがう顔。こんな虚しさなんて、一度も感じさせなかった人。

私も、たいがいしつこい。フミは苦笑した。あれは十二の時。今、自分はもう十八だ。六年。六年経ってもまだ、覚えている。いや、黒谷と親しくなるにつれ、ますます恋しくなるのは、なぜだろう。あの熱が。あの蛇が。

「……案外、私って執念深いのかな」

もれたつぶやきは、運転手にも聞こえたはずだった。しかし彼はまったく反応を示さなかった。

ありがたい。フミは、傅家甸の入り口に着くまで、夢の中でしばし山村との逢瀬《おうせ》を楽しむことにした。

2

昼前の『酔芙蓉』はたいてい静まりかえっているが、この日ばかりは全ての女郎が起きて、賑《にぎ》やかに騒いでいた。

なにしろ、最もめでたい日だ。正月よりもなによりも、女郎たちにはめでたい日。そして最も恨みがましい日。

身請けされたマサの、門出の日だ。

彼女はこの日のために誂《あつら》えた、やわらかい白のワンピースを着て、首や耳には真珠を飾っていた。明らかに、花嫁を意識したいでたちだった。

「あんたは本当に幸せだよ、桔梗。いや、おマサ。あのお人なら、間違いない」

女将《おかみ》の芳子は涙を拭《ぬぐ》い、マサに言った。たしかにマサは幸せにちがいなかった。『酔芙蓉』で、年季が明ける前に落籍された女郎は、マサで二人目だという。しかもマサを身請けしたのは、彼女がまだ部屋もちになる前からの馴染《なじ》み。昔、フミが見ても粗悪品とわかる服をマサに贈るのが精一杯だった彼は、この晴れの日に今や上等の絹の服にそろいの靴、大粒の真珠を贈るほどになった。

三年前、ふっつりと姿を見せなくなった彼は、半年前に見違えるように立派になって『酔芙蓉』に現れた。上海で大儲《おおもう》けをし、家も買い、マサを迎えにきたのだと言う。積んだ金は、身請けには充分すぎるほどで、女将としても否やはなかった。マサは稼ぎ頭だったが、すでに盛りを過ぎつつあり、お職交替も囁《ささや》かれていた折だった。

「おかあさん、今まで本当にお世話になりました。むこうについたら、きっと手紙を書きます」

しょっちゅう女将や遣《や》り手に悪態をついていたマサも、この日ばかりはしおらしく、目を赤くしていた。しかしせっかくの化粧が流れるからか、涙は一滴も流さなかった。

「ええ、ええ、待っているよ。私にとっちゃあ、あんたは本当の娘も同じ。そしてここにいる子たちはみんな家族さ」

芳子はマサを抱き、おいおいと泣いた。

「ここに戻ってきちゃあいけないが、ここがあんたの故郷だってことは忘れないでおくれ。哈爾濱に来ることがあったら、きっと立ち寄っておくれよ」

「もちろんよ、おかあさん。必ず来るわ。お土産をたくさんもって——」

マサはやさしく芳子の肩をたたき、そっと体を離した。すると、堰《せき》を切ったように、女郎たちが群がり、別れを惜しんで泣き始める。マサは、服が汚れないようさりげなく気をつけながら、ひとりひとりに声をかけた。

彼女を囲む人垣を、タエと並んで一歩離れて見ていたフミもまた、胸に迫るものがあった。マサは、フミがこの『酔芙蓉』に来てから、三代目のお職だ。嫉妬《しっと》深く、自分の立場を脅かしそうな妹分を徹底していじめてきたマサは、誰からも愛されたとは言い難い。今、わんわんと泣きついている妹たちも、別れを惜しむと同時に、マサが出ていくことに安堵《あんど》し、またのちのちのために富豪の妻となるマサに繋《つな》ぎをとっておこうという思いがあるはずだ。フミも、赤前垂れ時代には空気のように扱われ、半玉となってからはさまざまな嫌がらせを受けた。それでも、心底嫌いにはなれなかった。マサがその気質ゆえによけいな苦労をしょいこむはめになったところを何度も見ているし、なにより六年も同じ釜《かま》の飯を食ったのだ。

女郎たちとの別れの儀式をひととおり終えたマサは、ようやくこちらに目を向けた。正しくは、今日彼女からお職の場を奪った、ひとりの女に。マサはタエに近づき、親しげに手をとった。

「おタエ。いや、今は紫桜《ジーイン》だったね。お職は大変だよ、頑張ってね。あんた次第で、この店の格が決まるんだから」

「はい。おマサねえさんをお手本に頑張ります。どうかお体にお気をつけて」

「あんたもね。女郎はなんたって体がもとでだ。いくら売れっ妓《こ》でも、体こわしちまったら、ね」

マサは声をひそめ、ちらりと階段のほうを見た。本来ならば全員見送りに出ているはずのこの場所に、ひとりだけ姿が見えない。千代だ。赤前垂れの娘が起こしに行っても、鼾《いびき》をかくばかりでいっこうに目を覚まさなかったらしい。おそらく、今日がマサの門出だということも、忘れているのだろう。

「ええ。気をつけます」

「年季が明けるのいつだっけ？」

「三年後です」

タエが遠慮がちに声をひそめると、マサは鼻で嗤《わら》った。

「あのごうつくばばあのことだ、化粧代とかがんがん上乗せして、さらに二年は延ばすね。お職は莫迦《ばか》みたいに金がかかるからさ。あんたもね、さっさと岡本さんあたりで妥協して、身請けしてもらうんだね。何度も話は来てるんだろう？」

タエは黙って微笑んだ。岡本がずっと彼女に執心しているのは周知の事実だったが、肯定も否定もしない。

「いつまでもこんなところにいちゃいけない。いいかい、早く出て行くんだよ。あんたのことは、私もとくに目をかけていたんだ。心配でならないんだよ」

「ありがとう、おマサねえさん。頑張るわ。ねえさん、どうかたくさん幸せになってね」

「なるわよ。当たり前よ。そのために、今まで生きてきたんだから」

力強く言って、マサはようやくフミを見た。

「おフミ、あんたともとうとうお別れだね。あんたが初めてここに来たときは、まさか芸妓になるなんて思わなかったけど、わかんないもんだよねぇ。芙蓉なんてたいそうな名前もらったんだから、もっともっと励みなさいよ」

「はい。努力します」

「ご華族さまの旦那までもってるんだから。さっさとたらしこんで、囲われちまいな。独身なんだろ、男爵の次男坊は」

「少なくとも、哈爾濱に奥さんはいないみたいですね。あの、ねえさん、これフミは、リボンをかけた薄紙で覆われたショールを差し出した。

「今日の装いには、何ですけど……おマサねえさんに似合うと思って。どうか、もっていってください」

「まあ……きれいな緋色」

薄紙を解いて現れた鮮やかな色に、マサはため息をついた。そして、おそらく初めてと言っていいほどの感謝をこめて、フミをじっと見つめた。

「ありがとう。わざわざ、私のために選んでくれたの」

マサの目が潤む。黒谷が布を取り寄せようと言ったときは困ったが、マサの顔を見て、言うことを聞いてよかったと思った。黒谷は支払いもすると言ってきかなかったが、これはどうしても私が、とフミも譲らなかった。

「上海に行ったら、おフミに似合う布と宝石を、きっと贈るわ。上海は流行の最先端の街だっていうもの。あんた、そういうの似合いそうだしね」

「ありがとう、ねえさん。すごく嬉《うれ》しい。でも、ここのこと、できるだけ早く忘れたほうがいいわ」

「……そうね。忘れるわ」

マサは泣き笑いのように顔を歪《ゆが》めた。意地でも涙を流すまいとしばらく上を向いていたマサは、やがてきっぱりとした笑顔に戻り、踵《きびす》を返した。白いワンピースが翻り、涼やかな風が生まれる。女将が切る切り火の威勢のよい音に見送られ、マサは颯爽《さっそう》と『酔芙蓉』から出て行った。

フミや女郎たちも、見送るために外に出た。洋車に乗りこんだマサは、笑顔で手を振ったが、突然、動きを止めた。見開かれた目の先を追って振り向いたフミは、ぎょっとした。二階の窓が開け放たれ、そこから千代が見下ろしていた。派手な柄の襦袢《じゅばん》に、ほつれた髪。金色の煙管《キセル》から煙をくゆらせ、ゆったりと笑いながら、妹分の晴れの門出を眺めている。

フミの脳裏に、六年前、はじめてこの『酔芙蓉』にやってきた日のことが甦《よみがえ》る。あのときも、千代はこんなふうにフミを見下ろしていた。全く同じ場所だった。同じ恰好《かっこう》だった。ただ、その顔だけが違う。夜、洋燈《ランプ》の中では妖艶《ようえん》に映るその顔は、盛夏の陽光のもとではあまりに無惨だった。千代は三十代の半ばを過ぎていたが、今の彼女はさらに十も二十も年を重ねているように見えた。髪を結っていないせいか、皮膚はたるみ、無数の皺《しわ》が縦横無尽に走っている。目は落ちくぼみ、煙管を支える指は細かく震えていた。

何より、見下ろす目の淀《よど》んだ暗さときたら。

「ちょいと！　そんなバケモノみたいな顔を晒《さら》すんじゃないよ、とっとと閉めな！」

女将が悲鳴じみた声をあげたが、千代は気味の悪い薄笑いを浮かべたまま、動く様子はない。男たちが階段を駆け上るのを見て、フミも慌てて後に続いた。

「何やってんだ！　ここはおめぇの部屋じゃあないだろうが」

「昼にそのツラを外に見せんなっつってんだろ。店の評判を落とす気か？」

男たちが千代を窓から引き剝《は》がす。落ちた煙管が窓枠にぶつかり、乾いた音をたてた。

「評判を落とすも何も！　どうせこの店は長くもちゃしないよ」両脇を抱えられ、引きずられながら、千代は高らかに嗤った。「支那の政府の肝いりで、傅家甸の外にでっかい遊郭をつくるって話じゃないか。客も女郎もみぃんな支那人だけの、そりゃあ豪華なもんなんだろ。そうなりゃあたしたちはみんな用済みさ。支那の客はそっちに、日本の客はプリスタンに。中途半端なこの店は、潰《つぶ》れるしかないだろうが」

「うるせぇな」

男の一人が、舌打ちして千代の髪を摑《つか》む。千代は一瞬だけ痛みに顔を歪めたが、すぐに不敵に笑った。

「おマサはうまくやったよ。でも、どうだかね？　話がうますぎやしないか。数年上海にいただけで大金持ち？　きな臭いねェ。事実だとしても、まともな金じゃあないね。摑んだら最後、泡のように消えちまう、そのまま奈落《ならく》にまっさかさまの黄金色の罠《わな》さ」

「黙れってんだよ！」

怒声とともに、千代は廊下にたたきつけられた。

「やめなさいよ！」

フミがとっさに間に入っていなければ、男の足が、千代の背中に振り下ろされていただろう。私が部屋に連れて行くから、とフミが睨《にら》みつけると、男たちは顔を見合わせ、階段を下りていく。あくまで女郎屋の男衆《おとこし》である彼らは、『酔芙蓉』の表の顔ともいえる芸妓芙蓉に手をあげることは許されていなかった。

呻《うめ》き声とともに、背後で千代が立ち上がる気配がした。

「ねえさん、大丈夫？」

「どうってことないよ。乱暴なのを好む客もいるからね。これぐらい慣れてるさ」

肩を貸そうとするフミを振り払い、千代はふらふらと、自分の部屋へと向かう。こんな状態になってもなお、彼女は部屋もちであることを許されていた。夜になると正気に戻る千代は、それなりに客がついている。容色は衰えても、男をよろこばせる手練手管において彼女に勝る者はいない。

千代の部屋に久しぶりに足を踏み入れたフミは、強烈な甘い香りに眉《まゆ》をひそめた。香を炷《た》いたものではない。

「ねえさん。阿片《アヘン》、吸いすぎですよ」

「なんだよ。酒と煙草が過ぎるって言うから、阿片一本に絞ったのにさ。それに、今は阿片じゃないと、痛みがおさまらないんだよ」

千代は這《は》うようにして寝台に向かい、腰を下ろした。背中を丸め、大きく息をつく様は、老婆のようだった。

「……さっき、スエちゃんが起こしに行った時は寝てたって言ってましたよ。狸寝入りしてたんですか」

「まさか。本当に寝てたのさ。けどあんたたちがぎゃあぎゃあ騒ぐから、目が覚めちまって。まったく、とんだ茶番だね。あの娘たちだって、今回の話はうますぎるって思ってるだろうにさ。幸せになってねー、だとよ。まぁ、心にもない涙を流すのは、あたしらはみーんな得意だからね」

女郎たちの泣きまねをして、千代は嗤った。

「世の中には、うまい話だってありますよ」

「ないね」

「あります。ここは地獄でも、世界は広いんですもの。たまには奇跡のおこぼれだって、ありますよ。上海は今ものすごい勢いで発展しているっていうし。ホーさんは、先見の明があって、とびきり幸運だったんですよ。それにホーさんが……」

真面目な努力家だということは私たちだって知っているし。そう続けようとして、フミは口を噤《つぐ》んだ。言えば言うほど、自分に言い聞かせているように思えた。千代も同じことを感じたらしく、にやりと唇の端をつりあげた。

「やっぱりあんただって、おかしいと思ってるんじゃないか。おフミ、あんた本当におマサの幸せを願っているのかい？」

「もちろん」

「嘘だね」

「本当です」

「ああそうかい。あたしは、不幸になりやがれって思ってるよ。さっき、ありったけの呪いをかけておいた。ああ、こんなときにおウメがいたらねえ」

狐憑《きつねつ》きの春梅《チュンメイ》は二年前、堕胎で体を痛め、店から去った。今は同じような境遇の支那人女郎が集まるあばら屋で暮らしているという。女は全員で七名で、そのうち四名が寝たきり、あとの三名が不自由な体をおして働き、生計をたてているらしい。ウメは、半年ほど床から動けなかったそうだが、今では工場に働きに出るまでになったと聞いている。まだ女郎としての年季が明けたわけではないが、彼女の「商売道具」はいたましく破壊されており、もはや『酔芙蓉』に戻ることはできなかった。ウメは生涯かけて、少しずつ借金を返し、おそらくは返しきる前に寿命を迎えるだろう。

それでも、先日訪れたフミを迎えたウメは、穏やかな顔をしていた。彼女の不思議な能力は健在で、近所や工場でも評判になっているという。そのうち辻占《つじ》いでもするかねえ、そっちのほうが儲《もう》かるかも、とけらけら笑っていた。

「おウメねえさんは、呪いなんかかけませんよ」

「人を呪わば穴ふたつ。おウメの口癖だったねェ。でも、あたしらはとっくの昔に呪われてるじゃないか。さらに呪われたところで屁《へ》でもないさ」

呪いは幾重にも積み重なる。この地獄から抜け出す者を祝福する気持ちもある。しかし同時に、同じぐらいの――いや、たいていは、もっと大きな嫉妬《しっと》がある。

おまえひとりだけ、行かせるものか。泥沼でもがく、女たちの悲痛な叫び。

薄笑いを浮かべ、虚空を見つめる千代の目には、何が映っているのだろう。晴れやかに装い、この牢獄《ろうごく》から抜け出すマサの姿に、なにを見たのだろう。

「ああ、でもたしかに、あんたは呪うよりも祝えるか。素敵な旦那《だんな》様と仲良しこよし。半年だっけ？　今が一番いい時だね」

千代は体を少し傾けて手を伸ばし、寝台の横にある円卓をつかんだ。そのままずるずると円卓に近寄ると、震える手で卓上の小さな包みを開く。現れたのは、黒い阿片。フミは止めようと、足を一歩踏み出しかけた。しかし、千代の手に握られたナイフを見て、動きを止める。

「あんたは綺麗《きれい》になったよ、おフミ。ここに来たときとは別人みたいだ。垢抜《あかぬ》けて、いつもきれいに装って。旦那がつくと、やっぱり違うもんだね」

阿片を刻み、使いこまれた金属製の小皿に盛り、ランプの火で温める。手が震えているにもかかわらず、流れるような動きだった。甘い香りが漂う。酔いそうだ。フミはとっさに口を押さえた。

「本当に綺麗になって……そうだね、まるでよくできたお人形さんだ」

フミは息を止めた。ぼんやりと火を見ていた千代が、阿片の香りに力を得たのか、今までの緩慢な動作が嘘のように首を動かし、フミを見た。

「おままごとは楽しいかい？　あんた、男のにおいがまるでしないよ。いや、生きているにおいがしない。前のほうがずっとよかった。ぎらぎらしてて」

フミは無意識のうちに後じさった。向けられた目は、爛々《らんらん》と光っていた。昔の千代の目だ。フミは胸を押さえた。これ以上、この中にあるものを、見られたくはない。その仕草に、千代は小さく笑う。

「穿鑿《せんさく》するつもりはないよ。愛の形は、人それぞれさ。まぁこの世に本当に愛なんてものがあるとしたら、の話だけどね」

柔らかくなった阿片を伸ばして、再び火で炙《あぶ》る。ますます濃厚になった香りに、千代の目が溶けた。

「まァ、あんたは賢いよ。おマサだってどうせ不幸になるにきまってんのさ。女郎の愛だの恋だのは、地獄への一方通行。例外なんて、ありゃしない」

黒いどろりとした甘い毒を煙管《キセル》につめ、千代は寝台に横たわった。つかのまの悦楽を味わうために、思いきり息を吸いこむ。

胸が悪くなるような、どんよりとした香り。一刻も早く、逃げ出したかった。しかしフミは、動けなかった。二重の窓は固く閉ざされ、外の喧噪《けんそう》もここまでは届かない。哈爾濱の冬は厳しいが、短い夏もなかなか過酷だ。三十度近くまで気温があがる。この部屋も熱気がこもり、じっとしているだけでフミの額には汗が滲《にじ》んでくる。しかし、阿片の煙にとりまかれた千代は、何も感じないようだった。

今ごろマサは、愛《いと》しい男とともに、賑《にぎ》やかな祝いに囲まれ、追い立てられ、はしゃぎながら傅家甸を走っているだろう。

ほんの少しでも歯車が噛《か》み合えば、今目の前にいる千代だって、マサのように堂々と出ていくことはできたはずなのだ。かつて愛し合った志仁は、千代がお職になると、ほとんど姿を見せなくなった。そして数年前、同じ支那人の嫁をもらったと風の便りに聞いた。真実かどうかはわからない。ただ、『酔芙蓉』に来なくなったことだけは、動かしがたい事実であり、その噂が千代の耳に入ったことも間違いなかった。千代は表向きは変わらなかったが、今思えば、その頃から阿片をよく吸うようになった。

千代の借金は、マサとは比べものにならない。それでも、上海で成功したのが志仁だったなら――たとえそれがどんな汚い金でも、千代は自由になれたかもしれないのだ。

しかし、志仁はもう来ない。永遠に。千代はここで朽ちていくだけだ。ただ醜く、全てを壊しながら。

フミの体に震えが走る。これが、女郎の末路。これが老い。

「お千代ねえさん。おウメねえさんの誘い、受けたらどうですか？」

千代が完全に夢の中に埋もれてしまう前に、フミは言った。

「あたしはまだ働けるよ」

「ぼろぼろじゃないですか」

もうこんな姿は見たくない。千代は、憧《あこが》れの女郎だった。意地が悪く、恐ろしい時もあるけれど、粋《いき》でいなせな、誇り高い女郎だった。

一ヶ月前、街で明るい緋《ひ》色《いろ》の帽子を見たとき、真っ先に連想したのは、本当は千代のほうだった。お千代ねえさんに似合いそう。昔の、お千代ねえさんなら。そう思った自分が、悲しかった。今の千代に、あの緋色は衰えをいっそう目立たせるものでしかないだろう。こんな状態でも夜のつとめはこなせるのは、奇跡としか言いようがない。しかしそれも、もう長くはもたないだろう。

「ああ、たしかにぼろぼろさ。おフミ、あたしは醜いだろ?」

「……いいえ」

「はっきりお言い。醜いだろ? おてんとさまの下じゃ、とても見られたもんじゃない。こんな顔で、外に出てどうやって生きていきゃいいってのさ。ひとさまのお情けにすがって、他の女郎たちと肩寄せあって? 冗談じゃねェ。あたしはね、いつだって自分の体ひとつで生きてきた。今さら、人の情けなんか借りるもんか」

千代は煙管を放し、吐き捨てた。

「あたしは女郎さ。死ぬまでね。ここにへばりついて、ここで無様に死んで、蘭花や他の女郎たちと一緒に亡霊になってさまようのさ。そして、こんな店、ぶっ潰《つぶ》してやるんだ」

「……お千代ねえさん」

「ま、どうせあたしが何かしなくても、なくなるだろうしね。あんたもさ、こんなところにいつまでも義理立てしてないで、別の置屋に移るか、旦那の援助でさっさと独立しちまいな。未来のある奴ぁ、沈む船からとっとと逃げなきゃ」

千代はひらひらと手をふると、再び煙管をくわえた。目の焦点が失われ、うっとりとした笑みが口元に浮かぶ。

「……ああ、見えるよ。みんな死ぬ。真っ赤に焼かれて、泣き叫びながら死んでいくよ。あはは、ざまぁねェや。みんななくなっちまう。なくなっちまえ。そうさ、もともとここは、なぁんにもなかったんだから……」

言葉は次第に不明瞭《ふめいりょう》になり、後は意味不明な譫言《うわごと》が続いた。毒の煙を吸い、夢の欠片《かけら》を吐く。フミは言葉もなかった。冷たい汗にまみれながら、その場に立ちつくし、かつての憧れの残骸《ざんがい》を見つめていた。

肩を叩《たた》かれ振り向くと、いつのまにかタエが立っていた。彼女は口の前に指をたて、完全に正気を失っている千代を見た。細めた目には、こぼれおちんばかりの憐《あわ》れみが滲んでいた。

タエは黙ってフミの腕を引き、フミも足音をたてぬよう気をつけながら、部屋を後にした。そのまま、一番奥のタエの部屋に連れて行かれる。あの甘い熱に満たされた空間から解放されて、フミはやっと息をつくことが許された。よく整頓《せいとん》されたタエの部屋は、窓が開け放たれていた。喧噪がよく聞こえる。窓の外には、中庭に植えられた大きな哈爾濱桜が見えた。ロシア名ではチェリョームハと呼ばれる木は、五月下旬あたりから星のように白く小さい花を鈴なりに咲かせる。今はもう花は散り、青々とした葉が茂り、夏の陽光を和らげていた。ああ、ここは現実だ。フミは安堵《あんど》のあまり、床にへたりこんだ。

「おタエちゃんは、阿片《アヘン》はやらないよね？」

「やらない。煙草も嫌い。頭が痛くなるし」

タエは美しい細工の水差しから水を注ぎ、硝子《ガラス》のタンブラーをフミに差し出した。冷たい水は、フミの体に淀《よど》んでいた霞《かすみ》を、すっきりと追い出してくれる。

「すっかり毒気にあてられたね。私たちは見慣れているけど、おフミちゃんは普段は表にいるからね。あんな状態のお千代ねえさん、初めてでしょ」

「うん。あそこまでひどいところは見たことがなかった」

「まだましなほうよ。禁断症状が始まると、すごいんだから」

「なんで女将《おかみ》さん、あんなになってもまだお千代ねえさんを置いておくんだろ」

「夜はマシなの。それに、ねえさんも言ってたでしょ。今、うち苦しいのよ。ねえさんを切って、新しい女郎をいれる余裕がないのが本当のところ」

フミはぎょっとした。

「そんなに悪いの？」

「もう日本人の女郎が入ってこないのよ。みんなプリスタンのほうに行っちゃう。お千代ねえさんも言ってたでしょ。今、傅家甸の隣に新しい街をつくっていて、そこに支那人専用の、格の高い遊郭が出来るって。まだ内々の話ではあるけどさ。うちは、他の支那人女郎屋とはちがう質のよさを売りにしてたけど、そういうのが出来ちゃったらまずいよね。そりゃあ同じ値段なら、支那の客は支那の店に行くでしょ。だからね、役人に言われてるのよ。ここにいても無駄だから、とっとと出てけって」

フミは愕然《がくぜん》とした。初耳だ。

「本当なの、それ。かあさん、何も言わなかったよ」

「おフミちゃんには心配をかけたくないんでしょ。今、おフミちゃんは絶好調だし。うちの大黒柱だものね」

黒谷がフミの旦那《だんな》についてから、たしかに『酔芙蓉』は潤った。彼は一度もこの店に来たことがないどころか傅家甸にすら足を踏み入れたことはなかったが、フミを通して一本ずいぶんとお金を落としてくれた。一時は陰りが見えた芙蓉の人気も、芸妓《げいぎ》として一本立ちした途端に甦《よみがえ》り、今はどんどん花も入っている。黒谷は、旦那とするには若すぎるが、やはり華族の肩書は絶大だ。

「……やっぱり、間違ってたってことなのかな」

「何が？」

「芸妓なんて、置かないほうがよかったんじゃないかな。今までみたいに、支那風の女郎屋に専念してれば……」

「それは違うよ。ほら、おフミちゃんが言ってたじゃない。日本政府が、支那に対して莫迦《ばか》げた要求をつきつけたって」

今年一月、日本政府が中華民国に対し、二十一箇条にわたる要求を行った。ドイツが所持していた山東省の権益の継承や、関東州の租借期限延長といった露骨なもので、支那全土で反対運動が起こった。

「日本政府がこのまま突っ走るなら、私たちは遅かれ早かれ、いつかはここから追い立てられる。かあさんは、六年前にもうそれは薄々わかっていたんじゃないかな。覚えてる？　哈爾濱駅での暗殺事件」

「もちろん」

あのとき、哈爾濱の朝鮮人は窮地に立たされた。ほどなく彼らの疑いは晴れ、釈放されたものの、当時はナッすら暴行を受けた。異国に生きるとは、そういうことなのだ。同国人が何かをしでかせば、否応《いやおう》なく同胞すべてに疑いはのしかかる。

あれは数名の暴徒が引き起こしたことだった。翌年に安重根は処刑され、仲間と見なされた者たちは懲役を受けた。それで事件は終わった。

しかし今度は、国と国。終わりはない。日本は要求を引っ込めることはないだろうし、中華民国も抵抗をやめないだろう。プリスタンに住む日本人にはさほど影響はないが、この傅家甸ではそうはいかなかった。『酔芙蓉』や日本人の店への風当たりは、日に日に強くなっている。女郎屋のほうも傅家甸の客が激減したため、プリスタンの茶屋で日本人を相手にすることが多いフミへの比重が大きくなった。

「あのときからかあさんは、膨張する日本が中華民国とぶつかることは避けられないことをわかっていたと思う。この傅家甸で、居場所がなくなることが。だからこそ、おフミちゃんに懸けたんだと思う。傅家甸の外の客をどんどん呼びこんで、地段街の花街ともつなぎを作るために」

タエの口調は、すでに確定した事実を述べているだけだと言わんばかりの、淡々としたものだった。不安に思っていないはずはない。しかしタエは、決して表には出さない。泣いてばかりいた昔とは大違いだ。彼女は今や名実ともにお職、『酔芙蓉』の最後の誇りとなったのだなとフミは実感した。

「もっとも、理由はそれだけじゃないけどね。かあさんの背中を押したのは、最終的にはおフミちゃんの舞だもの」

タエは扇を手にとると、ベランダに腰を下ろした。フミも隣にしゃがみこむ。

「なんだかんだ、あれからかあさん生き生きして、ひとりで若返ってるもんね。やっぱり、芸妓を育てたかったんだと思う。おフミちゃんと同じ、意地っぱりね」

「なによ、私と同じじって」

「おフミちゃん、傍目《はため》にわかるほど舞が大好きなのに、好きじゃないって言い張ってたじゃない。そういうところだよ。まあ、おフミちゃんにしろかあさんにしろ、好きだと認めてしまうと辛《つら》くなるっていうのは、よくわかるけど」

扇で口元を覆い、くすくすと笑う。フミは赤くなって、街の喧噪《けんそう》を見下ろした。長く親しんできた光景だ。今日だって、マサの門出を、皆が祝ってくれた。その好意は本物だ。しかしその裏で、フミたちにも傅家甸の住人にとってもどうしようもない何かが、生まれつつある。海を隔てた外《と》つ国から来た黒い風が、この雑踏をかき乱す。

「でも、お千代ねえさんが言う通りだよ、おフミちゃん。沈みかけの船に、いつまでも乗っている必要はない。おフミちゃんはもともと、ここに売られてきたわけじゃないんだもの。私たちにかまわず、いつでも出て行っていいんだからね」

「そんなことしないよ。『酔芙蓉』が遠からずなくなるなら、いっそう頑張って、あっちにたくさんコネをつくっておかなくちゃ。おタエちゃんだって、そこまでわかっているなら、早くここを出たほうがいいよ。その気になればすぐにでも出られるでしょ」

「私は出て行かない」

「どうして。岡本さんが嫌い？　でも他にも、身請けしてくれそうなお金持ちはいるでしょ。おタエちゃん、もてるもん」

「あんなやつらに、私の人生を好きにさせるもんか――」

フミが息を呑《の》むほど、激しい口調だった。しかし般若《はんにゃ》のような形相は一瞬で消え去り、タエはいつものようにおっとりと微笑んだ。

「身請けが幸せとは、私には思えない。私は、自分の力で、ここから出る。年季が明けるのを待って、晴れて堂々とね。その前に倒れたりしないよ。約束を覚えてる？　おフミちゃん」

「おタエちゃんのかわりに私が大陸一の芸妓になって、私のかわりにおタエちゃんが大陸一の女郎になるって約束？」

「そう。私はやっと、お職になった。もしかしたら、『酔芙蓉』最後のお職になるかもしれない」

「なら私も、置屋『白芙蓉』最初で最後の芸妓だね」

二人は顔を見合わせ、笑った。

「おフミちゃん、もし自由の身になったら、まず二人で旅に出ようよ。私、北京に行ってみたいな」

「素敵！　でもおタエちゃん、故郷《くに》はどうするの？」

「今更戻ってもしょうがないでしょ。家族も困るわ」

ひとごとのようにタエは笑う。いつしか彼女は、故郷《くに》に帰りたいと言わなくなった。

「それならその後で上海でおマサねえさんに会いに行こうか。きっと驚くよ」

フミとタエはひとしきり盛り上がった。タエの顔は明るい。無邪気な笑顔を見るたびに、フミはほっとする。

おタエちゃんは大丈夫。お蘭ねえさんのようにはならない。ちゃんと未来を見据えている。何度も自分にそう言い聞かせる。

彼女は蘭花の再来だと言う者は少なくない。月光をたたえたような白い肌。ぬばたまの髪。優雅な所作に、花が咲きにおうがごとき微笑み。タエを抱く男は、菩薩《ぼさつ》に抱かれたような気持ちになるともいう。実際、タエは蘭花によく似ていた。ゆるがぬ微笑、澄んだ声、酒も煙草もやらず、病にかからぬよう洗滌《せんでき》には誰よりも気を遣う。もともと人並みはずれて丈夫なことはまちがいないが、稼ぎ頭である彼女が寝込むことがないのは、徹底した健康管理のたまものだ。勉強熱心で、また客の要望に応《こた》えられるように、フミから舞や謡、三味線を習うこともあった。

だからタエはきっと大丈夫だ。彼女はこの『酔芙蓉』に、最後の花を咲かせるだろう。美しく花を咲かせながら、女郎たちの悲哀を静かに見つめて呑みこんで、心も体も巌《いわお》のごとく鍛え、ただ飛び立つ日に備えている。

「でも、おフミちゃんが芸妓をやめちゃったら、黒谷さま泣くだろうね」

フミの眉《まゆ》が、ぴく、と動いた。

「すぐ代わりの人形を見つけるよ」

「そんなことないよ。私は、おフミちゃんの舞を見ていると、自分が諦《あきら》めていた自由があるっていつも思う。ここに閉じこめられていたら見えない光景が、たくさん見える。だから、もっともっと見たいって思う。だから、黒谷さまの気持ちもちょっとわかるな。黒谷さまもね、もっと高く、もっと遠くに羽ばたくところを見たいんだよ」

フミは口元を歪《ゆが》めるようにして笑った。

「それならいっそ、内地から舞の師匠を連れてきてほしいんだけどな。今の状態じゃ限界があるもの」

「頼んでみたら？」

「さすがに言えないよ。もっとも、これがもしバレエなら、頼まなくてもサンクト・ペテルブルクまで勝手に出向いて探してきそうなんだけどね」

タエは扇をたたみ、床に置いた。

「なかなか複雑そうね。噂では、まぶしいほどの寵愛《ちょうあい》ぶりって話なのに」

「感謝はしてるよ。見目はいいし、よくお座敷に来てくれるし、金払いは文句なし。『酔芙蓉』にもずいぶん援助してくれるし。私、本当に幸運よね」

「閨《ねや》はあいかわらずなの」

「うん。おタエちゃんにもいろいろ教えてもらったのに、試すそばからよけいに黒谷さまに厭《いや》がられるし」

「パリ帰りなんでしょう？　あっちの女郎は押しが強いって聞くから、きっとひどい目に遭ったのよ。しばらくすればきっと落ち着くわ」

「ま、もうちょっと頑張ってみるわ。たぶん、こんないい目を見られるのもそう長いことじゃないと思うし」

タエは首を傾げた。

「あら、黒谷家ってすごいお金持ちなんでしょう？」

「もともとけっこう大きい商屋だったらしいんだけど、それを貴文さまのお父様が一代であそこまで大きくしたんですって。今回の戦争でも、フランス軍にあれこれ売りつけて儲《もう》けに儲けて、笑いが止まらないみたい。だから今はいいけど、戦争が終わったらどうするんだか」

「そう簡単に傾いたりしないでしょう」

「実家はね。でも、たいして働きもしないで外国でふらふらしている次男坊に、いつまで金を自由に使わせるのかって話よ。成り上がりの新華族だから、黒谷男爵はお金の大切さはちゃんとわかっている方だと思う。長男は跡継ぎとして本家で仕事をしているみたいだけど、次男坊は留学が終わっても、哈爾濱で放し飼いにしているのはおかしいと思わない？」

「言われてみればそうねえ。でも留学なさったんなら優秀なんでしょうし」

「留学も、国費留学ってわけじゃないみたいよ。たぶん、帰れない事情があるのよ」

「島流しってこと？　そういうときは醜聞と相場が決まっているわよね」

「だと思うんだけれど、話が何も入ってこないのよね」

フミはため息をついた。つてを使ってあれこれ探ってはいるものの、黒谷家の箝口令《かんこうれい》がよほど徹底しているのか、何もわからない。

「とにかく、そんな状態で哈爾濱で芸妓《げいぎ》遊びなんて、神経を疑うわ。勘当なんてされたらこっちも困るから、せめてもうちょっと仕事に身を入れてほしいと思っていろいろやってるんだけどね……まったくあのぼんぼんは人の気も知らないでさ」

フミが苛々《いらいら》と舌打ちすると、タエは笑った。

「お母さんみたいねえ、おフミちゃん。母性本能そそる感じなのね、黒谷さまって」

「本当に頼りないの！　夢を食べて生きてるのよ」

「いいじゃない。そういう人ならそういう人で、お財布だと割り切ればいいのよ。体はいらない、でも金は払ってくれるなんて、夢みたいにありがたい相手だわ。夜ぐっすり眠れるし。おフミちゃん、いつも舞の稽古《けいこ》でへとへとになっているんだし、ちょうどいいじゃないの」

「そうなんだけど、これは意地なの」フミはタエの扇を拾い、顔を扇《あお》いだ。むかむかしてきたら、やたらと暑い。「夢に生きるのはいいよ。それが許されている生まれなんだもの、好きにすればいい。でもね、あくせく働いてる人間を俗物って見下す人は、私、大嫌い。そんな人に至高の芸術とか語ってほしくないわ」

あんな俗物どもにわかるものか。吐き捨てた黒谷を思い出すたびに、体温があがる。傲慢《ごうまん》な客などいくらでもいるし、たいていのことは受け流せるのに、黒谷のこの点だけは腹に据えかねるのは、自分が「俗物」そのものだからだろうか。

いいものは、誰が見たっていい。唄《うた》も踊りも、全ての芸術は、人間のあらゆる感情と生活から生まれたものだ。そこから引き離すことはできないし、むしろ俗っぽさの極み

貴文さま、私はもともと辻《つじ》芸人です。誰からも蔑《さげす》まれ、辻で踊ってお金をとっていたんですよ。お金がないときは、そのへんに茣蓙《ござ》を引いて客をとったんです。これ以上に俗っぽいこと、ありますか？　そう言ったら、どんな顔をするだろう。

だとフミは思う。

「なるほど。だからおフミちゃん、惚《ほ》れさせたいんだ」

「そうよ。どうせああいう人は、時が来れば本国に帰って、どこかのご令嬢と結婚すると相場が決まっているでしょう。だからそれまでには、自分が間違ってました、一度でいいから抱かせてくださいって土下座させたいわけ！」

拳《こぶし》を握って高らかに宣言したフミに、タエは拍手をした。

「楽しみ。私も華族さまのそんな姿見てみたいわあ」

フミは意気揚々と振り上げた拳をおろし、ため息をつく。

「でも、どうすりゃいいんだろう。かあさんには色気が致命的に足りないって言われるんだけど。舞っているときはいいのに、舞扇を置いた途端に、色気が全部どっかいっちまうんだってさ」

「色気ねえ……それなら稽古を少し減らしてさ、間夫をつくってみたら」

「芸妓になったばかりなのに、旦那《だんな》の顔に泥を塗ることにならないかな」

「何も間夫がいますなんて皆に知らせる必要はないの。ただ、黒谷さまにはちょっとにおわせるぐらいはしてもいいかもね。むしろ、におわせる前に気づくとは思うけれど」

タエの愛らしい顔に、したたかで妖艶《ようえん》な花魁《おいらん》の表情が浮かび上がる。

「相手の嫉妬《しっと》を煽《あお》るのは常道だもの」

3

フミが哈爾濱にやってきて、七度目の冬がやってくる。

夕方六時、フミが『白芙蓉』を出たときには、暗い空から粉雪が舞っていた。彼女が使うのは、『酔芙蓉』の表玄関ではなく、人通りの比較的少ない裏通りに面した場所だ。半玉時代は裏手の勝手口を使って出入りしていたが、一本立ちする直前に、隣の女郎屋がプリスタンに移ったため、女将《おかみ》は即座に裏庭の一部をせしめ取り、塀をのばして、フミ専用の出入り口を造ったのだった。

晴れて芸妓になったフミは、冬の間は馬車を使うことが許されたが、いかんせんこの裏道が狭いので、馬車が入ることができない。そのため座敷に向かう時はいつも、呼んだ馬車が待つ場所まで少し歩かねばならなかった。

白い息を吐き、傘を掲げる男衆《おとこし》と小走りで道を進む。大通りと交わる場所に、いつもの馬車が待っていた。挨拶《あいさつ》をして乗りこもうとした瞬間、横から何かが跳んできた。傘をもっていたためか、男衆の茂平は避けるのが遅れ、鈍い音を響かせ、呻《うめ》いた。

「茂平！」

「いいから、早くお乗んなさい。問題ねぇ」

こめかみのあたりから血を流し、彼はフミを馬車に押しこんだ。再び同じ方角から、風をきる音がした。フミはとっさに手で顔を庇《かば》った。腕に痛みが走る。

「大丈夫ですかい」

「平気よ。あんたこそ」

「小石ですから。じゃ閉めます。おい、すぐに出せ！」

茂平は御者を怒鳴りつけ、扉を閉めた。馬車はすぐに走り出す。フミは、石を投げた連中を見定めたい衝動をこらえ、袖《そで》をめくった。少し赤くなっている。

「待ち伏せして石投げるとか、ガキじゃないんだからさ」

フミは舌打ちした。いや、実際、子供かもしれない。最近はこういう悪質な悪戯《いたずら》が増えている。最初は、嘲《あざけ》りの言葉だった。今度は小石。これがいずれは、剣や銃になるかもしれない。そう思うと、ぞっとする。

「負けるもんか。こんなことで」

腕をさすり、フミは自分を鼓舞するように言い聞かせた。連中だって、あれ以上のことはそうそうできない。『酔芙蓉』の近所の住人たちは、まだフミたちの味方だ。『酔芙蓉』自体に、莫迦《ばか》なことはできない。日本人とまるわかりの装いで外に出るフミを相手に嫌がらせをするのがせいぜいなのだ。

こんなことで、逃げ出すものか。まだだ。まだ頑張れる。昔、ナツだって一人で耐えていたではないか。戦争中だって、『酔芙蓉』はここにあった。誇りにかけて、ぎりぎりまで粘ってやる。芳子やナツの意地が、いつのまにか自分にも移っていることに気づき、フミは苦笑した。

茶屋に着く頃には、腕は腫《は》れ、重い痛みがあった。こんな日にかぎって、座敷は朝までだ。大崎という、フミも何度か呼ばれたことのある実業家が主賓で、地段街にある置屋を総揚げしたという。舞の名手であるフミも、ついでに呼ばれた。大崎はあまり評判のいい男ではないが、とにかく最近羽振りがいい。気の張る座敷になりそうだった。

フミが茶屋に到着した時には、すでに大広間は賑《にぎ》やかだった。三味線と調子っぱずれの男の歌声、続いて大きな笑い声が聞こえてくる。もうだいぶ出来上がっているようだ。

「おお待っていたぞ芙蓉。さあみんな、哈爾濱一の舞姫のおでましだ！」

芙蓉がやって来ると、主賓の大崎が赤ら顔で声をはりあげた。

「おまえたちは初めて会うよな？　女嫌いと名高いあの黒谷男爵のご次男が骨抜きになっている名妓《めいぎ》だ。注意しろよ？」

大崎の他に、十人以上も客がいた。会社の関係だろう。フミは腕の痛みをこらえて手をつき、大崎から順番にぐるりと客を見渡した。

「やめてくださいな、おにいさん。皆様、どうぞ今宵《こよい》はよろしゅ……」

笑顔のまま、言葉が途切れた。フミの目は、一人の男のところで止まってしまった。ここにいる中では、一番若い。そのせいか、彼は一番端で、控えめに飲んでいた。眼鏡をかけた、地味な容貌《ようぼう》の青年だった。しかし、そのいでたちは目を惹《ひ》く。背広姿ばかりの中、彼はただひとり、濃紺の長袍《チャンパオ》を着ていた。

「ほら、浅野。芙蓉がびっくりしているじゃないか。だからそんな恰好《かっこう》はやめろと言ったんだ。芙蓉、こんなナリをしているが、こいつはれっきとした日本人だ」

大崎はとりなすように言った。日本人でも長袍を着る者はいるが、茶屋の座敷までこれで通す者は珍しい。しかし、フミが驚いたものは、そんなことではなかった。

「申し訳ありません。これが一番楽なもので」

浅野と呼ばれた長袍の青年は、申し訳なさそうに首をすくめた。

「まったく、不粋な奴だな。すまんな芙蓉。この浅野は実直でいい奴だが、こういうところの作法はまるで知らんのだ。支那暮らしが長くてなあ」

「いいえ。よくお似合いだと思います」フミはとっさに笑みをつくり、浅野を見た。

「私も旗袍《チーパオ》を着ることはありますの」

「そうでしたか。芙蓉さんの旗袍姿はさぞ艶《あで》やかでしょうね。その姿もよくお似合いですが」

浅野は、照れくさそうにフミを見て微笑んだ。眼鏡ごしに、柔らかく細められた目を見た瞬間、フミの頭は真っ白になる。もはや、腕の痛みも気にならなかった。

「なるほど、これは浅野の作戦勝ちだな！　たしかにこれなら、地味なおまえでもすぐに芙蓉の目にとまる」

「そういうことか。なんだよおまえ、案外抜け目ねぇなあ」

「ああ、そういやぁこいつ、芙蓉の絵はがきをこっそり買ってたっけ！」

男たちはどっと笑い、浅野は「いやあ、かんべんしてくださいよ」と頭を掻《か》いた。

「おまえらほどほどにしてやれ。浅野は俺の命の恩人なんだ」

大崎が笑い混じりに言った。フミが「恩人？」と尋ねると、得意そうに続けた。

「満洲里で暴漢に襲われたところを助けてもらったんだ。こう見えて、こいつなかなか腕が立ってなあ。ちょうど仕事を探してるってんで、連れて来たんだよ」

「まあ、なんて勇敢な方」

「異国の地で、同じ日本人が困っているのを見れば助けるのは当然です。私もかつてはずいぶん助けられましたから」浅野は大崎に悪戯めいた笑みを向けた。「それに、私としてはむしろあの掏摸《すり》に感謝したいぐらいですよ。食い詰めていたところでしたのでね。彼が恩人です」

浅野の言葉に、周囲はさらに沸いた。フミの心臓も、うるさいほど音を立て始める。

浅黒い肌に覆われた、これといって特徴のない顔。長めの黒髪。野暮ったい丸眼鏡。少し怯《おび》えているような、弱々しい表情。一見したところでは、記憶の中に合致する顔はない。しかし今の、悪戯を思いついたような笑顔は、はっきりと覚えがある。

そもそもフミは一度言葉を交わした人間の顔は忘れない。ある程度の変装も簡単に見破ってしまう。なにより、浅野が笑うたびに蠢《うごめ》く、顎《あご》に走るあの傷。白い蛇。六年の歳月の中で、ぼんやりと霞《かす》んでいた彼の面影がはっきりと像を結び、目の前の冴《さ》えない男の上に重なった。

それから、どうやって過ごしたのか、自分でもよくわからない。

酒を注いでまわり、乞《こ》われるままに舞い、虎拳《とらけん》などのお座敷遊びで大騒ぎをしながらも、少し離れた場所でそんな自分を眺めているような感覚が続いていた。

日付が変わる頃にはさすがに疲れてうとうとする者も多くなり、笑い声に包まれていた座敷も次第に静かになっていく。客も芸妓《げいぎ》も雑魚寝《ざこね》を始め、フミも屏風《びょうぶ》近くで舟を漕《こ》いでいたが、人の動く気配に薄目を開けた。浅野だった。今の今まで壁際に転がっていた彼は、ふらふらと座敷から出て行く。静かに襖《ふすま》が閉められる音を聞き、フミは起きあがった。他に、起きている者はいない。聞こえるのは、鼾《いびき》ばかりだ。近くで寝ている客や芸妓を起こさぬよう、そうっと歩き、廊下に出る。今夜は貸し切りなので、人の姿も声もない。角を曲がる長袍の裾《すそ》が一瞬見えたような気がして、フミは動きを止めた。何度か深呼吸をしてから再び後を追う。

角を曲がってしばらく行くと、中庭に出る。この季節、好んで中庭に出る者はそうそういないが、案の定、浅野はここにいた。凍った池の畔《ほとり》に立ち、ぼんやりと空を見上げている。雪はいつしか止んで、空にはまっぷたつに割れた月が冷たく輝いていた。

地面も木々も、ぶ厚い氷に覆われた池も、砂糖をまぶしたように白かった。フミが息を吐くと、顔の前が真っ白に染まる。室内の熱気と酒のせいで火照っていた体には、この冷気はむしろ心地よい。霞《かすみ》がかっていた頭がしゃっきり目覚める感じがした。

浅野がこちらに気づく様子はなかった。声をかけていいものか、フミは迷った。追ってきたと思われたら、いやがられはしないだろうか。自分も目を覚ましにきたのだとさりげなく言えばいい――でもその後は？　何を言うつもりなのか。

彼は、山村健一郎だ。まちがいない。自信はある。フミがずっと夢見てきた瞬間だ。しかし、山村にとってはどうだろう？　六年前、たったの二度ほど話しただけの小さな子供。覚えているとはかぎらない。そんな少女がいたと思い出したとしても、そのときにした約束など、おそらく覚えていないだろう。そもそも覚えていたら、なんらかの合図があってしかるべきだ。文ひとつ寄越さず、いきなり別人として現れて、フミを見たときだってまるきり初対面の表情をしていたではないか。

らしくなく、物陰でぐずぐずしていると、急に風が吹いた。細かい雪が舞い上がり、視界に紗《しゃ》がかかる。山村の姿が一瞬かき消えたように見えて、フミは気がついたら声をあげていた。

「浅野さま」

彼は驚いたようにふりむいた。仄《ほの》かな灯りでは、表情まではわからない。

「芙蓉さん。どうしたんです」

「だいぶ酔ったので、すっきりしたくて。先客がいるとは思いませんでしたわ」

「いやあ、真っ先に眠りこけてしまって。こういう場は初めてで、お恥ずかしい」

「総揚げは、雑魚寝までが作法ですもの。いつ寝ようと自由ですよ」

フミは庭に降りた。山村は動かない。月の光を背に受けて、黙ってこちらを見ている。そばまで寄ると、困ったように眉《まゆ》をひそめているのがわかった。

「こんなところに降りてきては、風邪を引きますよ」

「浅野さまのほうこそ」

「ここよりずっと内陸の、満洲里で生活していましたから。これぐらい、どうということはありません。むしろ心地いい」

「私だって、これぐらいの寒さ平気です。子供の頃は、真冬に野宿などざらでしたから」

「あなたが？」

信じられない、と山村は目を瞠《みは》った。フミはかぶりをふった。この顔で、こんな間近にいて、赤の他人のふりを通されるのは予想以上に辛《つら》い。

「お芝居はもうやめて、山村さん。それとも本当に、これっぽっちも覚えていないんですか？」

睨《にら》みつけると、浅野は戸惑ったように首を傾げた。しかしそれは一瞬のことで、座敷にいる間ずっと漂っていた怯えたような表情が消え、かわりに唇の片端がわずかにあがった。引き攣《つ》れるように、顎の傷が動く。眼鏡を外すと、朴訥《ぼくとつ》とした雰囲気も消え失《う》せた。白目の目立つ鋭い目が現れ、フミを見て笑う。

「やっぱり、気づいていたんだな」

声音も変わった。どこかふわふわしていた声に、ぴしりと芯《しん》が通る。ああ、よかった。フミは泣きそうになった。ここで否定されたら、おそらく自分は、耐えられずに逃げ帰っていた。茶屋からも飛び出して、こんな夜中の哈爾濱を走り回るはめになったかもしれない。

「私は、一度言葉を交わした人の顔は忘れません」

「たいした記憶力だ。この恰好を一発で見破ったのはおまえが初めてだぞ、おフミ」

名前を呼ばれた瞬間、フミの体はわなないた。膝《ひざ》が折れ、その場にへなへなとしゃがみこむ。

「おい、大丈夫か？」

「……大丈夫。夢みたいで……」

山村はフミに手を差し伸べたが、少し考えてから、自分も一緒に座りこんだ。

「俺も夢かと思った。久しぶりに哈爾濱に戻ってきたら、舞がとんでもなくうまい芙蓉って芸妓がいるって言うじゃないか」笑って、フミの顔をのぞきこむ。「まさかと思って、写真も買ったが、写真じゃおまえだとは確信できなかったよ」

有名な芸妓や女郎は、絵はがきがばらまかれる。タエなどは、お職になって新たに写真を撮り直してから、客が増えた。とびきりきれいな化粧と衣装で、とびきり澄まして撮影するのだから、十二歳の薄汚れたフミしか知らない山村が、同一人物だとわからなくても、仕方がない。

「だが、本当におフミなんだな。……ああ、たしかに、おまえだ」

たしかめるように、山村はフミの顔に触れた。体が竦《すく》んだのは、指が氷のように冷たいせいだけではない。

「座敷に私が来ても、わからなかったんですか？」

「あんまり綺麗《きれい》になっていたからな。すっかり、いい女になっちまって」

「本当にそう思ってます？」

「もちろんだ。舞も見事だった。正直、魂消《たまげ》たよ。角兵衛獅子《かくべえじし》が見事なことは知っていたが、おまえは本当に舞うために生まれてきたんだな。芸妓は天職だよ」

フミは、力なく首をふった。

「私、女郎になるはずだったのに」

「哈爾濱一の女郎。それでおタエが芸妓だろう？」

ああ、覚えていてくれたんだ。フミの胸が熱くなる。

「それだけの舞の力だ。天が見逃すはずがない。おまえは、なるべくして芸妓になったんだ。おまえの天分が、この運命を引き寄せた。おタエにはそれがわかっていたのさ。いい友人をもったな。そういう友人をもったことも、おまえの天分だ」

「なんだか私、すごい人みたいに聞こえる」

「すごいさ、おフミは。昔から、他の子供とはまるで違っていたからな」

山村は昔のように頭を撫《な》でようとしたが、中途半端に手をあげたところで止まり、それからぽん、と肩をたたいた。

「山村さんは、いつ哈爾濱に来たんです？」

「三ヶ月前だ」

「そんな前？　なのに、一度も連絡をくれなかったんですね。ひどい。やっぱり忘れてたんだ」

「違うって。本当に忙しかったんだよ。大崎さんのところで働きだしたばかりだから、真面目にやらんとクビになる」

「今は、大崎さんのところで通訳ですか」

「雑用だよ。さすがに冷えてきたな。座敷に戻るか」

山村は先に立ち上がり、フミに手を差し出した。フミはもっとここにいたかったが、たしかに足下から這《は》いのぼる寒さは耐え難い。しぶしぶ山村の手をつかんだが、引き上げられるときに痛みが走り、眉が寄った。

「なんだ、この痣《あざ》」

山村はめざとく、袂《たもと》からのぞく腕の異状に気がついた。今や、右腕は大きく腫《は》れあがっている。

「今日、出がけにぶつけちゃって」

「偶然ぶつけてできるようなものじゃないだろう。おまえ、ひょっとして傅家甸からその恰好でここまで来ているのか」

　さすがに察しがいい。フミが頷《うなず》くと、莫迦《ばか》か、と舌打ちされた。

「今、対日感情が最悪なのは知っているだろう」

「わかってますけど、仕方ないじゃないですか。私の住まいは傅家甸なんですから」

「地段街に移るべきだ。旦那に頼んで住まいを用意してもらえ」

「もちろん言われました。でも断りました」

「莫迦な。どうして」

「莫迦莫迦言わないでくださいよ。おタエちゃんたちもいるもの」

「外に出ないことである意味守られている女郎とおまえじゃ、全く立場が違うだろう」

「同じですよ。これ以上、旦那《だんな》に借りを作りたくはありません」

　山村はまじまじとフミを見つめ、ため息をついた。

「まったく。侍みたいな奴だな」

「心配ですか？」

「当たり前だ」

「じゃ、私を連れて行ってください」

　フミが笑って見上げると、山村は虚を衝《つ》かれた顔をした。

「覚えてませんよね。昔、約束したんですよ。私が哈爾濱一の女郎『芙蓉』になったら、迎えに来てくれるって。そして堂々と身請けして、連れて行ってくれるって」

　あくまで冗談めかして言おうとしたのに、声の震えがそれを裏切った。崩れそうになる表情を見られたくなくて、フミは山村に抱きついた。山村は黙って抱き締めてくれた。こらえきれずに涙が落ちる。ためらわず抱き締め返してくれる腕の、なんて力強く温かいことだろう。ああ、私はこんなふうに抱き締めてもらいたかったんだ。ただそれだけで、よかった。誰も、こんなふうに抱き締めてくれなかった。

「覚えてるよ」

「嘘」

「覚えてるから、哈爾濱に来たんだ。まとまった金がなかなか出来なくて、ずいぶん遅くなっちまった。でもおまえは芸妓《げいぎ》になって、華族の次男坊の旦那もいる。いまさら出る幕はねえなと思ってひっこんでいたんだ」

「……そんな」

「それでもやっぱり一目会いたいと思って、大崎さんに頼んで連れてきてもらった。正直、おまえが気づくとは思わなかったよ」

「気づかないはずないでしょう。私、山村さんならすぐにわかる。だって……ずっと待っていたんです。伝えたいのに、言えなかった。こみあげてくるものが、喉《のど》を震わせて、おかしな声が出《うず》た。

フミは山村の肩に顔を埋めた。六年前も、こんなふうにしがみついて泣いた。あのときは、彼が屈《かが》んでくれないと、肩に顔が届かなかった。立ち襟からのぞく首の皮膚から、仄《ほの》かに山村の香りがして、涙が止まらなくなった。昔、この香りに抱かれて眠った。幸せだったあの一夜の記憶が、またたくまにフミを包み込む。

「おフミはよく泣くなあ」

山村は笑い、あやすようにフミの背を撫でた。痺《しび》れたような震えが走る。

「普段は泣きません。山村さんと会うときだけです」

「あとで他の連中にどう説明すればいいんだ。芙蓉を泣かせたなんて知られたら、哈爾濱で生きていけないじゃないか」

山村は体を離すと、手巾《しゅきん》で丁寧にフミの顔をぬぐった。どのみち後で顔を洗わなければならないが、フミはおとなしくされるがままになっていた。たぶん、ひどい顔をしている。こんな顔を見られたくはない。しかし、離れてしまうのはもっと厭《いや》だった。

「ずっと大崎さんのところにいるんですか」

「しばらくはな」

「しばらくってどれぐらい？」

「俺がクビにならないかぎりだよ」

笑う顔は、やはり昔のままの山村だった。

「じゃあ、また会えますよね？」

「おまえは旦那がいるだろう。それに俺は、そうそう茶屋に来られるような身分じゃねえよ」

「あら、身請けするぐらいの大金をもってくるはずじゃなかったんですか」

　半ば本気の冗談に、山村は苦笑した。

「この街にいるうちは、あまり目立たちたくないんだ。だが大崎さんは、おまえを気に入ってるようだから、金魚の糞《ふん》みたいにくっついてはこれるかな」

「それだけじゃ厭」フミは長袍をつかんだ。「二人で会いたい。迷惑でも、わがままでも、あと一度だけ。これっきりは厭です」

「迷惑なわけないだろう。俺だって、おフミに会いたい。そうだな……」

　山村はしばらく考えこみ、「むかし一緒に行ったロシア料理の店、覚えてるか？」と言った。フミは勢いこんで頷いた。その後に二人で行った雑貨屋もあわせ、実は何度も足を向けている。ひょっとしたら山村の消息が知れないかとわずかな希望に縋《すが》り、そのたびに店主たちの申し訳なさそうな顔を見ては帰ってくるということを繰り返した。しかしそれも、水揚げと同時にやめた。もう過去の夢は捨てなければと思ったからだ。

　それなのに、今、本物の山村がここにいる。フミに触れている。

「なら日曜の夜にそこで。来られるか」

「必ず行きます。約束ですよ」

　山村の笑みが、近い。腰に回っていた手が頬に触れる。さきほどは氷のようだと思った指は、ほんのりと温かかった。ほっ、とついた息《う》がそのまま間近にある唇の中に吸い込まれ、二人の間の空気がその瞬間、消え失せた。

翌朝、『酔芙蓉』に戻った後も、フミは一睡もできなかった。稽古《けいこ》も身が入らず、何度も怒られた。タエに打ち明けたかったが、まだ現実だと信じ切れず、なかなか口にできない。今までにも何度も、山村が迎えにきてくれる夢を見ては、目覚めてから落胆するということを繰り返してきた。これもそうかもしれないという思いが拭《ぬぐ》えず、口にした途端、目が覚めてしまうのではないかという恐怖があった。

祈るような思いで日々を過ごし、ようやく迎えた週末、フミは緊張にふらつきながら店に向かった。前日から一睡もできず、吹き出物が出来てしまい、それだけで死にたい気分になったのは初めてだった。道中で嫌がらせをされませんようにと祈りつつ歩いたせいか、洋装だったせいか、今日はなにごともなく傳家甸を出ることが出来た。

洋車を拾い、プリスタンへと向かう。雪に覆われた街は、美しかった。雪景色などもうすっかり見慣れて、鬱陶《うっとう》しいだけだったのに、陽を浴びてきらきらと輝く街全てがフミを祝福し、励ましているようで、目頭が熱くなった。泣いたらせっかくの化粧が崩れてしまうので必死にこらえ、店のある通りで洋車を止めた。扉の前で深呼吸をして、思い切って手をかける。

「いらっしゃい！　おや、フミじゃないか！」

店主のイワンがすぐに気づき、嬉《うれ》しそうに迎えてくれた。樽《たる》のような体と、常に赤い顔は変わらない。彼は意味ありげに笑い、奥のテーブルを指し示す。

「先に来てるよ。よかったねえ、フミ。やっとだよ」

促すように肩をたたく。フミはほとんど聞いていなかった。すでに全ての神経が、テーブルの向こうからこちらを見ている男に釘付《くぎづ》けだった。

「よう。今日は洋装か、それもいいな」

笑って片手をあげたのは、浅野ではなかった。フミがよく知る、山村健一郎の姿だった。フミが夢心地のまま席につくと、店主は彼女の好きなザクロの果実酒《ナリブカ》を「おごりだよ」と振る舞ってくれた。店主も、店の内装も、そして料理も昔のままだ。凄《すさ》まじい勢いで変化していく国際都市の中、ここは変わらない。

「哈爾濱に舞い戻ってきて、いの一番にここに来たんだ。イワンが、去年まではおフミもよく来ていたと言っていたもんだから、ばったり会わないか期待してたんだがなかなかうまくいかなかったな」

「今年は忙しくて……会社の方と来たりするんですか」

「会社の連中は、こういうところには来ない。一緒に来たのはおフミだけだ」

「やった」

無邪気に喜ぶフミを見て、山村は「そういう顔をしていると、昔と変わらない」と笑った。

「見てみろ。この間言ってた、おまえの絵はがきだ」

山村は、背広の隠しから、フミの絵はがきを取り出した。芸妓の正装をし、舞扇を掲げてポーズを決めている。自分で言うのもなんだが、なかなかの美人に見える。

「わあ、別人。これじゃ、わからないですよねえ。ひたすら白塗りだし」

「相当悩んだぞ」

「山村さんの変装だって相当です。名前も変わってるし、どうしてですか？」

「ああ、俺は支那の官憲に手配されてるから」

彼はさらっととんでもないことを言った。

「この六年、ふらふらしている間にちょっとおいたが過ぎてな。このへんには手配書は来ていないと思うんだが、大崎さんと会ったころにはあの恰好《かっこう》だったから、そのまんま来ちまった」

「おいたって何をしたんです」

「若気の至りだから勘弁してくれ。それより、おまえの話を聞きたい。芸妓芙蓉の出世物語。楽しみにしていたんだ」

「ずるい。私は六年ずっと、山村さんが来てくれるのを健気《けなげ》に待っていたんですから、私が先に聞く権利があると思います」

食い下がると、観念したように山村が両手をあげた。

「でもなぁ、とくに語るようなこともないんだ。あの後も適当にふらふらして、馬賊にとっつかまったりなんだりしているうちに気がついたら内蒙古のあたりまで行っていた。あっちの生活もなかなか面白かったんだが、飽きてきたから満洲里で日銭を稼いでました どこかに行こうと思ったら、大崎さんに会った。以上」

「はしょりすぎです。そもそも馬賊にとっつかまったりって何ですか。今度は白酒《パイチュウ》を飲み過ぎて、頭領の虎みたいな妹と結婚するはめになったとかじゃないでしょうね」

よく覚えてるな、と山村は笑った。膨れていたフミも、つられて笑う。腹の底から笑うのは久しぶりだった。

夢のようだ。あれだけ焦がれた山村が、目の前にいる。あのときと同じ店で、あのときと同じ味のボルシチを食べている。六年の壁が、瞬く間に崩れていくのを感じた。「芙蓉」の下から、少女フミがひょっこりと顔を出す。夢じゃない。これは夢ではないのだ。

その後も山村はぽつぽつと質問には答えてくれた。しかし、肝心なところはぼかしたままだ。真実の大半は、隠されている。尋ねてもたやすく答えてくれるようなものではないだろう。おそらく、仲間にならなければ、明かされることはない。そういう類《たぐい》のものだと、フミの勘は告げていた。

「そういえば、旅をしているさなかに、おまえに見せたいと思った光景があった」

笑いに満ちた食事が終わり、いささか喋《しゃべ》り疲れた様子でヴォトカを舐《な》めていた山村は、思い出したように言った。

「私に？」

「ここよりずっと北――タイガを抜けて、アムール近くに広がる湿原に、見事な芙蓉の湖があったんだ」

懐かしそうに、彼は目を細めた。この芙蓉はおそらく蓮《はす》のことだろう。哈爾濱でもいたるところに蓮を見るし、太陽島《たいようとう》にもみごとな蓮の湖がある。

「場所が場所だから、人は滅多に来ない。朝靄《あさもや》の中、でかい湖いっぱいに、薄紅の芙蓉が群れ咲いているのを見たんだ。俺は花を見て美しいと思う感性は持ち合わせてないが、あれは圧倒されたな。極楽かと思ったよ」

「見に行きたい。連れて行ってください」

「馬がないと無理だ。一番近い都市はたぶんハバロフスクだが、そこから飛ばして一日はかかる。周囲には何もない。民家もない。命懸けだぞ」

ならばますます夢のような場所だ。極楽を見るものといえば、獣と、空を翔《か》ける鳥だけ。澄みきった空の下、海のように広い湖に、淡い紅の蓮が群れ咲く光景を思い浮かべ、フミは恍惚《こうこつ》とした。

「それなら乗馬を習います。太陽島に倶楽部《くらぶ》があるんです」

「曠野《こうや》を駆けるのは辛《つら》いぞ」

「簡単に見られたら極楽じゃないでしょう」

フミの言葉に、山村は笑った。

「そう、そういうところだ。水芙蓉は本来、暖かいところに咲く花だが、真冬には零下三十度までさがるような土地にも適応した。ずば抜けて生命力の強い花だよ。すっくと茎を伸ばして咲く様を見て、おまえのことを思い出したんだ。いつか、連れて行くよ」

「約束ですよ。私、約束はいつまでも覚えてますから」

「肝に銘じよう。さて、次はおフミの番だ。じっくり聞かせてもらおうじゃないか」

山村はテーブルに肘《ひじ》をつき、尋問官のように身を乗り出した。

「いいけど、場所を変えませんか。明日の朝まで、ここに居座るわけにもいかないし」

それだけで、伝わったはずだ。山村は一瞬、探るようにフミを見た。フミもまじろぎもせずに受け止める。今日は朝から冷たい雪で、二人で楽しく散歩をするような気候でもない。なにより、山村は極力目立たぬよう行動していた。このままどこかの宿に直行するのが、一番だった。

山村が、口の端だけで笑う。

「そうだな。行こう」

白い蛇が囁《ささや》いたように、聞こえた。


山村が選んだのは、以前の雑貨屋ではなく、ロシア人夫婦が経営する小さな安宿だった。さきほどの店主とは違い、愛想のかけらもない二人だったが、宿の中の掃除は行き届いていた。山村は、ヴォトカと白酒を買って、渡された鍵《かぎ》を手に階段を上った。ぎしぎしと音をたてる階段を、フミもうつむいて上る。

「このあたりじゃ、ここが一番いい。あと、メシはうまい。明日の朝食は楽しみにしておけ」

角部屋に入り、山村はカーテンを開けて外を見た。雪はますますひどくなっていた。

一階は暖かかったが、この部屋では外套《がいとう》を脱ぐと震えがくる。フミは自分の体を抱きながら椅子に座った。その様子に山村は笑った。彼はほとんど寒さを感じていないようだった。

「飲んでてっとりばやく温まるに限る。どっちがいい？」

山村は買ったばかりのボトルを二つ掲げた。

「じゃあ白酒」

「やっぱり傅家甸育ちだな」

「ヴォトカは味がさっぱりわからないんだもの」

「最初は俺もそう思った。だが癖になるんだな、これが」

二人は寝台に並んで腰掛け、白酒とヴォトカで改めて乾杯をした。ほどよく酔いが回ってくると、体も温まり、舌もなめらかに回り出す。部屋に入った時のぎこちない空気は消え去り、フミは半玉時代の苦労話を面白おかしく語った。山村も喜び、大いにもりあがったが、話が水揚げに及ぶとフミはぴたりと口を閉ざした。

「話したくないのか」

「面白い内容でもないから」

「俺としてはおおいに興味があるぞ。そうそう、このあいだ、黒谷と歩いているところを見かけた。五日前だったかな」

フミは思いきり顔をしかめた。たしかに五日前、黒谷と観劇に出かけた。

「そう渋い顔をするな。あの毛皮《シューバ》、よく合っていたぞ。いっぱしの貴婦人だった」

「……あの日、はじめて着たの。見られてたなんて、間が悪い」

もちろん黒谷が注文したものだ。いつも、全て黒谷の見立て通り。高価なものを惜しみなく与えられ、飾り立てられるのは時に虚《むな》しくはあるけれども、同時に悪い気もしない。女としての虚栄心は、フミにもある。セーブルを纏《まと》った自分に賞賛と羨望《せんぼう》の視線が集まるのは、嬉《うれ》しかった。

しかし、その姿を山村に見られるのは厭《いや》だった。今日の服は、帽子から靴に至るまで、全て自分で用意したものだった。黒い厚手のワンピースも暗い赤のカーディガンも何もかも自分で買った。もちろん黒谷が揃えるものとはちがい、店に並んでいる既製品だ。それでもこれらは、フミが貴重な休みに選びに選んで購入したお気に入りの中でも、とっておきの組み合わせだった。山村は今日のフミの服装も褒めてくれたが、同じ口で、黒谷の買い与えたセーブルを褒められたくはなかった。

写真の「芙蓉」と、黒谷によって飾りたてられた女は同じ。今、山村の目の前にいるフミとは違うのに。

「噂には聞いていたが、黒谷貴文、なかなかの男ぶりじゃないか。うなるほど金があるわ顔はいいわ、哈爾濱一の芸妓《げいぎ》と懇ろだわ、羨《うらや》ましいかぎりだな」

ヴォトカで饒舌《じょうぜつ》になった山村は、笑いながら黒谷を褒めた。反対に、せっかく白酒で軽くなったフミの心は、どんどん落ちこんでいく。

「あの人の話は、やめて。せっかく山村さんと会えたのに、仕事の話は厭」

仕事、という箇所をフミは強調した。

「幸せそうに見えたんだがなあ」

「べつに不幸なわけじゃない。いい旦那《だんな》さまだと思う。でもそれだけ」

山村は首を傾げると、小さいグラスにヴォトカを注いだ。こういうときのお決まりとして、フミが「底まで《ペイダトナー》！」と手をたたいて囃《はや》すと、彼は一気に底まで飲み干した。

「大崎さんは、いずれ落籍されるだろうと言っていたぞ。だから俺は、会わないほうがいいと思っていた」

「噂なんていつだって適当なものだもの。本当のことなんて誰も知らない」

フミは吐き捨てるように言った。

「そんな顔をするな」

山村の手が伸びる。アルコールに温められた指先が、ひっかくようにフミの頬をなぞる。小さな動きだけで、フミは震える。見えざる力に引きずられ、胸にしがみついた。

「山村さんが悪い。話したくないって言ったのに」

「悪かった」

指がゆっくりと動く。ヴォトカに灼《や》けた吐息を感じる。酒臭いのはあまり好きではないはずなのに、その空気にますます酔いそうになる。

「私はずっと、山村さんが好きだったのに」フミは、自分の顔をなぞる指をつかんだ。

「ずっと待ってたもの。待ちすぎて、もう山村さんって存在が嘘なんじゃないかって思うときもあった。私が妄想の中でつくりだした、都合のいい存在なんじゃないかって」

「そりゃ困るな」

山村は喉《のど》の奥を鳴らすようにして笑い、自分の手を握るフミの手をとると、その指に口づけた。幻ではないと、証明するように。

熱い。頭がぼうっとする。そのくせ、頭以外の場所の感覚は、異様に鋭敏になっているのがわかった。触れられていない場所全てが、触れられたところよりずっと痛い。早く触ってほしいと、泣き叫んでいる。

「これぐらいじゃ、わからない。お酒、たくさん飲んだもの」

「なかなか強くて魂消《たまげ》たぞ」

小さく笑う震動だけで、もうどうしようもない。体の奥が熱く震え、きゅうと絞られる。痛みが甘い。

「だから教えて。山村さんは、現実にいるって。たくさん、教えて。安心させて」

フミは山村の頭を抱えこみ、今度は自分から口づけた。頷《うなず》くかわりに、山村はフミの体を抱え込むようにして寝台に横たえた。

肌の熱を感じたとき、胸が苦しくて泣きそうになった。この痛みこそが幸せなんだということを初めて知った。

愛《いと》おしいことは、温かいこと。好きなだけ、熱を伝え合うこと。それしか知らない。

子供の頃、ひもじいときや寂しいとき、与吉や太一とそうしていた。大人の真似をして、抱き合っているときだけは、明日もまた怒られるかもしれないという不安や、石を投げられた痛みを忘れることができた。

夜ごと、『酔芙蓉』に来る男たちも同じ。富める者も貧しい者も、何かを忘れてぬくもりに包まれたいから金を握りしめてここに来る。誰かを抱きしめたい、誰かに抱きしめられたいのは、人間ならば誰もがもつ望み。黒谷がしょせんただの情欲と蔑《さげす》むものが、フミが幼い頃からただひとつだけ知っていた人の真実だった。

舞は好きだ。芸妓の仕事も好きだ。しかし、それだけでは埋められないものもある。むしろ、芙蓉としての自分が大きくなればなるほど、虚《うつ》ろな穴は広がっていく。黒谷やベリーエフがあらゆるものを与えてくれるのは、芙蓉に対してだ。それ以上を望むのはおかしい。わかっていても、美しく着飾り、望まれるままに舞う女の内側には、ぼろを纏った醜い子供が今もいて、悲鳴をあげる。たった一杯の汁を得るために、そして父のつかのまの愛を得るために、必死に踊る少女がいるのだ。

人はいつか、いなくなる。言葉を尽くしても、惜しみなく物を与えられても、純粋な愛情を注がれたとしても、いつか全ては消え失《う》せる。消えれば忘れる。忘れまいとすればするほど、心はねじれて、いつしか記憶も歪《ゆが》んで、体は凍えていく。しかし自分の体で覚えた熱ならば忘れない。舞と同じだ。体に刻みこめば、幾度も思い出せる。

ああ、私は今、幸せだ。全身で、奥底で山村を感じながら、フミは叫んだ。

ようやく、人間になれた。やっと、本物の芸妓になれたのだ。

泥の中にうずくまっていたいびつな種は、ようやく水面に顔を出し、今宵《こよい》、鮮やかな芙蓉の花を開かせた。

4

フミは山村とひそかに連絡を取り合っては、逢瀬《おうせ》を重ねた。

座敷が終わった後、目立たぬ恰好《かっこう》に着替えて出かけることもあったし、休日が合えば朝からずっと一緒に過ごすこともあった。

人目を憚《はばか》るがゆえに、場所はたいてい、最初に結ばれたあの安宿だった。哈爾濱には娯楽が山のようにある。二人で出かければ、楽しみも倍になるだろう。それでも、山村と共に出かけたいとは思わなかった。人に見られてはならないという以上に、限られた時間をただ二人だけで過ごしたかった。フミの世界とも山村の世界とも切り離された、この時を止めたような小さな部屋で、同じ熱を感じて、深く深く、二人でなければいけないところまで手を繋《つな》いで潜っていきたかった。熱の余韻にまどろみながら、寄り添って他愛《たわい》もない話をするのは、何にもかえられぬ幸せだった。

山村の体には、いくつか傷があった。ずいぶん古く消えかかっているものから、新しいものまで、そのひとつひとつを指で辿《たど》って、傷にまつわる話を聞くのが好きだった。

山村はいつもとびきりおかしな状況を語っては笑わせてくれた。そのほとんどが事実ではないとはわかっていたが、そんなことはどうでもよかった。

フミはすっかり夢中だった。

それだけに、周囲には悟られないよう、普段の振る舞いにはいっそう慎重になった。芸妓が情夫を持つのは珍しくはないが、フミは一本立ちしてようやく一年が経とうという新米だ。今ここで旦那の黒谷の不興を買うわけにはいかない。黒谷は、フミが誰と恋に落ちようが気にしないだろうが、顔に泥を塗られることは我慢がならないだろう。

フミは今まで以上に心をこめて座敷をつとめ、黒谷にも細やかに尽くした。舞の稽古《けいこ》にもいっそう精進し、そのせいか、最近は舞に艶《つや》が出たと評判だった。黒谷もフミの舞いを褒め、以前のように執拗《しつよう》にバレエのレッスンを薦めることはなくなった。

眠る時間は減り、体はへとへとのはずだったが、疲れは感じなかった。全ては、山村と会うため。休日になれば、また会える。そう思えば、どんなことでも耐えられた。女郎にとって恋は地獄だが、芸妓であるフミは、他の男と枕を共にすることはない。場合によっては寝なくてはならないこともあるが、今のところフミは強いられることはなかった。その幸運に感謝すると同時に、女郎たちの悲しみが身に沁《し》みた。たしかに子供のころの自分は、何もわかっていなかったのだろう。こんな状態で、他の男に抱かれるなど、いくら割り切っていても辛《つら》い。タエが絶対に恋はしないと言い切った理由が、痛いほどわかった。

その日もフミは、朝から舞の稽古に余念がなかった。最近は以前に増して、舞うのが楽しい。他人の前では口に出せない恋心も、舞では存分に語ることができる。以前よりも体が動くし、かなうことなら寝る間も惜しんで、ずっと舞っていたかった。

零下三十度の真冬だろうと、何時間も舞の稽古をすれば汗だくになる。その日もフミは、起きてからずっと『白芙蓉』につくられた稽古場で練習をしていたために、昼には襦袢《じゅばん》が体に貼りつくほどになっていた。扇子で扇《あお》ぎながら浴室にむかったフミは、脱衣所に先客の姿を見いだし、立ちすくんだ。濡《ぬ》れた髪をあげて、くるりとまとめていた千代が振り向く。

「おや、芙蓉ねえさん。おはよう」

夏の一件があってから、フミは千代と会うと反射的に身構えてしまう。だいたい千代は、フミの挨拶《あいさつ》も無視して——というよりおそらく気づかぬまま通り過ぎてしまうが、病的な顔色と目つきは、どうにも恐ろしい。

しかし今日は、珍しくフミを認識しているようだった。湯上がりのせいか顔色もいい。同性でも見とれるような豊満な肢体は、今やひとまわり以上も細くなり、手首など折れそうだったが、独特の色香はまだ健在だった。

「おはようございます、千代ねえさん。今日は早いんですね」

フミの声は弾んでいた。千代の元気な姿を見られるのは、嬉《うれ》しい。しかし千代は答えを返さず、じっとフミを見つめていた。

「間夫ができたね」

　フミはぎょっとした。え、とうろたえた声をあげると、千代は目を細めた。

「あんたほどわかりやすい娘も珍しいね。いいじゃないか、華族のぼんぼんのときよりずっといい顔をしている。で、誰だい？」

「お願い、かあさんには黙っていてください」

　フミはとっさに哀願した。女将《おかみ》に知られれば、強引に別れさせられかねなかった。

「莫迦だねえ、あたしが気づいているのにかあさんが気づいてないはずないだろう。芙蓉様は店の大黒柱だ。意見なんてしやしないよ」

　フミのうろたえぶりがよほどおかしかったのか、千代は声をあげて笑った。

「旦那《だんな》にばれなきゃそれでいいのさ。うまくおやり。この店は、あんたとタエにかかっているんだからさ。頼りにしているよ」

　媚《こ》びるようにフミの肩を叩《たた》くと、そのまま彼女は去って行った。足取りはやはりおぼつかない。フミはひとつ息をつき、汗をぬぐった。女郎というものは、人の色恋には本当に鼻がきく。山村と再会したことはタエにしか打ち明けていなかったが、もしやすでに、知れ渡っているのだろうか。

「よかったね、おフミちゃん。やっぱり来てくれたね。おマサさんに続いておフミちゃんもだなんて夢みたい。人生、捨てたもんじゃないよね」

　タエはそう言って、涙ながらに祝福してくれた。これでいつでも出て行けるね、と喜んでくれたが、仮に山村が落籍を申し出たとしても、女将が首を縦にふるとは思えない。半玉のころならばいざしらず、今や黒谷というれっきとした旦那もついて、儲《もう》けも上々。華族との縁を切ってまで、どこの馬の骨とも知れない男に唯一の芸妓《げいぎ》を易々と託すはずもない。わかっているから、フミも最初に冗談めかして口にしただけで、身請けの話は山村にもいっさいしていなかった。

もし山村と一緒になるのなら、黙って出て行くほかはない。しかしそんなことはできない。女将も、他の女郎たちも、自分を信じているのだから。だが、もし――

「おフミ」

背後から声をかけられ、フミは飛び上がるほど驚いた。おそるおそるふりむくと、立ち去ったはずの千代が立っていた。

「わかったよ。山村って男だね」

フミはさっと顔色を変えた。

「いいや、隠しても無駄だよ。あの男なんだろ」

血走った目に、フミは青ざめた。なぜわかるのだろう。もともと千代は勘が鋭いが、これではウメの千里眼と変わらない。

「あの男と一緒に帰ってきたときのあんたを見て、すぐわかったよ。今と同じ顔してた。あんた、難儀な男に惚《ほ》れちまったもんだねえ」

「一緒に？」

わけがわからない。山村に店まで送ってもらったことなど一度もないはずだ。急いで記憶を辿っていたフミは、あっ、と小さい声をあげた。

一度だけある。六年前。フミが山村と出会ったときだ。彼がフミを『酔芙蓉』まで送り届けてくれたときに、たしか千代もその場にいたはずだ。階段の上からおかしそうに見下ろしていたのを覚えている。しかし、たったそれだけだ。言葉を交わしたわけでもない。

「駄目だよ、おフミ。子供の恋はいちばん怖い。なんの計算もなくて、純粋で、だから根っこまでどろどろになっちまう。しかも相手があれじゃあ」

あれ呼ばわりに、フミはむっとした。

「あの人の何がいけないんですか。それにみんな、恋をしているじゃないですか」

「そりゃあね。でもあれは駄目だ。あんたを破滅させる」

「どうしてそんなことがわかるんです。ねえさん、ちょっと見ただけでしょう」

「千人以上の男をのっけてきたからね。ガキから棺桶《かんおけ》に片足つっこんでるようなじじいまで、坊さんから大悪党もね。殺されかけたことだって何度もある。だからひと目見ればどんな男かわかるのさ」

「そんな大悪党には見えなかったわ」

「いずれわかるよ。まあもっとも、わかったときは手遅れだろうけど。女なら、一度ぐらい、手遅れになるまで溺《おぼ》れるのもいいかもねえ」

千代は苦笑し、フミの頬を撫《な》でた。柔らかい肌を愛《いと》おしむように、指がゆっくりと上下に動く。ざらりとした感触に、ぞっとした。以前の千代は、常に指先まで手入れを怠っていなかったのに。

「今日はよろしく頼むよ、おフミ。久しぶりに志仁が来るんだ。今のあんたを見たらびっくりするよ」

目を見開いたフミを尻目《しりめ》に、千代は足取り軽く立ち去った。

「志仁さんなんて……」

もう何年も来ていない。来るはずもない。しかし、久しくないほど上機嫌な千代を見て、ようやくフミは理解した。今、彼女は昔に帰っているのだ。まだ牡丹として咲き誇っていたころの夢を見ている。フミは芸妓であると同時に、昔の薄汚い赤前垂れの少女なのだろう。だから山村のことも、昨日のことのように覚えている。

フミはしばらくその場に茫然《ぼうぜん》と立ち尽くしていた。阿片《アヘン》が紡ぐ夢。それは、千代にとって幸せなのだろうか。

年が改まり、哈爾濱は街中の全てが凍てつく最も厳しい季節を迎えた。

年末は何かと多忙だった黒谷は、茶屋が開くと待ちかねたようにやって来た。内地の作法にならい、黒の紋付きと稲穂の簪《かんざし》というでたちでフミが出迎えると、黒谷はいたく喜んだ。それもあってか、もしくは芯《しん》まで凍るような寒さのせいか、もともと酒量が多いほうではないはずが、珍しくずいぶん杯を重ねていた。

「今日の芙蓉はずいぶん機嫌がいいな」

ひととおり座敷を楽しんだ後フミと二人きりになった黒谷は、酒でかすかに赤らんだ顔で言った。

「ようやく貴文さまとお会いできたからですよ。年末年始とお会いできず、寂しかったんですから」

「どうかな。むしろ、会えないほうがよかったんじゃないか」

フミは、何を、と笑おうとしたができなかった。黒谷は、口に運んだ酒を、咀嚼《そしやく》するようにゆっくり飲み込んだ。

「芙蓉。男ができただろう」

フミは呼吸を止めた。その瞬間に、しまったと思った。ここは、笑うべきだった。少し驚いてみせてから、いやだ何を言っているんですか、と。しかしもう遅い。ただのかまかけだったのかもしれないのに、今の一瞬で、黒谷は確信してしまっただろう。

「そんな顔をするな。責めているわけではない」

黒谷の顔は、静かだった。

「恋は芸の肥やしだ。どんどんすればいい。君が苦しい恋をしているのは、はじめからわかっていたし」

「……はじめから？」

「最初の座敷の時だ。『黒髪』を舞っただろう。あれを見ればわかるさ。くわえて最近、舞に艶《つや》が増した。ベリーエフも言っていたぞ。芙蓉は恋をしてんじゃないかとね。さすがに落ちこんでいたな」

その様を思い出したのか、おかしそうに黒谷は笑う。フミに変わらず執心しているベリーエフは、しかしいまだに、床入りを許されていない。黒谷による水揚げが終わって半月後にやって来て朝までの時間を買ったものの、フミが全身の毛を逆立てた野良猫さながらに激怒したために、平謝りするはめになったのだった。人のいいベリーエフは、それ以来、フミの許可がおりるまで何もしないと誓い、約束は守られている。

「どうなんだ、芙蓉。君が今溺れている相手は、『黒髪』を舞ったときの相手か？　それとも違う男か」

黒谷はあいかわらず笑っていた。フミは彼の顔が直視できなかった。

「正直に答えたまえ。私は怒っているわけではない。旦那《だんな》として聞いておかねばならないから聞いている」

フミは観念して顔をあげた。この人に嘘はついてはならない。

「同じ人です。ずっと昔から……」

「日本人か？」

「はい」

「職は？」

「……哈爾濱の日本企業に勤めています」

「君や私に万が一のことがあってからでは困る。素姓は確かな男だろうね？」

フミは頷《うなず》いた。確かとはとても言えないが、ここで頷かなければ、黒谷は徹底的に追及するだろう。

「ならばよい。芸術にとっても恋は最高の薬だが、過ぎれば毒だ。芙蓉は賢いから莫迦《ばか》げたことはしないと信じているよ」

「はい」

「結構。いい恋をしてどんどん女を磨きたまえ。そして私に、もっと素晴らしい舞を見せてくれ。最近とてもよくなった。きっともっと素晴らしくなる」

フミはうつむいて、唇を噛《か》んだ。寛大な対応に、感謝すべきなのだろう。しかしひどく胸が痛い。フミは大きく息を吸い込み、むりやり笑みをつくると顔をあげた。

「ありがとうございます、貴文さま。貴文さまのお心の広さに、心から感謝いたします。でも、少し残念でもありますね」

「残念？」

「水揚げの時に私、必ず惚れさせてみせるって啖呵《たんか》を切ったでしょう。結局できなくて、その私が他の男に惚れこんじまったなら意味がありませんよね」

「ああ。あの啖呵には度肝を抜かれた」

今では笑い話にしかならない。煽《あお》るには嫉妬《しっと》だよと、タエは言った。嫉妬は最高の調味料。手練手管の初歩にして奥義。しかしそれは、相手が自分を人間と見なしていなければ意味がない。今となれば、失敗してよかったのだと思う。万が一、タエが伝授してくれた技がひとつでも効いていたら、今ごろ修羅場だ。

「結局、私の負けでしたね。情けない」

フミが自嘲《じちょう》気味につぶやくと、黒谷は苦笑した。

「勝ち負けなどない。私は土俵にはあがらなかったし、君には最初から惚れた男がいた。はじめから勝負になどなっていないだろう」

「そうですね。恋は勝負でも遊戯でもないのに。莫迦なことを言ったものです」

フミの言葉に、黒谷は何か思うところがあったらしい。口を開きかけたが、結局は何も言わずに酒を呑《の》んだ。

やがて黒谷がうつらうつらし始めたので、寝所に移って着替えさせ、いつものように布団を並べて横になった。黒谷は、座敷に来るとたいてい泊まっていく。深夜にフミを『酔芙蓉』へ帰すのを、嫌っているためだ。また、黒谷自身も、自宅に戻るよりも、ここにいるほうが最近はよく眠れるのだという。その言葉通り、今宵も彼はすぐに寝息を立て始めた。

怒りのような哀しみのような、表現しがたい息苦しさが消え失《う》せると、改めてこの状況の滑稽《こっけい》さが身に沁《し》みる。フミはこっそり寝返りを打ち、隣で眠る黒谷の横顔を見た。

本当に莫迦なことをした。頭にきたから、惚れさせてやるだなんて。芸妓《げいぎ》や女郎は、恋を自在に操る者も少なくない。自分の心も他人の心も、うまく捌《さば》いてこそ一人前。しかしフミにはできそうになかった。舞や話術で座敷をもりあげることはできても、そこまでだ。タエならもっとうまくふるまえるのだろうが、それは彼女が徹底的に覚悟を決めているからだ。そこまで揺るがないものは、フミにはまだない。だから、迂闊《うかつ》に手を出してはいけないのだ。

おかしなものだと思う。子供のときよりも、今の自分のほうがずっと子供っぽく、ままならない。昔はもう少し、冷静だったような気がするのに。情けなくて、フミは暗闇の中に忍び笑いを漏らした。

「何を笑っている」

もう眠っているかと思ったのに、傍らから存外はっきりとした声がした。

「ごめんなさい、起きていらっしゃいましたか」

「酒が抜けてきたら目が冴《さ》えた」

黒谷はため息をつき、瞼《まぶた》をあけた。そのまま何も言わない。薄い闇に覆われた視界と、吐息すらとらえる静寂は、実際の距離よりもさらに近くにいる錯覚を引き起こす。貴文さま、と呼びかけたのは、そのせいなのかもしれない。

「何だ」

「白状します。私、あの人が現れなければ、貴文さまに恋をしていたと思います。……

うぅん、実のところ、少し惚れかかっていましたね」

黒谷が少し笑った気配がした。

「貴文さまは、誰かに惚れ抜いたことはありますか」

黒谷は黙ったままだった。答えは期待していなかったから、フミは薄く笑って目を閉じた。だから、しばらくして「ある」と黒谷が言ったときには、体ごと彼に向き直った。

「あるんですか？」

「なんだ、その反応は。私だって石で出来ているわけではない」

「でも少し意外です。そのお方とはどうなったんです？」

枕の上で顔を動かし、黒谷はフミを見た。

「聞きたいのか」

「ええ、そりゃあもちろん」

「ならば言おう。二人で冬の海に入り、私だけが救出された」

フミの顔は、笑みを浮かべたまま凍りついた。

「彼女のなきがらはあがらなかった。事はもみ消され、ほとぼりが冷めるまで私は欧州に追いやられた」

淡々とした口調だった。黒谷の目は、無感動にフミを見つめていた。布団は隙間なく体を覆っているはずなのに、足下から冷気が吹き上げてくるようだ。

「……ごめんなさい」

「なぜ謝る。尋ねられたから答えたまでだ。君の恋人のことも私は尋ねたからな。私だけ黙っていては公正を欠く」

黒谷はいつも、変なところで律儀だ。フミは混乱する頭で、なにか言わなければと考えた。

「何も言わなくていい、芙蓉。いや、言わないでほしい」見透かしたように、黒谷は言った。「私も君の恋についてこれ以上は穿鑿《せんさく》しない。何も言わない。何も考えない。だから君もそうしてくれ」

さきほど、ほんの一瞬溶けかけていたように見えた透明な壁は、よりいっそう強固に、二人の間に立ちはだかっていた。黒谷の目が、フミを見ている。フミの目が、黒谷を見ている。手を伸ばせば届くだろう。しかし壁はそれを許さない。絶対に。

「……わかりました」

「それと、もうひとつ頼みがある。舞だけは、やめないでほしい」

フミは息を詰めた。

「君が何をしようともかまわない。だがせめて、もう少しでいい、舞は続けてほしい。君の舞を見ていたい。そのためならば私は何でもしよう」

フミが口を開きかけると、黒谷は目で制した。

「いつまでもこのままではいられないことはわかっている。だが私はもう少しだけ、夢を見ていたい。君の舞を見たときに、ようやく呼吸の仕方を思い出したような気がするんだ。もう少しだけ……どうか頼む」

黒谷の顔が急にぼやけた。苦しい。フミはまばたきをした。こめかみを伝ったものは枕に吸われて冷たくなる。なぜ涙はすぐに冷えてしまうのだろう。生まれた瞬間はこれほどに熱いのに。湧き上がる思いを言葉という形におしこめようとすることと、それはなんと似ていることか。

「頼むだなんて、おっしゃらないでください。私は芸妓。そしてあなたは私の旦那」

フミは言った。芸妓は、人を癒《い》やすもの。舞は夢を与えるもの。黒谷は、フミという女に興味は示さなかったけれど、芙蓉のことは誰より愛《め》でてくれた。そして数々のものを与え、育ててくれた。

その彼が、こんなにも望んでくれる。彼がこの世の全てを忘れる、夢の舞を願うなら。そこにしか心の平安がないというならば、いくらでも軽やかな鳥になってみせよう。

「芙蓉はあなたのものです。ですから、あなたが望まれるかぎり、私は舞います」

黒谷は微笑んだ。今まで見た中で、一番やわらかい、子供のような笑顔だった。

第七章　哈爾濱《ハルビン》駅

1

　哈爾濱の春は、日本よりもずっと遅く、五月にようやくリラの香りを纏《まと》いつかせてやって来る。この日、『酔芙蓉』では春の宴が開かれた。とびきりの料理と酒、とびきり美しく装った女郎たちが、馴染《なじ》みの客たちをもてなした。

派手な祭りをぶちあげて、周囲に『酔芙蓉』健在なりと声高に証明するためであり、また常連が他の店に流れるのを食い止めるためでもあった。

　宴には、内芸妓であるフミも参加した。普段、『酔芙蓉』の値のはる座敷かプリスタンの茶屋で舞う彼女は、庭に調えられた舞台に爛漫《らんまん》たる春を生み出した。名妓《めいぎ》の舞をひと目見ようと、塀の上には見物人が折り重なり、近所の屋根にも人が鈴なりになっていた。

　フミはまず、京劇の『白蛇伝』を思わせる白装束で躍動感溢《あふ》れる踊りを見せ、大きな喝采《かっさい》を浴びた。さらに今度は支那の優美な妓女の衣装に着替えて官能的な舞で感嘆のため息を誘い出し、その後は馴染みの芸妓姿に戻って座敷舞を舞った。

　吉原の花魁《おいらん》のごとく絢爛《けんらん》と装ったタエも、この日のためにフミと共に練習してきた曲を舞い、みごとな声で謡いあげた。普段、タエを写真でしか見ることができない男たちも、彼女の清楚《せいそ》と妖艶《ようえん》をあわせもつ迫力に息を呑み、その姿を脳裏に焼きつけた。

　種類の異なる舞を次々とこなしたフミはくたくたになったが、普段、自分の舞を見る機会のない支那の人々が涙を流し喝采を浴びせたのを知ると、疲れも吹き飛んだ。あの中にはもしかすると、かつて自分に石を投げた者もいるかもしれない。彼らの怒りに凝り固まった心を変えることは難しいかもしれないが、舞によって、今度はこちらが一石を投じることぐらいはできたかもしれなかった。

　なによりフミを喜ばせたのは、女将《おかみ》の芳子やタエたちの晴れやかな笑顔だった。彼女たちと一緒に仕事をするのは久しぶりだったし、暗い先行きに塞《ふさ》ぎがちだった顔が明るく輝いているのを見るのは、嬉《うれ》しいものだ。

　フミが哈爾濱にやって来た頃、『酔芙蓉』は連日大にぎわいだった。蘭花を頂点に、美貌《びぼう》の牡丹や、おっとりとした夏菊、奇妙な力ととぼけた性格をもつ春梅、気性の激しい桔梗など、個性ゆたかな女郎が十名もいた。それが今は、たったの六名だ。蘭花もキクもウメもマサも、もういない。千代はとうとう床から起きあがれなくなり、薄暗い部屋に閉じこめられている。カツや伊予も、ここ数年で急激に老けた。それが今日ばかりは、店も人も往年の華やかさを取り戻し、輝いている。

　遊郭は女の地獄。その事実が変わらないならば、せめて見た目だけでも華やかなほうがいいではないか。

「へぇ、そいつは見たかったな」

一週間後の休みの日に落ち合った山村は、フミの話を興味深そうに聞いていた。

「女将も勇気がある。それだけ華やかだったなら、『酔芙蓉』の客もまた増えたんじゃないか」

「うん、だいぶ増えた。一度離れかけてたお客さんも、やっぱりうちの妓《こ》たちはいいって言って戻ってきてくれた人が結構いたの。あとは外からも、通う人が増えてね。一時的なものかもしれないけど、やっぱりやってよかったと思う」

寝台の上、山村の胸に凭《もた》れかかったフミは、目を瞑《つぶ》った。真っ先に浮かぶのは、舞台となった庭に植えられていた、桜の木だ。フミが『酔芙蓉』にやってきた時にはまだ小さかったが、いつのまにか立派に枝を伸ばしていた木はその日、若々しい緑の葉を茂らせ、その先に真っ白な小さな花をたくさん咲かせていた。日本で見る桜とはまるで違う。チェリョームハと呼ばれる哈爾濱桜は、強く甘い香りをもち、可憐《かれん》ではあるが儚《はかな》さとは無縁だった。魔性を秘めた桜吹雪も、期待はできない。しかしそのかわりに、男衆《おとこし》が二階から惜しみなく紙吹雪を注ぎ、爛漫たる日本の春を演出した。その美しさに、涙する者もいた。

もう何年も、日本の桜を見ていない。はじめて、郷愁と呼べるものがフミの中に滲《にじ》んだ。故郷なんてない。そんなものないほうがいい。そう思っていたはずなのに、あの日、タエが舞う姿を見たとき、ああ桜吹雪が見たいものだと痛いほど思った。

「とくにおタエちゃんの指名が、ぐんと増えたの。体がしんどそうだけど、嬉しいって喜んでた。そうそう、おタエちゃんの絵はがきね、あの後あっという間に売り切れて、すぐ刷り直したけどまた売り切れて、今慌てて注文してるんだって」

「大崎も、紫桜の話をしていたぞ。今まで傅家甸なんて興味がなかった連中も、一度みんなで『酔芙蓉』に繰り出すか、なんて話してる」

「それは嬉しいけど、ちょっと待って。そしたら山村さんも、『酔芙蓉』に行くの？」

フミは鬼のような形相で、山村に詰め寄った。

「まあそうなるだろ」

「駄目！　それは駄目だからね」

「そうは言ってもつきあいだからなあ」

「厭《いや》！」

涙を滲ませて抗議するフミに、山村は噴き出した。

「冗談だ。行かないよ。だが俺も、おフミの舞は見てみたかったな。結局、角兵衛獅子《かくべえじし》と座敷舞をそれぞれ一回ずつしか拝めなかった」

「そういえばそうね。また、お座敷に来てくださいな」

営業用の顔で微笑むと、山村は苦笑した。

「茶屋は先立つものがなぁ。芙蓉の花代はここのところうなぎのぼりだし。まあ、最後の記念に奮発するか」

フミの顔から笑みが消える。起きあがり、上から山村の顔を覗《のぞ》きこむ。

「……最後?」

「近いうちに、哈爾濱を離れる。だいたい目的は達した。これ以上はまずい」

「クビにならないかぎりいるって言ったじゃない」

「たぶんクビになるさ。そろそろ横領がバレるころだ」

山村は寝台の傍らに手を伸ばし、円卓から煙草と燐寸《マッチ》をとった。フミに組み敷かれたままの恰好《かっこう》で火をつける。

「大崎は、ここじゃあまともな実業家のふりをしているが、裏じゃあ相当あくどいこともやってる。一番儲《もう》けてるのは、阿片《アヘン》だな。満洲里のほうでも支那の商人と組んで結構荒らしてくれやがった。俺の仲間もやられてね。本当はもっと早くに切り上げるつもりが、取引相手を全部洗うのに存外時間がかかっちまった」

フミを見上げたまま、山村は煙を吐き出した。苦い煙が顔にかかったが、フミは眉《まゆ》ひとつ動かさなかった。その様子に、山村が唇の端をもちあげる。

「驚かないな」

「そんなことだろうと思ってたもの。だいたい、満洲里で暴漢に襲われたところを助けるなんて、出来過ぎでしょ」

「やっぱりそう思うよな。でもあいつ、こっちの自演なんて全く疑わなかったぜ。そのへんがまだまだ甘い。ま、俺の演技力のたまものかな」

おおかた、殺人ぎりぎりのところまで脅したのだろう。どんな顔で助けに入ったのか、見てみたい気もした。

「さて、どうする？　このままじゃ、大崎は金と取引先の情報を盗まれる。未来は真っ暗だ。あいつはおまえの客だろう。忠告してやったらどうだ」

「お座敷を離れたら、座敷でのことは他のお客さんに話すことは禁じられているの。その逆もしかりよ」

哈爾濱に住む成功した日本人は、きっちりと商売をしている者も少なくないが、それ以上に手段を選ばず急激にのしあがってきた者も多い。

哈爾濱は美しい街だが、一歩外に出れば、そこは手つかずの曠野《こうや》。獣と馬賊の跋扈《ばっこ》する土地である。馬賊といえばたいていは阿片の売買を握っているので、彼らと通じて商売をする者もいる。大崎はもともといい噂のある男ではなかったし、そもそも満洲里のあたりは、最も馬賊が多い場所だと言われている。大崎が最初に浅野とのなれそめを語った時点で、フミにはぴんときていた。

「たしかにおまえが口が堅いことには驚いた。大崎よりよっぽど攻めあぐねたよ。せっかくだから、哈爾濱の大物の情報もいろいろ握っておきたかったんだけどな」

薄ら笑いが憎たらしい。山村はよくフミの話を聞きたがった。聞き上手で、愚痴でもなんでも聞いてくれたし、いくらでも甘い言葉で慰めてくれた。しかしそのうち、なにげない話や愚痴から、哈爾濱の大物たちの情報をうまく引きだそうとしていることに気がついた。フミが話をはぐらかしても、黙ってしてまっても、彼は恫喝《どうかつ》などはいっさいしなかったし、あからさまに不機嫌になるようなこともしなかったが、そのたびにフミは針を呑《の》み込んだような気持ちになった。

「それはできないよ、芸妓《げいぎ》だから。だいたい、自分のことは何も明かさずに、うまいこと情報だけ抜き取ろうなんて、虫が良すぎるんじゃない」

フミは山村を睨《にら》みつけた。ぐっと腹に力をこめなければ、身も世もなく泣きわめいてしまいそうだった。

「そりゃあ悪かった。今からじゃ駄目か？」

「駄目。あなたが肝心なことは何も話さないから、私も何も言わなかった。何も訊《き》かなかった。訊いてほしくなかったんでしょ？　私から、誰かに話が流れるのを警戒していたんでしょ？　だから私はなんにも知らない！」

「落ち着け、おフミ」

山村も起きあがり、彼女の腕をつかんだ。フミは勢いよくその手を振り払う。

「わかってたもの、なんのために近づいてきたのかなんて！　でも、ちゃんと話してくれたなら、利用されたってよかったのに。でも私を適当に甘やかして騙《だま》して、ほしいものだけ盗んで逃げ出すつもりだったなら許さない」

山村は困ったように眉を寄せた。煙草を灰皿に押しつけると、肩で息をしているフミを抱き寄せた。ゆっくりと背中を撫《な》でる手に、フミはこらえきれず涙を零《こぼ》した。甘い言葉はいくらでもくれるけれど、肝心なときに、一番ほしい言葉は言ってはくれない。

フミの泣き声が落ち着くと、山村は静かに体を離した。シャツを羽織って寝台から下り、窓を開ける。熱が淀《よど》んでいた部屋に、涼しい風が吹き込んだ。それはそのままフミの体に入り込み、胸のまんなかをしんと冷やした。

「この期に及んでも、一緒に来いって言わないんだ」

山村は背を向けたまま笑った。

「この状況でそう言えるほど俺も肝が据わってねえなあ」

「言わなくていいように、最後に種明かし？　ずるいよ！」

フミはシーツを握りしめ、悲鳴のような声をあげた。

「昔とは違う。おまえはもう立派な大人だし、立場もある。後見人もいる。おまえのことを思うなら、ここに残るべきだろうと思う」

「私のことを思うなら？」フミは鼻で嗤《わら》った。「自分は盗賊まがいのことをしてるから、私のために遠慮するっていうの。おやさしいこと」

山村は窓から空を見上げ、北の方角を指し示す。

「そう、今の俺はただの薄汚い盗人《ぬすっと》だ。根城はずっと北のほう。山の間の痩《や》せた土地で、日々の食事にも事欠くこともある。冬の厳しさは、哈爾濱の比じゃない。そして一年の半分は、馬で駆けずり回り、常に危険と隣り合わせだ。ここでのおまえの生活と、あまりに違う」

「それが何？　私は内地で、そんな生活をずっとしてきた。その頃と私、変わってない。贅沢《ぜいたく》なんか、いつだって捨てられる」

「だが、家族は捨てられるか？」ふりむいて山村は言った。「おフミ、昔のおまえは、まだ何も持っていなかった。故郷もないと言っていた。しかし今は違うだろう。七年の歳月は大きい。だから俺は、昔のように、来いとは言えない」

「ずるい、山村さん」

体はどんどん冷えていくのに、目だけが熱い。フミは怒りをこめて山村を睨みつけた。体のいい言い訳だ。ここに置いておけば、フミが勝手に幸せになれるとでも思っているのだろうか。いつか彼が迎えに来たときに役にたてる女になりたいと、必死に文字を覚え、あらゆる新聞を読み、あらゆる立場の人間から話を聞いて——長年にわたる数々の苦労は、なんのためだったのか。

一方で、山村の言うことも理解はできる。身軽だった昔とは違う。哈爾濱に来るまで、ひとつの場所に一ヶ月以上とどまっていたことのないフミにとって、七年はあまりに長い。歳月はそのまま縁になるのだと、この哈爾濱で思い知った。

「——とまあ、これが真人間としての意見だ」

それまで表情を消していた山村の顔に、どこか不敵な笑いが浮かぶ。

「盗人としての本音を言えばだ。おまえがなんと言おうと強引に連れて行きたい」

フミはそっぽを向いた。

「ふん。本当かしら」

「正直に白状すると、俺はおまえのことをほとんど忘れていた。哈爾濱を離れてから、とにかくいろいろあってな。大崎についてこの街に来ることになって、ようやく思い出した。約束のことも」

わかってはいたが、悪びれずに言われると腹が立つ。フミはますますむくれた。

「だが、茶屋で再会した瞬間に、思った。俺はおフミを何がなんでも連れていくために、ここに戻って来たんだと」

「都合がいいこと」

「まったくだな。だが本当にそう思ったんだ。あれから何度も、都合のいいことを考える。おフミならあっという間に新しい環境に慣れる。華やかに装って舞うことはなくなるかもしれないが、誰よりうまく馬を操り、華麗に大地を駆けるだろう。二人で地平線を目指してどこまでも駆けて行くのはどんなに楽しいだろう。二人で眠り、燃えるような朝焼けの中で目覚めるおまえはどんなに美しいだろう。座敷で舞う姿よりずっと――神々しいほど美しいだろう」

彼の語る光景は、そのままフミの脳裏に鮮やかに再生された。胸が締めつけられる。

山村は、「生活」についてはあまり語らなかったが、果てなく続く草原の美しさについては何度か口にしていた。そのときフミはいつも、彼と一緒に草原を駆けているような気持ちになったものだった。その都度、迸《ほとばし》るような憧《あこが》れが胸を灼《や》いた。

哈爾濱は美しい街だが、空気が重い。西洋風の優美で堅牢《けんろう》な建物も、傅家甸の無秩序な空間も、風を完全に通しはしない。

「山村さん」

喘《あえ》ぐように、フミは名を呼んだ。山村といる時だけは、息苦しさから解放される。山村は手を伸ばした。操られたようにフミは立ち上がり、その手を取る。そのまま勢いよく引き寄せられた。

「俺は、おまえを美しく装わせることも、舞の才能を伸ばしてやることもできない。苦労はかけるだろう。それでも、俺はおまえを幸せにするし、俺を幸せにするのもおまえだけだろう」

顔を胸に押しつけると、声とともに鼓動が聞こえる。速い。ああ、緊張しているのだ。嘘じゃないんだ。そう思った途端、体が震え、しがみつく。おそらくこの人は、自分と同じ。風を、常に体の中に感じている。このまま、天と地が交わる場所まで、何にも遮られることなく、二人で駆けていけたらどんなにいいだろう。

「だが、おまえがフミであり芙蓉であるように、俺も一人じゃない」

「……誰か、いるんですか」

尋ねた声は、みっともなくかすれていた。いつも、頭の隅にあったことだった。女がいないはずはない。しかし山村は、その点に関しては明言しなかった。

「家族に近い奴らがいる。荒くれものばかりだが、気のいい連中だ。おまえを連れて行きたいのも、おまえを残しておくべきだというのも、どっちも本音だ。だから……」

「私に決めろってこと」

「そうだ」

「やっぱりずるいじゃない」

フミがむっとして顔をあげると、山村は額に口づけた。

「おまえが少しでも不幸せそうなら、有無を言わさず連れて行ったさ。でも、おタエや舞のことを語るおまえは、幸せそうだった。舞うおまえは、誰より綺麗《きれい》だった」

山村の手が、フミの顔を挟む。目をじっとのぞきこまれると、心臓まで見られてしまいそうだった。

「やっぱり、もう一度座敷に行くのはやめておこう。冷静に考えられなくなりそうだ。哈爾濱を発《た》つ日が決まったら、連絡する」

「それまで、会わないつもりなの？」

「おまえも冷静によく考えたほうがいい。大事なことだ」山村は噛《か》んで含めるように言った。「手紙をイワンに渡しておく。よく考えて、返事をくれ。一緒に来るのなら、出発の日にどうせ会える。哈爾濱にとどまると決めたのなら、もうこのまま会わないほうがいい」

そんな、とフミはかすれた声で言った。もう会わないなんて、考えられない。しかし山村が本気であることは、目を見ればわかる。

この人は、今まで何度も、こんなふうにきっぱりと退路を断ってきたのだろう。そうやって、進んできたのだろう。

フミは彼の首の後ろに手を回し、肩に頭を預けた。これ以上、全てを覆いつくす闇夜のような目を見ているのが、怖かった。

2

「おい、芙蓉?」

声をかけられ、フミは我に返った。黒谷が怪訝《けげん》そうな顔で、こちらを見ている。

「はい」

「はい、じゃない。急に黙りこんでどうした。顔色も悪い」

「……ああ、すみません」

フミは取り繕うように笑って、ワイングラスを手に取った。休日をまるまる黒谷と過ごすのは、久しぶりだった。スンガリーにボートを浮かべて遊び、太陽島に渡って初めてのテニスもした。黒谷にしては、珍しく健康的な休日だった。フミも最初は驚いたが、ボートもテニスも初めてだったし、やってみれば楽しく、たちまち夢中になった。黒谷はいかにも文学青年然とした見かけを裏切り、テニスは相当な腕前だった。フミに教えるのもうまく、なかなか筋がいいとほめられたフミはその気になって、ずいぶん走り回るはめになった。

「貴文さまに乗せられて、ずいぶんはりきっちゃったから。お酒のまわりがいつもより早いみたい」

「私のせいか。太陽島はもうこりごりかな」

フミは勢いよく首をふった。

「いいえ！　ボートもテニスもまた是非やりたいです。もっと教えてください」

「芸妓《げいぎ》を陽に当てるなと女将《おかみ》に怒られそうだが」

「白塗りしちゃえばわからないですよ」

二人の明るい笑い声が、キタイスカヤの街灯に照らされた夏の夜空に吸い込まれる。

動き回ってはしゃいでいた昼は、何もかも忘れられた。しかし日が暮れ、長い晩餐《ばんさん》に入ると、ふとした瞬間にフミの意識は違うところへ流れてしまう。

五日前、フミがイワンの店に行くと、彼は気のすすまぬ様子で白い封筒を差し出した。

「二人は喧嘩《けんか》をしたのかい？　このあいだこれを預けにきたケンも、今日のフミも、死にそうな顔をしているよ」

まるまる太ったイワンは、心配そうにフミの顔をのぞきこんだ。硝子《ガラス》玉のように澄んだ色の目に見透かされるのが怖くて、フミはとっさに視線をそらす。

「フミ、駄目だよ。世界は愛がなくっちゃ始まらない！　今度ケンに会ったらじっと目を見て、全身で抱きついて、一分おきにキスをするんだ。いいね？」

茶目っ気たっぷりのウインクにフミは笑ったが、手紙を受け取るときに手が震えるのはどうしようもなかった。そのまま店まで駆け戻り、なおも震え続ける手で、おそるおそる封を開けた。

八月七日、〇七三〇発満洲里行ノ列車。
前夜マデニ返答サレタシ。手紙ハコノ店ニ。

書いてあるのは、それだけだった。あまりのそっけなさに笑いがもれた。熱い愛の言葉を期待していたわけではないが、これはひどい。いや、いかにも山村らしいかもしれない。

今日は、八月一日。約束まで一週間をきっている。

フミは、英国でのレガッタ競争を楽しげに語る黒谷を見つめた。彼が望むかぎり芙蓉として舞い続けると、約束した。あのときも今も、本気でそう思っている。裏切るわけにはいかない。

黒谷が抱えている傷は、まだ誰にも、おそらく本人も触れることはできないほど深く生々しい。いまだ血を流し続ける痛みを一瞬でも癒《いや》すことのできるのが芙蓉の舞ならば、それを失ってしまったとき、どうなるのだろう。おそらく、彼はまたすぐ新しい鳥を見つける。そもそも哈爾濱には、彼の心を楽しませるものはたくさんあるのだ。ならばもう、芙蓉を捨ててもいいだろうか？

しかし、たやすく割り切るには、あの晩の彼はあまりに儚《はかな》かった。本当は誰にも言いたくなかったはずの恋の記憶を口にしたことは、どれほど黒谷を傷つけただろう。

――私は、必要とされている。

芙蓉は、黒谷のものだ。そして芙蓉も、黒谷を必要としている。一年半の月日は、芸妓と旦那《だんな》の間柄を、独特のものに変化させはじめていた。

昨日は列車に乗ろうと思い、今日は哈爾濱に残ろうと思う。明日はまた山村を思うのだろう。毎日、その繰り返しだ。今日黒谷が、らしくなく外に連れだしてくれたのも、先日の座敷でフミの様子がおかしいことを察したからだろう。

「こんなによくしてくれる旦那を裏切るわけにはいかない。貴文さまには私が必要だし、私だって貴文さまが必要。私の舞をこれほど理解して愛してくれる人はいないもの。女は、必要としてくれる人のもとにいるべきよ」

芙蓉は毅然《きぜん》と言う。

「だけどしょせんは芸妓と旦那、結局は舞と金だけの関係じゃないの。生活は保障されて、舞はうまくなるかもしれないけど、それが何？　心は置いてけぼりじゃあないの。山村さんは私のなにもかもをわかってくれる、彼でなければ意味がない」

フミも負けじと叫ぶ。

「莫迦《ばか》おフミ、あの男は口はうまいけど誠実じゃない。あんたを利用したいだけなのよ。

口車に乗ってついていったら、後悔するに決まってる。しょうもない男に惚《ほ》れて、芸妓をやめて大陸くんだりまでやってきたかあさんの苦労、知ってるくせに」

「莫迦はあんたよ、芙蓉。すっかり飼い馴《な》らされちまって情けない。苦労も騙《だま》されるのも慣れっこさ。ついていくんだと信じた男ならついていけばいいんだ。こんなところで怖がってぐずぐずしているほうが後悔するに決まってる。お千代ねえさんの苦しみ、知ってるくせに」

――ああ、もう。あんたたち、いい加減にしてよ。

フミは頭痛をこらえて、黒谷の話ににこにこと相槌《あいづち》を打った。おかげで、いつも以上に消耗し、店に帰ったころには頭痛がますますひどくなっていた。酒の助けを借りても、その晩はよく眠れず、フミは目の下に隈《くま》をつくり、朝を迎えた。頭が重い。体がだるくて、起きあがれない。

「今日は稽古《けいこ》、休もうかな……」

これでは稽古に行っても無駄だろう。座敷のある夕方までには、なんとかしなければいけない。フミはのろのろ起きあがり、水差しから杯に水を注ぐと、頭痛薬を飲んだ。もう朝食の時間だったが、食欲はない。窓を少し開けて再び布団にもぐりこみ、昼近くまで改めて眠ることにした。

視界に入った漆塗りの文机には、透明な球体の中に色とりどりの飴《あめ》を封じ込めたようなヴェニス製のペーパーウェイトが置かれている。その下には、もう何日も前から白い便箋《びんせん》が挟まれたままになっていた。何度もこの前でペンを取るのに、結局、一文字も書けずに一日が終わる。窓から入る風に、頼りなく端を揺らす便箋を見ているうちに、また律儀な芸妓と奔放な少女が喧嘩を始めた。フミは歯ぎしりして、布団をかぶる。

いっそのこと、タエに相談してみてはどうだろうか。あの春の宴以来、フミとタエはほとんど顔を合わせる機会がなかった。今や傅家甸の内外に名を轟《とどろ》かす存在となったタエは、昼の間は泥のように眠っていることがほとんどで、以前のようにフミの部屋に遊びに来ることもなくなった。フミはフミで多忙だし、おかげで同じ敷地内で暮らしているというのに、全く会えない。寂しいかぎりだ。

それだけ『酔芙蓉』が持ち直したあかしだが、店への嫌がらせが止まったわけでもない。もし今ここで、フミが出て行ったら、どうなるのか。稼ぎ頭はお職のタエ、そして芸妓のフミ。フミが消えれば、全てはタエひとりにのしかかる。

「私はたぶん『酔芙蓉』最後のお職になる。だから、盛大に花を咲かせるよ。花は散り際が、いちばん綺麗《きれい》」

春の宴の前夜、タエは言った。最後の稽古を終えて、一息ついているときだった。タエの扇がひらりと動いただけで、目の前に桜が現れた。月下に絢爛《けんらん》と咲き誇り、夜風を染めるがごとき八重桜。

「支那だとか日本だとか、関係ない。満開の桜は何より美しい。美しいと感じる心は、どの国の人も一緒。だから私は、たとえこの店がなくなっても、傅家甸の――ううん、哈爾濱中の誰もが、あんな花は見たことがなかったっていつまでも思い出すような花魁《おいらん》の花を、咲かせるよ」

そしてタエは立ち上がり、月光を浴びながら静かに舞った。その翌日、大勢の人の前で、白い花吹雪の中で舞った彼女も美しかったけれど、フミひとりの前で桜を咲かせた姿のほうがより印象深い。

この場所で、タエは桜を咲かせる。そして潔く花魁は散り、今度こそ自由に生まれ変わる。誰にも束縛されない、ひとりの女として。恰好《かっこう》いい女だった。その凜《りん》とした姿に憧《あこが》れ、そしてほんの少し嫉妬《しっと》した。

本当は自分こそがああなりたかった。体ひとつでのしあがって、世界を見下ろしてやりたかった。なのに、自分の心ひとつ、制御ができない。

もしフミがここで消えても、タエは恨まないだろう。幸せを願ってくれるだろう。しかしそのぶん、『酔芙蓉』が消えるまで、タエは今まで以上に体を酷使せねばならない。他の女郎たちも、みんな。

フミはのろのろと起きあがった。おそらくタエは眠っているだろう。それならそれでいい。思い立ったら、無性にタエの顔が見たくなった。そうすれば、少し落ち着くような気がした。襦袢《じゅばん》の上にショールを羽織り、フミは部屋を出た。

建て増ししたフミの部屋と本棟は、渡り廊下で繋《つな》がっている。『酔芙蓉』に入ると、いつもは静まり返っている時間なのに、どうも騒がしい。その理由は、すぐにわかった。

庭を前にしたフミは、ぎょっとして足を止めた。

チェリョームハに寄りかかり、楽しげに笑っている女がいる。深い青に、金の紋様が描かれた襦袢をだらしなく纏《まと》った彼女は、なにもない場所にむかってなにごとかをつぶやいては、時々爆発したように笑った。

「おや、おフミ。今日はずいぶん早いじゃないか」

立ちつくしているフミに気づき、彼女は独り言をやめて笑った。乱れた髪には、白いものが目立つ。顔は病み窶《やつ》れ、目は落ちくぼみ、首には老婆のような皺《しわ》が寄っていた。かつてフミが見上げていた長身は、ひとまわり小さくなっていたが、それはまちがいなく千代だった。

「お千代ねえさん……起きていて大丈夫なの？」

フミはおそるおそる口を開いた。春の宴の頃から寝込んでいる千代は、すでに『酔芙蓉』では忘れられかけている存在だった。足は萎《な》え、一人で出歩ける力など残っているはずがない。フミは、近くにいた赤前垂れを見た。彼女は慌てて、私じゃない、と首をふる。

「何を言ってるんだい？　あたしはいつだって大丈夫さ。それにあたしは昔から早起きだよ」

キレのいい口調は昔のままだ。眼光にも、阿片《アヘン》の靄《もや》は見あたらない。

「まあ、ちょうどよかったよ。今日は久しぶりにね、あんたの角兵衛獅子《かくべえじし》が見たいって話していたんだよ。もうずいぶん見ていないだろう？」

「……話していたって、誰と？」

千代は怪訝《けげん》そうな顔をした。

「あんた、大丈夫かい？　お蘭とに決まってるだろ」

ねえ、と確認するように、千代は隣に笑いかけた。もちろんそこには誰もいない。フミの背中を冷たいものが伝う。

「このあいだの座敷の角兵衛獅子、本当に見事だったよ。……あれ？　いつだったっけねェ？　おかしいね、おフミ、あんたもっと小さくなかったかい？」

千代は首を傾げたが、まあたいしたことじゃないよね、とすぐに笑いとばした。廊下の奥から、乱れた足音が近づいてくる。報《しら》せを受け、血相を変えてとんできた女将《おかみ》たちだった。

「牡丹！　あんたいったい……」

「待って、おかあさん」

フミは手をあげて芳子を制し、つとめて冷静な表情で千代に向き直った。

「お千代ねえさん。お蘭ねえさんも、一緒にいるのね？」

「いるよ。何言ってんだい、おフミ。あんた、そんなに目が悪かったっけ？」

「お千代ねえさんも、お蘭ねえさんも、角兵衛獅子が見たいのね？」

「ああ。久しぶりに、粋《いき》にしゃっきりとしたものが見たいねェ」

千代は再び、見えざる誰かと頷《うなず》き合う。

「わかった。誰か、おタエちゃんを起こしてきて」

フミの言葉に、女将は目を剝《む》いた。

「芙蓉、何考えてんだい」

「言った通りよ。ここで角兵衛獅子を演《や》ります。着替えてくるから、お千代ねえさんを部屋に連れて行かないでね。それと、くれぐれも興奮させないで」

有無を言わせぬ口調で念を押し、フミは足早にその場を去った。部屋にとって返し、急いで身支度を整える。体をほぐし、筋を伸ばして軽く跳躍を繰り返すと、節々に仕込まれていた鉛が消えていくのを感じた。

フミはあっさりとこの怪異を受けいれていた。意識もおぼろげな千代が、ひとりで中庭にいる。いや、ひとりではない。たしかに隣には蘭花がいるのだろう。フミの前ではほとんど交流がなく、憎み合っているようにすら見えた二人。だが昔は、姉妹のように親しくしていたころもあったのだろう。

わだかまりのなくなった二人は、楽しげに笑い、願う。もう一度、角兵衛獅子を見たい。地獄から完全に解き放たれるこの日の、祝福に。

フミが角兵衛獅子の衣装に着替えて中庭に戻ると、すでにタエも来ていた。その顔には疲労の色が濃かったが、フミと目が合うと静かに頷いた。

「ああ、その恰好。やっぱりいいねェ」

千代はフミを見てしみじみと言った。目には、うっすらと涙が浮かんでいる。

タエが大きく息を吸い、はっ、と気迫もろとも声をあげ、懐かしい口上が始まる。今はすっかり耳にしなくなった、昔ながらの角兵衛獅子。七年ぶりだから果たしてタエは覚えているかと不安だったが、杞憂《きゆう》だった。彼女はかつて毎日必死に練習していたし、芸妓《げいぎ》の道が断たれてからも、おそらくはひとり謡い続けていたのだろう。重苦しい日々の中、いさましい獅子《しし》を、我が身に呼び覚ますために。

昔と変わらぬ口上に後押しされ、フミも自分の角兵衛獅子を取り戻していく。この独特の間合い。絶妙な合いの手。二人で繰り返し練習したからこその、合わせ技。もっと巧みに越後獅子《えちごじし》を謡う地方《じかた》はいくらでもいるが、これほどフミを煽《あお》り、力を引き出していくのはタエしかいない。

技ごとに、フミはフミになっていく。芙蓉ではない、ぼろぼろの草鞋《わらじ》を履いて小走りに街を行くあの少女へ。大陸一の女郎になるのだという野望で胸をぱんぱんにして、日本を捨てた子供へ。

不安に立ち竦《すく》むタエを、この舞で慰めた。誰にも見せぬ絶望を抱えた蘭花を、この舞で癒《いや》した。岡本に、山村に、黒谷に、ベリーエフに、そして無数の人々に何かを与えた。舞はいつでも、ここにある。舞うたびにフミを抱き締め、誰かを救う。

次々と技を決めるフミの目に、幸せそうな千代の微笑みが映った。その隣には、懐かしい面影が揺れている。

千代の目から涙が零《こぼ》れ、体がゆっくりと傾いでいく。

ひとつの時代が、今、終わろうとしている。かつてここに君臨し、『酔芙蓉』そのものであった女たちが、消えていく。ここでしか生きられず、ここを憎み、愛した者たちが。これからどこまでも高く遠く駆けるであろう若獅子の、咆哮《ほうこう》を聞きながら。

「牡丹！」

「お千代ねえさん……！」

悲鳴が聞こえた。ひときわ高く跳ねたフミは、視《み》た。同じように軽やかに空へ跳んだ、二人の娘を。

「ほらね、ねえさん。言った通り。私たちにもできたでしょう」

「あはは、やればできるもんだね。もっと早く試してみりゃあよかったよ」

明るい笑い声が、耳元で弾《はじ》ける。輝くばかりに若く美しい娘たちは、ともに手を取り、さらなる高みを目指す。

さあ、行こう。私たちは、もう飛べる。どこまでも翔《か》けて行こう。千里でも、万里でも。この世の果てまで。それすら越えて。

最後の大技を決めたフミは、荒い息をつきながら、木に凭《もた》れて眠る千代を見た。頭はがくりと垂れて、表情は見えない。近づいてみると、まだ弱々しいながらも息はある。

しかしこれはもう、空の器だ。ほどなく、全ては止まるだろう。

「お千代ねえさん」

フミは膝《ひざ》をつき、千代の顔にかかった髪をそっと払った。長い間、病と阿片に蝕《むしば》まれた顔には、ほそい涙の跡があった。フミが見た、最初で最後の千代の涙だった。

「おやすみなさい。ねえさんは、私が知ってる中で、一番恰好いい女郎だったよ」

フミは指の腹で、涙を拭《ぬぐ》ってやった。苦悶《くもん》から解き放たれた顔には、ほのかな微笑みがある。病み衰えていても、それはやはり美しかった。紛うことなく、牡丹という一代の女郎の顔だった。世の底辺で、あらゆる者に裏切られ、最後は忌み嫌われる化け物と成り果てても、牡丹は牡丹であり続けた。

眠る千代の顔を目に焼きつけ、フミは立ち上がる。

相争う芸妓と少女の声は、もう聞こえなかった。

3

雲ひとつない八月七日の空は、門出にはふさわしい、すがすがしいものだった。

フミは柔らかいジョーゼットのワンピースを纏《まと》い、髪にはしっかり鏝《こて》をあて、六時すぎに部屋を出た。

男衆《おとこし》の中でいちばん若い茂平が、すぐにフミに気づいてあばた面を綻《ほころ》ばせる。

「ずいぶん早いですね、芙蓉さん。黒谷の旦那《だんな》とまたスンガリーで船遊びですかい」

「そんなとこね」

「いいですねェ。車、呼びましょうか」

「いいわ、歩いていって傅家甸の外で拾うから。この時間なら危険もないし」

「そうですか。それじゃお気をつけて」

頭を下げる彼に手を振り、フミは門から小路へと出た。今日、フミは休みをとっていたし、荷物は小さなハンドバッグひとつだけだから、誰も怪しむ者はいない。

とうとう、この日を迎えてしまった。山村が哈爾濱を出ていく日。そしてフミが、ひとつの季節を終わらせる日。

返事はすでに出してある。千代が死んだ日に一気に手紙を書いて、イワンに託した。それからは一度も迷うことなく、今日に備えてきた。

満洲里に向かう列車が出るのは七時半。まだ一時間以上ある。フミは周囲の光景を目に焼きつけるように、ゆっくりと歩いた。まだ朝は早いというのに、傅家甸の中はすでににごった返している。粥《かゆ》を売る店には人が並び、売られる鶏がけたたましく鳴いている。飛び交う、かん高い支那語。はじめてここに来た時は、何を言っているのかさっぱりわからなかった。顔見知りの親爺《おやじ》がフミに声をかけ、フミも笑顔で挨拶《あいさつ》を返した。

「なんだフミ、早いじゃねえか」

続いて声をかけてきたのは、ちょうど店から酒樽《さかだる》を抱えて出てきた小琳だった。フミと同い年の、いつも洟《はな》をたらしていた少年は、小とつけるのが憚《はばか》られるほど立派な体格の青年に育っていた。

「おはよう、小琳。久しぶりね」

「なんだ、めかしこんで。黒谷と出かけるのか」

「まあね」

「早く嫁に行けよ。芸妓もいいけど、いつまでもふらふらしてたら売れ残んぞ」

「ほっといてよね。奥さん元気？　順調？」

「悪阻《つわり》はだいぶマシになってきた。けどまだ仕事どころじゃねえから、きっついわ。やっぱおまえみたいに殺しても死ななそうに丈夫な女を嫁にもらえばよかったかねえ」

そう言いつつも、真っ黒に灼《や》けた顔は幸せに輝いていた。小琳は昨年の秋、結婚した。彼は長らくフミに想いを寄せており、実際に求婚してきたこともあったが、なんの前触れもなくいきなり嫁を貰《もら》った。相手は親戚《しんせき》に紹介された、ふたつ年上の女だという。フミも一度だけ挨拶をしたが、いかにも働き者といった印象の女性だった。夫婦はうまくいっているらしい。喜ばしいことだ。

「大事にしてあげなよね。出産祝いははずむわ。それじゃまた」

ひらひら手を振って立ち去ろうとすると、「フミ」と低い声で呼び止められた。ふりむくと、珍しく小琳は深刻な顔をしていた。

「悪いこた言わねえ。本当に、早く結婚するなりなんなりして、傳家甸からは一刻も早く出て行くんだ」

あたりを憚る小声だった。

「おまえたちは頑張ってるよ。たいしたもんだと思う。でもな、わかるだろう？　俺は、おまえたちがひどい目に遭うところは絶対に見たくないんだ。だから……」

「ありがとう、小琳」フミは彼の言葉を遮り、微笑んだ。「引き際は間違わないよ。でもね、ぎりぎりまであがくのも、悪くないと思う。『酔芙蓉』の女たちは、そうやってきたんだから」

小琳はため息をついた。しかたねえな、と苦笑する。それ以上なにも言わず、二人は別れた。

全ては変わる。時代も、街も人も。小琳の突然の結婚は、フミにふられ続けて自棄《やけ》になったからだと揶揄《やゆ》する者もいたが、そうではないことをフミは知っている。彼は現実を受け入れるために、それ以外のものを完全に断ち切る道を選んだ。退路を断って新たな一歩を踏み出したからこそ、彼は今、幸せに笑う。そして友人としてフミを心から案じ、出て行くべきだと言えるのだ。

哈爾濱は国際都市だと言いながら、人はたやすく、生まれた国と家族を捨てられない。いつか選ぶ時が来る。夢か現実かを。

七年を過ごした傅家甸。その光景も喧噪《けんそう》も独特のにおいも、何もかも味わい尽くすように、フミはしばしば足を止め、人を掻《か》き分け道を進んだ。広い道に出て洋車《ヤンチョ》を拾い、いよいよ哈爾濱駅を目指す。地段街を南下していく洋車からあたりを見ると、さすがにまだ閉まっている店が多かった。人もまばらだ。やがて洋車は右に折れる。線路の上にかかる橋が見えた。

「ここでいいわ」

中途半端なところで声をかけたフミに車夫は怪訝《けげん》な顔をしたが、言われた通り洋車を停めた。金を支払い、橋に降り、フミは線路を見下ろしながらゆっくりと歩いた。哈爾濱は北満の交通の要所なので、線路が何本も並んでいる。あのどれが、満洲里に向かうものだろう。

橋のちょうど真ん中で立ち止まり、フミはじっと線路を見下ろした。バッグから懐中時計を取り出す。七時十五分。この橋を渡りきって哈爾濱駅までは、ちょうど十分というところだ。フミは動かなかった。ただじっと、線路を見ていた。

しかし時計の針が二十五分をさした時、フミは弾《はじ》かれたように走り出した。通行人がなにごとかと向ける目にも構わず、高い足音を響かせ走る。しかし靴の踵《かかと》が高いため、うまく走れず、つんのめる。フミはとっさに欄干につかまり体を支え、むしりとるようにして靴を脱いだ。そして靴を両手にぶらさげ、再び走り出す。

橋を渡って右に折れて直進すると、大きな広場に出る。広場に面して建つ美しいアールヌーボー調の建物には、「ＨＡＲＢＩＮ」の文字が躍っている。その文字も、青空に映える黄色も、どこか現実離れしているように、フミには見えた。

この駅舎は、現実と夢を隔てるものなのかもしれない。大陸の果てから、海のむこうから、人々は夢を求めてやって来る。しかしこの駅舎をくぐった途端、夢は現実の中に呑《の》み込まれる。ではここから出て行く者にとっては、どうなのだろう？

汽笛が聞こえる。鈍い震動がかすかに伝わる。フミは駅舎に飛び込み、プラットホームに走り出た。時計は、三十五分をさしていた。

目の前の光景に、フミはその場に崩れ落ちた。列車は、ゆっくりと動いていた。すでに最後尾の一両がホームから去ろうとしている。

重々しい音を響かせ、山村を乗せた列車は次第に遠くなっていく。ホームの乗客たちはしゃがみこんだフミを怪訝そうに見下ろしては通り過ぎていった。立たなくては。そう思うのに、体に力が入らない。

いったい、何をしているのだろう。何がしたかったのだろう。

千代が天に還った日、フミは心を決めて手紙を書いた。

『私は行きません。酔芙蓉で、誰も見たことのない花を咲かせます』

簡潔に、それだけ伝えた。山村に言われた通り、見送りにも行かないつもりだった。決断したとはいえ、顔を見てしまったら、そのまま列車に乗り込んでしまうかもしれない。好きという気持ちは、いささかも揺らいでいないのだから。

だからせめて、姿の見えないところで、見送りたかった。橋の上から、山村が乗った列車を見送ろう。それできっと、ひとつの区切りをつけることができるはず。

そう思っていたのに、体は簡単に意志の力など裏切ってしまう。出発の時間が迫った途端に、フミの足は勝手に駅を目指していた。

人の流れに逆らい、茫然《ぼうぜん》と座りこむフミの前に、手が差し出された。ぼんやりと霞《かす》んでいた光景の中、それははっきりと現実の血肉を備えたものとして現れた。

フミはのろのろと顔をあげ、手の主を認めて目を見開いた。

「なんて恰好《かっこう》だ、芙蓉。立ちたまえ」

立っていたのは、黒谷だった。苦虫を嚙《か》み潰《つぶ》したような表情をして、フミを見下ろしている。吸い寄せられるようにフミは手を重ね、立ち上がった。今になって、足の裏が痛む。顔をしかめてよろめいたフミに、黒谷はため息をつき、ホームに膝《ひざ》をついた。戸惑うフミに、黒谷はむっとしてふりむいた。

「それでは歩けないだろう。周りの邪魔だから、車まで私が背負う」

「そんな。貴文さまにそんなことさせられません」

「裸足《はだし》で走ってきた女が今さら何を言っている。いいから乗りたまえ」

語気も荒く命じられ、フミはおずおずと肩に手をかけた。黒谷は難なく立ち上がり、さっさと歩き出す。色白で繊細な顔立ちのせいもあって、線が細い印象のある黒谷は、実際は山村よりも上背があり、肩幅も広い。こうして触れるとはっきりとわかり、フミは最後に山村に触れたときのことを思い出し、涙ぐんだ。

「……貴文さまはなぜここに？」

黒谷は肩をすくめた。

「胸の隠しに、封筒が入っている。見てみるといい」

「いいんですか」

「かまわない」

フミは手を伸ばし、背広の隠しから一枚の封筒を取り出した。宛名《あてな》は黒谷貴文。ひっくり返し、差出人の名前を見て、息を呑んだ。予想はしていたが、山村健一郎という文字を見た途端、胸が大きな音をたてた。

「これが家に届いていた。消印はないから、直接もってきたのだろう。いつ入れられたのかはわからんが、今日ここに来いと書いてあった。出発する前に会って話がしたいとね」

「……会ったんですか」

「十分程度だが」

「何を話したんです」

「私と彼が会って、君以外の何について話すというのか」

フミは口を噤《つぐ》んだ。

「内容を君に言うつもりはない。山村も望まんだろう。君には、達者でと言っていた」

フミは何も言わず、封筒を隠しに戻した。山村はなぜ、黒谷を呼んだのだろう。黒谷はなぜ、応じたのだろう。わかるような気もするし、わかりたくないような気もする。

「なぜ、行かなかった?」

黒谷は言った。前を向いているので、表情は見えない。フミは大きく息を吸った。

「芙蓉であることを捨てられないと思ったからです」

「それでよかったのか。そんな状態で走ってくるほど彼が好きなのだろう」

「ええ」

「後悔しないか」

「無理です」

黒谷はわずかに顔を傾けた。

「何？」

「だって、もうしてますもん」

フミの顔が、泣き笑いに歪《ゆが》む。

「これからも何度もします。なんでついていかなかったんだろうって……」

七年間、待ちかねていた手だった。それなのに、振り払った。二度目はもうないだろう。山村は、もう決して振り向かないだろう。そういう男だ。わかっている。それでも、残ることを決めた。同じく七年、いやその倍の年月が流れても、なぜ、と自分に問うかもしれない。

「ならばどうして」

「だって、貴文さま。選んだ後、全く後悔しないことなんて、あるんでしょうか」

哈爾濱に来るとき、フミは後悔という感情を知らなかった。山村と会ったときも、まだ知らなかった。フミはあの頃、自由だった。孤独で寂しくて、自由だった。

「もし山村さんについて行ったとしても……私はやっぱり、哈爾濱に残るべきだったのではないかと悔やんだと思います。だから、それなら……」

フミは、黒谷にしがみつく腕に力をこめた。

「私が芙蓉であるかぎり、未練ですら舞の糧になります。私の舞を必要としてくれる人がいるのなら、私は後悔も怖くない。だから、残りました」

黒谷はしばらく何も言わなかった。奇異の視線を受けながら、二人は駅舎を抜けて広場に出た。燦々《さんさん》と注ぐ陽光は底抜けに明るい。まぶしさに、フミは目を眇《すが》めた。

「ありがとう」

ともすれば聞き逃しそうな、小さな声が耳を掠《かす》めた。フミは愕《おどろ》いて黒谷の顔を見る。

黒谷は、険しい表情で前を睨《にら》みつけたまま続けた。

「君が残ってくれてよかった。その決断に感謝する」

しゃちほこばった言い方に、フミはぽかんとし、次に噴き出した。

「失礼だな、君は」

「ごめんなさい。だって」

「まあいい。芙蓉が失礼なのは、今に始まったことではないからな」

停めていた車にフミを押し込み、続いて黒谷も後部座席に乗り込んだ。

車は広場からまっすぐ伸びる大通りに走り出た。この車站《ワクザールヌイプロスペクト》街は、駅と中央寺院《サボール》を結んでいる。キタイスカヤや傅家甸とは正反対の南の方角——南崗へと向かう道だ。

「どこへ行くんですか？」

「朝飯を食うつもりだったが、君の足の手当が先だ。私の家へ」

フミはまじまじと黒谷の横顔を見た。

「なんだね」

「貴文さまが自宅へ呼んでくださるの、初めてなんですけど」

「病院がまだ開いていないからだ。まったく、少しは後先を考えて行動したまえ」

わざとらしいほどの呆《あき》れ顔がおかしくて、フミは笑いを噛みころした。

前方に、木造の建造物が見えてくる。周囲の華麗な建物とは明らかに一線を画する、質素だがあたりを睥睨《へいげい》する威厳に満ちた建物だ。

七年前、哈爾濱に来てタエと二人、口をあんぐり開けて見上げた、ロシア聖堂の奇妙な屋根。あれは、イヴェルスキィという名の聖堂だと、後になってわかった。古い聖堂だが、このサボールはもっと古い。ロシア人にとって最も重要な聖堂だそうだ。イヴェルスキィに比べると、屋根の上につくられた奇妙な形はずいぶん小ぶりだったが、こちらのほうが素朴な感じで、フミは好きだった。

ロシア人は、新しい街をつくるとき、まず最初に教会をつくるという。

心が還る場所として。

「ああ、ネギ坊主」

屋根の上の、独特の形を見上げ、フミは懐かしさをこめてつぶやいた。

（芙蓉千里　了）

桜の夢を見ている

1

チェリョームハの甘い香りが、むせ返るようだった。そのせいなのだろうか。頭がくらくらする。グラスを口元に運びたいのに、うまく手が動かない。目がまばたきすら惜しんでこの光景を見ようとするのはなぜだろう。耳が、ひとつの音以外の全てを消し去ってしまうのはなぜだろう。チェリョームハの香りには、麻薬のようなはたらきがあっただろうか。

「チェリョームハは、日本では蝦夷上溝桜《えぞのうわずみざくら》と言ってね。これはこれで可憐《かれん》だが、日本で言う桜はこれとは違うんだよ。香りはほとんどないけど、豪奢《ごうしゃ》で、それでいて儚《はかな》いことといったら！　ディーマ、日本人相手に商売をしようと思うなら、桜の季節に日本に来てみるべきだよ。桜を見れば、彼らの感性がよくわかる」

ミハイル・ベリーエフはそう語った。

この哈爾濱《ハルビン》で五指に入る実業家であるベリーエフは、三ヶ月前からドミトリーの雇用主であり、命の恩人でもある。何を置いても尊重しなければならない存在だった。だから、行きすぎている日本趣味の話もいつも辛抱強く聞いていたし、今日も彼につきあって、贔屓《ひいき》の芸妓《げいぎ》・芙蓉の舞を見るためはるばる傅家甸《フージャデン》まで足を運んだ。

芙蓉の舞を見るのは、これが初めてではない。哈爾濱に来てまだ一ヶ月も経っていない頃、ベリーエフに誘われて地段街《ウチャストコワヤ》の料亭に行き、芙蓉を紹介された。初めて会った時はただの子供にしか見えず、ベリーエフはそういう趣味があったのかとひそかに軽蔑《けいべつ》したが、いざ芙蓉の舞が始まると認識を改めざるを得なかった。

ドミトリーには芸術を解する感性はまるで備わっていない――少なくとも、彼と親しい者たちはみなそう口を揃えていたし、彼自身もそういうものだと思っていたが、それでも彼女の舞がたいしたものだということはわかった。とはいえ、ベリーエフのように涙ぐみはしなかったし、三味線の音色や独特の節回しをもつ地唄《じうた》はどうにも趣味にあわなかった。

今回の誘いも、もともと気は進まなかった上、場所が料亭ではなく傅家甸の娼館と聞いて、よけいに気が滅入った。支那人が住まう傅家甸は、ロシア人には哈爾濱の魔窟《まくつ》として認識されており、しかも娼館ときたら最悪の状況しか思い浮かばなかった。

芙蓉はその娼館の内芸妓であり、今日は店のお得意様を招いての宴があるのだという。ベリーエフは娼館の客ではなかったが、芙蓉の熱心な支持者として、芙蓉みずからの招待を受けたらしい。

宴は、チェリョームハの大木が聳《そび》える庭に面した座敷を開放し、また庭にも席をつくり、華やかな雰囲気のもと催された。客はほとんどが東洋人で、ベリーエフは近くの客や娼婦《しょうふ》たちにも達者な日本語と支那語で話しかけ、出される料理に舌鼓を打っていたが、ドミトリーの舌には合わず、言葉も喋《しゃべ》れず、ただただこの苦行が早く終わることを祈っていた。

精一杯装ってドミトリーに媚《こ》びを売る娼婦たちも、彼の目には子供が無理をしているようにしか見えず、むしろ嫌悪感ばかりが募った。

それなのに、どういうことだろう。

さきほどまでは、たしかに一刻も早く逃げ出したかったはずだった。しかし今のドミトリーは、自分がこの奇妙な空間に囚《とら》われていることを、知っていた。

晴れ渡った空の下、チェリョームハの白い灯火を背に舞う芙蓉が、素晴らしかったこともある。彼女はまず京劇で着るような白装束を纏《まと》い、激しい剣舞を披露して喝采《かっさい》を浴びた。次に、かつてどこぞの貴族の館で見た支那の古い絵に見るような、優美な薄物の服を着て、一転してゆったりと艶《あで》やかに舞ってみせ、男たちを陶然とさせた。これはなかなか、とドミトリーも感心したが、この時点ではまだ落ち着いていたと思う。

その後、彼女が座敷舞の支度をするために庭から去ったとき、ドミトリーの魂を揺さぶる出来事が起きた。

それは、ひとつの歌だった。花の香りと酒のにおいがいりまじり、かるい倦怠《けんたい》に沈む宴に、清涼な風に似た声が響き渡る。

声は、ひとりの女郎が発したものだった。

　ドミトリーは、声の主に目を向けた。黒地に淡紅の花をあしらった、いかにも値のはりそうな衣装。複雑な形に結った黒髪には、簪《かんざし》や櫛《くし》がいくつもささり、重くはないのだろうかと気になっていた女だった。名は紫桜《ジーイン》。この『酔芙蓉』一番の売れっ妓《こ》で、この席のために、昔の花魁《おいらん》のような恰好《かっこう》をしているのだとベリーエフが教えてくれた。いでたちが異様だったため、ろくに顔など見ていなかったが、彼女の紅い唇から紡ぎ出された声は、驚くほど澄んでいた。

　彼女は最初に、支那の歌を歌った。言葉はわからないが、曲調は明るく、めでたい歌らしい。客たちは喝采を浴びせ、紫桜にもう一曲、とねだっているようだった。

　紫桜は首をわずかに傾けるようにして、ゆったりと微笑み、違う曲を歌い出した。仰々しい恰好とは裏腹に、透き通るような白い肌や造作は楚々《そそ》として可憐だった。

　今度は、水が流れるような、やさしくすがすがしい曲だった。好《ハオ》、の声があちこちであがる。いつしか『酔芙蓉』の塀の上には、近所の支那人たちが鈴なりになっていた。

　彼女は一同をゆっくりと見回し、最後にドミトリーを見た。黒い宝石のような目が、きらりと光る。彼女は目を閉じ、かわりにその小さな唇を開いた。

「窓辺揺れるチェリョームハ」

　ドミトリーは目を瞠《みは》った。ロシア語だ。

　　窓辺揺れるチェリョームハ

真白き花散らし
川面《かわも》にうぐいす鳴きて
いとしの歌聞こゆ

ロシアでは有名な歌だ。支那の歌を歌ったときとはまた違う、深い情感を滲《にじ》ませた声だった。ものがなしい旋律に合わせ、彼女は切々とチェリョームハを歌う。一番を終えると、彼女は再び目を開いた。白絹のような、ほんのりと光沢がある白い肌が、紅潮している。ドミトリーと目が合うと、彼女はふわりと微笑んだ。柔らかそうな唇の動きから、目が離せない。

乙女の心はずみて
そぞろ 庭を行かん
やさしき若者もとめ
心駈《か》けり 行かん

彼女はドミトリーを見て歌った。まちがいない。はっきりと、彼だけを見ていた。
ドミトリーの動悸《どうき》が激しくなる。なぜ彼女は、自分を見ているのだろう。
紫桜の歌に、チェリョームハも震えているのだろうか。甘い香りが、ひときわ強く香る。めまいがする。他の女郎も、客も、可憐なチェリョームハも、何もかも霧のむこうに消えていく。冷たいと評される、彼の薄い茶色の瞳《ひとみ》にはっきりとうつるのは、見知らぬ東洋の女だった。

彼女の歌が、止まった。回廊の先に、美しく装った芙蓉が現れ、歓声があがる。

彼女は客にむかって優雅に一礼すると、紫桜に近づき、手をとった。紫桜は微笑み、立ち上がる。並ぶと、彼女は芙蓉よりずっと背が高かった。立ち姿にも、なんともいえぬ艶《つや》がある。黒地に散る桜の染めもはっきりと見えた。ベリーエフが、とくに素晴らしいと力説していた日本の夜桜は、こういうものなのだろうかと思った。

「おお、紫桜の歌で芙蓉が舞うようだよ」

芙蓉が朗らかに何かを言った後、ベリーエフが興奮を隠せぬ顔で通訳してくれた。

老女が弾く三味線の音が、空気を震わせる。紫桜が歌いはじめた。日本語らしく、意味はまるでわからない。しかしその歌声は心臓に直接響くようで、血液に乗って酔いがまたたくまに全身をまわった。

芙蓉が扇をゆらりと掲げる。瞬間、鳥肌が立った。

今までの舞踊に比べ、動きはずっと控えめで、ゆるやかなものだった。しかしそのぶん、指先ひとつ、まなざしの動きひとつに、研ぎ澄まされた美が宿っていた。扇がひるがえるたび空気は染まり、誰もが酔いしれた。

彼女がこれほど気持ちよさそうに舞えるのはきっと、この歌があるからだ。ドミトリーは確信した。娼館などという場所に不似合いな天上の舞は、こののびやかに澄んだ声に支えられている。

澄んだ声に無数の想いを乗せて、紫桜は変幻自在に歌う。芙蓉に促され、彼女は帯から舞扇を抜き取ると、ゆるやかに舞い始めた。服や頭はおそらく非常に重く、動くのも難儀するほどであろうに、それゆえか彼女のゆったりとした動きは優雅の極みであった。今まで全く興味がなかった、見知らぬ東の島国の、美しい光景が見える。風に煽《あお》られ、満開の桜が散る。花の盛りの二人の娘が、惜しみなく桜を降らせる。

舞が終わったとき、ドミトリーは拍手も忘れていた。紫桜は、嬉《うれ》しそうに芙蓉を見ている。二人はなにごとか言葉を交わしあい、微笑んだ。その親しげで濃密な空気に、ドミトリーは胸がざわつくのを覚えた。

それを察したかのように、紫桜の視線が、つい、と動く。黒い目が、ドミトリーを捕らえた。彼女は、微笑んだ。あなたのために歌ったのよ。そう言いたげに、たしかに、ドミトリーだけに微笑んだ。

それから、夢とも地獄とも思える日々が始まった。仕事をしていても、ふとした拍子に紫桜の顔が浮かぶ。街を歩いていてチェリョームハを見るだけで、八つ当たりをしたくなった。

長く厳しい冬に耐えるロシアの民にとって、春の訪れを告げるこの可憐《かれん》な白い花は愛《いと》おしいものだが、ドミトリーは今までろくに目をとめたこともなかった。一日も早く一人前になりたくて、眠る間も惜しんで働いてきたが、長らく虐げられていた奴隷が命懸けで叛逆《はんぎゃく》することがあるように、ドミトリーの感情は、意思を裏切って爆発したらしかった。ドミトリーは自分の状態にすっかり動揺していた。

日本の最も有名な特産物は何か。このあたりのロシアの男に聞けば、まちがいなく皆、意味深な笑みを浮かべて「娼婦《しょうふ》」と答えるだろう。それほど、日本の娼婦は多かった。ユーラシア大陸の西半分はフランス女、東半分は日本女の縄張りと言われるほど、かの島国は世界有数の娼婦産出国だった。ドミトリーと交流のある軍人たちはたいていが日本女を買った過去があったし、かつてサロンで話したことのある著名な文学者も、熱心に語っていた。ほとんどの男が、日本の娼婦はいいと褒めていた。顔はまずいのが多く、体つきも子供のようだが、きめが細かくしっとりとした肌は触り心地がよいし、肝心な部分の具合も狭くて非常にいい。なにより、男に仕えることが本能的に身についているらしく、最後の処理まできちんとしてくれると感激している者もいた。

そのため、哈爾濱に来るロシアの男たちは、何はともあれ、日本の娼館に駆け込んだ。ドミトリーも何度か誘われたが、多忙を理由にいつも断ってきた。なのになぜ今頃――いや、よくよく考えればおかしなことではない。自分も哈爾濱での生活に慣れてきて、ようやく精神に余裕ができたのだろう。身体の欲求として、これはごく自然のことなのだ。そうでなければ、自分の醜態が納得いかない。

紫桜に会うには、『酔芙蓉』に行けばよい。それはわかっている。しかし、ベリーエフに金額を聞いて、頭が痛くなった。こつこつと貯めてきたので払えないことはないが、わずか一時間でそれだけかかるとは。何も、彼女を抱きたいわけじゃない。少し話せればよい。思わずぼやくと、ベリーエフは呆《あき》れ顔で言った。

「あのねえディーマ、君がその時間で何をしたいかなんて、先方にはまったく関係がないんだよ。紫桜は、何があっても、その時間に君たちにサービスをすることは変わりないんだ。話したいだけだからこんなのは高いって言うんなら、まず紫桜に会う資格はないよ」

労働の対価。そう言われたら何も言い返せない。ドミトリーは意を決して、一時間ぶんの金を手に、『酔芙蓉』に向かった。しかしあろうことか、彼女の予約はすでに朝まで埋まっており、自分としてはたいへんな決意をもってきただけに、頭が真っ白になった。

「どうにかならないのか？　三十分でもいいんだ！」

番頭に食い下がったものの、日本人独特のへらへらした笑いで「明後日《あさって》でしたらあいているんですがねえ」と返された。とても二日後までは待てなかったが、のらりくらりとかわされて、どうにもならない。ドミトリーは前払いで二日後の予約をいれると、順番待ちの客たちの冷笑を浴びながら、肩をいからせて『酔芙蓉』を後にした。その晩は雨で、傅家甸の地面はひどくぬかるんでいた。店の前で待ちかまえていた洋車《ヤンチョ》に乗るために数歩歩いただけで、上等の革靴がすっかり汚れ、ドミトリーはますます不機嫌になった。御者は雨避けの幌《ほろ》をおろそうとしたが、ドミトリーは「いらん」と断った。頭を冷やすには、いっそこの雨を浴びたほうがいい。

ひとつのことに夢中になると、他はどうでもよくなる自分の性格は自覚している。そのせいで今まで、ずいぶんと失敗してきて、家も飛び出した。今回はもう、失敗するわけにはいかない。哈爾濱まで来て、ようやくまともな職を得た。女にいれあげてベリーエフにまで呆れられたら、未来は真っ暗だ。むしろこの二日は、頭を冷やせという神の声なのではないか――そう思ったが、結局二日後の夜には、再びあの不潔きわまりない傅家甸に足を踏み入れた。

相変わらず不気味なほど愛想のよい男衆《おとこし》が、すぐに二階へと案内した。廊下にずらりと並んだ扉には、それぞれ花の絵が描いてある。『酔芙蓉』の娼婦はみな花の名前だというから、たとえ言葉が通じなくても、扉の絵を見れば間違えることはない。

部屋の中からは、悩ましい声や、さまざまな物音が聞こえてきて、まさにそういう店なのだということを実感する。先日の宴は、昼から夕刻という時間もあって、淫靡《いんび》な雰囲気はなかった。紫桜にも強い官能は感じたものの、同じぐらい清冽《せいれつ》な印象が強く、彼女はそこらの娼婦とはちがうのだという思いがあった。しかし、ここに来て、その思いは霧散した。彼女もまぎれもなく娼婦。商品なのだ。

ドミトリーが案内されたのは、最も奥の部屋だった。扉には、淡い紅にも淡い紫にも見える絶妙な色合いの八重桜が咲き乱れている。

「紫桜さん、新しいお客さんです」

男衆の声に、小さな応《いら》えがあった。扉を開くと、嗅《か》ぎ慣れぬ香りがドミトリーを包み込む。部屋は思ったよりも広かった。全体的なつくりは支那風だったが、ところどころにアールヌーボー的な意匠がある。大きな寝台の手前には、ソファとテーブルもあった。

紫桜は、ソファに座っていた。ドミトリーを見ると、にっこり笑って立ち上がる。

「ドーブルイ・ヴェーチェル（こんばんは）」

なめらかな発音だった。

「……あ、ああ、こんばんは。私はドミトリーです。ディーマと呼んでください」

「私、紫桜です。じーみあ？」

「ディーマ」

「ジマ？」

可憐な声でそう呼ばれるのは悪くない。ドミトリーは、それでいい、と頷《うなず》いた。

今日の紫桜は、濃い紫の絹地に、金に縁取られた緑の蔓草《つるくさ》を描いた襦袢《じゅばん》を纏《まと》っている。襦袢。ドミトリーの表情が強張《こわば》った。襦袢は行為の際には具合がいいので、最近はロシア人の娼館でも好んで着る娼婦が多い。商売女だけではなく、ロシア本国でも、貴族の女が寝間着として好んで身につけていた。昔、ドミトリーが一時関係していた女が、まさにそうだった。

「ジマさん。どうしたの？」

紫桜の声で、我に返る。華やかな襦袢に揺れていた金髪の面影は、掻《か》き消えた。

「なんでもない。すまないね」

「このあいだ、宴、いらっしゃいましたよね？」

紫桜のロシア語は、突然たどたどしくなった。挨拶《あいさつ》以外になると、おぼつかないらしい。

「いました。ベリーエフ氏に誘われて。とても素晴らしい宴でした。あなたがとても美しくて、忘れられず、来てしまいました」

できるだけゆっくりと、簡単な言葉で伝えると、紫桜は嬉《うれ》しそうに微笑んだ。

「あのとき君は、私を見ていたように思うのだが……思い上がりだろうか？」

彼女は首を傾げた。

「ごめんなさい。ロシア語、少ししかわかりません。ええと……私、あなた、見る？」

聞き取れた単語を、一所懸命、確認する。幼い子供のような懸命さが愛らしく、ドミトリーは顔をほころばせた。

「そう、見ていた」

「はい！　見てた」

「だから、来た。また、会いたくて」

単語をひとつずつ区切りながら、ゆっくりと喋《しゃべ》ると、紫桜は何度も頷いた。

「うれしい。私、も、会いたい」

彼女はまず自分の顔を指さし、それからドミトリーの顔を示し、にっこり笑った。

その笑顔に見とれ、差し出された手を取り、引き寄せる。紫桜はすんなりと彼の胸におさまり、甘えるように腕に手をかけた。

甘い香りがする。この部屋を充たすものとはまたちがう、清《すず》やかな風のようでいて、胸が苦しくなるような。

「……チェリョームハ」

あの日、ドミトリーにずっと纏《まと》いついていた花の香り。それに似ている気がする。

「チェリョームハ？　見る？　ここから、見える」

紫桜が、窓を見た。

「いや、ありがとう。この間、存分に見た。君の歌、すばらしかったよ」

「ありがとう。あなたのため」

ここだけずいぶんと流暢《りゅうちょう》だった。あなたのため。こう言えば客が喜ぶという言葉は、よく覚えているのだろうと冷静に考えながら、それでも嬉しいと思う自分がおかしい。

「私のため？」

紫桜は頷いた。

「寂しそう、見えた。だから……」

言葉を切り、彼女は眉《まゆ》を寄せた。適当な言葉が見つからないのか、もどかしそうに身じろぎする。ドミトリーがわずかに腕をゆるめると、彼女は手をあげ、ドミトリーの頬に触れた。指で顔の輪郭をなぞりあげると、やさしく頭を撫《な》でた。今日は、宴のときのような複雑な髪型ではなく、まっすぐな黒髪をごく簡単に結い上げている。このほうがずっといい。

「そうだったのか。やさしいな」

「気に入ってくれた？」

「もちろん。そうだ、歌を聴きたいな」

促すように、紅い唇に触れる。弾力のある、やわらかいぬくもりに、指が喜ぶ。

「今？」

「今。ここで」

紫桜は少し困った顔をした。目を伏せると、睫毛《まつげ》が白い頬に影を落とす。駄目かな、とねだると、唇が震えた。囁《ささや》きのような歌声だった。恥ずかしそうに頬を染め、彼女は歌う。窓辺揺れるチェリョームハ。あのときと同じ歌。花のように可憐な乙女が、若者を恋うる歌。声はとても小さいのに、彼女が腕の中にいるからだろうか、想いは深く染みこんでくるような気がした。

二番まで歌うと、彼女は急に口を閉ざした。

「もう終わり？」

この歌は、四番まであるはずだった。

「はい。この続き、哀しい」

紫桜は、彼の胸に顔を伏せた。ドミトリーは、紫桜の髪を撫でた。まっすぐで、鏡のように輝く黒髪。冷たく硬いのに、いつまでも撫でていたい、不思議な感触。

「そうだね。ロシアの歌は、たいてい哀しい。なぜだろう」

「日本の歌、同じ」

「そうか。我々は、似ているのかもしれない。悲劇を好むのは人間の特性だけれど」

紫桜はきょとんとした。細い目が少しだけ丸くなったのが可愛くて、ドミトリーはその目尻《めじり》に口づける。紫桜はくすぐったそうに身をよじり、秘密めいた笑いを見せる。少しひんやりとした白い指が、再びドミトリーの頬を辿《たど》り、唇で止まった。木から林檎《りんご》が落ちるようにごく自然に、二人の顔は重なった。

ああ、今日はただ話すだけのつもりだったのに。いや、無理だ。どんな聖人だって、今腕の中にいるこの花を手折らずにはいられまい。

紫桜の肌は、驚くべきものだった。常にしっとりと濡《ぬ》れたような肌は、ドミトリーに応じてますます潤み、彼をとらえて離さない。彼女は丁寧で、巧みで、非常に情熱的であったがどの瞬間もその慎み深さが失われることはなかった。

なにより、声だ。あの日、ドミトリーの心を捕らえた音が、甘い苦悶《くもん》を乗せてその桜桃のような唇から奏でられると、頭がどうにかなりそうだった。ロシアの商売女がよくやるように、派手な声をあげるわけではないが、彼女の息づかいは的確に官能を刺激した。もっともっと、歌わせたい。この手で。

「なるほど。一番というだけある」

火が鎮まった後、ドミトリーは紫桜を抱えてつぶやいた。

「なに？」

「とても素敵だと言ったんだよ」

紫桜は嬉しそうに笑う。

「嬉しい。ジマさんもとても素敵」

このままま どろんでいたかったが、無情にも扉が叩《たた》かれる。余韻に浸っていたドミトリーの心は、一瞬にして冷えた。彼が起きあがると、紫桜は服を着せかけた。シャツのボタンをとめるとき、甘えるように胸に頬を寄せた。

「また来てくださる？」

「もちろん。さあ、服を着なくては」

つとめて穏やかに彼女を引き剝《は》がし、ドミトリーは素早く服を着た。紫桜も襦袢を羽織り、扉までついて来る。

「約束。また来てね、ジマさん」

「ああ。今度はもう少し、日本語を覚えてこよう」

紫桜は微笑んで首をふった。

「気にしない。来てくれれば、うれしい。私、あなたが好き」

健気《けなげ》な笑顔と、じっと見つめる濡れた瞳《ひとみ》。ドミトリーは、目を開けずに自分がここに来るだろうことを、確信した。

2

妓楼《ぎろう》『酔芙蓉《チョイフーロン》』と、置屋『白芙蓉《しろふよう》』は同じ敷地の中にある。しかしタエにとっては行き来が面倒だった。タエの部屋は、『酔芙蓉』の二階の奥。そこから長い廊下を歩いて階段を降り、再び奥へと歩く。さらにそこから渡り廊下を歩かねばならなかった。客が多かった翌日などは、この距離がなかなか辛《つら》い。

十月も半ばとなると、昼になっても気温が上がらないので、丹前の袖《そで》に手を入れて、タエは足早に渡り廊下を進んだ。

裏庭に突き出す形で増設された稽古場は、フミ専用である。彼女はここで、一日も欠かさず稽古を行う。午前中は地段街まで赴いて師匠から芸を習い、挨拶《あいさつ》回りを済ませて戻ってくると、座敷の時間までひたすら稽古に打ち込む。一年の間、一日たりとも休むことはない。一日でも休むと体が忘れるからと、元旦《がんたん》でもフミは稽古を欠かさなかった。

稽古場にはペーチカは入らないので、冬ともなると、氷室の中にいるかのようだ。冬はストーブが入るが、『酔芙蓉』に比べ壁が薄いので、外気でたちまち冷やされる。しかし稽古に打ち込むフミは、ほとんど寒さを感じていないようだった。

この日も、そうっと引き戸を開けると、すでに冬間近だというのにいまだ単衣《ひとえ》で舞っている。稽古を始めてもうずいぶん経つのか、首筋には汗が光っていた。

フミが気づくまでのこのわずかな時間を、タエは気に入っていた。彼女が汗にまみれ、一心不乱に舞うところを見るのが、好きだった。

美しく装い、客の前で舞う芙蓉は美しい。しかし、ここで必死に稽古をするのは、フミだ。気にくわないところ、うまくできないところを何度もさらい、時には苛立《いらだ》ちに顔を歪《ゆが》め、荒い息をつく。こんなところ、旦那《だんな》である黒谷や男たちは誰も知らないのだ。

ここ最近、フミの舞いは深みを増した。このところずいぶんと艶《あで》やかになったと評判だったが、さらに凄《すご》みのようなものが加わった。自分の中にある澱《おり》を振り落とすように、フミは舞う。ときどき、声ならぬ叫びが聞こえるような気がした。

フミの視線が、ふとこちらに流れた。その瞬間、鬼気迫る表情は消え、見知った少女の顔になる。

「おタエちゃん、来てたの。声をかけてくれればいいのに」

「ごめんね、邪魔しちゃって」

「そろそろ終わりにしようと思っていたところだよ。なあに、またコヴリーギンさんから手紙？」

フミは、タエの袖口《そでぐち》からのぞく薄紫の封筒にさっそく目をとめたらしかった。

「うん。頼める？」

「もちろん。部屋に行こうか」

赤前垂れの少女にお茶を頼み、二人はフミの部屋へ向かった。哈爾濱一の売れっ妓《こ》のものというにはずいぶん狭く、ものも少ない。哈爾濱に渡ってきた当初は、一番の女郎になっていろんなものを買い集めるんだと息巻いていたが、いざ芸妓《げいぎ》になると、買う時間がほとんどなく、そのうちどうでもよくなったらしい。そのあたりをまったく理解せず、あらゆるものを与えて飾り立てようとする黒谷を、タエはひそかに憐《あわ》れんでいた。

――女心がわからない人。一番ほしいものを最初から遠ざけて、いらないものばかり惜しみなく与えるなんて。

でも男なんて、そんなもの。

「あらまあ、相変わらずロマンチストねえ。でも、日本語もだいぶ頑張ってるわよ」

手紙をざっと読んだフミは、からかうように笑った。ドミトリー・コヴリーギンは、三日に一度はこうして手紙を送ってくる。本人が店にやって来るのは月に二度ほどだが、こうしてちょくちょく手紙や贈り物をしてくるのだった。『酔芙蓉』は圧倒的に支那人の客が多かったために、今ではタエも支那語ならばそこそこ読み書きができるようになったが、ロシア語はさすがに難しい。『酔芙蓉』には、女郎の手紙を代筆してくれる者もいたが、タエはだいたい自分で返事をしたためていた。困っていたところ、フミが「じゃあ読んであげるよ」と興味津々の体で引き受けてくれたのだった。

「日本語の語彙《ごい》も増えたわよね。誰から習ってるのかしら。くまさん？」

フミが、自分の大の信奉者であるミハイル・ベリーエフを親愛をこめてそう呼ぶので、タエもこの愛称を使うようになった。たしかに熊のような容貌《ようぼう》だが、あんまりじゃないかとタエは思ったが、ベリーエフ本人が喜んでいるらしいので、まあいいのだろう。

「くまさんの日本語はすごいけど、忙しいからどうかしらね。でもめきめき上達してるわ、愛の力って凄いのね」

フミは笑いながら、ロシア語のまま手紙を読み上げてくれた。読み書きはできないが、タエも耳で聞くぶんにはだいたいわかる。ドミトリーの話もほとんどは理解できていたし、その気になればもう少し流暢《りゅうちょう》に喋《しゃべ》ることができたが、よくわからないふりをしていたほうが受けがよく、こちらも都合がいいので、わざとたどたどしい言葉を使っている。

「ありがとう。相変わらず返事に困るわね。なんて書こう」

赤前垂れが運んできた茶を啜《すす》りながら耳を傾けていたタエは、朗読が終わると、ため息をついた。

「この人の文章、私は好きだな。恋文の定型文じゃないし、わかりやすく伝えようとしてくれる。引用している文章も多岐にわたるわ。教養があるのねえ」

「多岐にわたるってわかるおフミちゃんがすごいのよ。じゃあその引用部分、教えて。そこの文章がとても綺麗《きれい》って書けば、今度、懇切丁寧に教えてくれるだろうから」

うんざりした様子で促すタエに、フミは笑って「ここだよ」と手紙の一部を指さした。それから二人で、返事の文面についてあれこれ考える。女郎も芸妓も客商売。お得意様へのお礼状は欠かせない。二人とも売れっ妓なので、礼状書きだけで午後まるまる潰れることもままあった。

「こんなのよこすぐらいなら、毎週来てくれたっていいのにね。手紙なんて時間とるだけで一文の得にもなりゃしないのに」

タエは文句を垂れつつ、手紙を書いた。返事はいつも日本語である。さらにロシア語の愛に満ちた一文を添える。これを忘れてはならない。

「くまさんが、ディーマは経済が専門だし、働きものだからすぐお給料あがるって言ってたよ。身請けの話が出たりして」

「私を？」

鼻で嗤《わら》うタエを見て、フミもつられて笑った。

「まあ、無理よねえ。せめてくまさんぐらい稼いでないと。それにしても、ロシア人は怖いってあんなに泣いてたおタエちゃんが、ロシア人を手玉にとるなんてねえ」

「仕方ないわ、こっちは選り好みなんてできないもの。私のことより、おフミちゃん。黒谷さんとはもう床入りしたの？」

話題を変えると、途端にフミの顔が真っ赤になった。

「床入りなんてするわけないじゃない！」

「まだなの？」

「まだも何もずっとありません」

「何度か自宅にも行ってるでしょう」

「二回だけだよ。それに一回目は足の手当で、二回目はくまさんも一緒にいたもの」

「でも山村さんをふって選んだんだもの、そろそろいいんじゃないかしら」

フミはこの夏、ひとつの恋を終わらせた。長い冬をじっと堪え忍び、哈爾濱の夏のごとく激しく美しく燃え上がった恋に、自分の意思で幕を引いた。

案の定、フミは涙をこらえるように、眉《まゆ》をぎゅっと寄せる。

きっと言ったら怒るだろうけれど、タエはフミが泣きそうな顔をするところが好きだった。めったに見せてくれないから。

「ごめんね。嘘よ」

タエはフミに近づき、頭を撫《な》でた。フミはしきりにまばたきをする。目が赤い。

「私も同じよ、おフミちゃん。私は『酔芙蓉』にいるかぎり、誰とも恋はしないし、身請けもされない。たとえ天皇陛下が来たってお断りよ」

「陛下ときたかあ。女傑だね、おタエちゃん」

「おフミちゃんには負けるわ。初恋の男を捨てて、こんなしみったれたところに残ろうなんて言うんだものね」

タエの言葉に、フミは笑った。深い微笑みだった。

「ねえ、おフミちゃん。正直に言ってみてね。後悔してる？」

フミは大きな目で、タエを見た。二人はしばし、無言で見つめ合った。

「全くしてないとは言えない。でもこれが正しかったって思ってる」

フミはソファの上に深く座りなおし、膝《ひざ》を抱えこんだ。大人びた顔で遠くを見つめる彼女を、タエは覚めた目で見ていた。

なんで恋なんてするのだろう。そんなもの、なんの得にもなりはしないのに。

タエの年季は、あと二年で明ける。しっかり帳簿を見せてもらっているし、どんなに長くても二年後。そうすれば、ここを大手を振って出ていける。

だからそれまでは絶対に恋なんてしない。

――してはならない。

3

リラの香りが街中に漂い、チェリョームハに白い花が星のように灯《とも》る。傅家甸に向かう道すがら、ドミトリーは街路樹の下で足を止め、また春が巡ってきたのだと知る。

ひたすら仕事に打ち込み、周囲からはつまらない男だと評されていたが、仕事が早く正確な彼をベリーエフは高く評価し、経理部での地位も安泰で、給金もあがった。しかし彼は質素な生活を崩さず、唯一の贅沢《ぜいたく》といえば月に二度の『酔芙蓉』通いだった。

紫桜との逢瀬《おうせ》は、両手では足りない数にのぼっている。新しい街にやってきて、常に仕事に追われてきたドミトリーにとって、いつしか紫桜のそばで過ごす時間は、なににも勝る貴重なものになっていた。今は彼女のもとにいる自分こそが、いちばん素に近いのではないかと思う。

八重桜の扉を開き、紫桜の笑顔に迎えられると、ああ帰ってきたと思う。彼女の香りを嗅《か》ぐと、ほっとする。抱き締めれば、知らず強張《こわば》っていた体が溶けていくようだった。

この一年で、ドミトリーの日本語もそれなりに上達した。タエのロシア語も同様で、意思の疎通はだいぶできるようになり、そのぶん親密になった。紫桜が目の前にいる間は、彼女の愛情を感じる。言葉を二人で教え合うのも楽しく、紫桜が歌うのならばどんな言語でもかまわなかった。

しかし部屋を出てしまえば、紫桜は他の男のものだ。紫桜は決して他の客の話はしないし、そんな気配も見せないが、彼女に執心している客は多い。中でも、彼女が十三のときに水揚げをし、以来ずっと通っている岡本という日本人実業家の存在は、彼の中の炎を煽《あお》りたてた。それとなく紫桜に尋ねても、「お世話になっている方ですよ。でも、今は関係ないじゃないですか？」とおっとり微笑まれ、やさしい指にちがう炎を灯されてしまう。

妬《や》かないと言えば、嘘になる。しかしドミトリーは、これ以上踏み込むつもりもなかった。月に二度。このペースを崩すつもりはない。

その気になれば増やすことはできるし、毎度男衆《おとこし》たちにも勧められるが、それだけは自分で線を引いていた。哈爾濱で堅実に、ごく静かに生活を続けて、ときどき桜の夢を見る。それで充分だ。

「まあまあディーマさん、今日もありがとうございます」

その日も紫桜と幸せな数時間を過ごし、現実に戻ろうというときに、女将《おかみ》に声をかけられた。紫桜はいつも和装だったが、この女将はいつ見かけても支那服を着ている。だからてっきり支那人かと思っていたが、彼女も日本人なのだという。垂れた頰に白粉《おしろい》と頰紅をたたきこみ、愛想良く笑う顔は妖怪《ようかい》じみていたが、目元や口元には、美しかったころの名残が残っていた。

「いつもご贔屓《ひいき》に。日本酒がたいそうお気に入りだとうかがいました。よい酒が入ったんですよ、ちょいとばかしお時間をいただけませんか。なに、ほんの一杯ほどのお時間でございますよ」

紫桜とも飲んだばかりだし、この白塗りと酒を酌み交わすのはあまり気がすすまなかったが、なにしろ紫桜の「おかあさん」だ。ドミトリーはしぶしぶと女将の部屋へと入った。

「いつも紫桜を贔屓にして頂いてありがとうございます。紫桜はうちの看板娘で、そりゃあ人気がありますけど、旦那《だんな》さんがいらっしゃるようになってから、ますます肌の艶《つや》が増しましたねえ」

女将は酒を勧めながら、愛想良く言った。彼女のロシア語はたいへん巧みだったので、褒めると、「まァありがとうございます。私は浦塩《ウラジオ》が長かったものでねえ。ロシア兵の方々にずいぶん鍛えていただいたんですよ」と朗らかな答えが返ってきた。ふと、過酷な彼女の半生が垣間《かいま》見えたような気がして、ドミトリーは胸が痛くなった。

「ロシア語と言えば、紫桜も最近はずいぶん上達しましてね。なんでも旦那が教えてくださったそうじゃありませんか。あたしゃ驚きましたよ。こう言っちゃなんですけどね、今までにもロシアの方で紫桜を贔屓にしてくださる方は結構いらっしゃったんです。でもあの娘があんなに急にうまくなったのは、旦那と会ってからなんですから」

「でもロシア語の唄《うた》はたいへんお上手でした」

「そりゃあ唄なんてのは、どんな言語でもそれなりに聞こえるもんです。つまり私が言いたいのは」

女将は表情を改めた。

「紫桜は、ああ見えて実は情の強い女なんです。今まで数多《あまた》の殿方が彼女に惚《ほ》れ込み、身請けを申し出てくだすったんですが、決して首を縦に振らない。それがねえ、驚きですよ。旦那にはすっかり入れ込んじまっているようで。毎日、旦那が来るのを首を長くして待っているんですよ。見ていて、驚くやら微笑ましいやらでねえ」

ドミトリーは失笑し、杯を口に運んだ。たしかに美味《うま》い大吟醸だった。

「誰にでもそう言っているのでしょう、マダム」

「とんでもない！　星の数ほどの男と女を見てきた私です。まちがいありません、紫桜は旦那に惚れています」

「はは、事実だとしたら嬉《うれ》しいのですが」

女将は身を乗り出した。

「事実も事実でござんすよ。そこでひとつご相談なんですがね。紫桜を旦那さんおひとりのものにしたいという気はございませんか」

「は？」

「つまり身請けでございます」

ドミトリーはまじまじと女将を見つめた。

「マダム、相手をお間違えです。私は、お職を身請けできるような身分ではありませんよ。月に一、二度通うのが精一杯なんです」

「あら、でもご実家は大層な……」

「実家と私は関係ない」

自然と険しい口調になった。

「申し訳ございません。そりゃあご都合がありますよね。でもね、私も普段はぶしつけにこんなことをお願いしたりはしませんよ。ここだけの話、どうしても身請けしたいとおっしゃる方がおりましてね。ずいぶんお世話になった方で、以前から何度もお話をいただき、そのたびに紫桜がのらりくらりとかわしていたんです。けど今度ばかりはどうにも難しくてね」

「では、そのお話をお受けすればよいのでは」

「ええ、そうすべきだとは思うんですよ。店主としてはね。でもねえ旦那さん、あたしゃたしかにごうつくばばあですけどね、ここにいる娘たちの母親代わりでもあるんですよ。娘の幸せを願わない親がいますかね？」

途端に女将は、それまでの媚《こび》をかなぐり捨てて、弱々しい老婆のような顔をつくった。

「まして紫桜なんて、下働きの子供だった頃からずうっと見ているんです。いい子で働き者でね、だから私も紫桜にゃいちばん幸せになってもらいたいんですよ。女の幸せは、やっぱり好いた男と一緒になることでしょう？　だから言ってるんですよ」

ご丁寧に、涙まで浮かべている。たいした役者だ。

「親心はありがたいものです。ですがさきほどお話しした通り、私は先立つものがないのですよ」

「ですが」

「実家は頼れません。他を当たってください」

きっぱりとした拒絶に、とりつく島もないと悟ったのだろう。女将は頭を下げた。

「由ない話をいたしました。申し訳ございません。どうぞこれからも紫桜をご贔屓に……ただし、いつまでこの店にいるかはわかりませんが」

「ならば最後の日まで、楽しませていただきます。ごちそうさまでした」

ドミトリーもまた一礼し、店を後にした。

さきほどまでは幸せな気分だったのに、最後の最後で台無しにされた。惚れてるだのなんだのと言っていたが、家のことを知らなければ、まちがっても女将は身請けの話などふってこなかっただろう。断れない身請け話が来ているというのも、こちらを煽るための嘘としか思えない。

――だが、もし事実だったら。

苛々《いらいら》と夜道を歩いていたドミトリーは、足を止めた。女将の前では強がっていたものの、本当に紫桜が誰かのものになってしまったらと考えると、目の前が真っ暗になった。

「紫桜はまちがいなく旦那に惚れてますよ」

女将の声が耳の奥に残っている。さきほど別れたばかりの紫桜の微笑み、甘えた仕草が心をかき乱す。

身請けをしてしまえば、あれが自分のものに――いや、駄目だ。ドミトリーは慌てて頭を振った。どうやっても、『酔芙蓉』一の売れっ妓《こ》を身請けする金など出せない。

女将がどこで調べてきたのか知らないが、たしかに実家を頼ればどうということはない。ドミトリーの実家は、キエフの近く、コゼレーツィにあり、キエフの金融界では名の知れた一族だった。ドミトリーは、その家も姓名も捨て、哈爾濱にやって来た。

農民や労働者の悲惨な生活をまるで知らず、彼らからの搾取の上にのうのうと裕福な生活を送っていた幸福な少年は、マルクス主義に触れて新たな視点を獲得し、巧みに隠されていた現実を知った。現実は常にそこにあったのに、あえて見ようとしていなかったことに気がついた。すると今まで寛大で信仰心に篤い人格者だと思っていた両親にも嫌悪感が募る一方で、とうとう父親と衝突して家を出た。

一時は、プロレタリアートと農民による革命を謳《うた》う急進派のもとに身を寄せ、共に労働に励みながら政治活動に奔走したが、教養も理性もない者たちがあまりに多く、耐えきれずに離反した。そして、ロシアから離れたい一心でアムールを越え、哈爾濱で死にかけていたところをベリーエフに救われた。ベリーエフは好漢で、よく面倒を見てくれた。仕事まで与えてくれた。君が使える人間だからだよ、と彼は笑っていたが、おそらくはとっくに偽名も素姓もばれているだろう。父に知らせがいっているかもしれない。

故郷を飛び出したころは、青臭い理想に燃えて、両親や親族が唾棄《だき》すべき俗物にしか見えなかった。激怒して勘当を言い渡した父、泣いていた母親。二度と会うことはあるまいと思った。しかし、ブルジョワジーに失望し、搾取される者たちに深く同情したはずなのに、かといって労働者とともに革命を起こそうという気にもなれず、結局、ブルジョワの権化とも言えるベリーエフの情けに縋《すが》って働いている。

ひきかえ、紫桜は？　彼女は、搾取される側だ。れっきとした労働者である。それも、ひどく過酷な。

「身請けすれば……彼女を救える」

つぶやいた途端、目の前がぱっと明るくなった気がした。

そうだ、自分は救えるのだ。かつて、救おうと思って救えなかった者を。これは正しいことではないのか。

自分の稼ぎでは、十年経っても身請けなどできるかどうか。ならば女将《おかみ》の言うとおり、両親に膝《ひざ》を屈するか。罵倒《ばとう》されるだろうが、人を救うためならば、そんなものは耐えられる。金は必ず返すけれど、紫桜を救うために今この瞬間まとまった金が必要だというならば、どんな屈辱だって耐えてみせるべきではないのか。

ドミトリーはその日から悶々《もんもん》と考えこんだ。女将の策略に見事はまったことは悔しかったが、結局、次に紫桜のもとを訪れたとき、自分から切り出した。

「紫桜、君に身請けの話が来ているそうだな」

彼女はきょとんと目を丸くした。

「まあ、いいえ。そんな噂が？」

「じつは、女将から、私にも話があったんだ。他の者に身請けされる前に、君を身請けしないかと」

「ジマさんが私を身請け？」

紫桜は、目を大きく見開いた。と思ったら、鈴を転がすような声で笑い出した。

「まあ、おかあさんたら。ごめんなさいね、常連さんにはすぐに言うんですよ。私も古株だから、そろそろ片付けたいのかもしれませんね」

あっさり話を流して酒を注ぐ紫桜を、ドミトリーは茫然《ぼうぜん》と見つめた。

「今どき、身請けなんてそうそうございません。他の方からの身請け話だって嘘ですよ。身請けはお金がかかりますもの。どうか本気になさらないでね」

「君は身請けは厭《いや》なのか」

「私は、ここで会えれば幸せです。負担には、なりたくないの」

紫桜はいつものようにおっとりと微笑んだ。

彼女はほとんどわがままを言わない。親しくなって、甘えるようにはなっても、慎み深いところは変わらなかった。

「負担ではない。僕は、君を身請けしたいと考えている」

「うれしい。でも、駄目ですよ」

「なぜ駄目なんだ？」

紫桜は頬を染め、困ったように目を伏せた。

「ジマさんは、若いもの。それに、お仕事がとても大変なとき。身請けなんて駄目。それに私たち、まだ出会って一年ですよ」

「時間は関係ない。それに僕らは一年かもしれないが、君はもう何年もここにいるのだろう？　僕は、君を苦界から救いたいんだ」

「救う？」

その瞬間、紫桜の顔にひらめいた嘲笑《ちょうしょう》に、ドミトリーは凍りついた。が、まばたきの間に、紫桜の微笑は見慣れたものに戻っていた。

「やさしいジマさん。とってもうれしい。でもね、無理はしてほしくない。無理をして、それで私のことを嫌いになったりしたら厭」

紫桜のやわらかい体が、胸に飛び込んでくる。背中にまわされた白い腕が、肩胛骨《けんこうこつ》のあたりをそっと撫《な》でた。

「無理なんて。紫桜、君は、僕にとってそれだけの価値があるということなんだ。君は、今までにも身請けの話を断っていると聞く。だけど僕は……」

紫桜は胸に顔を伏せ、かすかに首をふった。

「やめましょう、こんな話。それに私、あと一年経てば、年季が明けるんです。そうすればここを出て行けるんですもの」

「一年は長い。君にもしものことがあったら……」

紫桜の指が伸びて、ドミトリーの唇をふさいだ。

「お願い、早くあなたをちょうだい、ジマ。ずっと待って、待ち焦がれていたのに」

甘い囁《ささや》き。吐息の熱さ。操られるように襦袢《じゅばん》を肩から下ろすと、白い肌はすでに期待に潤んでいた。途端に考えこむのが面倒になって、ドミトリーはすでに馴染《なじ》み深くなった熱の中に埋没していった。

紫桜はいつにも増して情熱的で、さまざまな形で受け入れ、奉仕した。一瞬たりともドミトリーを飽きさせず、巧みに頂点へと導いた。しかしいつもはあれほど充たされるというのに、今宵《こよい》は最後まで違和感がつきまとっていた。

4

「おタエちゃん、ディーマを振ったんだって？」

部屋に入ってくるなり、フミは言った。寝台に寝っ転がって本を読んでいたタエは、フミが掲げた盆の上に徳利と杯を認め、勢いよく起きあがった。

「べつに振ってなんかいないよ。ただ店に来なくなっただけ」

勤務時間中は紫桜と名乗り、手慣れた仕草で客に酌をするタエは、いささかぞんざいに、ふたつの杯に酒を注いだ。並んでソファに座った二人は、西洋風に乾杯をして、酒に口をつける。

「でも最低でも半月に一度は必ず来てたじゃない。急にぴたって来なくなるなんて」

「そんなものでしょ。そろそろ違う女がほしくなって、またいずれそっちも飽きたら、顔を見せることもあるんじゃない？」

「あいかわらずさめてるなあ。身請け話を断っちゃったんだって？」

「おしゃべりなかあさんねえ。あの人に身請けなんてできるわけないでしょ？　まったくおかあさんたら、人を見る目がなさ過ぎるのよ。いくら岡本さんに、ほかに懇ろの女郎ができたからってさ」

長らくタエのお得意様だった岡本は、最近地段街にやって来た若い女郎に入れあげているというもっぱらの噂だった。彼がとにかく、子供のような若い女が好きで、そこからじっくり自分が育てていく――少なくとも本人は育てていると信じている――のが好きなのだということには、タエも気づいていた。

蘭花、タエと二人の女郎を長らく育てながら、身請けはできなかった岡本も、今回ばかりは先方も乗り気で、近いうちに結婚するのではないかという噂だった。

「おタエちゃん、知ってたの」

「知ってるよ。いいことだと思う。岡本さん、お蘭ねえさんにも私にも断られ続けて、いいかげん気の毒だものね」

「おタエちゃんが身請けを嫌がってるのは知ってる。でもディーマのことは、気に入ってると思ったんだけど、やっぱり厭なの？」

「べつに気に入ってなんかいないよ」

「でも宴の時から、ずいぶん気にしてたじゃない。珍しいなあって思ってた」

「育ちがよさそうだったから。それにベリーエフさんのお友達なら、身元もしっかりしているでしょ。気に入ってもらえれば、いいお客さんになってもらえると思ったの」

あの日、ドミトリーはつまらなそうな顔をして座っていた。深い孤独と鬱屈《うっくつ》が顔に表れていた。そういう人間は、一度心を許せば、熱心な客になってくれる。ロシア人で贔屓《ひいき》の客がついてくれれば、そこから評判がひろまって、客層がひろがるかもしれない。タエは、この『酔芙蓉』を守るために出来ることは、なんでもするつもりだった。

「それはわかるけど」

足をぶらぶらさせて、フミは寂しそうに言った。

かわいいおフミちゃん。タエは心の中でそっとつぶやいた。今年に入って、フミが連日いくつもの座敷をこなし、くたくたになっていることを、タエはよく知っていた。一時は明らかに、限界を越えていた。

タエはずっと、フミを見てきた。芸妓になると決まってからの血の滲むような努力を、つぶさに見てきた。来る日も来る日も、誰よりも早く起き、女将《おかみ》やカツに奴隷のごとく仕え、稽古《けいこ》をつけてもらっていた。頻繁に怒声や平手がとび、時には三味線のばちでぶたれ、生傷が絶えることはなかった。

冬のある日、氷のように冷え切って、三味線を抱えて帰ってきたからどうしたのと尋ねたところ、ちょっとねと笑っていた。その夜からフミは熱を出したが、それでも翌日にはいつものように起き出して、稽古に励んでいた。

理由がわかったのは、一週間後のことだった。客のひとりが、ちょうどその日、スンガリーの前でフミを見たのだという。凍りついた大河の前に茣蓙《ござ》を敷き、フミは三味線を弾いて歌っていた。雪まじりの風が吹き荒れる中、声をさらわれまいとして、必死に歌っていたという。尋常ではない様子に、彼や周囲の者たちはやめさせようとしたが、「これも大事な稽古なんです」と頑《かたく》なに首をふり、歌い続けた。

「ありゃあびっくりしたね。顔なんかもう、真っ白になってさ。息ももう、白くなんてないんだ。体が芯《しん》から冷え切らないと、ああはならない。なんであれで三味線を弾いて、歌うことができたのか、まったくわからん。あの娘の根性は、筋金入りだよ」

客の話に青ざめ、フミに問い質《ただ》したら、その通りだとあっさり認めた。おまえの声は通りが悪いから、スンガリーの前で肺を鍛えておいでと言われたらしい。それで三時間、風の吹く中で練習をしてきたのだと。

そんなものは稽古ではない、悪質な厭がらせだ。タエは信じられないと激怒したが、フミにとってそれは特別なことではなかった。いつものことなのだと聞いて、タエは愕《がく》然《ぜん》とした。

フミは今、誰もが認める名妓《めいぎ》になった。皆、彼女の舞は天が授けたものだと褒めそやす。タエもそう思っていた。しかし、天が与えたものがあるとしたら、その中でおそらく最大のものは、努力をするという才能だろう。哈爾濱に来て不安に押し潰《つぶ》されそうになったタエを救ってくれた、軽快で力強い角兵衛獅子《かくべえじし》。あの天才の技も、フミの凄《すさ》まじい努力と苦痛によって生まれたものだ。

あの小さな少女は、何もない場所で何かをつかみとるには、死にものぐるいで努力しなければならないことを知っていた。そうしなければ、生きていくことさえできないところで、彼女は生きてきた。そんな自分を哀れだと、フミは一瞬でも思ったことはないだろう。ここから逃げ出したいと願い続けたタエは、気づいたとき、恥ずかしくてフミの顔をまともに見られなかった。

フミの前で、誇れるような女郎になる。フミに負けないぐらいの努力を、死にものぐるいでしてみようじゃないか。それがタエの、唯一絶対の信条になった。

フミは常にタエの前を行く。その舞で、タエや多くの者を救う。それなのに、フミはいまだにタエに負い目を感じている。タエのほうがずっと苦労している、そうさせた原因のひとつは自分にあると、未《いま》だに悔やんでいる。

かわいらしくて、ばかなおフミちゃん。私が必死に頑張っているように見えるなら、それはおフミちゃんがいるからなのに。

「それに比べて……」

無意識のうちに漏れたつぶやきに、フミがこちらを向いた。

「なに？」

「ううん、なんでも」

タエは曖昧《あいまい》に笑って、杯を口に運んだ。

フミや他の女たちに比べて、あのジマときたら情けない。差し出した手を、極力丁寧に脇にどけただけなのに、それだけで拗《す》ねて来なくなるなんて。どれだけ坊ちゃん育ちなのか。そもそも、言うにこと欠いて「君を救いたい」とはなにごとか。

相手をその気にさせる手練手管はお手のもの。相手を惚《ほ》れさせてなんぼ、こちらが惚れていると思わせてなんぼ。どの客にも、自分だけは他の客とちがうのだと思いこませる。時にはそれが面倒な勘違いを生み出して、足抜けをもちかけてくる者もいる。それをうまくあしらうのもまた、女郎の腕。

身請け話をしてきたのも、岡本やドミトリーだけではない。それら全てを、タエはうまくはぐらかしてきた。へそを曲げる男も、もちろんいた。勝手に勘違いして暴走したあげく、拒絶されれば売女《ばいた》と罵《ののし》る。その通り、女を売っているのだ。それを買っておいてなにを寝言を言っているのかと、おかしくてならなかった。

ドミトリーは、いつまで経っても、どこか世慣れぬ少年のようにはにかみを忘れない青年だった。自分よりよほど年上だけれど、いつも余裕がなくて大変そう、かわいらしいとすら思っていた。フミが黒谷に抱くのも、こんな気持ちなのかもしれない。彼は他の客とは少し違う。そう思っていたけれど、やはり男はみんな同じだ。

あれから一ヶ月以上、音沙汰《おとさた》がない。毎日、予約の確認をして、彼の名前がないと、腹が立つ。

「莫迦《ばか》。小さい男」

歌を褒めてくれたのは、嬉《うれ》しかった。彼が来ると、少しだけ嬉しかったのに。

「君、最近暗いから、芙蓉の舞でも見て元気を出しなよ！」

笑うベリーエフに連れられて、ドミトリーは一年ぶりに料亭に来た。元気がない原因は察しているだろうに、よりにもよって料亭というあたりが解せない。部下を元気づけるという名目で、単に芙蓉を座敷に呼びたいだけなんじゃないかとドミトリーは思ったが、「ありがとうございます」ととぼとぼとついてきた。

座敷に通されると、一人の日本人が待っていた。背が高く色白で、東洋的な品の良さを漂わせた彼を、ベリーエフはタカと呼んだ。名前だけは知っている。なにかの会合で顔も見たかもしれない。黒谷男爵家の次男、貴文だ。そして芸妓芙蓉の旦那《だんな》でもある。

「はじめまして、ガスパジーン・コヴリーギン。ミーチャからお噂はかねがね」

「ディーマで結構です。お会いできて光栄です。お父上の黒谷男爵には我々もずいぶんお世話になっておりますよ」

挨拶《あいさつ》を交わし、三人は腰を下ろした。女将が挨拶にやってきて、酒を注ぐ。はじめて日本酒を飲んだときは驚いたが、『酔芙蓉』で紫桜が美味《おい》しそうに飲むのにつられて飲んでいたら、すっかり癖になってしまった。そう思ったら自然と紫桜の面影が浮かび、ドミトリーは知らずため息をついた。

「そら、またため息。深刻だねえ、ディーマ」

めざといベリーエフが笑う。黒谷は心配そうにドミトリーを見た。

「どうかしたんですか？」

「芙蓉から聞いてない？　まあそんなことは話さないかな。ディーマはねえ、紫桜にべた惚れで身請けしようとしたんだけど、断られちゃったんだよ」

「ジーイン？」

怪訝《けげん》そうに繰り返した黒谷は、しばらく考えこんだあと「ああ、おタエのことですか」と言った。

「タエ？　それが彼女の本当の名前ですか」

「ええ。そうか。小桜《シャオイン》から紫桜に改名したのでしたっけね」

「なぜ知っているんです」

気色ばんだドミトリーに、黒谷は苦笑した。

「芙蓉がそう呼んでいるからです。二人は親友なんですよ。一緒に日本から売られてきたのだと言っていました」

初耳だった。宴の時に、芙蓉と親しげな様子をしていたのは覚えているが、紫桜はほとんど自分のことを話さない。ドミトリーのことはあれこれと聞きたがるので、一度こちらからも尋ねてはみたが、そのときに紫桜は微笑んで言った。

「女郎には過去なんて、ありません。故郷もない。私の故郷は、ここ」

わざわざ大陸に渡ってくるぐらいだから、思い出したいような過去でもないだろう。ドミトリーもそれ以上、追及しなかった。

「そうか。芙蓉と一緒に来たのか」

しかし、なんという違いだろう。一方は芸妓《げいぎ》として華やかに舞い、表舞台に立つことも許されている。紫桜は暗い店の中で虜囚同様の身だ。

「ええ。二人は互いに励まし合ってここまで来たのですよ。芙蓉も、おタエの励ましがなければここまで来られなかったとよく言っておりました」

「あなたは芙蓉を身請けしようとは思わなかったのですか」

「しましたよ。でも彼女も、紫桜と同じように厭《いや》がりましたのでね」

涼しい顔で言った黒谷を、ベリーエフが呆《あき》れ顔がたしなめた。

「それはタカが考えなしだったよね。僕も芙蓉に援助を惜しむつもりはなかったけど、芸妓をやめさせようなんて、はなっから思わなかったよ」

ドミトリーは驚いて上司を見た。

「どうしてですか」

「自分に置き換えてみればわかることさ。もっと楽をさせてやるからそんな仕事やめちまえと言われたら怒るだろ。君はちがうかい？」

「それとこれとは違うでしょう。彼女たちは売られてきたんだ。好きでなった仕事じゃない」

「芙蓉は自分から人買いに買ってくれと言ってやって来た子なんだよ。僕は、芙蓉の舞も好きだけど、そういう気性が何より気に入っているんだ。だから、おタエが君の申し出を断ったというのも、なんとなくわかる気はするよ」

「彼女は望んで女郎になったわけではないでしょう。そもそも芸妓と女郎を一緒にすることはできません。女郎は芸妓よりずっと悲惨ではないですか。外に自由に出ることもできない。彼女は芙蓉より選択肢がずっと少ないのです」

「現に彼女を買いに行っている君が言うのもあまり説得力がないんじゃない？」

「だからこそ、助けたいと思ったのです。愛している女の惨状を見てはいられないでしょう」

「どうかなあ」

ベリーエフは腕を組み、首を傾げた。その反応に、ドミトリーは呆れた。結婚歴のないこの上司は、基本的には誰にでも親切だが、時々ひどく酷薄な面を見せることがある。

一方黒谷は、二人の会話を聞いているのかいないのか、黙って酒を飲んでいた。

「そういえば芙蓉は、私が落籍を申し出たときに、こう言いました」

杯を置き、黒谷が言った。なにかを思い出したのか、その唇は笑いをこらえるようにかすかに震えた。

「自分を囲うというのなら、『酔芙蓉』全てを買い取って、女郎たちを全員囲ってほしいと」

ドミトリーはぎょっとした。

「ずうず……い、いや、豪気な女性ですね」

「彼女たちを今の仕事から全て解放できるというのなら、自分もその一人として『酔芙蓉』の芙蓉であることをやめる。それができないのなら、どうか一人の客でいてくれと」

「紫桜も彼女に感化されたというのでしょうか」

「さあ、どうでしょう。ちょうど来たようですから、直接尋ねてみては」

彼の言葉に重なるように、障子のむこうで衣擦《きぬず》れの音がした。

「芙蓉です。お待たせいたしました」

かろやかな声が聞こえた。

「ああ。入りたまえ」

黒谷の言葉に応《こた》えるように、すっと障子が開く。

「まあ皆様おそろいで。今宵《こよい》はご指名いただきまして、ありがとうございます」

かつては奇異にしか見えなかった日本髪を結った小柄な少女が、しとやかに手をつき、頭をさげる。年齢的にはもう少女と呼ぶのはおかしいかもしれないが、ドミトリーの目から見ると、芙蓉はやはり子供だった。紫桜も少女のごとき清らかさを備えていたが、ふとした仕草ひとつで、息を呑《の》むような艶《あで》やかさがにじみ出る。しかし、顔をあげた芙蓉の大きな目は、真夏の太陽のように輝き、まるで翳《かげ》りがない。

「あら、ディーマさん。ご無沙汰《ぶさた》しております。少しお痩《や》せになりました？」

「恋わずらいで窶《やつ》れているのさ。彼になにかいい助言をしておくれよ、芙蓉」

「私が芸妓のくせに男女の手練手管にてんで疎いことぐらい、くまさんは知っているくせに！　意地悪だわ」

フミはおおげさに傷ついたふりをして笑った。それが妙に、ドミトリーの癪《しゃく》に障った。

「そんなこともないでしょう。あなたは黒谷男爵はもとより、ベリーエフさんの心もこれほどがっちりと摑《つか》んでいる。今後のためにも、我々を翻弄《ほんろう》するためにどうしているのか、聞いてみたいですね」

思いがけず、きつい口調になってしまった。大人げない、と反省したときにはもう遅かった。ベリーエフが呆れた顔でこちらを見ている。しかし当の芙蓉はにっこり笑って言った。

「それは簡単ですよ。このお二人は、私の舞が好きなの。舞わない私には興味なんてありません。ディーマさん、身請けということは、所帯をもつつもりなのですか？　それともお妾《めかけ》さんかしら」

「私は独身です。もちろん、彼女を妻として迎えるつもりでした」

「まあ、素敵！　誠実な方ね」

「ですが紫桜は、迷惑だったようです。彼女も自分に好意をもっていると信じて、ここから助けたいなどと思い上がっていた自分が恥ずかしい」

「あら、紫桜ねえさんが、ディーマさんを迷惑だと言ったんですか？」

「彼女はそんなことは言いませんよ。できるだけ私の自尊心を傷つけないよう、私の負担になりたくない、店で会えれば満足だと言ってくれました」

フミは不思議そうに首を傾げた。

「なら、もっと押せばよかったのに。紫桜ねえさんの身請け金は簡単に出せる金額じゃないし、紫桜ねえさんもうまく身請けを諦《あきら》めさせるほうにもっていきますけれど、お金があれば紫桜ねえさんは断ることはできないんですよ」

「芙蓉、なんてことを言うんだ。君の親友の話だろう」

芙蓉の思いがけない言葉に、黒谷が困惑した様子で割って入った。

「君は言っていたじゃないか。おタエの夢は、きっちり年季をつとめあげ、自分の力で苦界から出て行くことだと。そのためにおタエはずっと努力してきたし、自分もその夢の実現のために助力を惜しまないと言っていたではないか。矛盾しているぞ」

「していませんよ。私は紫桜ねえさんの夢を知っているから、もちろん応援しています。でも、お金を払っているお客さんに同じことを強要する権利はありませんし、さっきも言ったように、私たちはいくらでも金で買われる存在。いつ夢が消えるかなんて誰にもわからない」

芙蓉はまっすぐドミトリーを見た。

「もしあなたに、心の底から紫桜ねえさんを伴侶《はんりょ》にして、一緒に歩いていきたいと願う気持ちがあるのなら、そうしてみればいいでしょう。そこから、夢は違う花を咲かせられるかもしれない」

子供のような芸妓《げいぎ》は、花のように微笑んでいた。しかし大きな目は、激しい怒りをたたえている。そのまなざしは、以前紫桜が一瞬だけ見せたものを思い出させた。救いたいのだ、とドミトリーが言ったとき、目にひらめいた光。

「ディーマさんは、一回断られただけで諦めたんでしょう。恥ずかしい？　彼女のため？　ちがいますよね。紫桜ねえさんを助けたいというのも、本当なんでしょうか。単に、ちょっと毛色の変わった、可哀相できれいな娘を助ける自分に酔いたかっただけでは？」

「芙蓉！　やめなさい」

黒谷がとうとう声を荒らげた。ドミトリーは体中の血が冷えていくのを感じた。

「大丈夫ですか、ディーマ。真っ青だ。人を呼びましょう」

黒谷は心配そうに、ドミトリーの背中をさすった。その手をやんわりと払い、ドミトリーはふらつきながら立ち上がった。

「申し訳ない、気分がすぐれませんで……。今日はこれで失礼いたします。このお詫《わ》びはいずれ必ず」

彼は日本風に深々と頭を下げると、引き留める黒谷を無視して、座敷を後にした。ベリーエフは、引き留めなかった。そして芙蓉も、ただ最後まで微笑んで見送っていた。

あの二人が手を組み、自分を痛めつけようとしたとしか思えなかった。やさしげに見えた黒谷も、一枚嚙《か》んでいるにちがいない。

「ふざけるな」

店からの帰り道、ドミトリーは呻《うめ》いた。どうしてこんな屈辱を受けなければならないのだ。たかが、娼婦《しょうふ》をひとり、身請けしそこねただけではないか。

そういえばベリーエフは、かつてドミトリーと恋仲だった貴婦人とも、交流があったはずだ。彼は何も言わないが、ドミトリーが彼女に弄《もてあそ》ばれたことを知っているだろう。

あの女は面白可笑《おか》しく、ドミトリーのことをベリーエフに語ったにちがいない。しょせんおまえはそういう奴なんだよ。ベリーエフにそう嘲笑《あざわら》われた気がした。おまえは、騎士の夢を見ている道化なんだ。はやく目を覚ませ。そのブルジョワ特有の甘ったれた妄想をとっとと捨てろ。ベリーエフの声は次第に変容し、掠《かす》れ、労働者たちのだみ声になりかわっていった。おまえに何がわかる。苦労しらずのおぼっちゃんが。理想の純化？　なんだそれは。現実も知らないくせに、えらそうに能書きをたれてるんじゃねえよ。

容赦なく浴びせられた労働者たちの嘲笑《ちょうしょう》が頭の中を駆けめぐる。うるさい。黙れ。俺を笑うな。俺を馬鹿にするな！

彼らの罵《ば》声《せい》と見下す目はドミトリーを取り巻き、体を締め上げる。苦しさに、ドミトリーはよろめいた。不自然に傾きながら道を歩く彼を、通行人は遠巻きに見ていた。感じる視線が、幻と重なった。

やがて嘲笑う無数の影は、ひとりの女の姿をとった。いつも誰かの庇護《ひご》を待っているような、儚《はかな》げな美貌《びぼう》。濡《ぬ》れて輝く瞳《ひとみ》。甘い声。

悪魔だ。ドミトリーは屈服した。もう抗《あらが》うすべはない。彼は膝《ひざ》をつき、そのまま地べたに倒れこんだ。

「いくらなんでも言い過ぎだ、芙蓉！　君はどうしてかっとするとあそこまで見境がなくなるんだ？」

黒谷が珍しく声を荒らげて叱責《しっせき》すると、フミは「ごめんなさい」と首をすくめた。

「まあまあいいじゃないか、タカ。僕は、すっとしたけどね！」

助け船を出したベリーエフを黒谷は睨みつけた。

「ミーチャもたいがいひどいぞ。彼は君の部下だろう。父親から、よく頼まれているんじゃなかったのか？」

「そうだよ」

あっさりとベリーエフは頷《うなず》いた。

「彼は、出奔した息子のことをそれは心配していてね。哈爾濱でズタボロになっているところを見かけたと僕が言ったら、頼むから助けてやってくれとお願いされてしまったからさ、雇ってあげたんだ。まあ、使えるし、熱心な子だからいいんだけどね……でも、父君の依頼がなかったら、偽名を使うような人間は使わなかったよ」

「でもディーマは、お父様がくまさんに助けてやれって言ったことは知らないのよね？」

「知ればあの子はまたどこかに行ってしまうだろうから決して言うなとかたく念を押されたからね。まったくねえ、なんというか。親の心子知らず、全てはお釈迦《しゃか》様の手のひらの上。それに気づかない幸福こそが若さではあるんだけど、彼もそろそろ気がついてもいいころだよね。夢ばっか見てないでさ」

ベリーエフは胡座《あぐら》を組み直し、杯を手にもった。フミがすかさず、酒を注ぐ。

「だからかあさんに、ディーマさんに身請けの話をするよう頼んだんですか？」

フミの言葉に、黒谷はぎょっとしてベリーエフを見た。

「君が頼んだのか！」

「身請けともなれば、どうやってもお金のために実家に頭を下げなきゃいけないだろ。それぐらいしか、ディーマが故郷に戻る理由が思いつかなかったんだ。心底、紫桜に惚《ほ》れているようだったし、彼の性格なら、きっと騎士を気取って恥を忍んでも身請けを決意する。ディーマも家を出てから苦労したんだし、女郎を身請けしたいなんて理由で金を無心に来たんだ、くだらない誇りにこだわっている場合じゃないだろう？　きっと、親御さんにも謝罪できるだろうと思ったんだ」

「なのに、おタエちゃんがその機会をフイにしちゃった、と」

「まあそれも人生さ。そしたらまあ、亡霊みたいになっちまって。情けないよねえ。僕なんか芙蓉にふられ続けてるのにこんなにけなげに通ってるよ。彼も早く無償の愛の境地に辿《たど》りつけばいいよね。そう思わないかい、タカ」

急に水を向けられた黒谷は、「う、うむ」と反射的に頷いてから、慌てて言った。

「い、いや……私はそれはどうかと思うな」

「どうして」

「おタエの心を無視することになってしまうだろう。愛していればこそ、彼女を尊重してだな……」

「もう、貴文さま、私の一世一代の名啖呵《たんか》、聞いてなかったんですか？」

フミが目をつり上げると、黒谷は「君の啖呵はしょっちゅう聞いている気がするが」と反論になっていないことをつぶやいた。

「僕がどうしてわざわざ芙蓉を呼んだと思うんだい、タカ。この哈爾濱で、最も紫桜に近くて、彼女の本心を知っているのは芙蓉なんだよ！　その芙蓉がディーマに対してあんなに怒ったってことは、どういうことかわからないのかい」

二人の冷たい視線を受けて、黒谷はますますうろたえた。

「貴文さまったら、本当に女心に疎いんだから。おタエちゃんは、彼が来なくなってから、そりゃあもう機嫌が悪いんですよ」

「彼女もディーマを好いていたということかい？」

「本人は意地でも認めませんけどね。頑固だから、おタエちゃん。でも私から見ればまるわかり。女将《おかみ》さんだって知ってましたよ。自分が一番わからないものなんですよね」

「だが、それならなんの問題もないではないか。おタエはなぜ断ったんだ？」

フミの顔がくしゃっと歪んだ。

「私のせいです」

「君の？」

フミは子供のように膝の上で手を握り、なんとか涙を零《こぼ》すまいとしていた。

「私と約束したから。でも、心の声を無視すれば、それは必ず体に返ってきます。にお夕エちゃん、今だって女郎という仕事が死ぬほど厭なんです。いつか、お蘭ねえさんや、お千代ねえさんのようになったら……」

フミがうつむいた隙を狙い、ベリーエフがものすごい形相で黒谷を小突いた。黒谷は怯《ひる》んだが、おずおずとフミを抱き寄せて、慰めるように背中をたたいた。

「さあ、芙蓉、泣いてすっきりしたら、また舞を見せておくれ。君も僕たちも、元気にならなきゃあ。あの二人の未来を祝福するためにもね」

ベリーエフがフミを励ますように笑うと、フミもぎこちなく笑った。

「ディーマは、もう一度、来てくれるかな？」

「もちろん。あのまま諦《あきら》めるようなら僕、クビにしちゃうよ」

「怖いな、くまさん。ディーマ、頑張らないと」

フミはまだ涙が止まらないようだったが、なんとか落ち着きを取り戻そうとしていた。その様を横目で見ながら、黒谷はとりあえず鼻水を拭《ふ》いてやるべきだろうか、いやそんなことをしたら彼女の誇りを傷つけはしまいか、と悶々《もんもん》と考えていた。

5

哈爾濱に来た翌年の春、はじめてチェリョームハを見た。

『酔芙蓉』の庭に植えられた、背の低い木だった。白い小さな花が葡萄《ぶどう》のように群れて垂れ下がる様を見て、あの花は何ですか、と姉女郎に訊《き》いた。

「桜だよ。哈爾濱桜」

牡丹の名をもつ美しい女郎は、つまらなそうに言った。

「桜？　これが？」

「こっちじゃチェリョームハって言う。近くに行ってよく見てご覧」

言われるままに、タエは庭に下りて、白い葡萄に寄った。甘い香りが纏《まと》いつく。房をひとつ手にとると、小さな花が揺れていた。目をこらすと、五枚の花弁が放射状に伸びている。

「ああ、本当だ。桜ですね」

「まだちっこいけどさ、でかくなるよ、こいつは。そのへんは本土の桜と変わらないね」

縁側で煙管《キセル》をくゆらせていた姉女郎は、赤い唇を歪めた。

「あんたに似てるね、小桜。小さくて、桜にゃ見えない。でもよく見りゃあ桜だ。そして本物より甘い香りがする」

「私はねえさんみたいにいい香りはしませんよ」

「男たちはみな言ってるよ。あんたの肌はいつも濡れたようで、いい香りがするってね。若々しい乙女の、甘い香りがね。あんたは、この桜と一緒に大きくなれるかねぇ？」

麝香《じやこう》を纏い、姉女郎は目を細めてタエを見る。

「内地から来た客は、これをニセ桜だと嫌う。でもニセの何が悪いのかねえ。内地の桜は、この土地にゃあ根付かない。本物にこだわって野垂れ死ぬよりは、嘘でもなんでも咲いたほうが勝ち。そうすりゃ、いずれはそいつが本物になる」

「おフミちゃんの角兵衛獅子《かくべえじし》みたいに？」

「あの子の角兵衛獅子は正真正銘、本物さ。これからもし、本場の角兵衛獅子を見る機会があったとしても、あたしらはみんな、こりゃニセモノだと思っちまうだろうねえ」

そう言って笑っていた彼女は、もういない。昨年の夏、今や二階に届くほどの大木となったチェリョームハの下で、やすらかに息を引き取った。かつて百花の王の名を捧《ささ》げられた圧倒的な美貌《びぼう》は、跡形もなかった。

そして今、タエは二階の自室から、庭のチェリョームハを見下ろしている。千代が死んだころと同じ、もう花をおとした後の、うんざりするほど明るい命を振りまく木。

あの小さな星はどこにもない。

「されど、若者の心」

ベランダの桟にもたれかかり、タエは低い声で歌った。昨年の春、何度か乞《こ》われて、こんなふうにチェリョームハを見下ろし、歌った。そのときには必ず、隣にはあの男がいた。タエの肩を抱き、あるいは背後から抱き締めながら、タエの全身から歌を聴こうとした。

されど若者の心
いずこの乙女にか
恋せし乙女の心
嘆き　恥じらいぬ

窓辺ゆれるチェリョームハ
真白き花散らし
川面にうぐいす鳴かず
歌声　今はなし

彼の前では決して歌わなかった三番と四番を歌い終え、タエはため息をついた。なんて悲しい歌詞だろう。

「君が二番の後を歌うのを、初めて聴いたな」

突然、背後で声がした。タエは全身を強張《こわば》らせた。次の客が来るまでにはまだ間があるはずだった。いや、そもそも、客が勝手に部屋に入るなど、ありえない。タエはぎくしゃくと振り向いた。声を聴いたときには誰だかわかっていたけれど、それでも実際にそこに立つ人物を認めると、自分でもおかしくなるぐらい動揺した。

「久しぶりだね、紫桜。ノックをしたんだが、聞こえなかったみたいだから、勝手に入らせてもらったんだ。露台にいたのか」

微笑むドミトリーは、記憶の中の彼よりも少し痩《や》せていた。

「どうやって入ってきたの」

「君の予約はずっといっぱいだと言われてね。頼みこんで、十分だけなら話していいと言われたんだ。せっかくの貴重な休憩に、すまない」

呆《あき》れた。女郎屋にたった十分だけ来る客がどこにいるというのか。だがその十分を買うために、きっと彼は普段以上の金を積んだのだろう。それにどうやら、ずいぶんと女将《おかみ》や男衆《おとこし》にも信頼されているらしい。いくら金を積んだところで、信用されていなければ、こんなところまでいきなり来られるはずがないのだ。

「じゃあ早くしないと。何を話すの？」

「君に謝りたかった」

「謝るようなことは、何もしていないわ」

「いいや。僕が、君にどんなに断られても諦められないことを謝りに来たんだ。思い切ろうと思ったが、無理だった。これからも見苦しいこともあるだろうが、すまない」

タエは、ぽかんとしてドミトリーを見つめた。

「僕は君を妻にする。それを伝えるために、ここに来たんだ」

「ジマさん、酔っているのね」

「それが驚きだ。この一週間、僕は一滴も飲んでいない。その前まで酒浸りだったが、たぶん一生分飲んでしまったんだろう」

たしかに彼の白い顔に、酔いの気配はない。薄い色の双眸《そうぼう》も、理知的な光を宿している。じっと見つめられタエは目を逸《そ》らした。

「そう怖がらないでほしい。強引に進めるつもりはないよ、紫桜。僕は君を愛している。君にも愛してほしいんだ」

「愛していますよ」

条件反射のようににっこり笑って答える。

ドミトリーは静かに微笑んだ。その笑みに気圧《けお》されて、タエは露台の柵《さく》に背中をついた。

何か言わなくては。そう思うのに、言葉が出てこない。ならばいっそ、何か言って。そう願っても、ドミトリーも何も言わない。少し悲しそうな、穏やかな目で、ただじっとタエを見ている。

沈黙がこんなに怖いなんて知らなかった。いつもは歌うように次々と流れてくる言葉が、どうして何もでてこない？

突然、扉を叩く音がした。タエはほっと力を抜いた。これ以上、わけのわからない沈黙が続けば、叫びだしてしまいそうだった。

さらに荒々しく扉を叩《たた》く音がした。

「やはり十分は早いな」

ドミトリーは苦笑すると、やおら片膝《かたひざ》をつき、恭しくタエの右手をとった。

「では、桜の姫君。今宵《こよい》はこれで」

彼らしからぬ、あまりの気障にタエが呆気《あっけ》にとられている間に、ドミトリーは立ち上がり、微笑みを残して去って行った。扉が閉まった後も、タエはしばらくその場に立ち尽くしていた。

「変な人」

ようやく彼女の口が動いたのは、それからたっぷり三分は経ってからのことだった。

「莫迦《ばか》だわ。なんて莫迦なの」

左手は、きつく右手を握りしめていた。その中にある奇妙な熱に、気づいてしまわないように。

再びドミトリーが半月に一度『酔芙蓉』を訪れる日々が始まった。以前と違うのは、ドミトリーはタエをただ抱きしめるだけで、いっさい行為に及ばなかったことだ。

なぜ、と聞けば、少しでも休んでほしいからと言われた。本当は今すぐにでも故郷に戻って金を支度したいが、仕事が忙しくてまとまった休暇がとれないのだという。

「冷静になって。私、女郎よ。結婚なんてできるわけないじゃない」

「僕よりよっぽど稼いでいる、労働者だ。尊敬するよ」

「……それに、正教徒じゃないわ」

「できれば洗礼を受けてほしいが、いやならばそれはそれでかまわない。君が望むなら、日本に行ってもいい」

どうたしなめても、ドミトリーは諦めるつもりがないらしかった。

「私はあなたの負担になりたくないと言ったのに」

「紫桜、君は恋をしたことがあるかい」

唐突な質問に、タエは面食らった。復活してからというもの、ドミトリーはやたらと話したがる。以前から、他の客よりも会話を好むほうだったが、それでもやはり、寝台で肌を重ねることを優先していた。それなのに、今日は二時間という時間を買いながら、ずっとソファに並んで座っているだけだ。

「ジマさんが大好きですよ」

「ありがとう。昔の恋の話だよ。あるかい？」

哈爾濱に来る前、別れを惜しんで泣いてくれた隣家の少年のことを思い出した。しかしもう、どんな顔をしていたのか覚えていない。思い出すのは、彼と最後に夏祭りに行ったときにそっと手を繋《つな》いだ、儚《はかな》いぬくもりと、心臓が引き絞られるような甘い痛みだけ。

「……ありませんね。ジマさんは？」

「あるよ。つまらないけどね」

それは小説のような話だった。きらびやかで、ありがちなという意味で。相手は、まばゆい金の髪の、とても美しい貴婦人だったらしい。ドミトリーより年上で、家柄も財力も教養も申し分ない、その天をも突くような気位の高さが魅力になるような、本物の貴婦人だったという。

「彼女には年の離れた夫がいて、僕は彼女の愛人のひとりだった。それで僕は、夫との愛のない生活が辛《つら》いと泣く彼女の言葉を真に受けてのぼせあがり、本気で彼女を攫《さら》う算段をした。彼女の夫と決闘をする用意もあった。莫迦だろう」

「彼女はさぞ喜んだでしょうね」

「たしかに一時は、たいそう彼女を喜ばせたけどね、土壇場になって弱気になった」

彼は皮肉に笑った。

『だってディーマ。あなたは、ユダヤ人よ。私は侯爵夫人なのよ？』

侯爵夫人はどこまでも真面目な顔で、若い情熱にはやる青年を諭した。燃えるような恋はできても、愛し合うことなどできるはずがない。一緒に暮らせるはずがない。だってそれは、人と家畜が夫婦になるようなもの。

侯爵夫人は徹頭徹尾、貴族だった。傲慢《ごうまん》というよりも、そういう生き物なのだ。

「そのときに知った。彼女は、完璧な夢の世界にいたんだ。足りないのは、自分が不幸であるという甘美な調味料ひとつだけ。哀れな美しい貴婦人という役を演じるのに欠かせない、崇拝者が必要だった」

「それがジマさん？」

ドミトリーは肩をすくめた。

「選ばれたというのは、光栄なんだろうね。でも当時はとてもそうは思えなかった。僕は、彼女を罵《ののし》った。君のくだらない夢に、僕の愛を利用したんだと。彼女は心から驚いた表情で言ったよ。あなたは私以上に、哀れな貴婦人を救う高潔で純粋な騎士という夢に浸りきっていたでしょう、てっきり楽しんでくれていると思ったのに。……彼女は、正しかった。僕だけが、わかっていなかった」

ドミトリーの手が、タエの髪を愛《いと》おしげに撫《な》でる。

「その後は社会主義に全てを捧《ささ》げたが、そこでも挫折《ざせつ》して逃げ出した。そして今、僕は君といる。最初は自信がなかったんだ。どうせまた僕は夢を見ているんだと」

「そうですよ、ここは『酔芙蓉』。酔芙蓉は一夜花です。夜に開いて朝には萎《しぼ》む。ここでの出来事はただの夢なんです」

「いいや。夢の中なら、君を怒らせることはなかっただろう」

「私は怒ってなんていないわ」

「そうだな。君は、何を考えているかわからない。親友とは正反対だね」

タエは息を呑《の》んだ。

「おフミちゃ……いえ、芙蓉さんに会ったの？」

「会ったよ。きついお言葉を頂戴《ちょうだい》した。彼女は、とても激しいね」

「いい子よ。少し短気なところがあるけれど」

「いい子なのはわかるよ。ベリーエフさんがあれだけ夢中になっているんだからね。それに、芙蓉があれだけ怒ったのは君のためだ」

目を細めてドミトリーはタエを見た。太陽を見上げる時、人はこんな顔をする。

「君たちは、見た目に反してとても強いね。日本の女性は、皆そうなんだろうか」

「芙蓉さんは強いわ。でも私は弱い」

「いいや。君もとても強いよ。しなやかで、毅然《きぜん》としている」

タエはかぶりをふった。それは、フミの姿だ。もしそのように見えるのだとしたら、自分がフミの真似をしようとしてきたからだ。

「ちがうの。私を誤解してる、ジマさん。あなたの目を覚ますためにも、話さないといけないですね」

本当は誰にも話すつもりなどなかった。自分自身にすら、教えたくはなかった。

フミに負けないように。恥ずかしくないように。変わらなければいけない。そう願って走り続けてきたタエの奥底にひそむ、澱《おり》のように淀《よど》んだもの。

「私は結局、ここでどう生きていいかわからなかった。腹を括《くく》れと言われても、なかなか括れなかった。だから私は、眠ることにしたんです。ここを出るその日まで。綺麗《きれい》な夢を見ることにしたんですよ」

「綺麗な夢？」

「私とおフミちゃんは、お互いの夢でもある。だから命懸けで叶《かな》える。そう言っていれば、おフミちゃんは私から離れない。私はここで、おフミちゃんがかつて望んだ通りの女郎を、そしておフミちゃんが罪の意識を感じずにはいられないほど健気《けなげ》な友人を演じたんですよ。ずうっとね」

そんな簡単に、人間は変われない。腹なんて括れない。変わったと思っても、辛いことがあれば、ふとした拍子に甘ったれた子供が顔を出す。なんで私がこんな目に遭わなければいけないのと、泣き喚《わめ》く。

あれほど大好きなフミがどうしようもなく憎くなる。芸妓《げいぎ》として自由に外に出て、世界をひろげて、ただひとさし舞えばそれだけで人を虜《とりこ》にしてしまう、天性の舞姫。その才能で、その愛嬌《あいきょう》で、信じられないような運を引き寄せる、天に愛された娘。なぜこんなに違うのか。芸妓になりたかったのは自分だ。

日々美しく磨かれていくフミを見るたびに、タエは胸には重苦しい澱が溜《た》まっていった。あんな地獄のような稽古《けいこ》は自分には耐えられないと知りつつ、でももし耐えることができたなら自分だってという悔しさを捨て去ることはどうしてもできなかった。名妓《めいぎ》芙蓉。哈爾濱一の、いや満州一の舞姫。その名はいずれ大陸中に轟《とどろ》くだろう、と人は言う。彼女は本物だからと。そのたびに心はざわめいた。誇らしく思う反面、どす黒い感情が育つのを止めることができなかった。それは、山村が再び現れてから、決定的になった。

フミはすっかり男に夢中になった。そのために稽古がおろそかになることはなく、むしろ彼女は以前に増して熱心に座敷をつとめたが、だからこそ恐ろしかった。もし、フミが行ってしまったらどうしよう。彼女のことだ、こうと思えば、潔く今の生活なんて捨ててしまう。

これ以上、奪われたくはない。自分がほしかったもの、そのことごとくを奪っておいて、なのにフミ自身まで奪われていくなんて絶対に許せない！

「紫桜」

気遣うように、名を呼ばれた。同時に、体を引き寄せられ、抱き締められる。そのとき初めて、タエは自分が泣いていることを知った。駄目、化粧が落ちてしまうじゃない。頭の隅で、冷静な声がする。いつもは真ん中で響く声が、今はとても遠い。止めたいのに、止まらない。逆に涙の衝動はどんどん大きくなって、タエはとうとう嗚咽《おえつ》まで漏らしはじめた。なぜ私はこんなことを、この男に話しているのだろう。

「君は、芙蓉をとても愛しているんだね」

彼の胸に顔を伏せていたタエは、一瞬、動きを止めた。それから、大きく息を吐き出した。

「……ええ。そうなんでしょうね」

そしてとても憎らしい。夜ごと紡がれる、極彩色の夢。タエのかわりにかろやかに空を翔《か》ける鳥。みな同じ籠《かご》の鳥であるはずなのに、フミだけはあんなにも美しい。だからずっと私のそばを飛んでくれれば。

「タエ。僕は、君の夢を覚ますことはできないのだろうか？」

ドミトリーは初めて、タエの名を呼んだ。不思議だ。自分の名前があまり好きではなかったのに、彼の声で聞くと、母親がつくってくれた着物のように体にしっくりと馴染《なじ》む。昔、自ら命を絶つまで、女郎仲間にすら本当の名前を呼ばせなかった誇り高い女郎がいたことを思い出した。なぜなのか不思議だったが、今やっと、その理由がわかった気がした。

「できないわ」

喋《しゃべ》ると、ひどく喉《のど》が痛む。そのせいでまた新たな嗚咽が誘われた。

「ジマさんがたとえ、世界一すばらしい王子様だとしても、できない。私は、自分で起きなければならない」

もう、やめにしなければ。フミを縛りつけていてはいけない。目を覚ますのだ。でもそのとき、昔と少しも変わらず惨めな自分を鏡に見て、果たして耐えられるだろうか。

タエはドミトリーのシャツを強く握った。おかしな男。腹を立たせてばかりで、そのせいで心をどんどんかきまぜてしまう、厭《いや》な男。

「……でも、起きたときにジマさんがいるのは、悪くはないかもしれない」

タエの背中をやさしく撫でていた手が、ぴたりと止まった。胸につけた耳は、早鐘のごとく鳴り始めた心臓の音をとらえた。

「タエ。それは……」

掠《かす》れた声に、タエは小さく笑った。久しぶりに、ドミトリーの焦った声を聞いた気がする。

「でももう少し待って、ジマさん。私、あと一年で年季があけるの。そうすれば身請け金なんていらないのよ」

「悪いが一年も待てない。他の男に触れさせたくないんだ」

「せっかちね。どのみち、日本人の女郎と結婚なんて、正気じゃないわ。きっと、お父様はお許しにならない」

「そのときはしかたない。地道に君の年季明けを待つよ。悔しいけど」

「足抜けをすすめたりしないのね」

「だってそれでは君は二度と哈爾濱に戻れなくなるじゃないか。芙蓉や友達と会えないのは、辛《つら》いだろう」

タエの顔が歪《ゆが》んだ。

「ジマさんて、変な人ね」

「君に言われるまで、それは気づかなかったな」彼は微笑み、親指の腹でタエの涙を拭《ぬぐ》った。「すぐに迎えに来る。必ずだ。待っていてくれ」

タエは答えなかった。かわりに、彼の首に腕を回した。久しぶりの口づけは、とても塩辛かった。

る頃だった。

6

ドミトリーがベリーエフの許可を得て休暇をとり、実家に向かったのは、八月も終わる頃だった。

年内には必ず身請け金を手にして帰ってくる。ドミトリーは指きりげんまんまでして約束し、旅の途中や、キエフに辿《たど》りついてからもこまめに手紙を寄越した。女将《おかみ》にも律儀に連絡しているらしく、芳子とタエはしばしば、ドミトリーがいかに真面目かということを語り合い、笑い合うようになった。かあさんと呼びはしていても、まさか彼女とこんなふうに屈託なく笑う日が来るとは思わなかった。

「まあよかったよ。おさまるところにおさまって。これで私も、引退できるねえ」

自室でタエと雑談に興じていた女将は、ふいにしみじみとした顔つきになった。

「引退だなんて。何言ってるの、かあさん」

「とうとう来ちまったんだよ。官憲からの正式な命令がね」

女将は一枚の紙をタエに差し出した。

この傅家甸は、中華民国近江県の管轄にある。その官憲からの命令書だった。曰《いわ》く、傅家甸の全妓楼《ぎろう》は、新設された街・四家子《スージャーズ》の平康里《ピーカンリ》——すなわち遊郭に移らねばならない。ただし、この新しい遊郭に移れるのは、支那人のみ。つまり、『酔芙蓉』はこの中に含まれない。事実上の廃業命令である。

四家子が建設された時点で、いずれは来るだろうと予測はしていた。しかし『酔芙蓉』は、傅家甸の発展とともにあった。ひょっとしたらお目こぼししてもらえるのではないかという期待もあったが、命令書は甘い期待を完膚なきまでにたたきのめしていた。

「地段街に移ることも考えたんだけどさ、私ももう疲れちまってね。あっちはもう、日本人ががっちり固めているし。もう引き際かなあってね」

芳子は力なく笑う。ここのところ一気に老け込んだように見えたのは、そういうことだったらしい。

「かあさんらしくないわ」

「いいや、浦塩に渡ってから二十五年、もう充分さ。おカツやお伊予も歳をとったし、暖かいところに行こうかねェ。身請け金をたんまりもらってさ！」

「もう、今から身請け金なんて、無駄じゃないの」

「何言ってんのさ、絞りとれるとこからはとるよ。立ち退き期限は来年の六月だから、ぎりぎりまで営業してやる。ディーマの旦那《だんな》はその前に戻ってくるだろうから、あんたはここから出てかまわないけど、ひとつお願いがあるんだよ」

「なんですか」

「おととしの春に、宴をやったろう。店を畳む前に、もう一度あれをやるつもりだ。傅家甸に『酔芙蓉』あり。日本の娘子軍《じょうしぐん》ありってね、きらびやかに見せつけて、潔く散りたいのさ。あんた、また唄《うた》ってくれないかい」

タエの目に、あの日の光景が浮かぶ。桜吹雪の中、舞うフミ。傳家甸の中に花開いた、日本の春。二度と戻ることのない故郷。

「もちろん。いい宴にしましょう」

「ありがとう。ああ、あんたの声も聞き納めかァ」

タエを見つめる目には、光るものがあった。

「おタエ、あんたは幸せだよ。ディーマはね、まじめな男だ。あの宴がなければ、およそ女郎屋なんて縁がない男だよ。これはね、神仏が結んでくださった縁だ。あんたは必ず幸せになれる」

「……かあさん」

「地獄でもさァ、たまにはこういう奇跡も起こるもんさ。あんたやおフミがいてくれて、私の女将生活、有終の美を飾れるってもんよ」

女将はしみじみと茶を啜《すす》った。

「でもおフミには、ちょっとかわいそうなことをしたね。もっと早く店を畳むことに決めてりゃあ、あの娘も男についていけたかもしれないのに」

その言葉は、タエの胸を刺した。

「おフミちゃんにこの話は？」

「もちろん、したとも。これで夢の自前芸妓《げいぎ》だって喜んでたよ。仕方ないから、新しい置屋に、私を女将として置いてやるってさ。おカツやお伊予もこき使ってやるって！　まったく、生意気な口をきくもんだよ」

女将の目は、再び潤んでいた。

「おフミちゃんらしいわ」

「まったくだよ。本当に生意気さ、いつのまにかいっぱしに気を遣うようになっちまって。でも私も、腐っても一代目の『芙蓉』。娘の世話にゃあならないよ。店を開くときに、それだけはしないって決めてたんだから」

女将は涙を見せたことを恥じるように、すばやく涙を拭い、にいっと笑った。大嫌いな女だった。鬼、守銭奴、理不尽な運命そのもの。こんな女をなぜ母と呼ばなければならないのかと、ずっと苦しかった。芳子の見せる涙はいつだって安いものだった。

だが今なら言える。

「かあさん。私、売られてきたのが『酔芙蓉』でよかった」

タエは笑って、女将を抱きしめた。


頻繁に届いていたドミトリーの手紙は、十一月に入ると、さっぱり来なくなった。毎日のように届く大量の手紙や贈り物を、待ちかねたように受け取るものの、その中にドミトリーの字はなかった。

実家にはすでに着いているはずだから、説得に時間がかかっているのだろう。無理もないと思う。ひょっとしたら、家柄にふさわしい令嬢と見合いでもさせられているかもしれない。その相手は、かつて彼が愛したような、とびきり美しい金髪だろうか。フミから、街中で会うロシア娘には、この世のものとは思えぬほど美しい者もいると聞いている。物珍しさと、ベリーエフの影響で黒髪と黒い瞳《ひとみ》の東洋娘に一時的に惹《ひ》かれても、本来いるべき場所に戻った彼は、目を覚ますかもしれない。

「それなら、それでいいのよ」

二重に閉ざした窓ごしに、庭のチェリョームハを眺め、タエは言った。葉を落とした偽物の桜は、灰色の空の下、ひどく寂しげに見えた。空に延ばされた枝は、つかまえてくれる手がどこにもなくて寂しくさまよう腕のように見えて、タエは目を逸《そ》らした。

来ないならそれでいい。どうせ来年、この店はなくなる。女将は、仮に身請けがなくとも、期限を少しばかり早めてタエを自由にしてくれると約束した。ずいぶん稼いでくれたお職様なんだから、数ヶ月ぐらいはおまけしてやるよ、と笑いながら。

紅茶でも飲もうとサモワールに近づいたときに、扉が勢いよく開いた。愕《おどろ》いてふりむくと、息を弾ませてとびこんできたフミの姿が見えた。

「どうしたの、フミちゃん。そんなに慌てて」

「おタエちゃん。……どうせ近いうちに耳に入ると思うから、先に話しておくね」

フミの顔は、険しかった。声も低い。タエも自然と表情を改めた。

「あのね、どうか心を落ち着けて聞いて。ロシアで大変なことが起きたの。ここは傅家甸だからあまり騒がれていないけど、プリスタンのほうは今、すごい騒ぎなんだ」

「……大変なこと？」

フミは頷《うなず》き、一度大きく息を吸い込むと、重々しく言った。

「革命が、起きたの」

「革命？　このあいだ、支那で起きたようなもの？」

「近いわね。皇帝は退位して、民衆の政府が立ったそうよ。でも、支那よりもっとずっと大変なことになっているの。各地で、農民や労働者が貴族や地主たちに復讐《ふくしゅう》して回っていて、哈爾濱にも命からがら逃げ込んできた人が出始めたわ」

「復讐って……」

「今までの搾取の報いと言えるかもしれない。お金があるということは、今のロシアでは死刑宣告を受けたも同然なのよ。それで……」

フミは一度、言葉を切った。ここまで言っておいてなお、彼女は決定的な一言を吐き出すのを迷っているようだった。それでいい。どうか言わないで。タエは叫びたかった。私は何も聞かない。知らない。夢を見ているだけ。だから、現実を言わないで！

「ディーマさんの家は、お金持ちでしょ。連絡がとれないって……」

しかし、フミの声は無情に現実を告げた。腰が砕け、タエはその場に崩れ落ちた。フミは慌てて彼女の体を抱えた。

「……ジマさん、殺されたの……？」

「わからない。今、くまさんが行方を捜している。でも今、ロシア中が大混乱で、くまさんもサンクト・ペテルブルクの家族と全く連絡が取れない状態なのよ」

「そんな……」

「革命の報せ《しら》は、少し前に聞いていたの。でも、すぐおさまるんじゃないかと思って、おタエちゃんの耳に入れるまでもないかと思っていたんだ。モスクワや大都市だけのことかと思っていたし」

　タエを抱えるフミの手も、震えていた。

「でも思ったより事態は深刻みたいで。国が一度死んで、今生まれ変わろうとしているぐらいの大変動だって、くまさんは言ってた」

　タエは首をふった。裏切られたわけではなかった。だが、こんなことなら、彼の心変わりのほうが、どれほどよかったか。

「……こうなるから……」

　タエは呻《うめ》いた。凍りついた体の奥底から、激しい炎が噴き上がる。

「こうなるから、厭《いや》だったのに……！」

目を覚ましたくなんてなかった。心を開きたくなんてなかった。揺り起こしてくれた人が消えたとき、自分はきっと、あまりに寂しい光景に耐えることはできない。知っていた。だからこのまま、自分の夢だけを抱えていたかったのに！

「おタエちゃん！」

悲鳴のような声が、遠くなる。タエの意識は急激に闇に塗りつぶされた。


年が改まっても、ドミトリーからの報せは来なかった。

フミはベリーエフやロシア人の知人を片っ端からあたり、情報を集めてくれていたが、ディーマの行方を知る者は誰もいなかった。

「諦《あきら》めたら駄目だよ！」

ともすれば絶望の闇に堕《お》ちそうになるタエをぎりぎりのところで繫《つな》ぎとめていたのは、フミの必死の励ましだった。多忙なはずなのに、彼女は毎日、タエの部屋にやってきた。

「一家そろって、逃げ出した人たちもいるんだよ。そういう人だって、なかなか外には消息が伝わらない。逃げた人たちは今、欧州と支那に来ているから、そういう人たちにも聞いてみるよ」

「でも、逃げてくるなら、彼らは哈爾濱に来るでしょう。ジマさんがいた街だもの。それなのに、情報がないってことは……」

「キエフからだと哈爾濱はとても遠いよ。欧州に逃げている可能性のほうが高い。いい、はっきりするまで、絶対に諦めないで。いいね？」

フミは怖い顔で念を押した。六年も、生きているか死んでいるかわからない男を待ち続け、彼のために自分を磨くことをやめなかった彼女の言葉は、妙な重みがあった。

「わかった。まだ、信じてみるよ」

そう答えると、フミはほっとした顔をして部屋から去っていく。その頃にはもう夜の支度が始まり、赤前垂れの娘がやってくる。今、タエが一人になる時間はほとんどなかった。皆、蘭花の悲劇を恐れているのだということは、タエにもわかった。

仕事の間は、なにもかも忘れていられる。しかし朝が来て、眠る時間になると、なにもかもが厭になった。浅い眠りについて悪夢に魘《うな》され、死の誘惑に駆られる頃になると、フミが現れる。彼女はタエを励まし、春の宴について何かと相談をもちかけた。

「私、この宴のために新しい曲をつくろうと思っているの。ぜひおタエちゃんに唄《うた》ってほしい」

「新しい曲？」

「そう。哈爾濱そのものを描いた曲。いろんなものがまじって、偽物だらけの、でも本物より綺麗《きれい》な街。哈爾濱の春を、最後に舞いたいんだ。どう思う？」

「とても素敵ね。楽しみだわ」

褒めると、フミは嬉《うれ》しそうに笑った。明るい顔に、タエの心もわずかに癒《い》やされた。そうだ。今、自分がやるべきことは、この『酔芙蓉』が短い歴史を閉じるその瞬間まで、最後のお職として咲き誇ること。昔、おフミとそう約束した。桜は散り際が、いちばん綺麗。綺麗という思いには、日本人も支那人も関係ない。だから私は、満開の花を咲かせて、見事に散ってみせる、そう言っていたではないか。

『酔芙蓉』が終わるという現実と、最後の宴は、タエに再び気力を与えた。彼女は精一杯着飾り、客をもてなした。長い冬、ぬくもりを求めてやってくる男たちを、やさしく抱き締めてあたためた。疲れ果てた男たちに、惜しみなく慈愛の微笑みを与えた。

感情は枯れていたけれど、タエは日々、笑うことができた。いや、むしろ心を凍らせた時のほうが、きれいに笑うことができた。そうだ、私はこうやって生きていたんじゃないか。これからだって、生きていける。なんの問題も、ないじゃないか。

タエは来る日も来る日も、花を咲かせた。花は、そのものが虚《うつ》ろだからこそ、人の心を激しく揺さぶるのかもしれない。死にゆく桜の、最後の狂い咲き。客たちは熱狂した。もうすぐ、希代の女郎が消えるという噂は噂を呼び、連日、男たちが押し寄せた。『酔芙蓉』は、いまわの際に、最高の盛り上がりを見せていた。

店が閉じた後のことは、考えない。年季があけた娘は、故郷に戻ったり、遊郭のそばで商売を始めるのが普通だ。しかし、タエはもう日本に帰る気はさらさらなかった。そして、長年彼女を育んできた傅家甸からは、放り出されてしまう。十三からずっと女郎屋にいたタエには、できる仕事はやはり酌婦ぐらいしかない。フミはすでに黒谷と話し合い、地段街に家を借り、改装に入っている。ぜひ来て、と誘ってくれたが、タエはこれ以上フミの負担になりたくはなかった。そして何も考えたくはなかった。

やがて、終わりの春がやって来る。

庭のチェリョームハが、白い小さな花で身を飾る。その日、タエは惰眠を貪《むさぼ》っていた。連日の激務と、間近に迫った宴の稽古《けいこ》で体は疲れきり、最近は暇さえあれば寝ていた。

「おタエちゃん、いる？」

寝台の上で丸まっていると、フミが嵐のごとく部屋に飛び込んできた。彼女がノックもなしにやってくるときは、たいていろくでもないことを携えている。タエは寝返りを打ち、フミに背を向けた。

「なあに、おフミちゃん。まだ昼前じゃない」

「うんごめん。でも起きて。今すぐ起きて、そして私と一緒に来て！」

「どこよぉ。炊事場にたかりにいくなら一人で行って……」

「そうじゃなくて！　くまさん家《ち》に行くの！」

それまで靄《もや》がかかっていた頭が、急に目覚めた。タエは体を起こし、まじまじとフミを見つめた。

「なにを言ってるの？　外に出られるはずが……」

「かあさんから外出許可はもらいました。どうせ来月には皆ここを出て行くんだもん。いまさら外出やめろも何もないよ。ほら、いいから支度して！」

フミはすでに、ベージュ色のワンピースを着て帽子までかぶっている。彼女に引きずられるまま寝台から下りたタエは、困惑したまま「どういうことなの」と親友を見た。

「見つかったんだよ。ディーマが」

タエの動きが止まった。

「生きていたの。やっぱり、ちゃんと逃げていたんだよ。ドイツにいる親戚《しんせき》を頼って逃げたんだって。昨日、ディーマとお父さんが、くまさんのところに来たのよ！」

「生きていた……」

茫然《ぼうぜん》と繰り返すタエに、フミは力強く頷《うなず》いた。

「そうだよ！　言ったとおりだよ、やっぱり諦めなくてよかったね」

タエは震える手で、口を覆った。本当に？　これは夢ではないのか。

「……ちょっと待って。それじゃなんで彼はここに来ないの？」

眉《まゆ》を寄せると、途端にフミの顔も曇った。

「ディーマさん、ひどい怪我をしたの。暴徒が家に押し入って、ご家族や使用人たちを守るために必死に戦ったんだって。ギリシアの戦士みたいに勇敢だったそうよ。でもそのときの怪我がもとで高熱が続いて、生死の境をさまよったみたいで」

口で手を覆ったままのタエを、フミは痛ましげに見つめた。

「安心して、体のほうはもうすっかりいいの。でも、熱がひどかったせいか、ちょっと混乱してるみたいで……」

「混乱？」

「……その、記憶がね。昔、家を飛び出す前のころまでしかないみたいなの」

目の前が真っ暗になった。おタエちゃんしっかり、と繰り返される声に、いつのまにか倒れていたことに気がついた。支えられて体を起こし、差し出された水を飲むと、少しだけ落ち着いた。

「……つまり……私のこと、覚えてないのね」

家を飛び出す前までの記憶。それはつまり、彼と「家族」が幸せだったころの記憶だ。

自分は家族ではない。ドミトリーにとって、いっそ忘れてしまいたい、苦難に満ちた記憶のひとつでしかないのだ。

「駄目だよ、おタエちゃん。そうやって卑下するのはいちばん駄目。記憶なんて、ちょっと頭ぶつけただけだっておかしくなるもんなんだから。理由なんてないの！」

見透かしたように、フミはきつい声で言った。

「それに言ったでしょ、ディーマとお父さんが一緒に来てるの。それだけあの人が、家族におタエちゃんをいかに愛して、家族に加えたいか、一所懸命伝えたってことだよ。だからお父さんは、決死の覚悟で彼を連れてここまで来たの。大切なお嫁さんを迎えにね」

「そんな。違うよ。きっと私を……」

「あのね、おタエちゃん。この時期、欧州から哈爾濱に来るのがどれほど危険かわかってる？」

最後まで言わせず、フミは凄《すご》んだ。タエがひるんで黙ると、わずかに表情を和らげる。

「おタエちゃんの心配もわかるよ。さっき、くまさんから聞いたんだけど、実は最初、ご両親は結婚に反対したんだって」

「それが当たり前よ」

「でもディーマは諦《あきら》めなかった。昔の彼からは考えられないぐらい、粘り強く説得を続けたそうよ。そうこうしているうちに革命が起きて……あの人、もう絶対に逃げない、何があっても家族を守る、そうでなければ恥ずかしくて新しく家族となるはずのタエに会えないって言ったんだって。そして、みごとに家族を守り通したの。立派な人だよ」

語りながら、フミはうっすらと涙ぐんでいた。タエは言葉もでなかった。

「皆にとって、おタエちゃんはもう、まぎれもないディーマの妻なんだよ。ディーマが忘れていたって、関係ない。おタエちゃんに会えば、彼もきっと思い出す。だから、ここに来たんだよ」

「そんな。無理だよ。それに思い出せなかったら、もう……」

「なんで最初から諦めるの？　ディーマとお父さんの努力を無にする権利は、おタエちゃんにだってない。やれることはなんでも、かたっぱしからやってみるの！」

タエはまだ自失の状態から完全に立ち直ってはいなかったが、フミに急《せ》かされるまま、支度を始めた。顔を洗っている間に、フミは勝手に簞笥《たんす》から淡い水色のワンピースとカーディガンを取り出していた。手が震えてなかなか化粧がすすまないと見るや、フミが全部やってくれた。フミは、タエの豊かな髪も器用にくるくると洋髪に結い上げ、イヤリングとネックレスまで周到につけ、バッグをもたせ、「さあ行くよ」と背中を押す。

待たせていた洋車に乗り込むと、二人は一路、ベリーエフの屋敷へと向かった。フミは何度も行っているらしいが、タエはもちろん初めてだ。そもそも、こんなふうに外に出ること自体、何年ぶりだろうか。

しかし、その喜びに胸躍らせている場合ではなかった。飛ぶように流れていく光景も、ただ不安を煽《あお》るだけだった。

ドミトリーは生きていた。それは嬉しい。しかしそれは、自分の知る彼ではない。それは本当に、生きていたと言えるのだろうか。いつもあれほど熱い光をたたえて自分を見つめていた瞳《ひとみ》が、なんの感情もなく自分を映す。想像できなかった。

「もうすぐ着くよ。あれが、くまさんの家」

フミが人差し指で示した先は、どっしりとしたルネッサンス調の邸宅だった。あそこに、ドミトリーがいる。そう思った瞬間、タエは叫んでいた。

「止めて！」

御者は驚いて車を止めた。よろめくように降りたタエに続いて、フミもまるで重さを感じさせない動きで石畳に降り立った。

「どうしたの、おタエちゃん。まだちょっとあるよ？」

「……ここから、歩いていく。気持ちを、落ち着けたいの」

フミは、神妙な顔でタエを見、それからまだ遠いベリーエフ邸を見やり、再びタエの顔に目を戻して頷いた。

「わかった。じゃ、ゆっくり行こう」

二人は、そろそろと石畳を歩いた。慣れない靴のせいで、ふらふらする。フミはそっと、タエの手を握ってくれた。ふと、馴染《なじ》みのある甘い香りが、鼻腔《びこう》をくすぐる。顔をあげると、こぼれ落ちるような白い房。

「女郎屋でも外でも、花は同じ香りなんだね」

タエがつぶやくと、フミは「当たり前だよ」と笑った。毎日見つめていた、庭のチェリョームハ。一緒に成長し、最後の花を咲かせたあの大木。いつしか、姉妹のように思っていた。タエたちが去った後、あの木はどうなってしまうのだろう？　新しくやってきた主は、彼女をかわいがってくれるだろうか。

「……あ」

最初に気がついたのは、フミだった。

「なに？」

「声が聞こえる。歌かな？」

言われて耳を澄ますと、たしかに甘い香りを縫うように、声が聞こえてくる。低い声だ。そのままゆっくり足を進めていたタエは、やがて大きく目を見開いた。

　窓辺揺れるチェリョームハ
真白き花散らし

川面にうぐいす鳴きて
いとしの歌聞こゆ

この声。低く、胸を掻《か》きむしるような声は。

気がつけば、タエはフミの手を放し、駆け出していた。

声はどんどん近くなる。歌詞も鮮明に聞こえる。歌の出所は、ベリーエフ邸をぐるりと囲む鉄柵《てっさく》のむこう。緑あふれる、広大な庭だ。

乙女の心はずみて
そぞろ 庭を行かん
やさしき若者もとめ
心駈《か》けり 行かん

声は、そこでぴたりと止まった。続いたのは、笑いまじりの別の声だった。

「どうして君は、いつも二番までしか歌わないんだい？ そんなに好きな歌だっていうのに」

タエは足を止めた。目前に迫った鉄柵に手を触れる。指は震えていた。走ったせいか、息が苦しい。頭が痛い。しばらく間をあけて、歌声の主が言った。

「ここから先は悲しいでしょう。だから嫌いなんですよ」

タエは両手で、口を覆った。鉄柵のむこうには大きなチェリョームハの木が聳《そび》え、タエの視界をさえぎっている。タエは柵をもう一度握りなおし、大きく息を吸い込んだ。

澄んだ声が、春の空に高らかに響く。目の前のチェリョームハが大きく揺れた。

慌てたように房をよけ、現れたのは、まちがいなくドミトリーだった。別れたときと少しも変わらない。いや、髪は少し伸びただろうか。

懐かしい色の目が、じっとタエを見る。そこに、タエが期待した、あの熱はなかった。そのかわりに、激しい驚きが揺れている。

「……君……」

「こんにちは、ジマ」

タエはにっこり笑って挨拶《あいさつ》をした。思ったよりもずっと落ち着いて挨拶が出来た。ドミトリーは激しくまばたきをすると、両手で柵を摑《つか》み、身を乗り出した。

「もしかして、君がタエ？」

「はい。チェリョームハ、よくあなたに歌いました」

「君が僕に……」

記憶を探るように、眉間《みけん》に皺《しわ》を寄せ、唇を嚙《か》みしめる。彼の背後から、ベリーエフが現れた。彼はタエの姿を見ると微笑み、そのまま黙ってドミトリーを見ている。

「……すまない。どうしても、思い出せない……」

しばしの沈黙ののち、ドミトリーは喉《のど》を絞るような声で言った。苦い失望が、タエを刺す。それでもタエは微笑んだ。

「ええ。でも、私がタエよ。あなたが探しに来た、日本の桜」

タエは右手を伸ばし、ドミトリーに触れた。懐かしいぬくもりに、指先がわななく。ああ、彼だ。私の愛だ。

「私の歌は、お気に召したかしら」

小首を傾げてタエが尋ねると、ドミトリーは生真面目に頷《うなず》いた。初めてタエの部屋を訪れたときと、全く同じ表情で。

「ああ。とてもきれいな声だ」

「あなたは初めて会ったとき、まず声を褒めてくれた」

もう一方の手も伸ばし、やさしく頬を手挟む。ドミトリーは逆らわない。明らかに緊張して、それでも何かを期待するようにじっとタエを見つめている。世慣れぬ青年の、まっすぐな目。最初からためらわず向けられ、タエの心臓を射貫いたもの。

迷わず、彼を引き寄せた。

昔昔、はじめての口づけは、ごく自然に重なった。だけど二度目のはじめては、強引に。もう一度、同じだけの時間をかけるつもりはない。だって私はもう、自由なのだから。いくらでも自分で歩いて、こうして抱きしめられるのだ。

口づけは、触れるだけですぐに離れた。丸くなったドミトリーの目をのぞきこみ、タエは微笑んだ。

「だからまた、あなたはきっと私を愛するわ」

大丈夫。今度は私があなたを夢から起こしてみせる。

そして二人で、本物の桜を見るのよ。


（桜の夢を見ている　了）

解説

小出和代

私、大陸一の女郎になる！

浅黒い肌に目ばかり大きな、やせっぽちの少女がそう息巻いた。自ら望んで人買いとともに海を渡り、異国の女郎宿に乗り込んできた変わり種。彼女の名を、フミという。

『芙蓉千里』は、フミの恋と成長の物語だ。舞台は1910年頃の哈爾濱。一緒に売られてきた少女タエとの友情を中心に、女郎宿「酔芙蓉《チョイフーロン》」での日々が描かれる。

哈爾濱は中国北東部の、ロシアに程近い地域にある。1910年頃といえば中国は清王朝が、ロシアは帝政が末期を迎えて揺らぎ、逆に台頭してきた日本が大陸へ手を伸ばそうと躍起になっていた。

不安定な時代の、不穏な場所。そこで異国の男たちを相手に身体を売る女……と、設定だけ読んだら気が重くなりそうな話だけれど、『芙蓉千里』の印象は実は明るい。それはひとえに、物語を引っ張っていくフミの視界が明るいからだと思う。

フミには肉親がいない。辻《つじ》芸人に拾われ、芸を仕込まれ、極貧の中で旅を続ける生活を幼少時から続けてきた。その上また親代わりの辻芸人からも捨てられ、行く場所も帰る場所もなくなって大陸に渡ったのだ。こんな生い立ちだから、屋根のある場所で布団の上に寝られて、しかも三食ついてくる女郎宿は天国のようなものなのだ。

とはいえ、似たような境遇であるはずの他の女郎たちが、みなフミと同じように感じているわけではない。むしろそうやって前向きになるフミの方が異質だ。やはり彼女には、特別強いものが備わっているのだろう。その場を受け入れる力。自分自身を手放さない力。人の心を摑《つか》む力。

この力強さこそがフミの持つ天賦の才であり、それが一番発揮されるのが、フミが舞に没頭しているときなのだ。


さて、舞の他にもうひとつ、フミを輝かせる鍵《かぎ》がある。恋である。『芙蓉千里』では、フミを女として成長させる2人の男の存在に注目してほしい。

まずは往来でケンカを始めたフミを諫《いさ》め、助け出してくれた男、山村だ。何を生業《なりわい》にしているのか、まったく得体が知れない。危険な、けれど妙に大らかな魅力を持っている。最初の一瞬だけ相手を怖いと思ったフミだが、それも一種の一目惚《ひとめぼ》れだろう。わけもわからず会いたい、そばにいたいという衝動が湧き出してきて、フミを戸惑わせる。

そしてそれこそが恋なのだと、彼女は数年かけて知っていくのだ。

もう1人は、フミの「旦那《だんな》」として後ろ盾になる黒谷だ。華族の次男坊であり、芸術方面、特に舞やバレエに造詣《ぞうけい》が深い。そしてある事情により、ちょっとどうかと思うくらい禁欲的だ。ゆえに、フミは激怒する。「覚悟しておきやがれ！」と、啖呵《たんか》を切るシーンの格好いいこと！　そうして意地になったフミに、黒谷は一流の舞台を見せ、一流の品物を与え続ける。おかげでフミ自身が、一流の女として磨かれるのだ。


正反対の魅力を持つ2人の男、どちらもフミにとって大切な存在だ。けれど、やがて2人のうち1人を選ばなくてはならない時が来る。

穏やかな男とともに、大切な人たちを守れる安全な生活を取るか。

それともすべてを捨て、危険を承知で惚《ほ》れた男についていくか。

物語としても山場である。読者である私たちも、真剣に気を揉《も》んでしまう。だってこれは究極の選択だ。女性読者ならばきっと似たような、恋の本音と建前に挟まれたことがあるだろう（もしくは妄想したことがあるはずだ）。一体、フミはどうするのだろう。どちらの男を選ぶんだろう。ああフミ、本当？　本当にその人でいいの？　後悔しない？

同じ問いを、最後にある人が投げかけている。後悔しないのか、と。それに対してフミは「無理です」と即答するのだ。

「だって、後悔しない選択なんてあるんでしょうか？」

……ごもっとも。

迷うことも、後悔して泣くことも、フミは肯定している。これはとても大事なことだ。女の本当の強さというのは、ただ突っ張るだけでは生まれない。弱さを受け入れた上に成り立つ、しなやかさと同義のものではないだろうか。

苦境にあっても、踏みつけられ折られても、そのまま腐って朽ちることがない、フミの目と心は必ず前を向いている。この強さ、健やかさが、読む側を励ますのだ。

フミの生命力。それこそが『芙蓉千里』という物語の、魅力の肝なのである。

ちなみにこの「しなやかな強さ」「生命力」は、須賀しのぶさんが描く、他の女性主人公たちにも共通している。『キル・ゾーン』のレジーナ・キャッスルしかり、『帝国の娘』のカリエしかり。

須賀さんは1994年、『惑星童話』でコバルト・ノベル大賞の読者大賞を受賞してデビュー。翌年『キル・ゾーン』という、当時の少女小説としては珍しいアーミーものを上梓《じょうし》。以降、少女小説の枠に収まらない硬派な作品を描き続け、ファンを熱狂させてきた人だ。大学時代に史学を専攻したそうで、書き込まれる歴史や政治は決して単なる背景やスパイスではなく、物語の軸と密接に絡み合う。分からないことはきちんと調べ（コバルト史上初の、自衛隊まで取材に乗り込んだ作家だそうだ）誠実に作品に生かす。

もしかすると、須賀さんの描く女性たちの強い生命力、健やかな魅力は、須賀さん自身が持つ魅力なのかもしれない。ファンの勝手な妄想かもしれないけれど、案外、そう外れてもいないんじゃないかと思う。

最後にもうひとつ。今回『芙蓉千里』が文庫化されるにあたり、単行本時にはなかった短編が1本収録されている。『桜の夢を見ている』は、角川書店のwebマガジン「小説屋sari-sari」に掲載した作品を大幅改稿したものだという。これもファンとしては嬉《うれ》しく読み逃せない。こちらはタエと、彼女に惹《ひ》かれたロシア人男性ドミトリーの物語だ。『芙蓉千里』本編ではひたすら健気だったタエの、胸の内が描かれる。

『芙蓉千里』はこのあとも、『北の舞姫』『永遠の曠野《こうや》』と続いていく。同じフミが主人公の物語だが、それぞれ驚くほど雰囲気が変わる。今回初めて『芙蓉千里』に出会った人は、ぜひこのあとのフミも追いかけてほしい。大陸一を目指し、舞いながら高く跳ぼうとした少女は、2作目で腰を下げて力をため、3作目でその力をバネに大地を駆けるのだ。

この類《たぐ》い希《まれ》なる芙蓉の花は、自分の望む場所で、この先もまだまだ大きく鮮やかに開いていく。

とても目が離せない。

この作品は二〇〇九年六月、小社より単行本として刊行されました。文庫化にあたり加筆、改稿を行っています。

「桜の夢を見ている」は小説屋sari-sari二〇〇九年六月、七月に前後篇掲載された「チェリョームハの咲く頃に」を大幅改稿したものです。

一部、今日の人権意識に照らして不適切と思われる表現がありますが、差別助長の意図で使用していないこと、及び作中の時代背景、作品の文学性を考慮して本文のままとします。（編集部）

芙《ふ》蓉《よう》千《せん》里《り》

須《す》賀《が》しのぶ

平成24年 10月25日　初版発行
令和6年 5月30日　9版発行

発行者●山下直久

発行●株式会社KADOKAWA
〒102-8177　東京都千代田区富士見2-13-3
電話　0570-002-301（ナビダイヤル）

角川文庫 17635

印刷所●株式会社KADOKAWA
製本所●株式会社KADOKAWA

表紙画●和田三造

●お問い合わせ
https://www.kadokawa.co.jp/（「お問い合わせ」へお進みください）
※内容によっては、お答えできない場合があります。
※サポートは日本国内のみとさせていただきます。
※Japanese text only

ISBN978-4-04-100532-3　C0193

角川文庫発刊に際して

角川源義

第二次世界大戦の敗北は、軍事力の敗北であった以上に、私たちの若い文化力の敗退であった。私たちの文化が戦争に対して如何に無力であり、単なるあだ花に過ぎなかったかを、私たちは身を以て体験し痛感した。西洋近代文化の摂取にとって、明治以後八十年の歳月は決して短かすぎたとは言えない。にもかかわらず、近代文化の伝統を確立し、自由な批判と柔軟な良識に富む文化層として自らを形成することに私たちは失敗して来た。そしてこれは、各層への文化の普及滲透を任務とする出版人の責任でもあった。

一九四五年以来、私たちは再び振出しに戻り、第一歩から踏み出すことを余儀なくされた。これは大きな不幸ではあるが、反面、これまでの混沌・未熟・歪曲の中にあった我が国の文化に秩序と確たる基礎を齎らすためには絶好の機会でもある。角川書店は、このような祖国の文化的危機にあたり、微力をも顧みず再建の礎石たるべき抱負と決意とをもって出発したが、ここに創立以来の念願を果すべく角川文庫を発刊する。これまで刊行されたあらゆる全集叢書文庫類の長所と短所とを検討し、古今東西の不朽の典籍を、良心的編集のもとに、廉価に、そして書架にふさわしい美本として、多くのひとびとに提供しようとする。しかし私たちは徒らに百科全書的な知識のジレッタントを作ることを目的とせず、あくまで祖国の文化に秩序と再建への道を示し、この文庫を角川書店の栄ある事業として、今後永久に継続発展せしめ、学芸と教養との殿堂として大成せんことを期したい。多くの読書子の愛情ある忠言と支持とによって、この希望と抱負とを完遂せしめられんことを願う。

一九四九年五月三日

角川文庫ベストセラー

帝国の娘 (上)(下)　須賀しのぶ

猟師の娘カリエは、突然、見知らぬ男にさらわれ、幽閉された。なんと、彼女を病弱な皇子の影武者に仕立て上げるのだと言う。王位継承をめぐる陰謀の渦中でカリエは……!? 伝説の大河ロマン、待望の復刊!

バッテリー 全六巻　あさのあつこ

中学入学直前の春、岡山県の県境の町に引っ越してきた巧。ピッチャーとしての自分の才能を信じ切る彼の前に、同級生の豪が現れ!? 二人なら「最高のバッテリー」になれる! 世代を超えるベストセラー!!

福音の少年　あさのあつこ

小さな地方都市で起きた、アパートの全焼火事。そこから焼死体で発見された少女をめぐって、明帆と陽、ふたりの少年の絆と闇が紡がれはじめる——。あさのあつこ渾身の物語が、いよいよ文庫で登場!!

ラスト・イニング　あさのあつこ

大人気シリーズ「バッテリー」屈指の人気キャラクター・瑞垣の目を通して語られる、彼らのその後の物語。新田東中と横手二中。運命の試合が再開された! ファン必携の一冊!

晩夏のプレイボール　あさのあつこ

「野球っておもしろいんだ」——甲子園常連の強豪高校でなくても、自分の夢を友に託すことになっても、女の子であっても、いくつになっても、関係ない……野球を愛する者、それぞれの夏の甲子園を描く短編集。

角川文庫ベストセラー

不思議の扉 時をかける恋　編／大森　望

不思議な味わいの作品を集めたアンソロジー。ひとたび眠るといつ目覚めるかわからない彼女との一瞬の再会を待つ恋……梶尾真治、恩田陸、乙一、貴子潤一郎、太宰治、ジャック・フィニイの傑作短編を収録。

不思議の扉 時間がいっぱい　編／大森　望

同じ時間が何度も繰り返すとしたら？　時間を超えて追いかけてくる女がいたら？　筒井康隆、大槻ケンヂ、牧野修、谷川流、星新一、大井三重子、フィッツジェラルド描く、時間にまつわる奇想天外な物語！

不思議の扉 ありえない恋　編／大森　望

庭のサルスベリが恋したり、愛する妻が鳥になったり、腕だけに愛情を寄せたり。梨木香歩、椎名誠、川上弘美、シオドア・スタージョン、三崎亜記、小林泰三、万城目学、川端康成が、究極の愛に挑む！

不思議の扉 午後の教室　編／大森　望

学校には不思議な話がつまっています。湊かなえ、古橋秀之、森見登美彦、有川浩、小松左京、平山夢明、ジョー・ヒル、芥川龍之介……人気作家たちの書籍初収録作や不朽の名作を含む短編小説集！

シャングリ・ラ (上)(下)　池上永一

21世紀半ば。熱帯化した東京には巨大積層都市・アトラスがそびえていた。さまざまなものを犠牲に進められるアトラスの建築に秘められた驚愕の謎——。まったく新しい東京の未来像を描き出した傑作長編!!

角川文庫ベストセラー

黒い季節　冲方　丁

未来を望まぬ男と、未来の鍵となる少年。縁で結ばれた二組の男女。すべての役者が揃ったとき、世界はその様相を変え始める。衝撃のデビュー作！――魂焦がすハードボイルド・ファンタジー!!

RDG　レッドデータガール　はじめてのお使い　荻原規子

世界遺産の熊野、玉倉山の神社で泉水子は学校と家の往復だけで育つ。高校は幼なじみの深行と東京の鳳城学園への入学を決められ、修学旅行先の東京で姫神という謎の存在が現れる。現代ファンタジー最高傑作！

RDG2　レッドデータガール　はじめてのお化粧　荻原規子

東京の鳳城学園に入学した泉水子はルームメイトの真響と親しくなる。しかし、泉水子がクラスメイトの正体を見抜いたことから、事態は急転する。生徒は特殊な理由から学園に集められていた……!!

スノーフレーク　大崎　梢

亡くなってしまった大切な幼なじみの速人。だが6年後、高校卒業を控えた真乃は、彼とよく似た青年を見かける。本当は生きているのかもしれない。かすかな希望を胸に、速人の死に関する事件を調べ始めるが!?

砂糖菓子の弾丸は撃ちぬけない　A Lollypop or A Bullet　桜庭一樹

ある午後、あたしはひたすら山を登っていた。そこにあるはずの、あってほしくない「あるもの」に出逢うために――子供という絶望の季節を生き延びようとあがく魂を描く、直木賞作家の初期傑作。

角川文庫ベストセラー

はなたちばな亭恋空事　澤見彰

はなたちばな亭恋鞘当　澤見彰

はなたちばな亭恋怪談　澤見彰

瞳の中の大河　沢村凜

黄金の王白銀の王　沢村凜

手習い小屋「たちばな堂」を営むお久は、かわいくてかしこくて時々お間抜けな町内一の人気者。思う男は数知れず、だがさっぱり気づかぬ鈍感娘。そこへ狸がやってきて……お江戸あやかしラブコメの決定版!!

カタブツ娘のお久ちゃんと純情男子金ちゃんが、ようやくちょっとだけイイ感じに……と思いきや、さらなる大騒動が……お江戸あやかしラブコメ待望の第2弾！

始まりは百物語……若旦那連中の道楽は、とんでもない災いを呼び覚ましてしまった。折も折、お久とのすれ違いに悩んだ金ちゃんは出奔し、クマもまた……恋もご町内も大ピンチ、この事態どうするどうなる⁉

悠久なる大河のほとり、野賊との内戦が続く国。若き軍人が伝説の野賊と出会った時、波乱に満ちた運命の扉が開く。「平和をもたらす」。そのためなら誓いを偽り、愛する人も傷つける男は、国を変えられるのか？

二人は仇同士だった。二人は義兄弟だった。そして、二人は囚われの王と統べる王だった――。百数十年にわたり、国の支配をかけて戦い続けてきた二つの氏族。二人が選んだのは最も困難な道、「共闘」だった。

角川文庫ベストセラー

嘘つきアーニャの真っ赤な真実　米原万里

一九六〇年、プラハ。小学生のマリはソビエト学校で個性的な友だちに囲まれていた。三〇年後、激動の東欧で音信が途絶えた三人の親友を捜し当てたマリは――。第三三回大宅壮一ノンフィクション賞受賞作。

心臓に毛が生えている理由《わけ》　米原万里

ロシア語通訳として活躍しながら考えたこと。在プラハ・ソビエト学校時代に得たもの。日本人のアイデンティティや愛国心――。言葉や文化への洞察を、ユーモアの効いた歯切れ良い文章で綴る最後のエッセイ。

氷菓　米澤穂信

「何事にも積極的に関わらない」がモットーの折木奉太郎だったが、古典部の仲間に依頼され、日常に潜む不思議な謎を次々と解き明かしていくことに。角川学園小説大賞出身、期待の俊英、清冽なデビュー作！

きょうも上天気　SF短編傑作選　フィリップ・K・ディック、ヴォネガット他　浅倉久志＝訳　編／大森望

フィリップ・K・ディック、カート・ヴォネガット・ジュニア、J・G・バラード……錚々たる顔ぶれが今は亡き浅倉氏を偲ぶために一堂に会した。史上最も華麗で最も贅沢な、最初で最後の傑作アンソロジー。

嵐が丘　E・ブロンテ　大和資雄＝訳

ブロンテ三姉妹の一人、エミリーは、このただ一編の小説によって永遠に生きている。ヨークシャの古城を舞台に、暗いかげりにとざされた偏執狂の主人公と、その愛人との悲惨な恋を描いた傑作。

角川文庫海外作品

華麗なるギャツビー
フィッツジェラルド
大貫三郎＝訳
途方もなく大きな邸宅で開いたお伽話めいた豪華なパーティー。デイジーとの楽しい日々は、束の間の暑い夏の白昼夢のようにはかなく散っていく。『失われた時代』の旗手が描く〝夢と愛の悲劇〟。

赤毛のアン
モンゴメリ
中村佐喜子＝訳
ふとした間違いでクスバード家に連れて来られた孤児のアンは、人参頭、緑色の眼、そばかすのある顔、よくおしゃべりする口を持つ空想力のある少女だった。作者の少女時代の夢から生まれた児童文学の名作。

アンの青春
モンゴメリ
中村佐喜子＝訳
マシュウおじさんの死によって大学進学を一旦諦めたアンは、村の小学校の先生になり、孤児の双子を引き取ったり村の改善会を作ったり、友人の恋の橋渡しをすることに。アンの成長を見守る青春篇。

アンの愛情
モンゴメリ
中村佐喜子＝訳
レドモンドの学生となり、村の人々との名残を惜しみながら友人との新しい下宿生活を始めるアン。彼女を愛し続けながらも友人として寄り添ってきたギルバートと、ついに大きな運命の分かれ道を迎える――。

青い城
モンゴメリ
谷口由美子＝訳
内気で陰気な独身女性・ヴァランシー。心臓の持病で余命1年と診断された日から、後悔しない毎日を送ろうと決意するが……周到な伏線と辛口のユーモアに彩られ、夢見る愛の魔法に包まれた究極のロマンス！

角川文庫海外作品